作家的劳动绝不仅是为了取悦于当代
而更重要的是给历史一个深厚的交代

路遥

纪念路遥先生诞辰七十周年

路遥

1949.12.2—1992.11.17

1949年生于陕北，1973年进入延安大学中文系，开始文学创作。1982年发表《人生》，轰动全国。1988年完成《平凡的世界》全三部，1991年获第三届茅盾文学奖。

路遥全集

·典藏版·

散文卷

早晨从中午开始

北京出版集团公司
北京十月文艺出版社

目录

银花灿灿

八月，我来到了渭河平原。

渭河瘦了。透过车窗望去，它，像一条细细的银练，从遥远的地方蜿蜒而来，又伸向远方。

渭河能不瘦吗？你看那一望无际的平原是多么地肥！

劳动人民的勤劳创造，给渭河流域带来了翻天覆地的变化。短短的时间内，规模宏大的引渭工程，就在渭河儿女结满茧花的手掌上落成。在引渭渠正要到达的那些地方，星罗棋布的抽水机、电灌站，早已日日夜夜地唱歌了。河瘦山川肥。往日狂奔无羁的渭河浊波，而今已化作八百里秦川滚滚绿浪。

列车在绿色的渭河流域飞驰，我的思想伴着它呼啸奔腾的车轮早已飞到了绿色的黄河流域、长江流域，飞到了绿色的天山脚下、松嫩平原……在我们可爱祖国的大地上，到处都孕育着丰收，孕育着胜利啊！翻开一九七四年全国各地的报刊，农业战线上那一条又一条振奋人心的报道，在我们的面前展示了一幅多么瑰丽的图画！社会主义到处都在胜利前进，谁能阻挡她呼啸奔腾的车轮?!

当列车跨过渭河大桥的时候，视野内一片浓绿间，突然出现了点点洁白的色彩。

啊！渭河流域著名的棉区到了。一望无垠的棉田里，枝杈交错，硕桃累累。第一茬棉桃已经绽开，那银灿灿的花朵，在八月的阳光下，多么耀眼！多么美丽！

丰收引起的激动，使人无法抑制。南来北往的旅客，纷纷把头探出车窗，望着，赞美着，笑咧了嘴。我看见：坐在我对面的那位摄影师，以百分之一秒的速度，把一张银棉丰收图，留在了他那彩色的胶卷上……然而，在我记忆的画页里，此时又一次闪现出来的，是那位穿着绿底白花衬衫的植棉姑娘……

五月下旬，为了了解棉花前期管理的情况，我在渭河流域的棉区走了好多地方。无论走到哪里，都是一片抓革命、促生产的热气腾腾的景象。田野里，歌声激荡，银锄起落。

根据棉花办公室老刘同志的介绍，我来到了武家庄。

武家庄紧靠渭河，是个近百户人家的生产队。由于多年农村工作的习惯，我没有先进村，径直向渭河滩走去——武霞领导的“银花植棉组”的田块，就在那里。

来到棉田边，我看呆了：在这块“海绵”地上，一株又一株翠绿肥壮的棉苗栽得多么整齐！横看，是一条线；纵看，还是一条线。无论从整个田块看，还是从其中的任何一块看，你会觉得，这不是一块地，而是一张用三角板打出来的几何图案！

站在这样的田地面前，难道不使你诗情横溢，豪情迸发吗？你会说，它的主人是在绣花！可是，她们是怎样绣花啊！她们的画布，就是那广阔无际的田野；她们绣花的针，就是那粗大的锄头！

姑娘们正在锄草。地边上搁着一只水桶，十五双沾满泥巴的鞋。

“谁叫武霞同志？”我向那一行穿着花衫子、正在埋头锄草的姑娘们喊了一声。

她们齐齐转过了身子。一个女高音向我喊：“你先等着吧！”那声音比我的大五六倍。

她们又只管埋头锄地了。我想参加到她们的行列里去，手里又没有工具，只好等她们锄到地头。

姑娘们扛着锄头叽叽喳喳地过来了，不用数，十五个。那位穿着绿底白花衬衫的姑娘，把锄往地上一搁，用响亮的女高音说："我是武霞！"

"啊！你就是武霞？"我赶忙把早已拿在手里的介绍信，递给这位粗手大脚、梳着两根硬刷刷短辫子的植棉组长。

她根本没有仔细看，就把介绍信还给我："王同志，材料可以搞，可不许张扬人家的名字！要张扬，到别处去吧！我们可不欢迎你！哈哈哈……"一串大笑引来一群姑娘的笑声。

这是一个火辣辣的角色！我拉开塑料提包，正准备把介绍信放进去，不料，一位十六七岁的小姑娘尖着嗓子喊了一声："他要拿照相机咧！"这一喊，像下了一道口令，十五个人一下子都把脸转了过去，背朝着我。

真叫人哭笑不得！这是些什么样的人物啊！在两秒钟之后，我已经完全理解了这些脸儿晒得红扑扑的姑娘们那崇高的精神境界了！她们，在脚下的土地上洒了多少汗，费了多少心血，可是，她们不愿意、不允许别人炫耀她们所做的这一切！在她们看来，做这一切都是应该的啊！

这个时候，我想起了在老刘办公桌上看到的武霞那份讲话材料，那里边有这样一段话："……务棉花，夺取棉花高产，是为了你自己吃、穿、用？为了图名声？不！我们锄这一锄地，保这一个棉桃，收这一朵花，都是为了革命，为了社会主义建设……无私才能无畏，我们之所以敢与天斗，敢与地斗，敢与阶级敌人斗，正是因为我们敢于向自己的私心斗！……"多么质朴的语言！多么崇高的思想！

我向这些抱有"成见"的人们声明：我没带照相机！

姑娘们相继转过身来。武霞笑着和我握手，说：“俺老支书在村里呢，你先回去休息吧，你看，”她指了指锄剩的一块地，“我们还得锄！年轻的老同志！”

“哈哈哈……”姑娘们笑得弯下了腰。

我知道，是我那多时没刮的串脸胡引她们发笑。好一群落落大方的姑娘！

中午，我和老支书面对面坐在屋外槐荫下，喝着一壶茶。

当我夸他们那块“海绵”地的时候，他“叭”地磕掉烟灰，站起来激动地叙说着：“王同志，那原来是块茅草窝子呀！叫吩扒地草、三棱子草给绣满咧！这草锄过三天就冒头。先前我们种棉花，一亩只收三十斤。后来改种红薯，可到了秋后，一人一天只能刨三厘地，咋咧？红薯都钻到草根窝里咧！”他重新装了一锅烟点着，继续说，“支委会上，有人提出，干脆丢掉做坟地吧！可是，俺那支委武霞站起来，说：‘茅草窝子不能丢，我们要向它斗争！’斗争？有几个人头摇得像拨浪鼓一样，他们可斗怯火咧！可武霞那娃硬得很喀！她高喉咙大嗓子说：‘叔，咱们打了好多硬仗，可在茅草窝子上能败阵吗？原来种棉花，后来种红薯，现在又要做坟地，真是步步倒退！难道我们准备把它交给你的小三孙子那代人去治理吗？告诉大家，我们银花植棉组要在十天内拿下它，挖地三尺，斩草除根！’……啊，王同志，娃几句话，可把大家心里一把火给点旺咧！我说：‘斗吧，叔支持你们！’”

“后来呢？”我问。

“后来么，娃们可把力出扎咧！一个拿锨翻，一个拾草根，白天晚上不停点。困了，轮着在地边睡，饿了，就啃块冷馍。十五个人在这块茅草地里熬了七天七夜，撬折八根锨把，拾了一百多筐茅草根……啊，”他长长地嘘了口气，“后来嘛，就整治成了你看到的那块‘海绵’地……”老汉在地上走了一圈，然后意味深长地说："王同志，娃们一下把吩些保守脑瓜给敲灵醒咧！不论干什么，都得斗争！"

斗争！在革命者战斗的履历表上，哪一行没有这两个闪耀着火花的字眼？当第一代共产党人把它写进自己的哲学著作中后，它，就成了我们整个阶级最宝贵的财富！今天，这份宝贵的财富传到了我们这一代人手里，我们能不能让它放射出更加灿烂的光焰？武霞和她的战友们，我们时代千千万万的革命青年，正在用行动来回答这个问题。

新的斗争说到就到。第二天中午，雷声隆隆，黑云翻滚，一场暴风雨夹着冰雹洗劫了武家庄，洗劫了银花植棉组的五十多亩棉田！

下暴雨时，我正在老支书家里刮脸，一听外面孩子们喊："看雹子！"我丢下手里的刮刀，抓起半袖衫就往武霞她们的棉田跑去。

我像落汤鸡一样来到了棉田里，风雨渐渐小了些。

真叫人心痛啊！我看到了松软的"海绵"地变成了一片稀泥滩，看到了那碧绿肥壮的棉株伏倒在了烂泥汤里……可是，我看到的不仅仅是这些！我看到了一个动人心弦的场面：武霞，和她的十四个姐妹，浑身淌着水柱，就像一组钢浇的塑像，在泥糊糊的棉田里站成一个圆圈。她们，一人拿一顶草帽，聚成一个伞形。在那金黄色的伞形下面，挺立着一株株翠绿的棉苗！啊！她们，这些平均年龄只有二十来岁的公社女社员，为了保住这一小块棉田，在那夹着冰雹的暴风雨中挺立了四十分钟！这四十分钟，在无限的时间长河里，是多么短促的一瞬；这一小块绿色的伞形棉田，在这庞大的地球上，是多么渺小的一点；同志，你能算出来这些数字的价值，可是，你能算出来这十五颗红心对党、对领袖、对革命、对社会主义的赤诚吗？

雨停了。社员们都来了，在那个铁一样的圆圈外又围了一个大圈。一百几十双眼睛望着这十五位英雄。

“我们要继续斗争！”武霞把风雨冰雹打散了的头发拢在脑后，用响亮的女高音向所有在场的人说，“大家别难受了！与天奋斗，其乐无穷！现在，别绷得像二姑娘一样！我们应该笑！”她真的笑了。

在这种情况下，她那乐观的情绪能不感染别人吗？大家都笑了。这笑，是对老天的蔑视和挑战！

头发斑白的老支书站在武霞旁边，拳头一挥，吼着：“斗争，和老天斗，全队不分男女老少，不分白天黑夜，扶苗！”

我走过去握住了武霞的手，握住了老支书的手，我祝贺他们在精神上打了一次大胜仗！

武霞笑着说：“王同志，你事情不急的话，也和我们一块斗几天！”

“能成！”我一口答应了。

“哟，还没斗争哩，你就先负伤咧！”她指着我脸上刮破的口子，开玩笑地说。

“哈哈哈……”这些浑身沾满泥浆的姑娘，笑得弯下了腰。

我被她们那革命的乐观精神强烈地感染着，到现在，到将来，永远不会忘怀！我想，在这样的人民面前，还有什么克服不了的困难吗？

就这样，我在武家庄参加了一次大打扶苗救棉的“人民战争”。

在那战斗的几天里，我亲眼看到了经过社会主义实践锻炼的贫下中农，以怎样一种精神面貌投入了改天换地的伟大斗争！

他们在地头提出了豪迈的战斗口号：“不信天命要革命，誓夺粮棉大丰收！”全村男女老少日夜站在这烂泥汤里，用一双双手，扶起了一株又一株棉苗，用清水，洗绿了一片又一片叶子……武家庄人民终于战胜了这场天灾，迎接了新的喜悦。而我，也拿着一份颇为满意的材料离开了这里……

汽笛一声长鸣，列车停在一个小站上。我下车的地方到了。不用问，我这次跑的第一个点，就是武家庄。

下午，我来到了这个渭河岸边的村庄。你绿色的林荫路！你新崭崭的房屋群！多么的亲切哟！

巧得很！我在村口碰上了支书。老汉雄赳赳地扛着把铁锨，正准备去给谷地放水。

我的第一句话当然是："棉花长得怎样？"

"棉花吗？"他还像先前一样，回答你的话老是反问一句，"那还用说，你去看看就知道咧！"

接着他告诉我，在我走后不久，就是干旱。当时秋苗都等着喂水，六口机井连轴转也转不过来，武霞她们就给棉田里挑水，十五个人，共挑了一万多担水啊！

老汉急着要去放水了，临走又补了这两句："吶些保守脑瓜，可叫娃们越敲越灵醒咧！他们现在说，要胜利，就得斗争！"

我没有进村，像第一次一样，径直来到了渭河滩。

呀！多好的棉花！一片齐胸高的棉田，绿油油的像一个湖泊。腰层和顶层，闪着青光的稠密的大棉桃，压弯了那些纵横交错的担子；底层，棉桃已经绽开了，从根部望过去，大地像落了一层雪花……

我兴奋地从这边走到那边，看不够！爱不够！

我在写着"棉花单株潜力试验"的木牌前蹲下来，认真地数一株棉花的桃。数完后，我像小孩一样乐得直拍手："八十个！"

"呔！"背后一声喊叫，吓我一大跳。

还用问是谁吗？

武霞照样穿着那件绿底白花的衬衫，这颜色和整个大地是多么的协调！她那被太阳晒得红扑扑的脸上，仍带着那份什么也难不倒的神色。在八月的阳光下，她，就像这棉株一样：质朴，倔强，蓬蓬勃勃。

“你看，王同志，棉花开了！”她从兜里递给我一朵棉絮，声音里充满了丰收的喜悦。

洁白的花絮啊！你的每一根纤维，都包含着一场风雨雷电，都渗透着公社社员的汗水和心血！

我把这朵珍贵的花絮，夹在笔记本里。

“其他的姑娘们呢？”我问她。

她没有回答我，用响亮的女高音向碧绿的棉田里喊：“喂——那个王同志又来咧！”不一会儿，那十四个姑娘都从棉田里钻出来，一人怀里揣一兜雪白雪白的新棉。她们远远地向我扬手打招呼，然后把兜里的棉花放在地边的大包里，就又钻进那碧绿的棉海里去了。她们忙得很哪！

“听说你们担了一万多担水浇地？”

“那都是小事！七月下旬，棉铃虫可猖狂咧！眼看着棉铃被咬落了一层。”她带着严峻的神色说。

“那怎办哩？”

“喷药！”她手一挥，果断地说。

在这块小小的棉田里，斗争真是一场接着一场啊！可是，革命者从来没有松懈过斗志！她们与天斗，与地斗，与虫斗，与阶级敌人斗，终于斗出了碧海一片，银花朵朵。

火红的晚霞燃烧了起来，给碧绿碧绿的棉海镶了一层红亮的边。一阵阵凉爽的风，从开阔的渭河滩吹过来，摇曳着高大敦实的棉株。

武霞把兜里的棉花送到地边的大包里，回来对我说：“晚上，我们大队要召开批判会，王同志，你也参加吧！我要代表银花植棉组开头炮！”

“我一定参加，你的发言稿子写好了没有？”

“早写好了。”她微微一笑。

“让我看看吧！”

“你看，那不是——”她指着那碧绿的棉海，豪迈地说。

啊！我的心潮随着她的手势话语，在激荡！在澎湃！

这茅草窝子上出现的碧海银花，是一张多么强有力的批判稿！这样的批判稿，在渭河流域、黄河流域、长江流域……在整个祖国大地上，何止千张万张！在这样的批判稿面前，那些鬼话和谎言，能不被击得粉碎吗？

武霞又去摘棉花了，那件绿底白花衬衫，和整个棉田融在了一起。

我面对着这碧绿的棉海，久久地望着。是的，胜利之花，永远为敢于斗争的人们开放！

*原载《陕西文艺》1974年第5期。

灯火闪闪

夜晚，每当我拉亮电灯开始工作的时候，那闪闪的灯火，总把我的记忆和怀念引向遥远的江河岸边……

在我们伟大豪迈的事业中有这样一支队伍：他们喊着号子，唱着歌，在没膝的沼泽地和从未踏过人足的地方踩出一条路，拖着、扛着、推着那些沉重庞大的施工机械，翻山越岭，来到了江河岸边的某个悬崖峭壁间。

这些人在鹰才敢垒窠的地方，用木棍、荆条、芦席和泥巴搭起窝棚。他们啃着冷馒头，喝着冻白菜汤，嚼着从山上拔下来的野葱，在煤油灯和松树明子下开始了工作……几年后，当他们带着微笑，像一支打了胜仗的军队，喊着号子，唱着歌，来到另一条江河岸边的时候，他们又开始在鹰才敢垒窠的地方，用木棍、荆条、芦席和泥巴搭起了窝棚……然而，就在他们的身后，一座腰斩江河、气贯长虹的大坝矗立起来了！转眼间，马达隆隆，机轮飞转，一串又一串闪闪烁烁的灯火，缀上了祖国宽阔的胸襟……

这支英雄的队伍，就是我们的水电建设大军。

多年来，由于工作上的关系，我没有和他们经常在一起。但是，仅仅一些短暂的相处，他们轰轰烈烈的战斗生活无时不在吸引着我。

我常常怀念着他们之中那些年老的和年轻的战友……

今天，当新的跃进热浪在祖国大地上澎湃的时候，我又一次见到了他们。

早晨，初冬的寒风从江峡中吹过来，沁骨的凉。我站在荆条抹着泥巴的工地招待所房门前，向通往工地的大道上望去：只见那南来北往的车辆轰轰隆隆地吼叫着，奔跑着，那些扛着红旗，迈着阔步去上班的工人，正急匆匆地奔向高高的脚手架。下班的工人笑着，唱着走过来了。年轻的小伙子们大敞着怀，胸脯上冒着热腾腾的汗气，姑娘们身上都挂着各式各样的工具和一双沾满油泥的手套。他们三个一群，五个一伙，在兴奋地议论着什么，比划着什么，仿佛他们不是去上了一夜班，而是去参加了一次精彩的文艺演出……面对着这滚滚的战斗激流，飞扬的生活浪花，我的视线重叠了，重叠了，渐渐地，在我的眼前显出了另一些场面……

记得十月我来工地时，老天翻了脸。

风，推着铅灰色的云，云，裹着粗大的雨柱，云飞雨窜，横扫了大江上下。顷刻间，江面上奔涌起几米高的浪头，江水流量增加到了平时的几十倍。洪水铺天盖地的，像一头吐着白沫的猛兽扑过来了！那些盘根错节的古树，嶙峋峥嵘的峭石，一边翻着跟斗，一边互相追逐着，在浑浊的江水里横冲直闯……

这时，水电站建设工地的采沙场处于严重的危急中！这不仅仅是路基被冲垮，铁道被淹没，水舌舔到采区位置最高的电杆顶端，而是那艘处于大江中水线上的十一号采沙船有被冲跑的危险！

这艘一百多吨的采沙船是水电建设工地的命根子，它每一分钟的工作都和那座巍巍的坝体，和整个建设工地血肉般地联系着。万一这艘本身没有动力的采沙船冲向下游，那大江上多少座桥梁都将受到严重的威胁！

现在，十一号采沙船像一片狂风中的树叶，在激流中颠簸着，晃荡着。厚厚一层杂草、树根缠裹在大拇指粗的钢缆上，给水流增加了阻力，给钢缆增加了负荷，钢缆，像几根紧绷的弓弦，眼看就要扯断了！现在最要紧的，就是要迅速清除掉这些可恶的杂草和树根啊！可是，拿什么去清除呢？

就在这样一个时候，我和刚从外地开会回来的外号叫“老水电”的工地总指挥来到了江岸。

天色提前半个小时暗淡了。江边，几千人的眼睛紧盯着江心那盏闪闪的灯火——它告诉人们：十一号采沙船上的勇士们在继续战斗着……

“现在谁在船上指挥呢？”我问额头沁满汗珠的“老水电”。

他眼睛一直不离开那盏灯火，厚厚的嘴唇缝里吐出两个字：“方英。”

“她？就是你常夸赞的那个女孩子？你不是说她才二十二岁嘛！”

“老水电”扭过头来，声音里充满了激动：“老伙计！别看她只二十二岁，可她是只鹰。鹰还怕风浪吗？我告诉你，刚才沙石场李书记打电话说，船上其余的七个人，也全都是二十来岁的小青年！他们都是第一次遇到这样严重的情况哟！”

“啊？是这样？……”我顿时感到嗓门眼热烘烘的。初来江岸的时候，我总以为这些在如此艰难困苦中坚持战斗了一天的人们，不是半辈子踏波踩浪的弄潮儿，也肯定是些多次与洪水打过交手仗的老采沙工！

此时，我眺望着那盏闪闪的灯火，心头充满了激动的情感。我又一次强烈地意识到：我们年轻的建设者们，年轻的一代，他们那宽宽的肩膀，已经勇敢分担了父辈们肩上的重担！

但是，现在我不能不为这八位年轻的朋友担心：这洪水何时才能下落？你们能坚持到最后一秒钟吗？

能！事实作了回答。

三天三夜后，那盏灯火在黎明前依然耀着闪闪的光芒。而那咆哮发狂的江流，像一条受了刀伤的蟒蛇，在威武雄壮的十一号采沙船下疲倦地喘息着……

在迎接他们上岸的那一天，我本来要早上六点钟动身离开这里的，但我推迟了几个小时，和“老水电”一齐来到了江畔。

十一号采沙船第三班的勇士们，在班长、共产党员方英的带领下上了岸。八个人列队站在微微飘展的红旗下，面对着几千名日夜为他们操心的战友。他们从头到脚都沾满了厚厚一层泥巴。每一双手都在滴着殷红的血珠——啊，三天三夜中，他们就是用这几双手不停地清除掉钢缆上的杂草，保住了十一号采沙船！

也许还在他们刚刚佩戴上红领巾的时候，董存瑞、黄继光、刘胡兰……这些不怕苦、不怕死的英雄形象就是那样深深地铭刻在了他们幼小的心灵里。他们曾多少次抚摸着红军叔叔手上的伤疤，渴望在火热的斗争生活中做出英雄的业绩！今天，当他们在社会主义革命和建设中实现了自己战斗的愿望时，你看那一双双充满红丝的眼睛里闪烁着多少自豪和幸福的光芒！

方英走出队列，来到“老水电”面前。她举起滴着血珠的右手敬礼，然后缓慢而平静地报告着：“十一号采沙船和八名船上人员全部安全返回……”于是，几千人的掌声和呼口号声在江边打雷般地轰响起来……

远处机器的喧吼声把我的思想从掌声和口号声中唤回。激动的追忆使我的额头微微发烫。我戴上手套，拉起毛衣领，顺着那条崎岖的山路来到了江边。

我正准备上工地去，但不由得又收住了脚步：我看见，前面不远的地方，一位穿着沾满泥巴工作服的人，正捧起冰冷的江水洗脸，从脖项上那条红艳艳的围巾可以看得出是位女同志。

“水不凉吗？”我站在她的背后问。

“不凉！到脸上搓几下就热了。”她把一捧水泼在了脸上。

“啊，这不是方英吗？……”我没想到在这里又碰见了这位勇敢的姑娘！

她也认出了我，和我热情地握手。

“这么冷的天气，你怎么跑到这儿来洗脸？”

她“嘿嘿”一笑：“你见过这么大的脸盆，这么明亮的镜子吗？我们呀，都爱在这里来洗脸！”

“还有谁来洗呢？”

她指着倒映在江面上影影绰绰的山峦，半开玩笑半认真地说：“还有它们！”

我的心头猛地掀起了一个热浪，嘴里不住地喃喃自语着：山也在梳妆吗？山也在梳妆吗？……

方英把那条红围巾在胸前打了个结，然后对我说：“我早上有个急事，下了班也没有回宿舍，就在这里洗刷一下。请你一定到我们那里去看看，热火得很！现在嘛，我要走了！”她向我扬扬手，径直向半山崖上的工地指挥部跑去了。

在去工地的路上，我一直思索着刚才那段富有诗意的对话……

一只粗糙的大手抓住了我的手：“啊哈，老伙计！你先看看这景致吧！”“老水电”提着一把大号扳子，身上还是穿着那件被汗水渗结成白碱圈的工作服。

大坝正在进行多层作业，高高的脚手架和坝体上到处都是忙活的身影。满载沙石骨料的机车，轰轰隆隆地开过来了，一支支高耸入云的门式吊机巨臂在上下翻飞着，一罐又一罐搅拌好的混凝土被送进了仓号。半空中，那条鲜艳的红布上书写着这么几个刚劲的字体：“大跃进万岁！”……

“老水电”笑眯眯地望着我说：“工人们在毛主席和党中央新的

战斗号令下，干劲可大啦！好多小伙子和姑娘们一个月就上三十几个班！”

“上三十几个班？”我有点不解。

“啊哈！他们除出全勤外，还加班嘛！可是，就这样，有些事还忙活不过来，架子工这几天正在其他处忙哩，你看那些模板还没拆下来……”他焦灼的目光落在了溢流坝的支墩上。

“我们来拆！”背后突然有人大声喊。

我俩同时扭过了头：说话的是方英。她的眼睛闪着光亮，被寒风吹红的脸颊上挂着几串亮晶晶的汗珠。

“你们？……”“老水电”吃惊地张开了厚厚的嘴唇。

方英喘着气说：“我们那艘采沙船正在检修，可腾出一些人手来这里帮忙。刚才我跑到指挥部去找你要任务，人家说你不在，我就上这儿来啦！”

“啊呀，好小方哩，这可不行！”“老水电”坚决地摇着头。

姑娘情绪激动地抓住了总指挥的手：“大伯！我知道您心里在想，我们没有上过脚手架，而且好多都是女同志……可是，大伯！您更应该理解我们的心！在这‘大跃进’的年代里，我们的手闲一分钟都感到难受……至于我们能不能上高空作业，现在您就看看吧！”说完后，她飞一般地冲向了前面高高的脚手架！

等我俩赶到跟前时，她已经攀登了七八米。这时，一阵强烈的寒风从江峡中吹过来，高矗的脚手架似乎在微微摇晃着。

“老水电”慌忙张开两臂，冲着上面严厉地喊：“小方！快下来！你看这风多大！”

这时，方英一只手抱住木棍，一只手在嘴上做了个喇叭形，身子向下倾斜着，在呼呼作响的大风中向“老水电”调皮地喊话：“大伯，别担心！这上面很好，像摇篮一样……”

啊！我看见“老水电”那两片厚厚的嘴唇急速地抖颤了几下！

然后，他面对着远处滚滚的激流沉思了起来……他在想什么呢？也许他在想自己，想自己年轻时候那东杀西战的马背生活。那时候，他和方英的爸爸不是也向指挥员说："这马背就是我们的摇篮……"

马背和脚手架——革命者的摇篮！无产阶级的战士，一代又一代，不就是在这样的摇篮中成长起来的吗？

此时，方英已经登上了最高一层脚手架，利利索索拆下了第一块模板！

太阳，像一块刚出炉膛的红铁，从东方大山的脊背后跳出来，给江河峰峦染上一层淡淡的红晕。

方英背贴蓝色的天幕，面迎满天的飞霞，高昂着头颅，嘴微微张开着，好像有一支激情的歌就要冲出喉咙……过了一会儿，她解下脖项上的红围巾，向我们猛烈地挥动，望上去，如同一支火炬在她的手里熊熊燃烧着……

同志，当水电站的机轮运转起来的时候，你望着大江两岸闪闪的灯火，你会怎样想呢？你不觉得它就是千千万万的水电建设者用青春和生命的火焰点燃的吗？

* 原载《陕西文艺》1975 年第 1 期。

不冻结的土地

“三九四九，冻裂石头。”（农谚）腊月中旬，从内蒙古草原上吹过来的寒风，像嘶叫的马群，穿过毛乌素大沙漠，跨过古长城的垛口，把冷冻严寒撒满了陕北高原。

气温在急剧地下降着。没几天，大河小河都被尺把厚的冰层封盖了。土地啊！就连那一层最松软的农耕土，也冻得像石板一样坚硬，锋刃的铁器家具砍下去，只能磕起一小片土渣渣。即就是正中午吧，你哈出的一点热气，马上就在唇边结成了冰花……

多么严寒的季节！当你初踏上这块土地的时候，禁不住要想：在这样的节气里，人们在干什么？

顺着延河走吧，顺着陕北一条条大路小路走吧，扑入你眼帘的，是无数杆猎猎翻卷的红旗和千万把闪光的镢头！

当你听得一声惊天动地的炮响后，眼看着一座土圪峁被掀上了半空中。那硝烟和尘土还未散落尽，大沟小岔里“埋伏”的兵马早已冲了过去，只听见灰尘中短促的呼喊声、铁器的撞击声响成一片！那阵势，就像激烈的战场一样。稍许，一辆辆载着冻土块的架子车便箭一般地从烟尘中钻了出来。推车的大半是年轻姑娘，那红艳艳的头巾在寒风中一闪一闪的，格外耀眼……

等硝烟尘土散落尽的时候，你走近看看立在这土圪垯中间的老老少少吧：一格样硬邦邦的“实遍纳”鞋，前包皮子后钉掌；宽宽的老蓝布腰带紧紧地束在黑粗布棉袄上。不论什么时候，他们那染着霜尘的红脸膛，总带着敦厚朴实的微笑。在他们中间老一些的，你大概在一九四七年的担架队里见过；年轻一些的，说不定在那一次大干快上的青年突击手会议上,你还握过他们堆满老茧的大手呢。

这就是陕北人民！这就是那几十年艰苦奋斗如一日，用自己的心血养育过我们革命战士的陕北人民！今天，在这冰封雪盖的季节里，他们，仍然没有坐在热炕头上，还是以往日那气派，那热情，那拼命精神，在当年收拾过胡宗南匪帮的地方，他们冒着零下几十度的严寒，抡起山镢，又打响了一场新的战斗！

置身于陕北人民改造山河的战斗中，你会觉得冷？听听张崔大队年过六十的共产党员张忠老汉怎说哩！他说：“它老北风能把水冻成冰，还能把咱身上的血冻住？”听了这话，难道不使你从心底翻腾起一股热浪吗？你会深深地感到，陕北人民那宽阔厚实的胸膛里，革命的火焰是越烧越旺了！它能烧退寒风，化掉冰雪，把春天唤回到封冻的高原……

一个雪花飘飘的傍晚，我顺着新铺的渣子公路，去张崔大队给张忠老汉扎针，因为他儿子铁拴早上给巡回医疗队打电话说，老汉的风湿性关节炎又犯了！

初落雪的时候，风并不大。飘旋下降的雪片迎面扑来，像春风里千万只白蝴蝶在翩翩飞舞。不一会儿，山顶上已经被雪覆盖了。远望去，使人觉得这每一座山峰，就像一个朴实的陕北人一样：头上拢着白羊肚子手巾，身上披着不挂面的老羊皮袄，挺着胸脯站立在风天雪地里。

在迷离中，我被公路下边一条弯弯曲曲的小路吸引住了。听这川道里的老年人说，这就是当年那通往“西口”的路。小时候给地主当长工的张忠，年年在这样的节气里，把最后一斗拾掇干净的粮食倒进地主的石仓后，就不得不赶上毛驴，沿着这条小路走向无定河，走过红石峡，踏入了黄沙漠漠的内蒙古……他走啊盼啊，盼等着火焰般的山丹丹花盛开在眼前……

自然界的春天，年年都在这儿来哩。但是，陕北高原真正春天的到来，是一九三五年，是毛主席率领中国工农红军踏上这块土地的时候。一下子，冰消了，雪化了！你听那红火热闹的秧歌队里伞头们那热辣辣的嗓音："腊月里（哪个）冻冰开春里消，翻身的日子过红了……"

一无所有的长工张忠从地主的葛针墙里解放出来了！他噙着热泪，拖着在走"西口"路上冻坏的腿，一瘸一拐地爬上山，割得两枝红酸枣捧在亲人红军的面前……

在以后那些冰封雪盖的季节里，人们又看见张忠赶上了毛驴，但他不再走"西口"了，而是到三边去，给人民的边区政府驮回来了白格生生的食盐……

延安时期的老同志啊，不论你而今在山南还是海北，你的记忆里，肯定还保存着许许多多陕北人民可亲可敬的面容和他们那可歌可泣的英雄故事！参加过歼灭胡宗南匪帮的老战士，也许还记得当时这么一件事：一个大雪纷飞、寒风呼啸的黑夜，离延河不远的一个小村子里，有位老乡冒着密集的炮火冲进敌人的包围圈，用老蓝布腰带把一位负伤昏迷的游击队指导员束捆到自己背上冲了出来。跑了没多远，他的脚也负伤了，就背着那伤员在雪地上爬。等天明爬回村子时，他的手指头、胳膊肘和腿膝盖上的皮肉被磨破了，鲜血把十几里雪路都染红了……这人就是张忠！

在那些火光闪闪的年代里，在那些严寒冰冻的季节中，这红色的土地上，哪里没有渗透过革命人民的热汗热血？他们，就是用汗水和心血暖热了这块土地，才使革命的种子在这里扎了根，开了花，结了果……

天全黑了，地上的雪已经积起厚厚的一层。我摸索着进了张崔。

怪，村子里黑灯瞎火的！仔细看看，好多家门上都挂把锁。

人呢？我一口气向铁拴家跑去，心想他爸关节炎犯了，总不会出去吧？

可是，人，照样不在！

我立在雪地里，一阵迷惘。正在这时，背后响起了“突突突”的机器声。两道炫目的灯光劈开雪幕，直照到对面崖畔上。

一台手扶拖拉机停在了我身旁，满满一车刚从窑坑里挖出的沤土粪还冒着热气。

驾驶员“噌”地跳下车，向我走来。黑暗中，我一下子看不清是谁，只觉得从他身上散发出的热气直往我脸上扑来。

他立在我面前，解下头上的白毛巾擦把汗，露着白牙齿在笑。

“这不是铁拴吗？……好后生哩，”我有点埋怨地对他说，“你打电话叫我来哩，可病人哩？”

他抱歉地搓着手说：“晚上全队男女老少都在后滩上夜战哩，我爸那人你又不是不晓得……走，”他跳上驾驶台，指着装粪土的车斗说，“别嫌脏，圪蹴上跟我去一趟工地，咱俩一块动员动员他。不过，他打定主意要闹腾个啥，拖拉机也拉不转……”

发动机吼叫了起来。不一会儿，我们就来到了一块新修好的梯田里。我俩抡着铁锨把车上的粪土铲下来，便向那灯火闪烁、人影晃动的工地走去。

尽管大风雪一阵紧似一阵，但是在人们战斗的脚步下，这里的雪，是一片也积存不住的。工地上，小伙子们正一排一溜“吭唷吭唷”地撬着冻土盖，汗水把身上的线衣溻得湿格淋淋。姑娘们脚步不着地似的在推车飞跑，在这样呛人憋气的冷风里，她们拉空车回来的时候，还大张着嘴在唱歌哩！

姑娘们的车子刚停稳，老汉老婆们就抢着铁锨往上扣土，一张张笑嘻嘻的脸面上泛着红光。人群里，不时发出老年人嗔怒的吆喝声：“小心碰磕着！”望去，原来是放了寒假的小学生们，在他们中间蹦蹦跳跳地抢着背运冻土块。挂挑在崖畔上的灯笼，把光芒投照在人们热气腾腾的脸上，投照在湿漉漉的地面上，投照在地边那块支架起的大石板上。大石板上写着毛主席一九四九年给延安和陕甘宁边区人民的光辉复电。

在一个冻土崖前，我和铁拴找到了张忠老汉。只见他像小伙子一样，棉袄甩在一旁，光穿一件粗布衫子，抡着山镢在“嘿哟，嘿哟”地撬着冻土块，那两条直挺挺站立着的腿，被乱滚的冻土块碰打得一颤一颤的。凭着自己职业的感觉，我知道那两条腿在忍受着怎样的疼痛！但我更知道那颗共产党员的红心，蕴藏着多么巨大的力量啊！

“爸，医生来了……”铁拴站在他身后怯生生地说。

老汉扭头看了看我，嘴里温和地“噢”了一声，然后粗声粗气地对儿子吼喊：“你这小子！黑天半夜麻烦人家做什么？呃？我给你说了多少遍，你老子这病不要紧嘛！这么紧要的仗火，我在那炕上坐得住？”

老汉几句“训”铁拴的话，把我鼓动得浑身热乎乎的。我急忙对他说：“大叔，快把棉袄穿上，小心感冒。”

他厚道地一笑：“出力哩，棉袄热得穿不住！”

望着这位刚强的老人，再能说什么呢？我只觉得自己应该像他们一样，一生一世，永远把心扑在革命上！

工地上的大喇叭突然响了起来，播音的姑娘用清脆的嗓门大声说：“现在广播张忠大叔的口头来稿，题目是，为什么冯志亭穿着皮袄还说冷？……”

老汉一边满意地听着，一边愤怒地对我们说：“你看这不规富农分子瞎不瞎？学大寨，众人热得连棉袄都穿不住，扑着命在大干哩，他穿着皮袄还说冷！一铁锨铲不起来二两土，不冷才有鬼哩！”

老汉气愤得脖颈一扭，往手心里啐了两口唾沫，随着“嘿哟”一声，一块碌碡大的冻土圪垯就被撬了下来！

广播员播完张忠老汉的“口头来稿”后，大声说：“党支部号召大家，在大队政治夜校里，好好讨论讨论这个‘皮袄和布衫’的问题！”工地上一下子沸腾了！人们在紧张的劳动中，展开了热烈的议论……

张崔大队后滩上的夜晚啊，就是这样的红火！今夜，在大雪纷飞的陕北高原和祖国大地，又有多少这样红火的场面呢？为什么不可以这样说：在我们祖国的土地上，没有冬天！

我们刚搬运掉老汉撬下来的那块冻土，只见一个愣小伙子撞了过来。他一手抓住老汉的胳膊，一手递上把折了脖子的镢头说：“大叔，我把你昨天修好的镢头撬坏了，现在停住手了……”说着低下头揉搓自己汗水溻湿的红线衣。

老汉并没恼，反而张着缺了两颗门牙的嘴笑着说：“只要你后生出力就好！镢头撬坏了有大叔哩，给！”他把自己的镢头递到小伙子手里，然后对我们说，“我去把这镢头整治一下！”他抬腿就起身。

铁拴撵在他身后说：“爸！你的腿不扎针了？人家同志……”

老汉停住脚步，扭过头用灼热的目光望了我一眼，拉住我的手说：“同志，晚上你就睡在我的炕上，这些日子，我学习理论，有些问题，还得问你哩，行不行？”他从布衫兜里掏出个红皮封面的小册子举在我面前，“政治夜校才发的，里面都是咱毛主席老人家说的话，毛主席的话，句句都宝贵，咱要好好往心里头刻哩！”他把小册子又郑重地装进兜里，对我说，“后生，干脆跟我抡锤去，站下冷！”

“好！”说实话，我心里早已热腾腾的了。

铁拴冲我咧嘴一笑，又跑去开他的拖拉机了。工地上，车轮飞驰，铁锹闪光，那“吭唷吭唷”的号子声，在越来越大的风雪中吼喊得更高昂了。

我跟着老汉来到地畔下边的小河边。

这里放一个破铁桶做成的火炉和几把铁锤、钳子，还有一个淬火用的喂猪石槽。

老汉把石槽挪在火炉边，掬了几把雪放进去，就坐下来生火。

我把顺手拿来的棉袄给他披在身上，在炉边拿起一把铁锤，怀着急切的心情等候着那个火星飞溅的时刻。

随着“呼啦呼啦”的风箱声，炉火熊熊地烧燃了起来，把周围烤得热烘烘的。老汉索性解开布衫上面的几道纽扣，在炉火前袒露出他那古铜色的胸膛。随着他胸膛的一起一伏，那火苗在“呼，呼”地蹿着……啊！这火是炉膛里喷射出来的吗？

过了一会儿，老汉把红炭火里的镢头翻了个滚，放下手中的钳子，撩起布衫襟揩去了脸上的汗珠，然后抬起头来，灼热的目光久久地盯着地边石板上那醒目的大字。他拉风箱的胳膊越来越上劲了！只听见“呼啦呼啦”的声音与整个工地上的唱歌声、说笑声、撬冻土盖的号子声混合成一片，响彻了风雪迷漫的夜空！那熊熊的火焰，映红了冰河，映红了雪山，仿佛整个大地都燃烧了起来……

* 原载《陕西文艺》1975 年第 5 期。

吴堡行

初到吴堡

吴堡县革委会驻地在宋家川。当我们刚刚踏上这个初具现代化城市雏形的小镇时，心里不禁惊异：这个全县政治、经济、文化中心的城镇街市，出奇地清静。沿着黄河堤岸铺筑的柏油大道上，除了偶尔驶过的汽车和手扶拖拉机的声响，以及路北正在兴建的黄河饭店二层脚手架上工人们的喊声、笑声外，就只能听见黄河奔流的涛声了。

我们绕过几幢楼房，在城东一条短巷里找见了县委所在地——依着山势修筑的年代已久的三排朴素的石窑洞。

进了大门，我们的感觉更加强烈了，种满蔬菜的庭院的过道上，除了一个老人手执长柄笤帚在清扫路径，几乎看不到第二个人影；用青砖围砌的小花坛里几只蜜蜂的嗡嗡声，愈加衬出庭院里的宁静。差不多所有办公室的窑门上都吊着锁。人呢？

十分幸运，终于在第二个窑里见到了县委办公室的一个同志。他热情而又抱歉地说："机关的同志都下去了。"我们立刻醒悟，吴堡全县各级干部参加生产劳动，全年做到"一、二、三"，在第一线上指挥农业学大寨活动，这几乎是我省家喻户晓的事，而我们居然把这个“常规”搁置脑后了。

他告诉我们，县委书记出席全国农业学大寨会议去了；县级机关大部分同志下了乡，和社员们一起收秋、深翻土地，安排部署今冬明春的农田基本建设；留下的同志，又分三班轮流上了前线——在县城东北大约五里路的“硬地梁”上劈山填沟造平原。他为我们列了列三班劳动的时间表：早六点至十点，是县级财贸、商业、银行、邮局、书店等部门；十点至下午两点，是县级党政部门；两点至六点是县文教卫生系统。劳动之外，公事勿误。

“要贯彻好全国农业学大寨会议的精神，干部必须冲在前边，县委必须领在前边！”他强调着说，“全国农业会议之后，肯定更要大干！”

他的这种心情是有代表性的。在吴堡所有的干部和群众中，目下，恐怕正同他一样，内心里都已十分自觉地预感到，全国农业会议之后，在我国广大农村中，将要出现前所未有的局面和形势。不用说，他们肯定都在暗自鼓劲呢！他谈话的精神，使人深深感到，吴堡，当下正处在一场激战的前夕！

我们带着这深刻的印象，重又走上街头，用置身异地的陌生人的眼睛，打量着吴堡这座新兴的小山城。在街道墙壁上，我们看到了两条醒目的标语：“干部，干部，先干一步！”“变地先变人，变人先变带头人！”啊，他们想的，说的，做的，他们战斗的精神风貌，使我们的印象进一步加深了。

宋家川实际上是黄河北岸一段狭长平坦的滩地。南岸危岩壁立。黄河汹涌的玄黄色的浊流从上游滔滔而下，流至山西军渡时，一头撞在陡峭的石壁上，不得不陡直地转个九十度的急弯，于是那折反冲向北岸的潜流的力量，激起了层层波浪，哗哗喧响着，咆哮着，卷上岸边，舐吞着岸上的黄色细沙；于是，那雄浑的撼人心弦的涛声，便日日夜夜在小城的上空回荡着。

小城是朴素的，充溢着我们这个时代的气息。三条长短不一的小街,立着几幢楼房,有公共文化设施,也有它的“商业中心”。自然，街后的山坡上，仍是具有陕北特色的错落有致的排排窑洞，并且都用一串串红枣、辣椒、玉米棒、谷穗点缀着，使这座山镇呈现着城乡相兼的色调。

小城依然像我们刚到时那般清静。临街的三层楼的百货商店里，只有当我们走进时，才算有了顾客；如果不是那商品琳琅满目的玻璃货柜横在面前，你会觉得这是商店？这个本该是摩肩接踵、喧声扰攘之所在，清静得如同某个陈列馆。我们想，这怕没什么可怪的，因为，人们都上了前线！

紧靠黄河畔上的一个十米见方的空场上，有两三个老汉，提来几篮子黄澄澄的脆梨，香喷喷的花红果子，蹲在那里晒太阳，拉话。我们走近了，才在电线杆上发现一块木牌，上写“市场”二字。好冷落的市场啊，除了偶尔招徕几个孩童，似乎再没有什么人来光顾了。这哪里是人们观念中那个肩撞毂击、喝声连片的市场？是的，依然没什么可怪，此刻，人们都上了前线！……

直到这时，我们才感到，这个依山傍水的小山城里的静寂，分明透着某种紧张肃然的气氛。宛如人们走进前沿指挥所里，在那里，静得只能听到人们匆匆进出的脚步声，收发报机的滴答声，似乎连空气都要凝结了。那是怎样的寂静啊，指战员们，各个敛声屏气，心弦绷得紧紧的，他们在期待那决战时刻的到来！而这之前的每一刹那，正是箭在弦上！——指挥员们，双眼紧盯着旋转的秒针！前沿战壕里的战士，早已子弹上膛，瞄向前方！……

我们想着，走着，突然街市上的寂静，被渐渐汇合起来的声浪冲破。一辆辆自行车，打着响铃，从我们身旁呼呼掠过，骑车的人一只手扶把，肩上扛着钢锨；而每个车座上差不多都捎带着一位女同志，或是年纪稍大的人，他们肩上也都扛着钢锨。亮铮铮的锨头闪着耀眼的光芒。接着，又有不少的人，从各个机关大门里拥出来，身着蓝的灰的干部服，有的却还在头上拢着羊肚子毛巾，每个肩头都扛把亮闪闪的锨或镢。一个个雄赳赳的，威武得很。

不用说，这是出征的队伍，是向“硬地梁”进发的。因为换班的时刻到了。

队伍过去了。街面上复又安静。

可是，没过多久，一阵阵纷沓的脚步声，笑声，歌声，就从城东沿着黄河畔大道上荡漾而来。小城跟着又喧腾起来。这是一支刚刚从阵地上下来的大军。行列里有鬓发灰白的老干部，有县级年轻的领导干部，也有系着红领巾的小学生。这是一支怎样的队伍啊！老中青少，汇成巨流！他们一路说笑，有的商谈着工作，有的交换着心得，个个解衣敞怀，精神抖擞。在这些战士们的脸上，你看出一丝儿倦意了么？没有。满脸是胜利的喜悦，战士惯有的自豪感！在这个队伍中，从县委书记到十几岁的小学生，谁的胸怀里没有一幅吴堡变大寨的蓝图？……

吴堡啊，原来你的每一寸土地上，都如此充满着激昂的战斗的气息！

夜晚，我们踏着月色走向黄河。黄河啊，当我们有生以来第一次走近你，任凭你那起伏的心胸抚贴着我们的时候，内心里是有好多的话要倾诉的；不过，今夜，我们倒要先问问你：你可曾看见，在你的身旁，又有一条比你巨大得多的长河巨流，在汹涌奔腾么？

当我们置身于我省北部这个最小的县份，这个只有四百零四平方公里的土地上和六万多英雄人民之中时，我们多么想借助身后那涛声来抒写我们这第一天的印象——

吴堡——战场！

吴堡人民——正在前线！

黄河老水手

在川口，我们又和黄河相会了。

在这里，黄河照样以它粗犷的气势，一个浪头推着一个浪头，咆哮着，向着太阳升起的地方奔涌而去。它浑黄而黏稠的水流，像从一座巨大无比的熔炉中奔腾出来的铜汁；那浑厚而巨大的声响，就是站在它的身边听起来，也觉得像是来自遥远的天边和大地的腹内……

每当投入黄河的怀抱，听着从它胸脯里发出来的呐喊声，就使人的精神无比地振奋起来。何况，现在我们站立的地方，就是早已神往的川口渡了！

渡口现在是这样的平静。岸崖肃立，浪花舒卷；水面上，偶尔有一两只木船在往来。

然而，我们的心情，却是这样的不平静！眼前，抗日战争的烽火和人民解放战争的烈焰陡然腾起；耳边，“风在吼，马在叫，黄河在咆哮……”

在那战斗的岁月里，曾有多少八路军战士手里握着刀枪，腰里挂着地雷，高唱着“保卫黄河，保卫华北，保卫全中国”的战歌，从这里飞渡黄河，走上了高高的太行山；又有多少穿着粗布衣衫的老区干部，揣着解放社印行的毛主席著作，告别了边区的土地和河西的父老，从这里渡过黄河，大踏步地走向了敌后。战马的蹄掌，曾在这里的岸岩上碰击出火花；延安发出的鸡毛信，曾通过这里的木船向晋察冀递传……而一九四八年三月二十三日这一天，川口渡，这个并不像潼关和三门峡那样有名的小渡口，却载入了中国革命的辉煌史册！这一天，伟大领袖毛主席就在这里离开陕北，东渡黄河，然后迈开雄健的步伐，一步步走上了天安门城楼，在那里升起了第一面五星红旗……

现在，渡口上筑起了一个石砌的纪念台，赭红色的石碑上，记下了这个历史性的日子。

站在纪念当年毛主席渡河的纪念台上，缅怀峥嵘岁月，瞭望汹涌黄河，更使人急切地想见见川口大队的党支部书记、黄河上的老水手薛海玉同志。

站在我们面前的就是薛海玉。

他瘦削，却瓷实得像一块黄河岸崖上的石头。一条雪白的羊肚子手巾，从额前反包过去，在后脑勺上挽了个结；白粗布衬衫上套着黑粗布棉袄，黑粗布棉袄上缠一根老蓝布腰带；清瘦的脸庞上，一双眼睛明亮而有神。他说起话来，平平缓缓，就像黄河在宽阔的河床上流淌一样；可是，那每句话的分量，却像浪涛一样冲击着你的心坎。

他粗大的手捏着那杆一巴掌大的烟锅，抽着，说着，微笑着。随着微笑，额头和眼角就打起了密密的皱褶——这一条条皱褶里，深藏着那黄河的风暴！……

从他爷爷开始，薛海玉一家三代人就都是黄河上的“耍河汉”了。他们把家安在了那暴跳的浪头上，把命运交给了凶残的河神。

一个寒风怒号的黄昏，大雪在陕北高原和晋西高原飞扬着。黄河水面上，飞窜的流冰在横冲直撞。这时，一只小木船在狂风巨浪中挣扎着，像一片残破的树叶，从远方飘来。那瘦弱的年老水手拼着命，沙哑地喊着号子，想把船扳在岸口上——那里，衣衫褴褛的一家老少，正呜咽着，等着自己的亲人回来。可是，他终于没有能把船扳出狂风巨浪，被流冰打翻了！他，被埋葬在了那黄色的浪丘下……

爷爷死后，薛海玉的爸爸又接过了那杆舵柄，又开始在那险恶的风浪中扳啊扳，可是，苦难的命运总是扳不过来。船上残破的炉灶里，炊烟时续时断……

薛海玉在黄河的摇篮里长大了。黄河，陶冶了他的性格，给了他坚强不屈的意志。他热情，像澎湃的激浪；他深沉，像河底的潜流。他从积劳成疾的爸爸手里，又接过了那杆舵柄，成了黄河上出色的水手。

也就是在这个时候，历史的舵柄转向了！毛主席带领着中国工农红军，踏上了陕北的土地。年轻的薛海玉，胸脯里涌起革命的激浪。他当了村里的青年主任，领着一班人手，在九曲黄河上，操舵柄，驾飞舟，上五原，下潼关，整日与黄河的惊涛骇浪搏斗着，给边区政府拉瓷，拉炭，送粮食，运油盐……

一九四七年，胡匪的兽蹄踏上了陕北的土地。黄河岸边的陕北人民，举起刀枪，扛起担架，纷纷卷入了战斗的洪流。

坚壁清野！把能藏的都藏起来！川口西岸的船划到东岸的芦苇丛里了。

可是，万一对岸咱们的队伍来了要船怎办？自卫军连长薛海玉，腰里别了三颗手榴弹，独自驾一只木船，摸黑回到了西岸。

他日夜守在船上，啃着糠窝窝，等候着。

也许解放军不会用船吧？可是万一要用起呢？就是一下不用，薛海玉还要等！……

船啊，小木船！过去你曾载过一代又一代任凭命运摆布的人们，如今你终于载起了黄河的主人！而在一九四八年三月二十三日，你却又承载了多么巨大的光荣和幸福！

这一天，党交给水手工会指导员薛海玉一项重大任务！要他送一位首长和一批人过河。二十四岁的薛海玉心怦怦直跳。他想：自己年轻，能担了这副重担子吗？他又想：我是共产党员，我应该担起这副担子！他立马周密地筹划了渡河的准备工作，把各地调来的二百多名水手编了班，每一只船都编了号。首长将要坐的第二号船，他在船里垫了一层木板，又铺上新席，放好坐垫，并特意挑选了八个忠心耿耿的共产党员和四个贫苦农民，做这只船的水手；他自己亲任这只船的班长。

中午时分，首长来了。薛海玉到离渡口二里路外的村头去接迎。

等他走近一看，心，一下子跳快了：咦呀！这不是日想夜梦的伟大领袖毛主席吗？

是的，这就是毛主席！薛海玉认出来了，他常在区政府看他老人家的像哩！

毛主席穿着粗灰布衣服，风尘仆仆地来到了渡口。他坐在河边的一块大青石上，和水手们亲切地拉谈家常。半个钟头后，毛主席就上了二号船，离开陕北，东渡黄河。

薛海玉握着舵柄，心头翻卷着滔滔热浪。他，一个穷苦的水手，而今竟承担了这样重大的历史赋予他的使命、责任，领受了这样巨大的幸福！他望着人民的救星，想说很多很多的话，但哽咽了，只是在心里默默地说："主席，您老人家到我们这里，连口水都没喝……"

当船到河心的时候，毛主席从船上站起来，长久地、深情地回首河西……啊，十三年来，毛主席日日夜夜和陕北人民在一起，如今，他就要离开了！

薛海玉眼眶里转着泪花。他想让船走慢一点，让毛主席在陕北的地界上再停留一会儿，让陕北的山水、陕北的人民再多看一眼毛主席；他又想让船走快一点，他知道毛主席正在筹划着革命的大事、人民的大业，他不能耽搁领袖一分一秒的时间！

船到河东的时候，薛海玉和水手们簇拥着自己最敬爱的人，在岸上送了很长一段路。毛主席一再劝他们回去，他们才怀着依依不舍的心情停住了脚步。

毛主席举起了那只伟大的手，向水手们，不，向陕北的山山水水，向陕北的千千万万人民挥着，挥着……是向这红色的土地告别，也是向这里千千万万包着白羊肚子手巾的人民，指引一条新的、更加辉煌的道路……

这道路就是社会主义道路。

这道路远比过去的道路更为曲折，更为艰巨。

在这新的、辉煌的、曲折的、艰巨的道路上，陕北人民大踏步地冲上来了！

他们肩上的担架换成了搬山挪河的筐担，手中的大刀斧头换成了开山造田的老镢铁锨。可是，只有一样没有换，这就是：忠心耿耿闹革命的精神！

薛海玉继续和黄河的惊涛骇浪搏斗着。每年，从他那硬壳壳的大手里，总要向集体交回近万元的收入。

一九七一年，公社党委决定让薛海玉担任川口大队的党支部书记。

而这一年，薛海玉已经是快上五十岁的人了。

“党交给我的这副重担能担起来吗？”他问自己。

从公社党委办公室出来，薛海玉没有回家，他脚步不由自主地来到了渡口上。

面前波峰奔涌，脚下浪花飞溅，他坐在毛主席当年坐过的大青石上，手抚着渡口铁一样的石壁，心潮随着黄河一起一伏……啊，在这里，他曾点篙飞舟，为革命闯风破浪去出征；在这里，他曾面对镰刀斧头大红旗，举手宣过誓；在这里，他曾扳船送过毛主席……今天，战斗的舵柄能在这里撂下吗？前进的航船能在这里抛锚吗？不会的！他“腾”地从石头上站起来，解开胸前的两道纽扣，让浩荡的黄河风吹进他的胸脯。他闹革命的心火，腾腾地燃旺了！

他迎着黄河渐高的晚涛声，走向开阔的河滨，在那里，他抓起一把黄土来，紧紧地捂在自己的胸口上，嘴里喃喃地说：“这里是毛主席走过的地方，我一定要把它整治好！干，就从这里开始吧！”

说干就干，一马当先，他扛起锤钎，第一个下了河滩。后面，跟上来了一村人马！

薛海玉带领全村一百七十来名男女劳力，发誓要从五百米外的石崖上凿下石头，用自己的肩膀一块块扛来，在黄河边筑起两千多米长的河堤，围造出三百多亩高产田来。

这是一个多么宏大的工程！而靠一百七十多双手和锤钎、小胶轮车这些简单的工具来完成，简直是奇迹了！可是，陕北人民不就是创造奇迹的人民吗？请来看看吧：现在一堵铁壁已经高高地矗立在黄河岸边，并且每日每时还在向前伸展着……这铁壁向前伸展一寸，晶莹的汗珠就洒落一层，黄河的浊流就后退一步，干裂的河滩就新绿一分！

就在这个地方啊，当年薛海玉的爷爷和爸爸，每走一回，心里就多一层忧愁，鬓角就添几根白发。如今薛海玉走来了，他带着他的一班人马，微笑着面对黄河，顺着新砌的河堤走向前去，从怀里掏出了图纸和曲卷尺……

“干部说千道万，不如自己带头一干；会说的书记不行，还要是会干的书记！”川口大队的带头人是这样说的，也是这样做的。如今，这平凡而深刻的格言，已经传遍了吴堡的每一个村落。

从一九七一年到眼下，薛海玉在新的风浪中是怎样闯过来的？他怎样掌握着川口这条大“船”的舵柄？亲爱的同志们，在这里我们是很难完完全全向大家报告他的英雄史迹的。我们的笔，追不上他战斗的步伐。

黄河，只有前进的波涛，而没有后退的浪头。黄河哺育大的儿女，像伟大的黄河母亲一样，在革命的里程中，只知道扑向前，扑向前！他们前进的目标，像黄河要流向大海那样明确；他们战斗的风格，像黄河里的每一朵浪花那样坚韧，哪怕堵在前面的是石，是铁，是钢，也要咬穿它，冲开它……

薛海玉正是以这样一股劲头，带领川口大队的人民学大寨的。

他白天在工地上拼命干一天，晚上，不是去开会，就是去夜战。老伴有意见，问：“这是你的家吗？”他笑笑说：“你就当你是个开店的！……”外甥病重，在山西柳林动了手术，想舅舅，捎话让他去。不！他对一个顺路走柳林的社员说：“你捎带去看看我外甥吧！”那个社员惊讶地张大了嘴：“啊呀呀，从古到今，还没见过请人看人的！”他恳求道：“你去替我看看吧，这几天仗火正紧，我不放心众人的安全……”

在暴雨瓢泼、山洪突发的时候，为了保护路基不被冲垮，他跳入洪流，将自己的脊背抵在豁口上，跟着他跳下去的，是全村的男女老少！

当黄河潮汛的时候，涛声拍睡了一村人。薛海玉睡不着，村头集体的那只船拴在他的心上，他起来了，迎着初春料峭的寒风，摸黑下了河滩。

天是这样的黑！伸出手，看不见自己的巴掌；路是这样的坎坷！一抬腿，就是一个踉跄。他，什么都看得见！什么都不怕！因为整个一条黄河，就装在他的胸中；因为在那小小的渡口上，有一盏永不熄灭的航标灯！……他甩掉衣服，赤着臂膀，把船撑到了安全地方……

今年，薛海玉已经整整五十一岁了。五十一岁，这已经是一个不小的岁数了啊！有的人上了这个年纪，就开始谋算起了自己晚年的清福。可是，看看薛海玉吧！这个有三十多年党龄的老党员，亲手在黄河上扳船送过毛主席的老水手，如今照样穿着一身粗布衣服，为革命一头一头地淌汗哩！打开他的劳动手册看看，哪一年出工不在三百天以上！

去年，他已经患有严重的肺病了，可仍然是河堤工地上的扛硬人手。众人劝他回去休息，他不答应，仍然默默地挑拣着最重的活路干。他扛着大块的石头，脸色蜡黄，汗水以皱纹为渠，向下巴汇集着，淌下来，把胸前的夹袄襟子渗湿了一片。

痰里开始带血了。他靠在河堤上长出一阵气，然后又走到石场上，把肩胛伸给搬送石头的人。

当他扛着石头，步履艰难地爬上河堤的时候，石头和人便一齐栽倒了！血，大口大口的血，咯在了高高的河堤上……

是什么样的力量，使薛海玉为革命如此拼命啊？听听他说的话吧："是共产党和毛主席叫咱办的事，咱就定要办，坚决办，拼命办，办好！"

正是这种对党和毛主席深厚、炽热的感情，在薛海玉的思想和行动中产生了强大的动力，他战斗的步伐，才能像滚滚的黄河一样奔腾跃进！

一九七二年是薛海玉当书记的头一年。这年夏收后，他背了二百斤小麦来到了公社粮站，对收购员说："我给国家背了二百斤小麦。"

收购员不解地说："你们队自然条件差，合作化以来，国家就没向你们征收公购粮呀！"

他说："这是我给毛主席老人家交的粮，礼轻心意重，这是我们川口人的一片心意！"

去年，川口大队第一次向国家交售了公购粮。任务全部完成后，他又额外背了二百斤小麦，送到粮站上。他说："只要我活着，我年年都要给毛主席交这二百斤细粮！"

这是一种多么崇高而深厚的感情啊！山能比得上它高吗？海能比得上它深吗？

…………

在离开川口的头天晚上，我们又一次来到了河堤工地。

陕北十一月的夜晚，气温已经降到了结冰度。可是河堤工地却沸腾得像一座燃烧的火炉。黄河的涛声"轰隆隆"地吼叫着，像是助阵的战鼓。

进入工地，耳边锤錾声爆豆似的响着。朦胧的灯影下，打石的，拉车的，砌堤的，男男女女，人来车往，一片繁忙。谁要是缩着手在这里养一分钟神，准会被撞得两脚朝天！

我们问身边过来的一位拉车姑娘："老书记在什么地方？"

她手向山崖下一指，诡秘地一笑："在船上。"

船上？山崖下哪里来的船？

仔细一看，我们才恍然大悟。原来，薛海玉正领着七八个年轻后生，站在一块两头瘦、中间胖，很像船形状的大石头上，把钢钎插进石缝里，狠劲地往开撬着。一声接一声的号子，是那样雄壮，一听就知道，那是发自船工们的胸脯！

我们赶了过去，只见薛海玉立在"船"首，随着雄壮的号子声，他和七八个后生手扳着钢钎，如同握着舵柄，身子一同猛烈地前倾，一同猛烈地后仰。他由于用力过重，头上的羊肚子手巾脱拢了，胸脯上的扣子嘣嘣飞了两颗！他和他们眯缝着眼睛，牙咬着嘴唇，像木船到了一个险要浪口，放声呼喊着，拼命地扳着、扳着！我们的心也随着这动作，一上、一下，犹如立在黄河激浪中的飞舟上，觉得面前黄浪汹涌，身边风吼雷鸣……蓦地，一个多么熟悉的声音掠过了耳畔："朋友，你到过黄河吗？你还记得河上的船夫，拼着性命和惊涛骇浪搏战的情景吗？……"

……啊，薛海玉，你没有下船！你还像当年一样领着你的一班人手，与那惊涛骇浪奋力搏战着；在革命的洪流中，你永远是一名战斗的水手！

高原叠翠

冒着晚秋的蒙蒙细雨，我们走在一条又宽又长的林荫道上。路旁株距两米左右的四排新疆杨，亭亭玉立。枝叶满是秋色——被雨水冲刷过的叶儿愈加变得金黄，在微风中抖闪着，仿佛一团团橘黄色的火焰。我们心里暗想，如果是盛夏该多好，那繁密茂盛的绿色的枝叶，说不定会在头顶交织起来，你仰脸一望，只能见到一线蓝天；低头呢，满地将是斑驳的阳光和浓密的阴影。可眼下是深秋。秋季为什么不好？秋天自有秋天的风味特色。你看，经过一春一夏，树儿又长高了几尺，树的年轮又增加了一圈；不久，它们就要傲风雪，斗严寒，锻炼它们的筋骨了。而且，你一路踏着厚厚松软的落叶，脚下沙沙作响，不但不觉得秋色有什么肃杀凋零之感，反倒觉得秋季里自然界的一切都是成熟的，殷实的，丰盛的。

我们在秋色绚丽的林荫道里走着。路是长的，也是深远的；我们视线所及的地方，路面渐渐变成一条飘带，一条褐色的线，终于隐没在前面金黄色的浓密的杨树林里。

我们的耳边不时地响起欢歌——那是在秋风中舞动着的片片杨叶儿，唱起的丰收的歌。

同志，请把你的视线抬起，把你的视野放宽！

你看见了什么？

那一眼望不到边的、像是凝固了的黄色海涛般的山山岭岭，不正是光秃秃的陕北高原么？

那么，眼前这些碗口粗的杨树林，路边坡梁上那茂密的绿莹莹的洋槐丛，梯田埂上那摇摆多姿的窝柳条，田坎边那枝干素净只挺着几片绿叶的桑树，都是……不错，这一切都是实实在在的，就像你所见的那些光山秃岭一样，都是真实的。

此刻，我们正走在陕北高原上一个普通小山村的村路上。而且，我们也和每一个初来的陌生人一样，睁着一双大眼，惊异地、贪婪地环顾着这充满生机的景色，一个劲儿地琢磨和探究着这景物中似乎蕴藏着的某些奥秘！……

这个山村叫冯家塬，在吴堡县境的中部。全村五十八户，二百三十多口人，只有七十五个劳动力，其中妇女又占大半。耕种七百八十多亩梯田山地。满山遍峁栽长着洋槐、桑、杨、柳、苹果、梨、杏、枣、柿、核桃、葡萄、柠条等乔灌树种六百多亩，共二十余万株。

地这么广，人这么少，这些树木是怎样长成的呢？自然，不是天生的；是这个小山村得天独厚，泉多、井多、雨多？

从县地图上看，冯家塬是全县的高山地区之一，海拔一千零二十八米，较黄河畔一带村落高出二三百米。周围十几条像毛细血管似的小溪小河的源头，距它至少也有四五里路。这个队是全县人畜饮水困难的六十二个大队之一。全村只是在深沟里有一眼泉水，挑担水一上一下近一个小时。而且，这眼泉又是同前村的冯家峁合用的。所以，说它是个干梁、干峁、干塬，是毫不过分的。

那么，他们怎么样培育着这六百多亩的树林？他们到底靠什么？回答很简单：靠汗水！

这个大队的党支部书记介绍情况时开口就说："植树造林，这是一场革命！"

他简括地回顾着历史：早在一九五八年，他们就在上级林业部门的帮助指导下植树造林了。那时栽了一面坡的洋槐，成活得很旺。六十年代一些社员开始在林地里种庄稼，先是暗地里刨树根，等到树慢慢枯死了，就一根根地挖掉，渐渐地，不到半年光景，满坡绿生生的树木不见了。用群众的话说，"把山峁的绿袄袄扒下来了！"于是冯家塬又和别处一个模样，山上光秃秃的，沟里红格溜溜，满眼一片黄，一片黄。一九六六年春秋，队里又造了一次林。在"文化大革命"中，一小撮反革命分子煽动一些人，又把幼林毁了。一九六九年，大队新的领导班子成立了。他们召开的第一个会，就是总结两条路线斗争的经验教训。

"当时我们想，"这位年轻的党支部书记严肃地说，"既然群众信得过，我们这些带头人，就要把担子挑好，真心实意学大寨，盯着毛主席的革命路线朝前走！”他笑了笑，“要接受教训！要不，再有个运动，我们也就不打自倒了！”

他们先是治山改土修梯田。一九六九年的粮食总产一下子比一九六八年增长了近一倍。从这年开始，他们甩掉了吃返销粮的帽子。接着稳产了两年。待到一九七二年，遇到了大旱，粮食产量又退到一九六八年的水平了。

看来，没水不行。可水呢？水在哪儿？

冯家墕人除了打坝淤地蓄水，自然又想到植树造林了。他们说，水不光是在地里，也在树上！他们说，树多成林，成了小森林，冯家墕的自然条件就会变了，气候调节了，水土保持了，到时候，旱魔还能那么恣意逞凶么？原来，冯家墕人的脑袋里有辩证法！

可也有人摇头说：“远水解不了近渴！”

队上的带头人马上说：“正因为水远，就要早引！”

植多少树呢？党支部提出了任务：一九七二年一秋就要种五万株！每人平均二百，每个劳力平均七百！

这下炸锅了！广大贫下中农双手赞成；那些思想保守、一下子难以摆脱旧的习惯势力桎梏的人，手背砸着掌心，提出了一连串的问号：人呢？有那么多人手么？退一步说，树植下了，往后谁护谁管？再来个“造林不见林”么？让树和庄稼争地么？田坎上栽桑，田埂里压窝柳，不是存心歇地么？到底是要粮，还是要树？……

党支部回答了：要粮，也要树；要树是为了多要粮。“以粮为纲，全面发展”，我们要一个字不少地把这个方针刻在心上！人少么？好办，学大寨人，出大力，流大汗！一人顶俩，一天当两天！于是，全村来了个总动员，从六七十岁的老人，到六七岁的娃娃，一齐上阵！又是收秋，又是造林，没明没夜地苦战了一秋，五万株树苗栽上了！

那时节，邻队的一些人，站在山峁上望着冯家塌满山坡的树苗，嘲弄地说：“冯家塌人往后不吃粮了，要吞树叶哩！”

是“吃树队”还是“吃粮队”，眼下不辩；三年比高低，十年见输赢！冯家塌人扎下头，硬苦干了三年。三年后的今天怎么样了？

年轻的党支部书记笑着说：“三年时间，当初一些人提出的问题都答上了；植树造林并没影响农业，反倒树了人，炼了心。一九七三年我们粮食总产猛增到十七万斤，一九七四年又增到十八万，比一九六八年提高了三倍半！全年计划每人千斤粮，想不到伏里来了个‘卡脖子旱’，可尽管是个灾年，今年也下不了十四万！”

这是多么大的变化啊！农业发展的同时，大队整个面貌跟着起了变化，不仅有了运输、农产品加工机械，连吃水也用不着下沟担了——今年又修了个抽水站。

“一九八〇年要大变！”党支部书记满怀信心地展望着，“农业不用说了，光林业一项，对国家就能有些贡献了——桑能养八十张蚕，还有一千二百多棵树呢！一万多株大枣呢！十几万株柴林呢！……到时候我们该头痛了——没那么多劳力！”说着，他笑了。

这前景太叫人兴奋了。而且我们想，它的意义不仅在于经济方面，也在于为整个黄土高原的水土保持、自然面貌的彻底改变以及整个黄河流域的治理提供了一个典型。因为我们来到这个队之前，脑子里装了两个不曾接触过的数字：全黄土高原，西起日月山，东至太行山，北连阴山，南接秦岭，每年流入黄河的泥沙大约十六亿吨；而吴堡一个小县，每平方公里流失的泥沙量每年为一万一千五百吨，全年流入黄河的泥沙为四百六十四万六千吨。这是多么惊人的数字！每年要流走几座山呢！如果黄土高原上的每一个村落，都能像冯家塌这样，给每一个山峁都披上“绿袄袄”，用不了多久，黄河说不定哪一天会变成清河呢！这不是童话。黄河水利专家们在纸上规划设想的蓝图，今天，正在冯家墕这样的小山村里，一点一点地变为现实！这，恐怕才是冯家墕这二百多双手创出来的奇迹，向人们展示的真正的典范意义吧！

“百分之九十几的树木成活率是怎样达到的？”

党支部书记笑了笑，说：“这，得问另外一个人了。”

这人是谁呢？是大队党支部委员、一九七四年高中毕业回乡知识青年、专门负责林业的冯治乐。当这个二十一岁的青年坐在我们面前时，我们说什么也难得相信，他就是个林业小专家！这个憨憨的、不多言语的、见了人总是红着脸笑的年轻人，把两只手掌垫到屁股底下，坐得像个树桩似的端直。他只是简略地谈了谈植树方面的技术和方法，而对我们提出的怎样保证树木成活百分之九十几的问题，只回答了两个字：用心！

用心！——我们也用心品着，在心里长久地掂量这两个字的分量。

看来，他对于自己是不愿多说什么的。他聪明地想了个两全其美的办法，说：“我们队有个林业红管家，你们见见他，什么都明白了！”

群众称誉的红管家，指的是大队护林员冯德举老汉。这老人现年六十六,一九三五年参加红军；右肘挂过彩，二等残废；一九四六年入党。合作化和公社化时期任过支书。如今是大队“老贫协”。一九七三年开始当护林员，管护一架山几面坡的树林。我们和老人见面之前，群众就说，要见这老汉，可难哩！天不亮就上山了，什么时候擦黑什么时候回，一年三百六十五天，天天如此，风雨无阻，冰雪莫挡！要见他，除非满山跑着寻！

第二天，我们起了个大早，果不其然，没能堵上。出了老人家的窑，一抬头望见窑门前有棵合抱粗的老榆树，尽管是下了霜的深秋，那婆娑的枝叶，却依然繁密茂盛，在晨曦中越发显得墨绿。这棵老树为几代人遮过阴凉了？我们要探访的这位老人又是什么样呢？我们一边仰视这棵老树，一边想着……

无奈，我们只得满山跑着寻。但心中并不急。因为有景可看：沟畔上是连片的灰绿色的柠条；漫坡地里长着一尺高的草木栖；山梁上培育着一畦畦青纱帐似的苗圃；峁坡上挺立的是几何图案似的行行的槐、杨。走着走着，我们不由得睁大双眼，驻足呆立：在老人“管辖”的几百亩的林地里，除了一层落叶，你难得寻见一根杂草！每棵树的根部都培着一堆肥土，整个林地的土层都是松软的。同时，你还会在地面上依稀辨出那重叠的密密麻麻的“人”字形的足迹，这是在烈日下留下的么？还是在严冬里？要不，是在秋雨中？在春寒里？……眼下老人在哪儿呢？喊不应，觅无影。拐过一片梯田，我们看见一群社员正在地里刨洋芋。待我们走近时，那个造林小专家冯治乐，笑指一老汉，说：“冯德举老汉在这儿哩！”

果然，有个老人用胳膊肘挎着一柳条筐洋芋向地边手扶拖拉机走来。这老人身材瘦小，长条脸，慈祥憨直地眯缝着眼睛，头拢白手巾，穿着黑布棉背心，腰缠白布带，酱紫色的脖颈上搭绕着烟锅。原来，这就是我们要见的当年的红军战士，今天的护林员冯德举老人。

“我爸爸闲不住，他把一架山儿面坡的林管护得可精细了。今秋，他一边护林，一边收秋，他一个人就掐了二三十亩的高粱穗！夏天，他还抽空给邻队锄地呢！”

晚上我们来看望老人时，一家人都夸奖着。四儿子刚说完，正在洗碗刷锅的老伴开腔了：

“积极着哩！从当上护林员，两个年都没在窑里过，大年初一，天不明吃上几个饺子就上山了！”

老人听着，不以为然地嘿嘿笑着。

“咱是党员、老红军，啥事都要带好头。”老人在高脚油灯上点着烟锅说。他的话和他本人一样质朴。“组织上叫我护林，我就要服从组织，把林看护好，这和过去在红军里打仗执行任务一个样。”接着，老人用他独特的语言来表述他对民主革命和社会主义革命任务、性质不同的体会：“过去，咱毛主席领导中国共产党、红军、赤卫队打敌人，是推翻三座大山！如今是同‘脑子’作斗争哩！有人说我三个儿子都在外头工作，我又有残废金，还受苦做什么？我说，活一天就要学大寨，一时也不能忘了革命。”

老人说完，精神矍铄地望着我们，憨厚地笑着。我们带着老人这些普普通通的语言留给我们的深刻印象离开了他的窑洞。

出了窑，我们一抬头又望见了那棵合抱粗的老榆树。那浓密的枝叶闪着点点月光，像是清晨的朝霞。这棵老树为几代人遮过阴凉了？我们一路走，一路又这么想着……

次日，我们很早就被那上工的哨音唤起了。

我们住的窑洞前边，有个比较高的峁峁，村里人叫它看河圪坨，据说天气晴朗时能眺见黄河。这天早晨，我们好奇地爬了上去。赶巧有雾，黄河没瞥见，倒也就势登高望远，看了看冯家塌的全貌。那村南村北的张家嘴、八家梁、下斜岭尽收眼底。如今，这山山岭岭，坡坡梁梁，都着了新装。远处林子的绿色，融在绢纱般的薄雾里，宛如国画中泼墨似的一笔；近处山梁上那些绿莹莹的幼树林，像孔雀羽毛似的，指向空中，轻拂着蓝天、朝霞……突然，在我们视野所框的这个静的画面里，一下子闯进一群“红领巾”来，他们发现了密集的树影中的我们，一路吆喝着，雀跃着跑上山峁，好奇地围住我们。他们都是本村的小学生，刚下了早课。

“你们都栽过树吗？”我们也打量着他们。

“为什么没栽过！”其中一个说着，口气是硬的。

“栽过两年了！”另一个接着说，口气是粗的。

他们用尖脆的嗓音，七嘴八舌地喊着，把他们植过树的山峁坡梁指给我们看，不一会儿，他们就像群山雀似的飞下山峁，散开去了。

我们望着这些孩子，也望着隐没了他们身影的片片幼林，心里在想：他们会茁壮成长的，一定会的。而且，用不了多长时间，十年，二十年，三十年……在这里，那美好的春天里响起来的讨厌的风沙声就会被巨树参天的林涛声取代了，它将成为黄土高原上镶嵌的一块绿翡翠。不过，那时候，整个黄土高原，也说不定都变成绿色了。

山村向阳

在县上我们看过一份材料，有这么一个生产大队："吃粮靠供应，花钱靠钉秤"，全村九十九户，四百多口人，七十几个男劳力，外出钉秤的就有四十多人，常年在外的二十几人。农业生产，不消说了，真是马尾穿豆腐，提不起，全队没有一颗储备粮，年年吃返销粮；没有一分公积金，反倒拖欠国家贷款几千元。这个队为什么这样穷？自然条件太差么？不。全队总耕地面积一千零八十亩，其中梯田五百四十多亩，坝地五十八亩，水地八十亩！"三田"平均每人一亩六，光水坝地就近一百四！这在吴堡县，你就是提着灯笼也难找到第二个！可多年以来，队里的亩产一直是九十多斤，有一年连水地都丢了籽种！自然，这一切都是两三年前的事，是"历史"了；如今，它变了！这个过去有名的"黑锅底""拉腿队"正是杨家沟大队。它是怎么变的？现在变成个什么样儿了？

杨家沟属郭家沟公社管辖。出了公社拐过一座太平寺古庙，不到一里路就进了杨家沟。沟很开阔，有一条常年流水的小河。实际上这是一条很富饶的小川道，而且景色宜人。小河两岸长着茂密的高大的柳树、椿树、枣树，间或能看到一些其他果树。九十多户人家的窑洞都坐落在沟北向阳的山坡上。

刚进沟口，我们看见一片三十多亩的坝地，长着齐刷刷的一人多高的高粱，虽是阴雨天，那一棵棵丰实硕大的高粱穗儿，仍像团团火炬，映得眼前一片通红。又走过一片平展展、绿油油的水浇冬麦地，一抬头，在路边土崖上望见两条用石灰刷写的斗大字的标语："外流出门，越出越穷！""副业包干，越包越干！"标语和内容都是很醒目的。

一走进大队办公室，墙角里一个稀奇古怪的物件吸引住我们：这是一副我们从未见过的挑担，做得玲珑、别致、精巧，显然是出自乡间能做细木活的匠人之手。挑担一头是个塔状的木匣，是由几层大小不一、向不同方向抽拉的屉斗相叠组合成的。另一头是木箱。挑担都涂着黑漆，边缘上勾画着莫名其妙的色彩俗气的云彩似的图案。总之,它在各方面都较之过去人们常见的"剃头挑子"高出一筹。

"这是钉秤的家当。"大队党支部书记杨凤型见我们一直俯着身子好奇地打量揣摸着眼前这个怪物，话就从这上面开始了。"在我们队几乎每家一副挑担。过去，村里的男人挑上它走城串乡——到过哪里？榆林不用说了，内蒙古、宁夏、甘肃都串过，一出去就是一年，天南海北串回来，少数人富了，大多数人穷了！"

富到什么程度？他告诉我们："挑担满天转，千儿八百地赚！"有少数人家的窑里，自行车、缝纫机摆置下了，甚至手腕子也戴上了国产表；有的人到镇上供销社一转悠，就花掉一百六十多元！

穷的呢？穷得称不起盐，灌不起灯油。很显然，这是杨家沟农业生产资料个体所有制改造成为社会主义的集体所有制之后，而在另一个小生产的天地——钉秤这个小手工业生产领域，依然保留个体经营方式所带来的必然结果：农民在经济上政治上的两极分化。而且这个小生产的天地，在一定时期内，在一部分小生产的传统影响还严重存在的农民中间，仍具有相当的诱惑力。你看，过去，在这个小山村里，这种资本主义的魔力，几乎把每一个成年男人都变成了小手艺人——每人一副钉秤挑担，并且沿袭几代，终于成了有钉秤传统的“村族”了！

于是，社会主义在这个小山沟里，遇到了别处不曾有过的阻力。

那么，干部呢？党支部的作用呢？

“我们干部是钉秤的带头人，不是干社会主义的带头人！”大队党支部副书记杨根治说，“我过去是支书，我本人就常年挑担子出去外串！”他不好意思地笑着，面带愧色，语调里充满了内疚之情。

“我也挑过。”支书杨凤型也坦率地笑着说。

“凤型的手艺可精哩，别看他年岁不大！”大队团支部书记从旁介绍着。于是在座的都笑了。听得出来，这是人们在摆脱了某种恼人的纠缠、羁绊与重负后的轻松的笑声。

我们也笑了，同时也惊异：坐在我们面前的这几个二十七八或三十几岁的年轻人，都是六十年代初回乡的中学生，也居然慢慢精通了这门行当，并且，被残存于墙角里的资本主义小生产的毒蜘蛛所网罗所束缚了！

想到这里，我们不由得感到列宁的论断——“小资产阶级的自发势力，它像空气一样包围着我们，并且非常严重地渗入无产阶级的队伍。”是多么精辟正确！你能不感到那“千百万人的习惯势力是最可怕的势力”么？

在这种势力面前，杨家沟后来是怎么改变的？读者会和我们一样关切着这个问题。

“革命！”他们回答着，“咬着牙，把资本主义的路扎住！堵死……”

这是一场多么艰巨的革命呵！它“必须克服无数小生产残余的反抗（往往是特别顽强特别难于克服的消极反抗），必须克服与这些残余相联系的巨大的习惯势力和保守势力”。

工作队来了，县委书记来了，他们在杨家沟深入进行党的基本路线教育，用大寨精神去点燃杨家沟人心窝里那团社会主义的烈火！

他们个人忆家史，集体比外队，眼睛开始不盯着那副挑担了！盯谁呢？一双双眼睛盯着大队干部哩！看你支书队长们敢不敢狠心甩掉那副挑担！杨茂乐呀杨茂乐，你这个副支书，可是全村有名的钉秤迷哩！你那两条腿最长了！你的心都钻到钱眼里去了！要甩挑担，就得你带头！你有这个狠劲么？

杨茂乐额头上往下滴汗水哩！他的腔子里像揣着壶开水，咕噜咕噜直翻滚！

杨茂乐啊，当你撇下队里的四百多口人，走南逛北，手抓票子的时候，你忘记了你父亲给地主老财揽工挣断了筋？你忘记你扯着母亲的衣角去讨饭吃，挨了一脸臭口水？伏天里，财主家撒给你一口烂红饭（高粱），你吞下去肚子疼，差点把肠子吐出来……

悲惨的回忆，戳痛了杨茂乐的心，他，低下了头……

是的，这条路不能走！这是咱贫下中农的受罪路，是地主老财们的复辟路！——杨茂乐抬起了头，挺起了腰；杨茂乐咬着牙，铁了心；杨茂乐甩掉了挑担，转过了身！杨茂乐望着众人拍着胸：往后，一个心眼往社会主义大道上奔！

今天，杨茂乐成了队上的拦羊工，他那颗心早就被集体的羊尾巴拴住了……

一双双眼睛还盯住外队哩！群众说，五里外的冯家塬，论自然条件，我们在天上，人家在地下；冯家塬干峁梁下没有一滴水，我们呢，河水常年门前流；人家农林齐丰收，给国家，有贡献，集体，有储备，个人，又富足；我们呢，弃农钉秤，土地荒贫，门户零落，人心不齐。谁能忘：有一年，沟里最肥沃的六亩水地、十六亩坝地无心经管，草漫庄稼，秋里一打，每亩只收玉米一百斤！落得个队无储备，家无口粮，穷得队里连根鞭梢都挽不起！这正是：垮了集体经济，毁了社会主义！想一想吧，同志！乡亲！这土地是谁给的？

我们对得起毛主席么？对得起共产党么？对得起社会主义么？……

群众的批评，戳痛了干部们的心！干部们，个个扪心自问……

是的，这印把子是党和毛主席给的，是群众给的，咱这带头人不能丢！——可过去，只想钉秤抓大钱，干部没人当，“出钱买队长”！所有这一切，错就错在路线上！

斗争，挽救了人，锻炼了人；斗争，斗出了信心，斗出了希望；斗争，把群众心中燃烧着的那把社会主义的火，烧得更旺！

杨家沟人从此开始理直气壮地说：我们再也不挣那不弯腰的钱了！他们甩掉钉秤挑担，扛起了镢头钢锨，拥向了学大寨的战场……

杨家沟现在变成什么样儿了？

“现在么？人开始变了，地也开始变了！”大队干部们喜滋滋地向我们说，“一九七三年我们开始打坝淤地，一九七四年粮食产量就上去了一大截，比去年增长了近一半；今年我们又开始在后沟打坝，大部分是石方，我们要拦蓄九股泉，修筑五百米暗水渠，上面还可淤地四五十亩，渠成后，前沟都成了自流浇灌的水地……”

“今后呢？”

“今后两三年改河治水平沟，把河道改到沟南，叫水也变，叫它乖乖地流，把沟里的地给让出来！”大队团支部书记抢先向我们展现着杨家沟的前景。

听到这些，我们有点坐不住了，想出去看。走出大队办公室，下个坡就到场院。场里堆积着高粱、谷物。旁边还有一台脱粒机。支书见我们走过去端详，忙说：“我们这个过去连鞭梢都挽不起的穷队，如今有了三部柴油机，一辆‘手扶’，一台脱粒机，一台磨粉机。”

“政治夜校也办起来了。”年轻的团支部书记补充道，“还办起了托儿组，缝纫组，好让‘半边天’发挥作用。”

“你们队很有希望，很有发展前景。”我们向他们谈述着观感。并且又问，“斗争还很激烈么？”

“嗯。”党支部书记答道，“钉秤是几十年的营生了，有些人肩上撂担担了，可心里还想着再挑起来。去年工分值比前几年少了一半，有些人就喊叫了！”

“能顶住么？”

“能！”他答道，声音是坚定的，“咬着牙顶！非把资本主义这条路堵死不可！”

我们也坚信这一点。并且在心里想，倘若资本主义这股祸水一旦决开口，杨家沟的党支部会带领广大贫下中农，跳下河堤，拼着性命也要用身子堵住它！会的，一定会的！因为，他们眼睛亮了……

英雄的人民

十月，陕北的天气温暖、晴朗。天空是那么洁净、深远，湛蓝欲滴！

每当我们爬上一座高山，极目远望，那无穷无尽的山头，海浪似的迎面扑来；脚下的沟壑，蜿蜒纵横，又深又长。这时候，我们常想，陕北有多少个山头？有多少条沟？曾有多少革命战士，在这山头上，沟坝里，留下了他们的足迹？洒下了他们的鲜血？在陕北有多少英雄的山村和英雄人物？他们父一代子一代地创造了多少惊心动魄的英雄业绩？

凡是在陕北生活过、战斗过的人，今天，不论你战斗在帕米尔屋脊，万顷波涛的东海上，或是海南岛的椰林深处，冰封的黑龙江畔，谁能忘记那头包羊肚手巾，身披老羊皮袄，满脸皱纹，质朴可亲的陕北人呢？如今，在黄河畔上一錾一錾打石垒坝的老石匠，整天在山坬里陪伴着羊群的老羊倌，在山坡上剪枝培土的护林员，指挥削山填沟的老书记……当年，就是他们曾把你从战火纷飞的前线背了下来，脱下身上的老羊皮袄，把你负伤的身体，紧紧裹住；用他们那粗壮的躯体，扑在你身上，抵挡过敌人的炮弹；就是他们从粮食缸里，舀出了仅有的一碗小米，灌在了你的行军粮袋里……能忘记吗？不能，永世难忘啊！

一天，我们来到了久已闻名的樊家圪坨。这是个一百多户人家的小山村，坐落在沟垴上，三面高山矗立。我们来到的时候，是下午四点多，太阳已被西边的高山遮住了，西斜的阳光只在北边窑洞窗户的玻璃上闪烁。这时，除了后沟传来学校下课的清脆的钟声，村里十分宁静。人全出工去了。饲养室前边的场上，几个老头正在挑选、捆绑新收的窝柳条子。供销社明天就要收走哩。突然，山坡上传来马达的轰响，一辆手扶拖拉机从后沟的转弯处奔驰而来，在路旁安着木栅门的土窑前停了下来。拖车上满溜溜地装着一车洋芋，说是给明年留的种子。几个小伙子从车上把洋芋卸下来，送进土窑里。拖拉机急匆匆地调过头来，又向山上驶去。

人们的行动，都显得那么紧张，那么急切，似乎有更重大的战斗在等待着他们。他们说，两天之内要全部结束秋收，马上要全面展开今冬明春农田基建的战斗！

在樊家圪坨的日子里，听着人们叙述这个山村的战斗历史；听着人们谈论这个山村在社会主义时期的艰苦斗争的行程，和人们对美好未来的憧憬。在所有这一切里，使我们最激动最崇敬的，就是那些前仆后继，一代又一代的陕北人民，就是那些无数的英雄们！

凡是到过樊家圪坨的人，该会记得坐落在村中的那座烈士纪念碑吧！石碑朴实，碑文简短。可是，你知道，烈士樊文德是怎样的一个英雄啊！

你想想，一个二十几岁的贫农小伙子，领着一伙揽工汉、受苦的庄稼人，提着大刀，拿着梭镖和装着火药、铁角的土枪，竟然向那些手拿步枪和机关枪的军阀、豪绅们冲去，要从那些匪徒们手里夺回印把子。这是何等的气概！这又需要多大胆略和勇气啊！……后来成为红军团政委的樊文德，有一次，率领着一队红军和赤卫队，把困守在一个山头上的敌人包围了。敌人凭着有利地形和精良的武器，负隅顽抗。红军多次冲锋未能奏效，几个战士也倒了下去。这时，樊文德把上衣一脱，往地上一甩，手提大刀，赤裸着黑红的身子，一声怒吼，率领战士向山上冲去。只见那闪亮的刀光，在阳光下飞舞……敌人吓懵了，垮了，缴械了……

……贫农樊志立，落在了敌人手里。敌人把他吊起来，又是皮鞭，又是枪托，又是辣椒水，又是烧红的烙铁……野兽们把能用的刑具全用上了。可是匪徒们用酷刑可以摧残英雄的躯体，他们却永远征服不了英雄的一颗红心。樊志立昏过去了几次，他依然紧咬着牙，红军在哪里，一字未吐……这是何等的坚贞啊！

军阀、豪绅、土匪，用他们的爪子，把陕北这块土地撕挖得遍体鳞伤，穷人们走投无路了，只有在毛主席举起的革命火炬照耀下，起来造反。现在的老支委，当年儿童团副团长樊锦彦，黑夜里，手里抡着用子弹壳做的小手枪，跟着红军，也从山上冲向敌人夺枪去了。你要知道，那时他才是个十二岁的孩子呀！

解放战争的岁月里，樊家圪坨的贫雇农，牵着大红马，马背上搭着红毡，敲锣打鼓，送自己的子弟去参加解放军。在冬天黎明前的小油灯下，妇女们赶缝着军装，赶纳军鞋；披着老羊皮袄的担架队员们，从前沟出发了，从后山峁上走了。在硝烟弥漫的榆林城下，在炮火连天的沙家店前线，抢背伤员。在毛主席“将革命进行到底”的伟大号召下，他们随着部队雄赳赳、气昂昂地挺进在关中平原上，大步走在西安街头，跨祁连，越戈壁……他们用那坚实有力的肩膀，和全国人民一起把革命从胜利扛向胜利……

在那血和火的战争时代里，小小的樊家圪坨，为了中国人民的革命事业，曾献出了自己多少优秀子弟的生命啊！他们的鲜血洒在了陕北的山头上，洒在了全国的土地上！

这，就是樊家圪坨在战争年代的英雄形象！在陕北，像这样的英雄山村，何止千万啊！

岁月流逝，记忆永远不能磨灭！先烈们用鲜血培育的不怕死的革命英雄主义，艰苦奋斗的革命传统，是我们党和全国人民极可珍贵的精神财富。有了它，在曲折复杂的革命进程中，我们就能攻无不克，战无不胜。它在革命战士胸中燃起的烈焰，永远不会熄灭！它永远鼓荡着战士们战斗的激情！

还是樊家圪坨的贫下中农、共产党员们说得好：

“今天的幸福，是无数先烈用鲜血换来的，不能忘记过去啊！忘了过去，就是忘本，就会背叛！”

是的，樊家圪坨的贫下中农、共产党员，在社会主义时期，正是继承、发扬了光荣的革命传统，紧跟毛主席向前扑啊，闯……

当年儿童团团长、第二任党支部书记樊士实，四十多岁，头上包着白毛巾，披着件老羊皮袄，社会主义革命和建设的斗争生活，在他那瘦削的脸上刻下了深深的皱纹。他和他的老战友樊锦彦们，经常思量着，谈论着：“烈士们流血牺牲，把这里的山，这里的土地，从敌人手里夺回来，交给咱们，可樊家圪坨还是老样子，十旱九不收，熟土年年顺水流，不要说给国家做贡献了，种庄稼的人，年年还要吃国家的粮，靠国家养活！像话吗？”想着这些，夜里，他怎么能睡得着呢？……

一九六四年，毛主席发出“农业学大寨”的伟大号召。

大寨是个什么样，樊士实没有见过。他凭自己几十年的斗争经验，他相信，毛主席的号召，就是樊家圪坨的出路，是建设社会主义农业的指路明灯。他对人说：“这是毛主席叫咱们办的事，没说的，你就拼命干吧！”当时，报纸上登载着焦裕禄同志改造兰考的英雄事迹。樊士实看见了榜样。夜里，大队部的窑洞里，挤满了披老羊皮袄，手里拿着羊腿把烟锅的贫下中农。在炕桌上的煤油灯光下，有人一遍两遍、三遍五遍地念呀，念……樊士实坐在人群中，一字不漏地听着，每次，他都看见焦裕禄活生生地出现在眼前，不知不觉，热泪从脸上滚了下来，他情不自禁地轻轻地说："实在是个好同志，我们党的好干部啊！"

一天早晨，一个包着头巾，披着老羊皮袄，背着行李的人，从后沟向西山峁上走去。听人说，米脂县高西沟，正在治山治沟哩，樊士实要去参观学习。他走到高峁上，见远处的山头被太阳照亮了，他转过身朝东方望去，红彤彤的太阳，从远处的山头上升了起来，他想起了《东方红》的歌声，想起了解放战争的年月，想起了毛主席曾在这一带山头上走过的情景……他大步向前走去。在高西沟所见所闻，使他振奋，充满信心。回来他给党员们说："同志们，照高西沟的办法干吧！"第二天，他和支委们扛上铁锨、镢头上了西山。

樊家圪坨迈开了学大寨的第一步，这是个伟大的开端，如同樊文德当年领着群众起来造反一样，在樊家圪坨将要开辟一个新的时代！樊士实知道，一些走惯老路的人，不会相信谁有能耐，能把这千年深沟、万年荒山治好。头一年，他们只修了三亩梯田，种上高粱。秋天收打完，一过秤，天哪，亩产七百多斤！人老多少辈，谁见过，做梦也没见过！那些老贫农，秋收刚完，手里提着铁锨、镢头，把老羊皮袄一甩，"走，上山，干！"女英雄张锋莲把两条长辫子往起一盘，用顶旧军帽一压，手里提着铁锨，带着妇女也来了，说："咱们不会拍圪塄，学！"那些原来不相信的人，对士实说："这一下你把人的眼窝擦亮了，干，没说的！"

樊家圪坨人啊，拿出当年向敌人冲锋的那种气概，那股子劲头，向荒山，向深沟进军了！

天不亮，樊士实就上山，天黑收工后，他还要到各处去看看，圪塄拍得坚固不？地平合标准不？夜里，领着社员学习焦裕禄的英雄事迹，学习大寨的经验。可谁知道，就在这奋不顾身日日夜夜里，他却患了不治之症——肝癌。战斗一天，夜里睡在炕上，疼痛难忍，可他对谁也没有吭过一声。他叫婆姨用火罐在疼痛处拔一拔，每次都要对婆姨叮咛：“给谁都不要说，记住！”白天在工地上，他依然拼命干活，他知道，病也是欺软汉，怕硬汉。人们早就发现他不对劲，问他，他说：“没啥，好好的。”说着又挥动铁锨……在打坝工地上，一天，他正起劲地挥舞着铁锨，突然觉得山在动，地在转，一下栽倒了，昏了过去。人们赶快把他扶起来，他脸色煞白，满头虚汗。老支委樊锦彦嗔怪他：“病啦，还瞒着！来，我把你背回去，在窑里歇着。”士实笑笑说：“看你说的，我这么大个人，叫你背着，像个啥？没事，吸袋烟就好了。焦裕禄同志，那么重的病，你们看他那股子劲，多大！”可是，他的病，一天一天严重了。公社党委、县委领导，决定要他去检查医治。支委樊士增陪他去太原检查，来回路上，他不说自己的病，跟士增一路拉谈的是如何把樊家圪坨改造得和大寨一样。他好像不是去治病，倒像去大寨参观学习。回来走到辛家沟公社，他再也走不动了。樊士增给家里打电话，叫来几个人用担架把他抬回去。他生气了，说：“大忙天，来几个人，要耽误多少生产？叫谁赶一头牲灵来，就行了。”“你这样子还能骑牲灵？”“拿绳把我绑在牲灵上……”

樊士实再也没有起来。他躺在炕上，既不想病，也不想自己的后事，他想的是樊家圪坨……每天晚上，他叫支委们到他窑里，共同研究工作，进行学习，制定规划。一天夜里，他非常镇定、从容地对同志们说：“我不行了。把樊家圪坨的山和沟，没有治好，这是我的缺点。对不起毛主席，对不起党，对不起牺牲了的烈士！我死了，把我埋在西山顶上，让我看着你们把山治好……”

窑里一片寂静。拿在手里的烟锅，早已灭了，支委们个个屏住呼吸，凝望着自己的老书记。灯光里，樊士实那张瘦削的脸上，神情那么沉静，自如。人们又看看墙上那张焦裕禄同志的画像，激动的热泪从脸上滚了下来。他们异口同声地说："士实同志，你好好养病，我们一定照毛主席的话办，把山治好，把樊家圪坨改造好，你放心！"……

樊家圪坨老一代崇高的革命精神，培育了一代新人。他们像春笋，破土而出……

女英雄张锋莲烈士家里，墙上挂着一张照片，照片上是个三十岁左右的妇女。她手里拿着一根扁担，肩上套着垫肩，一顶军帽把盘起来的两条长辫子紧压在头的后部，衣着朴素，精干，利落。从她脸上那副急切的神情，分明可以看出，她是刚放下担子，正在和她面前的、照片上看不见的人，说着什么，或是辩论着什么……这就是张锋莲烈士的留影。

她是个英雄。她是在农业学大寨运动中，在社会主义革命和建设斗争中，锻炼成长起来的新人。是她带头，把妇女们组织到治山填沟大军的行列中来的。开始妇女们不会拍梯田圪塄，她带头学，她说："哪里有学不会的活？"不多久，一批拍圪塄的女把式，成了修梯田的生力军。又是她领着铁姑娘们给水库工地背石头，每天从二里远的地方，背三十多回。开始几天，脊背压烂了，手磨破了，腿跑肿了。张锋莲对姑娘们说："三天的脊背，四天的腿，五天肩膀就练出来……"她们的肩膀练硬了，有力了！

一九七二年春天，滴雨未下，籽种不能入土，全村男女老少齐上阵，担水点种。几岁的小孩担不动水桶，担着两个瓶子，往山上送水。一滴水也金贵呵！人们把家里的水缸、菜坛搬到山上，晚上担水，白天点种。每天上工号响之前，张锋莲已经往山上担了三四担水了，晚上收工之后，她不回家，往山上再送几担水。她担的不是一担水，而是四只桶呀！女伴累了，她拉着女伴的手，共同朝山上担……

多么艰苦的战斗啊！张锋莲这个三个孩子的母亲，却像个天真无邪的姑娘，从天明到天黑，歌声笑语，从前沟响到后山。歌声中饱含着的那股乐观情绪，使人感奋！整整七年，她每年出勤都在三百天以上，有两年竟达三百四十天之多！她胸中燃烧着一团多么炽热的烈火啊！

一九七四年初春，张锋莲和妇女们，在后沟半崖上往山上辟一条新路。人一字摆在路上，挥锨抡镢，歌声笑语满沟回荡。突然张锋莲发现头顶上崖势出现了险情，她狠劲把身后的姐妹们推开，一个箭步，把前边的姐妹们推远，她自己却没有来得及避开，一大块冻土滚了下来……共产党员张锋莲为樊家圪坨，为社会主义事业，献出了壮丽的青春！

樊家圪坨的贫下中农、共产党员们，没有辜负老支书樊士实的殷切期望。樊士增、樊敬善接过老支书的班，接过烈士们的红旗，在洒过烈士们的鲜血的山头上，深沟里，艰苦奋战，创社会主义大业，不几年，把樊家圪坨改造成了吴堡的榜样和希望！

你到西山顶上，或者北山那个高峁上，去看看吧！那波浪似的梯田，从山脚下一直涌向山顶；那拍得光亮的梯田圪塄，在阳光下泛着金光。这时，你会以为你是站在黄河岸边，那连天涌起的浪涛，向你迎面扑来……此刻，你会情不自禁地惊叹道："奇迹，伟大的奇迹！"怎么不是呢？你想想，一张铁锨，一把老镢，一双手，在短短的几年中，竟然把千年的荒山，整个儿翻了个过，把万年的深沟整个儿封锁了起来，这是一件简单事么？只有在樊家圪坨这样的人民群众手里，才能创造出这样的奇迹。如果把所有的梯田圪塄，连接起来，谁能计算得出，它会有多少万里？如果把全部翻动过的泥土堆积起来，谁又能估计出来，会多么大多么高啊！有谁能记得，人们手上的皮脱了多少层，用断了多少条镢把和锨把，磨秃了多少张铁锨和镢头，又有谁能估计得来，人们在山头上，深沟里，洒下了多少吨汗水。

一天早晨，我们来到凉水沟工地。

推土机吃力地前进着，马达发出了沉重的吼声，整个山谷是一片“轰隆隆——”的回响。车刀铲起的泥土，巨浪似的在翻滚。推土机手咬着牙，一股劲地扳动着加力挡，恨不得这一车推过去，就能把前面的深沟填平！

沟壑间飘动着秋天的晨雾，那边半崖上，传来了镢头挖地的声响，笑声串串，人语喧嚣；山腰间雾霭缭绕，不见人影；走近一看，农田基建队的女突击手，英姿飒爽地挺立在悬崖上，挥动着镢头。红头巾在晨雾中，一闪一闪；一个女将把头巾从头上抹下来，擦了擦脸上、脖子上的汗，把头巾甩给旁边的女伴，又抡动了镢头。明亮的镢刃，像一道闪光，在空中划出个半圆。这不是活着的张锋莲吗？铁姑娘们接过她们队长的镢和锨，继续在战斗！她们正在挖炮眼，准备来一次重量抛掷爆破。明天，削山填沟造平原的大军就要开上来了，突击手们正在为他们开辟新战场哩。

全国农业学大寨会议开幕的消息，是进军号！樊家圪坨要填沟造平原，要引水上山，要造出几百亩高产稳产田，他们要向新的高峰跃进了！

晚上，政治夜校的大石窑里，电灯明亮，人声鼎沸。社员大会上，党支部提出了今冬明春农田基建的新指标，会场一下沸腾了……

“指标改得好！”

“步子就是要往大迈哩！”

“大干快上，是当前形势的特点。咱们得三步并成两步跑哩……”

“削山填沟造平原，是咱们今后的主攻目标。这是一场大仗、恶仗。只要咱们拿出樊文德烈士当年带领红军攻山头的那股不怕死的精神来，拿出咱老支书士实的那种顽强劲来，拿出咱张锋莲那股子热情来，天高的山也能把它扳倒，海深的沟也能填平……”

…………

火山爆发，地动山摇。那炽烈的熔岩，喷薄而起，烟雾飞腾，巨石乱飞，那景象壮丽、雄伟。不过它只是自然界一种无意识的运动罢了。用马克思主义、列宁主义、毛泽东思想武装起来的人民，在共产党指出的崇高而伟大的奋斗目标鼓舞下，从内心深处发出的那种热情和力量，不知要比自然界的那种无意识的力量要大多少倍！这力量，就能打碎整个旧世界，这力量，在一穷二白的土地上，也能创造出一个崭新的世界！

黎明，一阵号声打破山村的寂静。号声嘹亮，激越，从后沟响到了前沟。这时才三点半。随着号声，窑门一家接着一家，吱扭、吱扭地开了；推土机发动了，马达发出了征战前的怒吼；铁锨镢头的碰撞声，架子车的滚动声，歌声笑声，混成一片强劲的鸣奏。……接着，一个庄严、肃穆、宏大的音响，在群山中回荡了起来："东方红，太阳升……"

山谷明珠

从地图上看，辛家沟公社酷似一片桑叶，那些发源于绥德县境和本公社北部的泉溪涓流，四面八方地流向辛家沟公社的中间地带，终于百川汇集，成了一条河流，叫做清河沟。称作"沟"倒是名副其实的。因为它的水量毕竟有限，又没有人们概念中那种河的气魄。但也不要小看它，它是吴堡县境四大流域之一，而且还是最大的一个。这样，清河沟连同它的大小支流，恰是这片桑叶的叶脉。于是辛家沟公社就成了吴堡全县自然条件较好的一块土地了。

听说全县近几年正在集中力量治理这条流域。修筑的辛家沟、景家沟两个水库已近竣工，正在修干渠，我们早想去看看。

我们从吴堡最北部的樊家圪坨步行七十里，穿过全县海拔最高的张家山及于家沟和辛家沟交界处的摩天岭，终于来到了清河沟的源头霍家沟，往下的路，就一直沿着这条沟谷迂回而下。

走了一路干山枯梁，看不见一滴水珠；待到进了清河沟，突然看见沟底里有股细流，耳边也间或听到淙淙的水声、横架在沟上的管式渡槽滴滴答答的滴水声，我们心中一路积淤的那种干涸荒漠之感，骤然烟消云散。当我们兴奋地走着，看着，又拐过一个山脚时，蓦地发现前边沟断路绝，我们仿佛钻进了一个横放着的瓮里，而这瓮底正是一座高耸的大坝，坝坡上“农业学大寨”五个大字显赫夺目！啊，到了！我们几乎喊出声来！

辛家沟水库到了。我们站在四十多米高的大坝上，望着眼前的一顷碧波，心中又惊又喜。此刻，我们的心情所以激荡不已，不是别的，是因为我们的双脚踏在这个干涸几世的黄土高原上！是的，它暂时还没有“高峡出平湖”的气势，没有烟波浩淼、渔舟轻荡、水鸟纷飞的景致，可将来会有的！当我们思索着该用人世间哪一种最美的东西比喻它的时候，嘴边已涌出了两个字：明珠！

它是吴堡土地上的明珠。不只是，因为它有着波光粼粼的碧水，有那环绕的圆带形的山脚将它镶嵌；而主要是因为它的珍贵！要知道，它是吴堡人民用心血磨润的，而且，它的一滴水，就是一颗粮食！能不珍贵么？

与辛家沟水库相毗邻的是西边的景家沟水库，两库之间只隔着一座鱼背似的山嘴，如果从高空机窗俯瞰，那准是两朵盛开的碧绿的并蒂莲！

辛、景水库工程是一九七二年冬季动工的，如今已近竣工。两个水库的库容分别为三百零四万立方米、一百一十八万立方米。整个工程包括五个渡槽，十一条隧道，二十五公里石砌的盘山干渠，以及上边两条沟谷里的十三座土坝，下边二水汇合后的正沟上的滚水石坝。工程完后，可以自流灌溉三千亩，提水灌溉三千亩，引水工程沟道横贯辛家沟、张家两公社，全长三十八公里，流域面积八十二平方公里，占全县面积的五分之一。

别的不说，光两座大坝的土石方就近五十万！工程是浩大的。因为，全县只有六万人，而由各生产队抽出参加这个工程的专业队才有一千人！

如今，只是景家沟水库溢洪道里有八台推土机在隆隆开掘外，整个水利大军都不见踪影了，有的转迹到下游的白家湾工地，有的返回农业第一线。整个库区静静的，仿佛一场激战后的间歇。这里，我们已看不见那沸腾的劳动场面了，看不见英雄们劈山的英姿了，听不见那激励人心的浑重的夯歌了。坝坡上，仅留下一层层深深的鳞状的夯印；土崖下，是英雄们当时夜宿的无门无窗的小窑洞；而眼前那涓滴聚成的碧波中，说不定还有着英雄们挥洒的汗水呢！……

昔日的英雄们没能见着，心中好不惋惜；可谁料想，我们却意外地碰见了另一些龙腾虎跃似的年轻人，这就是辛家沟大队的十几个突击手。

要说这伙年轻人，得先从这个辛家沟大队提起。这个大队就在紧挨着水库的小镇上。这座小镇景致别具一格。当你沿着水库的西干渠石岸走下去，走至镇口，下渠再顺着清河沟畔一拐，就看见有两座十几米高的多孔拱石桥横在镇街中心，走近了才看清另一座窄狭一点的是“夺丰渡槽”。桥下，槽上，水声哗哗。过了拱桥，是一条弯曲的小街，街道两旁是栉比鳞次的石砌的窑房建筑，而且临街的一面都修有屋檐廊柱，临河的一面呢，是同陡直的河岸相齐的高高的石墙。拱桥，流水，岸上的树，有檐廊圆柱的宅屋……这一切都使人疑是置身于汉江两岸的水乡小镇了。

可是过去,这小镇上,却是个户穷人懒的地方。旧社会不消说了，建国以后的许多年，这镇上的人，仍然大都是七分生意三分农，十户有九口是打烧饼的，差不多的人都会杀猪宰羊，好手一袋烟工夫就能剥个羊，掏净下水，挂到街头铺面的铁吊钩上！后来随着我国整个农村社会主义改造的胜利，特别是近十年，农业学大寨运动的蓬勃发展，这个小镇才发生了变化，辛家沟大队的社员，开始正经八百地务农了。但由于过去这小镇曾是国民党军队以及地方保长保丁乡绅土豪盘踞的地方，阶级斗争是激烈的，复杂的；再加之大部分人长久经营小生意的积习与懒散，农业生产一直搞不上去，弄得公社几任书记都头痛。能不头痛么？你看，这队里的社员和公社所属银行、税务所、供销社、派出所、邮电所、粮站、地段医院等一样作息哩！也来个八点上工，四点收工！收工回来，女人务弄家里杂活；一些男人呢，手捏烟袋，或叼根廉价纸烟，游手好闲地蹲在街头，仨一群俩一伙说东道西，谈古论今。再不就双方备抓一把石子、土圪垯蛋，下“五道棋”，直至暮色笼罩着小镇，婆姨叫吃饭了，才悠然自得地走散。次日依旧。日复一日，年复一年。来了多少蹲点干部、工作组，都始终“夯”不动。让他们苦干学大寨吗？说得刻薄一点，你猜这个巴掌大的小镇上的一些人，怎么说：“我们不是乡里人！”一言拒之！……

不用说，上面这些都是“老皇历”了。近几年吴堡人民学大寨的群众运动，冲散了笼罩在这个小镇上的沉闷懒散的空气，真正的贫下中农站了出来，特别是一大批一大批朝气蓬勃的回乡知识青年，怀着多年改造家乡山河的大志和夙愿回来了，给这里的基本群众队伍注入了新的血液，使这个古老的小镇获得了新的生命！

我们来到辛家沟公社的当天晚上，公社书记就介绍说：“水库上的大军没见到，这不要紧，你们可以到镇上辛家沟生产队的大坝上去看看，那是一伙青年人用了八九个月的时间打起来的，现在他们正在大坝前劈山填沟造平原呢！可以说，除了规模，别的都是水库那场大会战的继续！”他还告诉我们，这个大坝的建成，一下子改变了镇上的面貌，振奋了辛家沟人的精神，现在，你在街头根本看不到闲人了，人们早出晚归，有那么一股学大寨的劲头了。他特别告诉我们，今天这伙突击队员出工的时间是早晨三点半！……

公社书记这一席话，说得我们真有点坐不住了，只恨天色已晚，今天看不成了。但心里在想，这样一座二十多米高、三万八千多土石方的大坝，却仅是由十六个姑娘、五个小伙子在几个月内搞起来的，而且，据说其间又几起几落，连遭四次“灾难”，难道这些姑娘小伙子有三头六臂么？时光在他们手里拉长了么？……

一连串的问号正在我们脑际盘旋，突然我们的窑门“咣”的一声被推开，一股暖人的热浪卷进来，七八个年轻人嘻嘻哈哈、你推我搡地拥到窑里，紧跟在后面的是在辛家沟大队蹲点的公社副书记老薛，他笑道：“我把‘天兵天将’给你们搬来了！”

在一片撼人的笑声中，一张张圆润的笑脸，在我们眼前晃动着。这就是辛家沟大队年轻的突击队员们！你瞧，一个个长得多么壮实！当我们夸赞这伙年轻人浑身是劲时，长得和小伙子相似的姑娘们不由得你看看我，我瞅瞅你，于是，又是一阵没完没了的笑！在她们身上，哪再还有一丝儿怯生、拘谨的影子？真是天地广阔，胳膊腿儿任我伸展！河，踩在脚下；山，攥在手中！还怕你几个陌生人么？

今晚来的只是突击队的一部分骨干，也是辛家沟大队的骨干。那个双眉弯弯、眼睛圆大、性情沉静的姑娘叫李景青，今年二十一岁，是一九七三年回乡的高中生，如今是大队党支部委员、妇女主任，也是青年突击队的头儿。那个两只眼睛总是笑眯眯的高个小伙叫田兴国，二十岁，也是一九七三年回乡的高中生，现任大队革委会主任、支部委员。其余几个年龄也相仿，不是十九，就是二十，都是大队团支部、贫协领导成员。

没等我们开口，这伙年轻人的话就像决了堤的河水，你一言我一语地涌出来，你简直辨不清哪句话是哪个人嘴里说出来的：

“我们都是老同学，有的在初中，有的在高中，有的从小学就坐一条板凳，一直坐到中学毕业，然后又一块儿响应毛主席的号召，回乡务农。”

“所以，我们心齐，团结，能想到一块儿，干到一块儿！”

“没矛盾吗？”我们插言。

“有！但不怕，吵一架就解决了！”

“我们回乡后，好些事看不惯！”

“队上为什么甘居落后？——看不惯！”

“还有，好些人懒，怕苦干。——看不惯！”

“反正队里不好好学大寨。——看不惯！”

“看不惯的事，我们就冲！”

“要冲就得带头干个样出来！正好我们回来那一年，县上在我们镇前修水库，炮声，车声，夯声，叮叮当当敲石声，歌声，喊声，日夜在响，工地上人山旗海，热火得很！我们想，干脆，我们队也在下边打个坝，淤地，改变一下面貌，我们几个一商量，同意！”

“可队里有些人不同意！他们说，能和人家比么？辛家沟水库是全县动员，我们这只有百十个劳力的大队能成？再说，人家是在偏沟里打坝，我们这可是正沟！”

“谁怕这一套？下来我们就写小评论！”

小评论是有威力的，镇上那些怕流汗懒散惯了的人，保守思想严重的人，都低下了头。开了几个晚上的辩论会，党支部决定支持姑娘们的倡议——打坝，并且点了将，由十六名姑娘和五六个小子娃组成了突击队，第二天就上了战场。

最初的战斗是艰难的。谁能忘记打坝基的那些日子？背着百十斤重的石头，脊背压烂了，肩膀脱了几层皮！脚砸了，指甲掉了，腿肿了，却不减姑娘们当初之勇！深夜里，母亲抚摸着女儿的伤口，用一串串眼泪拉后腿哩！可姑娘们心不软，第二天又披着晨光上了阵！

“我们这个坝，可是多灾多难呢！”姑娘们说。

第一次水洞没留好，返工了。寒冬腊月，要在一指厚的冰碴水里把成千块的坝石捞出来，手指麻木了，塞到口里哈口气；胳膊僵了，捅到衣襟下暖暖。姑娘们咬着牙，硬挺着，赶早贪黑连战六天，水洞重又修好了。今年清明那天，突然下了一天一夜暴雨，景家沟水库的临时拦水坝冲垮了，洪峰卷着泥沙奔泻而下。突击队员们和大队里的社员都赶到工地上，他们跳进急流里抢挖溢洪道，到头来，洪水还是无情地卷走了土坝，冲跑了坝石，姑娘们急得跺脚，气得直哭！

“就是她，弓建兰，哭得呜呜的！”一个小伙指着门背后那个胖乎乎的姑娘说道。

十九岁的弓建兰一扭脸，瞪了对方一眼，埋下头笑着。

能不哭么？心疼啊！更不要说，还得听那些等看“毛女子们”笑话的人得意的笑声了。

突击队员们没动摇，没畏缩，没退却！一篇篇小评论，一份份决心书，又封住了那些光会吹冷风的嘴。

接着，她们又挑灯夜战，两次重修水洞，苦干一春，终于在六月筑起了大坝！

年轻人竖起了大坝，也竖起了辛家沟人的志气！姑娘小伙子们在人们的眼里，再也不是毛手毛脚的娃娃了，她们是闯将！她们有心劲！她们看得远！人们信服了！群众把年轻人推上了领导岗位，叫她们当领头人了。

今年入伏那一天，又下了一场暴雨，洪水漫沟，而大坝屹立，终于经受住了波推浪卷的考验！然而，那是多么紧张的时刻，又是一场多么惊心动魄的格斗啊！——青年们顶着箭杆似的雨柱向工地迅跑，黄泥山路像浇了一层油，他们跌倒，爬起；再跌倒，再爬起！

密集的雨点打得人睁不开眼，敲得人脸皮痛麻；有时只好躲在路边，把头靠在石崖坎下避避雨，缓口气，而那山崖上浑黄的小瀑布，恰好擦着她们的额头鼻尖，倾泻在胸前！在暴雨洪水中，突击手们恨不得再长出两只手，排洪，拉泥固坝，抢抬洪流里的柴油机、架子车、工具等，直到天黑，雨停了，老天低头了。收工的时候，姑娘小伙子们，要是不听对方声音，谁也认不出谁——一个个都成了泥圪垯！回来的路上，笑声不绝！镇上的群众望着泥路上说说笑笑走回来的“泥人”，老远就喊：“泥圪垯队胜利归来了！”

姑娘们说到这都憋不住笑了，笑毕，认真地说：“不滚成泥圪垯，还想学大寨？还想变面貌？泥圪垯才光荣哩！”

说到光荣，姑娘们又告诉我们，有一回，辛家沟镇上遇集，镇街上四乡里来的人很多。李景青和姑娘们聚到一块儿商量，说，今天利用中午时间，掏茅厕担粪，敢不敢？姑娘们说，要是过去可就怕丢人了，现在怕什么？担就是了！在突击队员面前，还有什么可畏惧的呢！突击手就应该有黄继光那钢铁的胸膛，董存瑞那撑天的臂膀！步步冲在前！我们面前的这些青年人，哪一个不是这样想，不在这样做啊！

我们来到辛家沟的前一天，一个年轻的突击队员在大坝挖泥淤地的工地上牺牲了！追悼会开成了誓师会！青年们掩埋好战友的尸体，眼泪一抹，转身走向烈士牺牲的地方，一直拼到天黑！今早呢，又不约而同，一个个早晨三点半就到了工地上……

当我们把这伙年轻人送走时，我们听见夜幕里传来轻轻的笑声，话语声：

“明天要是下雨呢？”

“小雨不误！”

“还是三点半么？”

“你说呢？……”

一阵熟悉的豪爽的笑声……

这一夜，我们一闭上眼睛，就看见那碧绿的水，高耸的大坝，水库旁新栽的果树，接着又想到明珠。而且我们在想，要说是明珠，到底是那一顷碧波，还是今夜我们见到的这些可爱的青年人？似乎我们都难以说清了。

伟大的进军

今天，尽管吴堡全县大多数山村汽车可达，我们这次学习访问却是舍车徒步，周行吴堡，为的是把吴堡人民用血汗和双手改造的四百平方公里的大地上的山山峁峁、沟沟坡坡，看得更仔细些，更真切些。

沿途三百里，在每一座山村的周围，方圆十几里的地方，你已经看不到洪荒时期所遗存下来的那种原始的自然状态和景象，几乎每一座山峁都修成了由脚到顶的连片梯田，每一条沟壑都筑起了拦锁水土的大坝小坝。这壮观的景色，不能不使人想到，今天，吴堡的山，吴堡的梁，吴堡的沟，吴堡的川，都被吴堡人民用那愚公般的巨大而勤劳的手，重新雕塑过。这里的每一寸土地，都能使你感觉到，吴堡人民在农业学大寨运动中，所迸发出来的那种势不可遏的改造自然的力量！

于是我们更坚信了初到吴堡时的印象：整个吴堡是个战场！

在这块土地上，哪一个战士不记得吴堡的历史，不记得伟大的社会主义革命前的吴堡的旧颜，不记得改造山河时所遭遇的困难？

吴堡全县有大小山峁一千八百八十五个，深沟三千二百多条，平均一平方公里四个半山峁、八条沟。

吴堡县地面水总流量是不多的，二十三年来的平均降雨量为四百七十毫米，最低的一年是二百三十一毫米；且极不均匀，一九七四年八月十日一天的降雨量即达八十六毫米，当日洪水成灾。

吴堡县内人畜饮水困难的有六十二个大队，四千二百多户，近两万人。

自一九四九年以来，百日大旱十一年；一九六三年至一九七二年，百日大旱有五年，双百大旱有三年。

而全县的劳力呢，只有一万八千个！

…………

吴堡啊，自古以来，你就是穷乡僻壤！

正是毛主席指明的大寨之路，使吴堡人挺起了腰杆，迈开了大步！

全县最偏远最荒僻最穷困的樊家圪坨，最先举起了学大寨的旗帜！八年苦战，只有八十几个劳力的樊家圪坨人，挖削了七个峁、五面坡、八架梁；筑起了三十一条土坝，锁住了七条沟。于是，樊家圪坨的山梯田化了，樊家圪坨的沟坝地化了，樊家圪坨的雨水，再也不漫流了——库池化了！樊家圪坨的人，心更红了，肩膀更硬了，腰杆更挺了，眼睛看得更远了！

群众中蕴藏的这种社会主义积极性，这种强大的改造客观世界的力量，更增强了县委的信心和决心，他们说："樊家圪坨就是我们吴堡的希望！"

是的，这个本县的自然条件最差的樊家圪坨，以它的巨变，最有说服力地描绘出了吴堡全县的未来和前景！

学大寨十年——吴堡人民用樊家圪坨人那种扎扎实实的精神去学，用樊家圪坨人那种"舍得身子豁出命"的劲头去干，初步治理了九百多个山峁，一千四百多条沟坡，修出梯田、坝地、水地十二万四千多亩，造林六万多亩，控制了百分之四十三的水土流失面积。一九七四年的粮食总产较历史上最高的年份增长了百分之五十三。去年，用他们的话说，“终于把吃返销粮的帽子撂到黄河里了！”

是的，吴堡变了，山变了，水变了，人变了！

在这次访问中，当我们思索着吴堡人是以怎样顽强的毅力和干劲，以何等的愚公移山的精神，付出了多少的血和汗，跨出了第一步，向一切可以发挥自己的力量的地方、向生产的深度广度进军的时候，我们感到某些简单的数字竟比我们所能驾驭的语言更有说明力，请看——

一个患晚期肝癌的大队支部书记，忍着病痛，躺在自己的土炕上，主持召开了不下四五次的支委会，他病逝的时刻，正是他主持召开的最后一次支委会的时刻。一位三个孩子的母亲、大队妇女主任，连续八年，年年出勤三百多天。一个患严重风湿性关节炎的大队支书，连续十四年，只因病误了一天工，每次背石头不下三百斤。一位双目失明的普通的社员，叫他十一岁的小女儿引路，来到围堤造田工地上，拉车运石，拉了一百多天，跑了五六千里路。一个公社的干部们，一九七一年至今，每年每人平均参加集体生产劳动二百一十五天。一个公社书记，四年磨秃了五把锨。一个公社的所有小学生，每人一个粪筐。有一个大队政治夜校登台演出《五个大妈上夜校》的竟真的是五个近六十岁的老大娘……

同志，当你踏上吴堡这块土地，面对着换了新貌的吴堡的山，吴堡的水，吴堡的人而惊赞、思索、揣摸的时候，那就请你从这些数字中去找找答案吧！

在全县传达全国农业学大寨会议精神的第二天，县委书记和一些常委们都下去了。当我们转回到县上，又站在县委静悄悄的窑门面前，眼睁睁地望着门上那一把把铁锁的时候，除了久久的沉思，不是也在心底里瞧见了我们没见过面的县委“一班人”的战斗的风貌和姿容了么？

而此刻吴堡的群众呢？他们怨天亮得晚，忧天黑得早，恨不得一天变两天，一双手变成两双手！看看我们在辛家沟公社时，群众突击深翻地的出工时间吧——起初是五点，次之是四点半，再次是四点，最后提到三点半！晚上呢？八点收工吃饭，紧跟着又上阵了，一直夜战到零点！

紧张么？听听我们在深砭墕大队的一天凌晨听到的一句话吧："怕大干，怕流汗，不是我们吴堡人的作风！"

有这样的人，有这样的精神，有这样的干劲，吴堡能不大变么！

离开吴堡的前一天，我们探访了吴堡古城。当我们站在那突兀的城墙上，俯视脚下滔滔的黄河，远处的众山，内心里怎能不浮想遐思？是的，半个世纪以来，我们的人民在党和毛主席的领导下所汇成的革命历史巨流，以它那摧枯拉朽之势，在祖国的大地上，不知荡涤冲毁了多少这样反动而顽固的堡垒！而在新的社会主义革命的时代里，掌握了马克思列宁主义、毛泽东思想这一理论武器的人民，又以怎样锐不可当的力量，冲决着这城墙般的封、资、修的禁锢，朝向共产主义的大目标勇猛地挺进着！

我们的时代，像黄河一样在滚滚奔流。这使我们想到马克思的一段话，他说，工人阶级"为了谋得自己的解放，同时达到现代社会由于本身经济发展而不可遏制地趋向着的更高形式，他们必须经过长期的斗争，必须经过一系列将把环境和人都完全改变的历史过程"。而今，在我们这个伟大的国家里，不正经历着、完成着这个人类进步的"历史进程"么！

这个古城的东城门叫"闻涛门"。如今，我们站在东城门上，耳边所闻的何止是那黄河的涛声，分明还有着吴堡六万人民在社会主义大道上奋勇进军的脚步声呢！……

黄河啊，你在中华儿女的心里，一直是一支有灵魂的河流；要不，你今天的浊浪为什么这样激荡，你今天的涛声为什么这样震撼人心？不正是因为你摄取了这块古老而又年轻的大地上那亿万人民改天换地的战歌声么！

离开吴堡那天凌晨，天空的群星还没隐去，我们就听见那已经熟悉了的声响——嗡嗡轰鸣的钟声，嘹亮高亢的号音，从每一个小山村的村头向山野天空震荡开去，先是此起彼落，最后终于混成一片。……

我们知道，这是吴堡总动员的时刻，吴堡人正在走向“再大干”的战场！……

一九七五年十二月九日

* 此文系路遥同李知、董墨合作，原载《陕西文艺》1976年第2期。

周总理回延安

——追忆周恩来总理一九七三年六月在延安

人民总理人民爱，人民总理爱人民。

——民谣

并非题外的话

一九七六年一月九日早晨，凛冽的寒风摇撼着延安每户人家的窗户，告诉人们那个不幸的噩耗：我们敬爱的周总理与世长辞了！从那时起，延安人民和全国人民一样，经历了感情上从来没有过的悲痛。

这天早晨，没有人能咽下一口饭。宝塔肃立在铅灰色的天空中，冰层下的延河发出了呜咽。从延安到枣园的十几里大道上，人们一队队，一行行，冒着零下二十几度的严寒，迈着沉重的步伐，去总理旧居吊唁。在这悲痛的行列中，经过几十年严峻战争考验的老人，伤心得像孩子那样捶胸顿足地嚎啕；平时活泼淘气的孩子们，像霎时长大了十几岁，抽泣着，那天真烂漫的心灵在默默地掂量着祖国这个巨大的不幸。就在这举国哀痛、民心欲绝的时候，那一道又一道的“禁令”却像铁爪子一样揪撕着人们的心灵：不准开追悼会，不准做花圈，不准佩戴黑纱白花……在那悲愤的日子里，人们坚信：历史，一定会站出来大声说话的！

从一九三六年到一九四七年这十几年中，周总理就和延安人民同呼吸，共命运。为实现毛主席的伟大战略规划，为了中国人民的解放事业，他从这里出发，闯龙潭，入虎穴，几经生命的危险，为党完成了艰巨卓绝的任务。大生产运动中，他在枣园的梨树下纺过纱线；打胡匪的日子里，他跟着领袖毛主席，在陕北乡村的麻油灯下熬费过心血。延安的山山水水，到处都有他留下的脚印和洒下的汗水。而更使延安人民铭刻在心、永志难忘的是：一九七三年，周总理二十六年后陪同外宾第一次回延安来，在所停留的那短短的二十四小时中，对延安的革命和建设，对延安的人民，表示了多么亲切的慈父般的关怀啊！

记得在枣园的追悼大会上，当一位同志在悼词中念道：“抬头望见宝塔山，敬爱的周总理啊，您什么时候再回咱延安？低头看见延河水，敬爱的周总理啊，延安人民时时刻刻怀念着您……”这时，人们泪如雨下，放声痛哭！此时此刻，谁能不想起敬爱的周总理一九七三年在延安那短暂而难忘的二十四小时！

“我又回到家里来了！”

一九七三年六月初，当人们得知周总理要陪同外宾来延安的消息后，整个延安城和陕北高原都沸腾了。从大大小小的城镇到僻远的山乡旮旯，人们奔走传告这个喜讯。老年人们说：“快到延安看咱周副主席去！”年轻人不管你知道不知道，见面就喊：“知道不？咱们的周总理要回来啦！”邮电局里，接线员和译电员们加倍地忙碌了起来，各地纷纷用电话电报请示地委，要求六月九日来延安欢迎总理，看望总理。几十里甚至几百里外的老乡们，提前几天就背着干粮，向延安赶来了。这些当年的老红军战士、老赤卫队员、老游击队员，为了看一眼敬爱的周副主席，旅社满了，他们就睡在大街屋檐下过夜。人们扳着指头，盼等着这个日子。

六月九日一大早，在淡蓝色的雾霭中，从宝塔山下到延河两岸，从东关的飞机场上一直到宾馆几里路的大道上，到处都是密密麻麻的头包白羊肚子毛巾的人影。

十时，浓雾散了。宝塔、延河、人群、红旗，一切都沐浴在金灿灿的阳光下。这时，几架银白色的飞机降落在了延安飞机场上。周总理在机舱口出现了！他穿一身半旧的灰衣服，微笑着面向欢迎的人群，两只手在有力地鼓着掌。机场上即刻响起了暴风雨般的欢呼声。人们不知该喊什么，只是一股劲地大声呼唤着："啊！啊！总理！总理！！"成千上万双手臂高扬了起来，像是要把他从机舱口接到自己的面前似的。所有的人都两腮挂着热泪，激动得不知如何是好。大家记得，当年就是在这里，延安人民曾迎接周副主席从西安谈判回来，从南京谈判回来。人们熟悉他宽阔的胸脯，这胸脯装着一个海洋；熟悉他浓眉下一双炯炯有神的眼睛，这眼睛对人民投射着慈爱的光芒，对敌人喷射着愤怒的火焰……而今，他伟岸洒脱的身姿，矫健有力的步履，严峻而慈祥的容貌，敏捷而富于表现力的手势，又重新出现在了延安人民的眼前，怎能不叫人欣喜若狂！

周总理兴奋地走下了舷梯，他向前来欢迎的延安党政军负责人说的第一句话就是："我又回到家里来了！"

"我又回到家里来了！"总理一句话，包含着多少情！凝聚着多少爱！延安人听了，就像吃了蜜一样甜。这句亲切的话语，随着六月的和风，传遍了陕北的村村社社，暖在了每一个延安人的心头。

时时刻刻惦记着人民群众

总理在延安的每时每刻，心里都记挂着人民群众。他从机场来到宾馆，休息不到五分钟，就步行来到延安大街上，和延安人民见面。吃过午饭，他冒着炎热，登上宝塔山，长久地俯视延安全景，指点着这里的一山一水，一草一木，不时地询问：现在群众生活怎样？下雨了没有？延安机关和工厂占耕地多少？随后，他把深沉的目光投在松柏苍郁的清凉山上，问那里的路好走不好走，说那里掩埋着跟他一起打仗而牺牲了的两位战士……他满怀深情地说：延安的小米好啊，是延安的小米哺育了我们，哺育了革命……

六月，西河川麦子正在扬花秀穗。枣园里，梨树已经挂果，枣花正在飘香。

九日下午，周总理为了看望枣园的群众，比外宾提前十几分钟来到了枣园。他一下车就问：这里有公社的人吗？有大队的人吗？

当公社和大队负责同志来到后，总理高兴地和他们握手，详细询问公社、大队革命和生产各方面的情况。并问枣园大队书记雷治富：现在还有当年的老同志吗？雷治富说：高同有还在，主席请他吃过饭。总理叫人马上去请高同有来。

当雷治富告诉总理，枣园现在有九十六户、四百七十一人、一千零九十亩土地时，总理说：比大寨还大，你去过大寨吗？雷治富说：去过。总理问：修梯田了吗？雷治富说：修了二百亩。总理说：那了不起。雷治富说：我们的梯田比不上大寨，标准低，质量差。总理亲切地说：不要紧，先低后高嘛。接着他问：我有个侄子在这儿，你知道吗？雷说：知道，去年他上大学去了。总理说：你为什么要把他送去上大学？当农民不好吗？雷说：他劳动好，群众推荐他上大学。总理说：你们别因为我的关系！大学毕业后再回来，你要他吗？这时，群众都笑着齐声说：要！总理也笑着说：一言为定，那就是说要了！又问：他常给你们来信吗？雷说：常来。总理严肃地说：不来信就是忘本！

这时，高同有和他的女儿来了。总理紧走几步迎上去，拉住了高同有的手，像久别重逢的亲人一样，亲切而火热的目光长久地看着他的老邻居的脸。高同有老汉激动地向总理问好。总理问：你多大年纪了？高同有说：七十岁了。总理又问：你现在住哪里？高同有说：我还在后沟住。总理一边回忆，一边对高同有说：我在后沟住过。一九四五年住这儿，就是开“七大”时在这里住了一段，开政协会回来就在后沟住。然后关切地问高同有：你害哮喘病？睡眠可好？

正在这时，外宾来到了枣园。总理把外宾向枣园同志一一作了介绍。然后，又向外宾介绍了高同有，并说：这是我的老同志，他打过胡宗南！

在参观的过程中，总理谈笑风生，和蔼亲切。使周围的任何人都没有拘束感。休息的时候，总理亲切地给讲解员递了一根冰棍，问：你会唱陕北民歌吗？当讲解员唱起《军民齐心闹生产》时，总理就双手在桌子上轻轻地打着拍子，沉浸在当年那战斗生活的回忆中。唱完后，他开玩笑地说：山歌要上山唱才好听！惹得大家都笑了。

在整个延安的二十四小时中，总理无论在革命旧址，还是在招待所，都要亲切地详细询问每个讲解员、服务员的名字、年龄、家庭住址，文化程度高低，参加过劳动没有。在参观凤凰山毛主席旧居时，总理要和外宾一块儿照相，讲解员就主动闪在了后边，但被总理发现了，他叫照相的同志先别照，喊：“说明员同志，你过来！”一直等到讲解员站好后，他才说：“现在照吧。”在杨家岭，总理参观完已经上了车，又把讲解员招呼到车前来，对她说：“欢迎你晚上来参加宴会。”十日上午，总理在临离开延安前的繁忙中，还来和招待所的服务员一一告别，他握着大家的手，对每个人都说：谢谢你们！并要人转告灶房里的炊事员，说他马上要走，来不及和大家告别了……

咱总理还是“老延安”！

周总理在延安短短的时间里，他那谦虚谨慎的高尚品德和艰苦朴素的生活作风，给延安人民留下了难以磨灭的印象。

不论是在纪念馆，还是在凤凰山、杨家岭、枣园等革命旧址，他都亲自给外宾介绍伟大领袖毛主席在延安领导中国革命的伟大业绩，介绍朱德同志和其他中央领导同志的革命活动，而从不愿意说起自己。

在参观枣园时，大家路过总理当年住过的院子，省、地负责同志对总理说：这是你住过的地方……总理马上笑着说：咱们去看主席住的地方！看完主席旧居返回后，翻译已将总理在这儿有旧居的情况告诉了外宾，外宾提出要去参观，总理说：你们去，我不去。

就这样，在凤凰山、枣园、杨家岭，他“三过家门”而不入。

在杨家岭中央大礼堂，当讲解员给外宾讲到总理在“七大”做了重要报告时，总理笑着打断讲解员的话说：“我没做什么重要报告。”在休息室，外宾们发现了总理在“七大”做报告的照片，对总理说：“这不是你在做报告！”总理笑着说：“不知他们哪里搞来的这张照片！”

总理这次来延安，在生活上艰苦朴素、严格要求自己的事迹，更是不知有多少。关于他的这些佳话，至今还在人民群众中传诵着。

总理穿着半旧了的白布短袖衫和一条灰裤子，朴素得像当年在延安一样。他不住宾馆，住的是普通的干部招待所，睡着普通的硬板床。他吃的是陕北的小米和杂粮面，喝的是清凉山下的泉水。从招待所大门口到总理的住房，要上一段很陡的石台阶，他年纪大了，每次上时，大家都要去扶他，他都谢绝了。吃饭时，服务人员按礼节给他安排了首席，他一进来，就在靠墙的角落里随便找一个位置坐下，服务员让他换换，他说：“哪儿都一样。”每顿吃菜，他总是只吃一盘，其他菜不动一筷子。

九日十二点，总理和省、地负责同志一同在招待所吃午饭。饭间，总理一直和地方上的负责同志谈工作，连放在面前的饭都忘了吃，一碗荞面饸饹眼看搁凉了，招待所服务员小拓就拿去在灶房里换了一碗热的来。这事被总理发现了，他拍着小拓的肩膀问：你把饭倒在什么地方了？然后又说：那饭还能吃！当总理吃完一碗小米饭后，看见碗上还有没吃净的米粒，就盛了一勺面汤倒进去，冲净全喝了……

周总理为了人民的革命事业，废寝忘食，鞠躬尽瘁。在延安二十四小时中，他工作了十九个小时，只休息了五个小时。一直到深夜三点，他的窗户还亮着灯光。而当延安人民为了表达自己的心意，送给他一点小米和豆子时，他都如数按价付了钱和粮票。延安的人民群众看到总理这一言一行，都激动地说：咱总理还是“老延安”！

“延安建设好了我再来！”

周总理对于延安的革命、建设和人民群众的生活十分关心。早在一九七〇年，当他听到延安群众生活困难时，难受得流了泪。他满怀感情地说：全国解放二十年了，北京这样好，延安那样差，怎么行呢，怎么对得起延安人民?！从那时起，他在日理万机的百忙国务中，多次过问并亲自主持召开了有关延安工作的会议；指示重新发表了毛主席在一九四九年给延安和陕甘宁边区人民的复电；向延安人民提出了“三年变面貌，五年粮食翻一番”的号召。

这次，周总理在陪同外宾来延安这十分繁忙的二十四小时中，无时无地不把延安的革命和建设放在自己的心上。在参观途中，在休息厅内，在汽车里，在饭桌上，他从过去的革命战争谈到今天的社会主义革命；从群众的衣食住行问到山区的医疗和教育；从土地平整、水利灌溉、良种培育，谈到“五小”工业和工农业生产机械化电气化的壮丽前景，连工厂、机关不要过多占用农田和怎样增强土壤的团粒结构，都一一作了具体的指示。敬爱的周总理，真是为延安人民操尽了心！

在宝塔山上写着毛主席光辉《复电》的木牌前，总理默默地站了许久。他领着地、市领导同志一字一句朗读了《复电》全文。他眺望着山峦起伏的陕北高原，语重心长地说：陕北是革命的老根据地，我们是从这里出发取得全国革命胜利的……二十四年了，战争的创伤是恢复了，但是文化、经济建设很难说，还有问题。农业落后，粮食没有过关……地、市的领导同志们难受地说：我们没有把延安的工作搞好。总理说：我在中央，对延安的工作关照不够啊！

这一天，周总理陪同外宾参观完几个革命旧址和纪念馆，出席了为外宾举行的宴会和文艺演出，时间已经很晚了。但他还不肯休息，又把省、地负责同志请到干部招待所的会议室内，促膝交谈起延安的工作来。总理虽然经过一天的奔波操劳，但没一点困意。他谈笑风生地说：……陕北有黄土高塬，土字旁的塬，土质很好，四边种树修梯田，这是最好的地方。搞梯田种树，不下三五年功夫不行。你们几位书记都在这里，你们不像大寨那样干它七八年是不行的。总理接着详细询问了延安现有的耕地和水地的面积，谈了打坝、植树和“五小”工业方面的问题，然后说：搞农业第一还是平整土地。不平地，不搞深翻，土壤没有团粒结构，不能储存水和肥。要深翻深种，土就肥了。总理问：你们一亩地上多少粪？延安的负责同志作了回答。总理又问：你们的猪有没有圈？人有没有厕所？回答说大部分有了。总理诙谐地说：粪是黄金，米字头，田内上了粪就出米。好东西，要提倡……会议室里响起了一片笑声。在这万籁俱寂的深夜，千山万岭凝神敛息，注视着这个灯火闪烁的地方，倾听着总理那爽朗的话语笑声……

……总理的谈话在继续。一直到十日凌晨三点，他才休息。

延安地委的领导同志，谁也忘不了九日中午那个美好的时刻。这天中午，总理主动提出要和他们同桌吃饭。饭前，总理笑着说：咱们午餐不喝酒！

饭间，总理吃着陕北的小米饭，问他们：今年群众的口粮吃多少？有没有缺粮队？接着他又一次情意深长地说：延安人民哺育了我们，取得了全国革命的胜利。他问了延安地区一九七〇、一九七一、一九七二年的粮食产量后，问他们：五年粮食翻一番行不行？他们齐声回答：行！这时，总理站起来，和大家握了手，高兴地说：拿酒来！酒倒好后，他举起满斟的酒杯，与大家一一碰杯说：为延安地区粮食五年翻一番，干杯！说完，一饮而尽。知心的话，舒心的酒，像滴滴甘露洒在延安儿女的心头，像团团火焰，燃烧着万里高原！

六月十日上午十时，周总理陪同外宾，登上飞机，和延安人民挥手告别。他留给延安人民的最后一句话是：延安建设好了我再来！……

笔者后记

党中央粉碎“四人帮”反党集团后，延安地市领导干部，毛主席在延安旧居的工作人员，宾馆和干部招待所的同志，接触过周总理的老党员、老贫农、老游击队员们，流着眼泪给我们讲述了周总理一九七三年在延安那难忘的二十四小时。我们也是流着眼泪写完了这篇追记。

到今天，延安人民才知道：一九七三年，周总理已经身染重病了。他是抱病来延安的！

从一九七三年起，延安人民更加拼命地大干苦干，发誓要把延安建设好，让敬爱的周总理再回来看看新延安。

而今，周总理为延安人民提出的战斗口号就要变成了现实。然而，他却和我们永别一周年了。但是，他从来没有离开过我们！他矗立在延安人民的心坎里，矗立在世世代代中国人民的心坎里！

二十四小时，在周总理光辉的一生中，仅仅是短暂的一瞬。他为了祖国，为了人民，为了我们的阶级，为了人类最崇高的事业，熬尽了自己的生命和鲜血。他是党和人民无比忠诚的儿子，是我们阶级的光荣，民族的骄傲！

官，该怎么当？人，该怎么做？怎样才算彻底的无产阶级革命家？怎样才是真正的马克思主义者？周总理就是一面镜子！

一九七七年一月于延安

＊原载《延河》1977 年第 1 期。

病危中的柳青

为了塑造起挺拔的形象来，这个人的身体现在完全佝偻了。他本来就不是一个体格魁梧的人，在进行了一生紧张繁忙的艺术创造后，加上越来越危急的病情，身板单薄得风能吹倒。整个躯体像燃烧过熊熊大火的树木，变得干枯而焦黑，一切生命的嫩枝绿叶似乎都看不见了。

严重的哮喘病使得他喉管里的出气像破风箱发出的声音一般，让站在他面前的人也压抑得出不上气来。胸脯是完全塌陷下去了；背却像老牛脊背一般曲折地隆起来。整个身子弓成了一个大问号。

这就是他吗？这就是那个令人敬仰和羡慕的艺术家吗？

这就是他。此刻，他正蜷曲在西安陆军医院内科二楼一间普通病房里，时不时就喘成了一团。体重肯定已经不到一百斤了，从袖筒里和裤管里伸出来的胳膊腿，像麻秆一般纤细。

探访他的人看见他住在这么简陋狭窄的病房里，都先忍不住会想：这样一个有成就、有影响的作家，又害着如此严重而危急的气管炎和肺心病，再不能得到条件更好的治疗环境吗？

得不到了。病危的作家先后提出的一些小小的愿望，都遭到了傲慢的冷遇和粗暴的拒绝。他甚至在中国西北这个最大的城市里，一直连一间有取暖设备的住房都找不到。而在几年前，周恩来总理就做了关怀这个人健康的指示，结果也全然未被某些人当成一回事。在这些“官”的眼里,这个受人爱戴的艺术家充其量只是个“写书匠”，值得他们这样大的“人物”关心吗?作家的病情眼看一天天恶化了，可他的医疗和生活条件一点也不能得到改善。有时候，竟然得靠儿女们用架子车拉着他穿过车水人流的繁华闹市，才能到医院里去看病。

这个一生倔强的老头现在已经到了生命垂危之际，难道让他自己东跑西颠求人“走后门”去吗?

此刻，这个孤独的、病危的老年人，衰败的身体里包藏着一副坚硬的骨头，傲然地躺在这间暖气不足的病房里。脚地上放着一个儿子自做的拳头大的电炉子，热一热饭菜，烤一烤冻僵了的手。

在这里，他仍然还是那身农民式的穿戴——正如讲究衣着的人把质地很差的布也要设法做成时髦服装一样，他把“的确良”也裁成了这种老百姓的式样。一双脚是很小的，甚至比有些女同志的脚还要小。头却是很大的，尤其是前额的宽阔在一般人中间是少见的。几道深刻的皱纹镂刻在光光的脑门上，像海浪留在岩石上的痕迹一样——谁知道那里面藏着多少生活风暴的记录呢?

要是细心的人，就会观察到他右手的指头比左手的指头明显地弯曲了许多，像有什么痼疾似的带着不能看见、只能感觉到的痉挛，松懈地向外撇着——这分明是一只疲劳过度又不能得到良好休息的手。一副金丝边的蚂蚱腿眼镜，用绳子在光头的后脑勺上挽结住，如同小市镇上常见的钟表修理匠一样逗人。只有上唇上那一撇鲁迅式的浓黑的髭须，才给人一种学者和艺术家的风度。

不过，智慧的光芒就是在这张老农似的脸上也是掩饰不住的——它时刻都在那两片镜子后面辉煌地闪耀着。这是一双无法描述的眼睛。就是在病痛的折磨中，仍然放射着光彩：尖锐、精明，带着一丝审度和讽刺的意味。这双眼睛对任何出现在它面前的人和事物，一边观察、分析、归纳，一边又同时在判断、抽象、结论——而所有这一切好像在一瞬间就都完成了。

除过眼睛透露出内心的生机外，这个蜷曲在病榻上的人，现在看起来完全是一副弱不禁风的样子。第一次看见他的人，谁能想象得来他曾多次穿越过战争的风暴，尔后在皇甫村的田野里滚爬了十几个年头，继《种谷记》和《铜墙铁壁》之后，又建造起像《创业史》这么宏大的艺术之塔呢？人们更难想象，在“文化大革命”中，他这副身板怎么能经受得住连续不断的游街和“喷气式”的折磨？还不用说爱人被整死所造成的精神上的摧残了！

但这一切他都挺过来了。他进行过巨大的创造，也经受过巨大的创伤。他时不时被拉进医院，随后又迈着有力的步伐走到美好的或者险恶的生活中来。

现在，他又痛苦地蜷曲在他一生所讨厌的地方了。他自己感觉得来，这次的病情预兆着不祥，生命的终结也许是指日可待了。在这样的时候，作为一个艺术家，他是有理由为自己已经创造出的东西骄傲的：在我们已有的文学基地上，他自己新建筑起来的艺术之塔似乎要比他同时代任何人的建筑要宏大和独特一些。真的，在我国当代文学中，还没有一部书能像《创业史》那样提供了十几个乃至几十个真实的、不和历史上和现实中已有的艺术典型相雷同的典型。可以指责这部书中的这一点不足和那一点错误，但从总体上看，它是能够传世的。在作家逝世一年后的全国第四次文代会上，周扬同志所做的那个检阅式的报告在谈到新中国成立以来长篇小说的成就时，公正地把《创业史》列到了首席地位。是的，在没有更辉煌的巨著出现之前，眼下这部作品是应该占有那个位置的。

但此刻躺在陆军医院里的这个人，并不认为他的创造应该在生命结束之前的现在就停止。不，这个坚强的共产党人和创作欲望强盛的艺术家，决不忙着就写他的“墓志铭”。他用平静的声音幽默地向他的医生提出一个“建议”：“让我再活几年吧。”这并不是为了贪生，他紧接着前面的一句话，大动感情地呼喊：“好让我把《创业史》写完呀！”不难看出，诗人最大的痛苦不只是在于自己的命，而在于他不能完成的事业！这是一个真正的悲剧。试想：如果不是那十年的动乱和疯狂，搁置了他的创作，弄坏了他的身体，他的《创业史》按原来的计划本来早已经完成了，而且作为一个成熟了的作家，如果他保持着原来的身体状况，谁能想象他还会给我们留下些什么！

尽管他忍不住痛苦地向医生求助，但他自己也明白地知道，他的《创业史》是写不完了。尽管如此，这个党性极强的共产党人和具有使命感的艺术家，决不在他生命终止之前就终止他自己的创业历史。他知道，眼下，他自己的创业史和他所写的《创业史》，都还是不完全的史诗。他同时也意识到，即就是《创业史》一书不能完成，作为他自己人生道路的创业史应该是一部完整无缺的史诗。

不屈的叙事诗人正是抱着这个伟大的理想和坚定的信念，尽管重病缠身、危在旦夕了，他仍然在这间冷冰冰的病房里，让自己衰败的身心燃烧起了熊熊的大火；他要让生命在最后的一瞬间爆出耀眼的光芒——如同彗星在黑暗中消失之前那样。

他伏在窗前那个破旧的圆桌前，比以往更使劲地用蝇头小楷，不分昼夜地建造他未完工、也完工不了的宏伟建筑。蜡黄的脸上，亮晶晶的汗珠，一串一串地淌下来，枯瘦而颤索的手指揩也揩不及。此刻，他就像一个处于收麦季节的关中农夫一般繁忙。他用越来越运用自如的笔，在已经勾画过了的画布上，更出色地涂抹着五颜六色的农村生活；用灵巧熟练的艺术雕刀再一次精雕那些已经令人惊叹的人物肖像。原来的那一大群人物继续在蛤蟆滩、下堡村那一带喧喧嚷嚷、翻天覆地；而梁生宝、郭振山等人已经被作家引到了渭原县城——好腾出空子让二流子兵痞白占魁闹个事端吧！让梁大借此到黄堡镇碰头耍赖吧！让冯有万发火吧！让高增福发愁吧！让消息传到渭原县的三干会上吧！让郭振山畅快地笑吧！然后再看梁三所称作的他的“伟人”儿子怎样平息这场纠纷……所有的角色都被这个匠心高超、病入膏肓的“导演”拉到了另一幕大剧之中：观众在前几幕剧中已经熟悉的人物在新的一幕中陆续登场；而从没露过面的人物又耀眼夺目地相继出现……

他一边喘息着，一边向口里喷着药剂、吞着药丸，一边统帅着《创业史》里各种阶级、各种类型的人在他为他们铺设的“道路”上喧嚣地前进着。他把蛤蟆滩上所有的这些人都带到这个病房里来了。他强迫这些人物进入他的心灵；而他也要固执地走进这些人的心灵中去。他同时运用戏剧导演家的热情和外科医生式的冷静来对付这群并不太听话的“熟人”(他常称《创业史》里的那些人物为“熟人”)。可以毫不夸张地说，他后半辈子大部分时间都是生活在这一群“熟人”中间的。他能离开自己生活中的亲戚朋友，但永远也离不开他所创造的这些人物，因为“所有这些人都是他的孩子，又都是戴着各种面具的他自己”(引号内为卢那察尔斯基的话)。

在这些日子里，焦急地关心着作家健康的延河文学月刊社的编辑们，时不时听见他被抬进了抢救室；可他的《创业史》第二部的手稿还是一章又一章不断头地送到编辑部来了；字里行间犹闻他一片喘息之声！这就是一个濒临死亡的人创造的奇迹——啊！我们这些体格健壮的人又能做出些什么呢?

现在请来看看吧，他是在一个什么样的境况中创造着这些奇迹的——

在这个不到十个平方米的空间里，现在到处摆着维持和抢救生命的医疗器械：立在床头角落里的大氧气瓶，像一颗小型导弹一般矗立着；床下是一个汽车轮胎，里面装的也是氧气。那破旧圆桌靠墙的一边，放着中国青年出版社送的复杂的雾化的喷药器；而在他自己的手里，还一刻不停地拿着一个带嘴的橡皮囊，过不了几分钟，就要像给自行车打气一般，往口里喷着止喘的雾剂。各种输氧和输液的皮管子，从这里那里交错着伸到他的鼻孔里或者胳膊上；有些管子一天二十四小时不下身。在这个用皮管子把他和各处众多的器械联结在一起的房间里，他本人简直就像一部仪器的主体部分。他就牵引着这些“绳索”生活着、工作着。累了的时候，就蜷曲到床上，或者靠在家里拿来的那把靠背上有个大窟窿的破圈椅里。病情危急时，双目紧闭，喘成一团，脸立刻变得像荞麦皮一般黑青。常常动不动就被护士们抬进了抢救室——有几次的确死过去了，后来又竟然神奇地活了过来。

只要活过来，稍微积蓄了一点力气，他就又伏在那张破旧的圆桌旁边，握起笔，铺开稿纸，面对着他那些可爱的和可憎的人物，全部神经都高度地集中起来了，就像不久前那个拿着听诊器站在他面前的医生一般严峻。

要是这其间有客人出现在他面前，尽管他是多么的不痛快，但还是立刻把所有创造中的愉快和肉体上的痛苦都一齐埋藏起来，恢复了他平时惯有的镇定、幽默和乐观的态度。他机敏地开玩笑；庄严地创造格言和警句；孩子般笑得前俯后仰！

不论是踏破门限的约稿人，还是纷纷来探望病情的亲戚朋友，或者是为了虚荣心见一见名人好出去吹牛皮的“文学界的社会活动家”们，他一律都用谦虚和善意来接待。

他病得实在说不成什么话了，但总是认真倾听别人说话。有时他也忍不住一边喘息，一边说了起来。在他高度文雅、遣词酌句、极有教养的谈吐中，有时冷不丁会冒出来一句他们陕北家乡的粗鲁话。这是一些非凡人物通常都具有的性格特征。

不论说什么事，讨论什么问题，长期养成的思考习惯，使他对涉及的一切都采取一种认真的态度。绝不因为严重的疾病压身，或者所面对的问题和事情是属鸡毛蒜皮一类，就让自己的精神和思想处于麻痹松懈状态。哪怕是谈论苹果树的栽培技术呢，他会立刻使自己处在园艺专家的位置上，动员他所有这方面的知识来参与这种谈话。强烈的好胜心和自信心与严谨的科学态度和谦恭的领教精神在他身上好像并不对立，而恰当地统一起来，然后力争使自己在所讨论的这一个问题领域中，认识比别人领先，立足点比别人站得更高一些。这不是为了显能。任何一个搞大事业的人就是时时处处这么严格地把自己训练到生活排头兵的位置上的。毫无疑问，在这个人的生活目标中，有一点是很明确的：一时一事都严格训练自己，使自己最终能跑在同时代同行业人们的最前头。这个个性很强的人，一生都是这样要求自己的——就是眼下已经快要最后倒下去了，他手里握着氧气瓶，还继续往前跑——他觉得最好是把所有的“文学健将”都甩在他的身后！他并不伸出脚去绊倒跑在他前面的人；他只是想用他自己的力量尽力跑在前面！

现在，这个累得喘成一团的、带着氧气筒的文学“长跑运动员”，在六十年代初显然已经取得了名列前茅的“名次”，但他仍然在拼命跑着——他自己为自己规定的“冲刺线”还在遥远的地平线上。他知道他已经永远失去了“冲刺”的机会，但他决不会因此而退下阵来。他现在正和死亡一分一秒地争夺着时间！

社会上时刻都在传递着他病危的消息。这些消息当然很快就被刚见过他的人证实了。的确，这个人时时刻刻都处在生命垂危之中！

但他一天又一天顽强地活着，不停地创造着。他雕刻《创业史》里的人物，同时也在雕刻着他自己不屈的形象——这个形象对我们来说，比他所创造的任何艺术典型都更具有意义：因为在祖国将面临的一个需要大量有进取心人物的时代里，他是一个具体的、活生生的楷模！

他所住的这个充满各种器械的、奇特的病房里，唯一的一扇窗户是朝南开的。在曙色或者暮色中，他把输氧的皮管用胶布固定在鼻孔里，佝偻着身子，孤独地、若有所念地静静立在窗前，向遥远的远方张望；眼光急切地穿过城市南面的一片高楼大厦，寻找云雾缭绕的终南山巅——终南山下，正是那熟悉的稻田与麦田交织的田园啊！他在那里的泥土中生活了十几个年头，可是现在却不能回去了。皇甫村那个他住了十几年的家连同他亲爱的马葳同志（其爱人）都在“文化大革命”中被毁灭了——现在那一切都已经成了痛苦的记忆。他现在真像《创业史》里的单身汉高增福一样：带着一种悲壮的性格和一身傲骨率领着他的几个还未成家立业的“才娃”，在姚士杰、郭世富、郭振山们的冷眼中，不屈不挠地进行着艰苦的创业。他坚信他信仰了一生的事业不会毁灭，就像终南山和终南山下的大地田园永远不会毁灭一样——正因为如此，他才在这间不到十平方米的病房里，丝毫也不放弃神圣的使命和职责；全然不顾即将到来的死亡，仍然继续为已经进行但还没有完成的一切拼命地奋斗着！

哦，尊敬的柳青同志，面对着病危中的你，我们简直连一句安慰你的话也说不出口来；你已经孱弱到了这个样子，但你比我们任何人都活得坚强，让我们所有的人都站在你的病榻前面吧，向你致以深深的、但绝不是最后的敬意，请你相信，就是一个最普通的劳动者，只要他从你的作品和你自已本身所具有的顽强的进取精神中，接受过一些有益的教导，他就不会用鼾声去回答生活的要求！

一九八〇年四月十二至十三日

根据过去的印象和感受写于西安

* 原载《延河》1980 年第 6 期。

谦虚谨慎　戒骄戒躁

我们作为普通的文学工作者，在自己的工作范围内取得了一些并非多么重要的成绩，社会已经给了我们足够的荣誉。今天在这里又采取这样隆重的形式来又一次表彰，这使人感动，也使人不安。省委和省委宣传部的负责同志都亲自来参加这个会议，我们把这看作是对全省整个文化战线的关怀；同时也促使我们埋头苦干，坚忍不拔地努力写出高水平的作品来，为我们省文学艺术的繁荣贡献自己的一份力量。

作家的工作是以个体劳动的形式来表现的，但这决不意味着是个人的事业。只有把自己的劳动和全体劳动人民的事业联系在一起，我们的劳动才能变得更有价值。为此，我们应该永远站在最广大劳动人民的立场上，了解他们，理解他们，学习他们，反映他们的生活和他们的意志；同时也用我们的笔丰富和提高他们的精神世界。我们接受了各种荣誉的同志，首先要考虑的是不丧失普通劳动者的感觉。谦虚谨慎，戒骄戒躁，老生常谈，我们共勉。任何沾沾自喜，只爱听报刊杂志夸大的赞扬宣传，而听不得批评和不同的意见，只能把我们自己毁掉。文学事业对一个作家来说，是一生的事业。写出一篇好文章，得一次奖，红火热闹一时，这并说明不了多少问题，有时反而会走向反面。作品当然首先要接受现实的检验，但更重要的是要经得起历史的考验。得奖当然叫人高兴，但应该认识到，这是一个光荣的包袱，也是一个潜伏着危机的包袱。其实，有些虽然没有得奖的同志，他们的作品并不比我们差，他们多年来努力奋斗的成果叫人肃然起敬。尤其是比我们更年青的同志，他们虽然刚开始写作和发表作品，但他们各方面已经表现出来比我们当初开始写作的水平高。希望永远在未来。我们应该热情地关心后面的来人，并希望他们超过我们；我们应该在各种场合给所有奋发的同志鼓劲；应该在各个方面给所有愿意努力的同志条件和希望。我们获奖的同志大部分是中青年人，都或长或短走过了一段既艰难又痛苦的历程。我想我们所有的人在自己学习文学创作的过程中都会有这样的体会：那些哪怕给过我们一星半点温暖、关怀、鼓励和希望的前辈作家，我们在内心里都会常常记忆着，而且永生也不会忘记。

我们省的文学创作向来在全国都是比较突出的。“文化大革命”前，我们这里已经产生了一批卓越的文学家。我们当前的文学队伍和创作阵势比之全国其他地区来说，也并不算弱。但是我们应该看到我们的弱点。我们的文学组织工作和作品创作都还没有达到令人满意的程度。我们希望通过这次会议，对我们各方面的工作起到一种推动作用，使我们这个地区的文学创作水平提高一大步。

我们陕西地区的作家生长在一块得天独厚的地方。我们有长安，又有延安。这就是说，我们既有我们民族最深厚的优秀传统历史，又有我国当代革命最强烈的影响。在我们这块土地上完全应该成长起一代又一代优秀的作家和艺术家来！

最后，我们感谢中国作家协会西安分会组织的这个会议，感谢省委和省委宣传部的负责同志出席这个会议。

＊原载中国作家协会西安分会编《文学简讯》1981年7月15日，总11期。

作家的劳动

我在文学创作方面的劳动历史并不长，这里所谈的只是一些肤浅而零碎的认识。

一个人想搞创作，一开始就想接触一些创作方面的理论和技巧，这是必要的。但是，有一个重要的问题往往容易被忽视，这就是：如何正确认识和对待文学创作这种劳动。

搞文学，具备这方面的天资当然是重要的，但就我来说，并不重视这个东西。我觉得，作品在某种意义上，不完全是智慧的产物，更主要的是毅力和艰苦劳动的结果。

从工作特点来看，作家永远是个体劳动者。这种独立性的劳动非常艰苦，不能指靠别人来代替。任何外在的帮助，都不可能缓减这种劳动的内在紧张程度。有时候，一旦进入创作的过程（尤其是篇幅较大的作品），真如同进入茫茫的沼泽地，前不着村，后不靠店，等于一个人孤零零地在稿纸上进行一场不为人所知的长征。精神时不时会垮下来，时不时怀疑自己能否走到头。有时，终于被迫停下来了。这时候，可能并不是其他方面出了毛病，关键是毅力经受不住考验了，当然，退路是熟悉的，退下来也是容易的。如果在这种情况下被困难击败了，悲剧不仅仅在于这个作品的失败，而且在于自己的精神将可能长期陷入迷惘状态中。也许从此以后，每当走到这样的“回心石”面前，腿就软了，心也灰了，一次又一次从这样的高度上退下来，永远也别指望登上华山之巅。遇到这样的情况，除过对自己所写的东西保持清醒的头脑以外，最重要的就是要咬着牙，一步一步向前跋涉，要想有所收获，达到目标，就应当对自己残酷一点!

文学创作的艰苦性还在于它是一种创造性的劳动，任何简单的创造都要比复杂的模仿困难得多。平庸的作家会反复制造出一堆又一堆被同样平庸的评论家所表扬的文学废品，而任何一个严肃认真的作家，为寻找一行富有创造性的文字，往往就像在沙子里面淘金一般不容易。如果说创作还有一点甜头，那么，这种甜头只有在吃尽苦头以后才能尝到。

为了适应这种艰苦的、创造性劳动的需要，我们必须一开始就培养自己的优良品质。

首先要有坚强的性格。一个软弱的人不能胜任这种长期艰苦的劳动。性格的坚定是建立在信仰的坚定这个基础上的。一个人要是对社会、事业等等方面没有正确的认识和坚定的信仰，也就不可能具有性格的坚定性。而一个经常动摇的人怎么可能去完成一项艰难困苦的事业?

性格也不完全是天生的，主要是在长期社会生活中形成的。我们不仅应该在创作实践中，更重要的是应该在日常生活中主动寻找困难，在不断克服各种困难的过程中锻炼自己的性格。不要羡慕安逸和享乐，不要陶醉在一时的顺利和胜利中，我们应该不断地强迫自己自找苦吃!

对生活应该永远抱有热情。对生活无动于衷的人是搞不成艺术创作的。艺术作品都是激情的产物。如果你自己对生活没有热情，怎么能指望你的作品去感染别人？当然，这种热情绝不是那种简单的感情冲动。它必须接受成熟的思想和理智的指导。尤其是在进入艺术创造的具体过程中，应该用冷静的方式来处理热烈的感情，就像铁匠的锻造工作一样，得把烧红的铁器在水里蘸那么几下。不管怎样，作家没有热情是不行的，尤其是在个人遭到不幸的时候，更需要对生活抱有热情。

应该有自我反省的精神。如果说，一个人的进取精神是可贵的，那么，一个人的自我反省精神也许更为可贵。尤其是搞创作的人，这是一个最重要的品质，一个对自己经常抱欣赏态度的作家是不会有什么出息的，应该经常检讨自己，要有否定自己的勇气。有些人否定别人很勇敢，但没有自我否定的力量，而且对别人出自诚心的正确批评也接受不了，总爱让别人抬举自己。人应该自爱，但不要连自己身上的疮疤也爱。要想成就自己的事业，就要不断地进行自我检讨，真诚地听取各种人的批评意见；即使别人的批评意见说得不对，也要心平气静地对待。好作品原子弹也炸不倒，不好的作品即使是上帝的赞赏也拯救不了它的命运。这个真理不要光拿来教育别人，主要教育自己为好。

总之，文学艺术创作这种劳动，要求作家具备多方面的优秀品质。在塑造艺术形象的过程中，同时也塑造自己。艺术创作这种劳动的崇高绝不是因为它比其他人所从事的劳动高贵。它和其他任何劳动一样，需要一种实实在在的精神。我们应该具备普通劳动人民的品质，永远也不丧失一个普通劳动者的感觉，像牛一样地，像土地一样地贡献。伟大的歌德曾经这样说过：“对于一个从不断的追求中体验到欢乐的人，创造本身就是一种幸福，他所创造的财富却没有意义。”这是一个劳动者更高的精神境界，愿我们大家都喜欢这句话。

十年

——写给《山花》

十年是短暂的。十年是漫长的。自然界十年就有十个成熟的季节，而人往往经过了一生也不见得能成熟起来。但一个对社会和自己的人生有责任心的人，总是在不断地追求，不断地塑造自己，想使自己不断地成熟起来。这样的人，过一个十年，便会感到外界和自己都变了样，甚至有一种再生的感觉。这时候，他就要对那变化初期的一切往事，时不时地回味——这是一种喜悦和甜蜜的回味。

十年前，在那混乱的日子里，在一个远离交通干线的荒僻的小县城，几个从不同生活道路上走在一起的人，竟然办起了一张文学小报，取名为《山花》。这是社会混乱叫人头脑昏昏沉沉的时候，这些人自己为自己制造的一颗人丹。就我自己来说，觉得好像又一次开始面对淳朴的生活，进入到一种渴望已久的人情的氛围里。变硬了的心肠开始软化了，僵直了的脑筋开始灵活了，甚至使自己面对过去几年不正常的生活感到了一种真正的羞愧，同时开始意识到人的最美好的追求应该是什么。

艺术用它巨大的魅力转变一个人的生活道路，我深深感谢亲爱的《山花》的，正是这一点。

这几年，故乡的朋友经常寄来新出版的《山花》。尽管我现在每月都有别人送来的读不完的刊物，但我常会立即放下其他报刊和手中的工作，马上认真地读这张小报。这如同是在读一封家书，每一个字都是亲切的，让人感之不尽，思之不尽。是的，《山花》仍然是那样一张八开的小报，在当今报刊如林的世界里不足为世人所挂齿。但我对它永远怀有一种深深的尊敬。正如一个人不管怎样壮大起来，也会对自己衰老的母亲永远怀有爱戴和敬意一样。

十年过去了，《山花》仍然在坚持出刊，这张小小的八开文艺小报是一块很肥沃的土地。在这里发芽的小树苗如今都在茁壮地成长起来，而现在仍有新的嫩芽在破土。这块如此富有的土地之所以没有荒废，这首先要感谢这个县的领导同志们，一直在热心关怀着它，如同关怀着全县每一块土地一样。这种把物质和精神生活都看重的做法，是极其有远见的。我认为，尤其是像我们这样一个较为闭塞的山区县份，更是应该重视文化生活，重视人才。《山花》作为一个文艺性质的小报，当然不能直接制造出粮食来，但是人在生活中仅仅有饭吃就行了吗？我想新的农业政策使物质大大丰富起来，人们在吃饱了肚子的时候，就必然要对文化生活如饥似渴地追求。从这个意义上说，《山花》应该开得更鲜艳，更吸引人，以满足全县人民的精神胃口。

十年是漫长的。十年是短暂的。我愿于再一个十年之后，和亲爱的《山花》相会在一个新的年代里。愿那时《山花》，更加丰采，我自己也当不辜负它的栽培之情。

好吧！一九九二年我一定再写这样一篇小文章献给《山花》，不过名字应该叫《二十年》了。

一九八二年五月十五日记于延安

需要什么

作为一个当代作家是幸运的，因为我们创造天地无疑比过去年代的作家们广阔得多。但同时，我们的工作也更加困难，因为我们面临的是一个更加复杂而又正在发生巨大变化的社会。深刻而有力地反映我们时代的生活面貌，要求当代作家具有更先进的思想水平和认识能力，更宽阔的生活眼界和深厚的艺术修养。因此，我们首先得和自己的浅薄做斗争，从这个意义上说，我们不仅需要热情的鼓励，更需要严肃的文学批评。对作家及其作品，要么庸俗地吹捧，要么粗暴地批判——正是这两种有害的方法一贯地妨碍了我国文学艺术的发展。我们应该摆脱这种长期形成的恶习，逐渐地变得成熟些。

写在他们北行的路上

汽车开出古城西安，在辽阔的大关中平原上，沿着咸榆公路，向北奔驰而行。

北方是贫瘠的，绿色越走越淡。北方是富有的，情思越走越浓。北方啊，在你那高远素净的蓝天下，那座名字叫延安的小小古城，就是千千万万革命者的耶路撒冷！那里有整整一代人生命的根！

此刻，著名文艺理论家胡采临车窗而坐，严峻地在沉思着。那满脸刀刻般的皱纹，如同河岸石崖上留下的水纹一样，记载了他漫长的生活旅程。他此刻在想些什么？也许他又想起了宝塔山侧的那几孔破烂的土窑洞；想起土窑洞那热烈而紧张的日日夜夜。粗糙的马兰纸，芬芳的油墨味，磨秃了的羊毫笔……那时他还不到30岁，就已经是边区重要刊物的主编，并且在1942年，亲自参加了延安文艺座谈会，聆听了毛主席那篇具有重要历史意义的讲话。如今，他已经是67岁的老人。这次省委在延安召开的文艺界纪念《讲话》发表四十周年的会议上，他将是本省唯一在当年亲自参加过文艺座谈会的一个人。在漫长的四十年中，他在文艺战线上一直是一个战士，不管风起浪涌，永远在坚韧地举步前行，为发展我国文学批评事业做出了巨大努力。他用他的品格、修养、理论造诣和宽阔的胸怀，赢得了文艺界新老同志的尊敬。他现在担任着作家协会西安分会的主席，辛勤地培养和指导着文学新兵的成长和创作。如果说他过去曾经在生活和艺术的大海里像一只勇敢破浪的船，那么他现在更像一个良港，无数新的“文学之舟”怀着感谢的心情正在他的胸怀里开出开进……

胡采旁边，坐着一位雄健的老年人。他就是王汶石。这位用短篇小说风靡过中国文坛的老将，虽说也已年过花甲，但精神矍铄，目光炯炯有神。只是发丝浓密的大背头已经全白了，像陕北的一座山包上刚落了一层雪花。他现在两手交叉握在一起，目光长久地直视着车窗前面的景物。他也在沉思着。他此刻在想些什么呢？他是否又想起了那白烟升起的地方？想起他赤条条只穿个短裤，汗水淋淋地刨梢开荒？还是想起他穿着那身干草灰染的布军装，神采飞扬地站在合唱队的前面，用他雄厚的男中音领唱战斗的歌曲？也许他思绪的长河会流淌得更远，一直从山西那个他度过童年的乡村开始。“我的家，在山西，过河还有三百里……”这悲怆的歌谣是不是又在他的耳边响起？他眼前是不是又浮现出头上包着羊肚子毛巾的乡亲们在那水深火热的岁月悲惨的面容？……他当时正是怀着无比悲愤的心情，奔向圣地延安的。在这个革命熔炉里使他成长为一个优秀的文学艺术家，用歌喉，用笔，战斗，并为战斗者呐喊。几十年来，他一往深情地经常怀念着延安，虽然有着严重的哮喘病，这次仍然兴致勃勃坐着颠簸的长途汽车来延安了……

王汶石前面就是著名长篇小说《保卫延安》的作者杜鹏程。他也年过花甲了。长期巨大的劳动影响了他的身体，血压和心脏都不太好。但这个充满活力的人，现在仍然以不可想象的毅力进行篇幅浩大的创作。这是一个意志像铁一般坚硬的人。他是战士，又是具有叙事诗气派的作家。这是一个永远都在燃烧着的人。在他那松弛的老年人的皮肉下涌动着年轻的血液。他用那支喷着火焰的笔，写出了《保卫延安》、《在和平的日子里》、《年青的朋友》等激情澎湃的著作，为我国文学事业做出了卓越的贡献。如果现在谁已经对生活灰心丧气，就请读一读他的作品吧，它会使你的心脏重新强有力地跳动……现在，他坐在那里，像一个跑完马拉松的运动员在回味那艰辛的历程。他，当年一个赤贫如洗的农民家的孩子，只身跑到延安，在山沟沟的小学教过书，然后又东跑西奔做过各式各样的工作。最后以随军记者的身份在炮火纷飞的战场上转战南北，一直随部队打到新疆。在战争的硝烟还没有散尽的时候，他就开始了那部长篇巨著的创作。夜以继日，眼里含着深情的泪水，激动得“笔跟不上手，手跟不上心”，写那场伟大的战争，写那场战争中无数个活着和死去的兄弟……现在他不时地回过头，像一个地道的老延安一样，给身旁年轻的同志讲解着沿途的山川和村庄，讲解着曾经在这里那里发生过一些怎样惊心动魄的事情……

在老杜旁边的是李若冰。他比其他三个人要年轻，只有 50 多岁，但头发也已经花白了。这位富有诗情的著名散文作家，此刻夹烟支的手在微微地颤抖着——这是一种内心深刻的激动已经漫延到了神经末梢的表现。他和杜鹏程、王汶石现在都担任着作协西安分会的副主席，并且兼任秘书长工作。写作与行政事务系于一身，没有一刻是消闲的。这是一个热烈奔放的诗人，无论走到哪里都要让生活迸溅出火花。但是此刻，他也陷入了深深的沉思。他在想什么呢？是在回想那悲惨的童年？回想在他还不认识自己亲生父母的时候就被贫困逼得卖给了别人？还是在想他 12 岁那年，怎样通过层层封锁线，投入了延安母亲的怀抱？也许他更多的是想他当年怎样提着糨糊筒，把那些火辣辣的标语刷写在延安的街头？或者想他在“孩子剧团”里，晚上用露天剧场上的幕布裹住瘦小的身体，数天上的星星，憧憬梦一般美好的未来？……是的，全国解放后，他立刻从一个军人变成了玉门石油地质勘探队的队长，依然迈着军人豪迈的步伐，足迹踏遍了大戈壁和祁连山，为祖国的建设寻找源泉，为自己的创作寻找源泉。当石油从地下喷出的时候，诗情也在他的笔下迸溅火花。石油工人的豪情壮志和祖国大西北的山、湖、草原，通过他多彩多情的笔，曾经感染了多少颗心灵……

汽车在北行。金锁关，宜君梁，黄帝陵，洛川原，界子河，茶坊，甘泉……这些地方是多么熟悉，又是多么陌生了。几十年里，起了多么大的变化！往日荒僻的小镇，现在都已经盖起了楼房，修了平展展的柏油路……一切都和过去一样，一切又都和过去不一样了。四双已经被皱纹网围的眼睛似乎在说话——静静地、热烈地用那目光在说着些什么？我猜想，他们一定是在和车窗外的山山水水、一草一木在亲切地交谈着；他们此刻的心一定像孩子的心那般欢跳；面对着母亲一样亲爱的土地，在心里叙说着他们对她的思念和依恋；叙说他们对她的忠诚和爱戴；并且也会对她说：我们又回来了，回到了您的怀抱，在您的怀抱里，我们又感到自己年轻了……

是的，革命者的心是不会老的。老胡、老杜、老王、老李，愿你们在革命的道路上，永远焕发出青春的光彩；为我们新时期的社会主义文学事业做出你们新的贡献。

车轮，飞奔吧！向北，向延安！

* 原载《陕北风情经典丛书·散文卷》(东方出版社，2000 年 10 月)。

严肃地继承这份宝贵的遗产

我是在延安的土地上长大的。在毛泽东同志《在延安文艺座谈会上的讲话》发表四十周年的时候，我作为一个年轻的文学工作者，和文艺界的老同志们一起来到延安参加纪念活动，进一步学习毛泽东同志的文艺思想，感到非常高兴。几天里，我从与会的许许多多老同志的身上，看到了许许多多令人感动不已的东西。美好的怀念，昂扬的激情，庄严的思考，不时地闪烁在他们的白发上、皱纹里和眼神中。在延安，我感到所有的人都成了年轻人。这不能不使人这样想：我们今天在这里，不仅仅是在纪念一篇具有历史意义的重要文献，同时也是在纪念我们一个伟大光荣的时代！我自己尽管没有经历那些火红的岁月，但是通过这个纪念会，我自己的心也沉浸在了一种美好的怀念中，内心里充满了激情，也庄严地思考着许多问题。

四十年以前，毛泽东同志在延安的土窑洞发表他那篇著名讲话的时候，我们这些年轻人大部分还没有出生。我们大都是不久前才开始从事文学艺术活动的，经历很短，成绩微薄，但是党和人民已经给予了我们过高的荣誉，这是很令人惭愧的。道路是漫长的，往后应该怎么走？我想我们归根结底只能是在《讲话》的基本精神指导下从事我们的工作，才不会迷失方向，才能创作出为大多数人民群众所欢迎的作品来。

由于我们在新的生活环境中长大，在新的时代里开始文学艺术工作的，因此对于我们来说，面临着一个重要的问题，就是怎样继承我们宝贵的革命传统和革命的理论遗产。对于一个革命的文艺工作者来说，也就是怎样很好地继承毛泽东同志在《讲话》中所阐明的那些基本精神。由于十年动乱，在年轻人的心灵里造成了许多创伤，因此出现了一些历史虚无主义的倾向，而同时附带着也就出现了其他各式各样的思潮。社会上的这些思潮不能不影响到作家和艺术家以及他们的作品。我们看到，有些极个别的同志甚至对我们过去的历史采取了轻藐的嘲弄的态度，这是极其不严肃、不负责任的。是的，我们的先人们在某些方面犯过严重的过失，造成了沉痛的教训，文艺界也有过这样令人痛心的状况。但是，我们在纠正错误的时候，难道连正确的东西也要抛弃吗？毋庸置疑，《讲话》的基本精神是正确的，它不仅在过去的时代指导了我国无产阶级文学艺术的发展，就是在今后，它仍然要在我国新时期社会主义文学艺术的发展中起巨大的作用。对于年轻一代的作家和艺术家来说，我们应该用严肃的态度认真学习和继承《讲话》中那些宝贵的遗产，学习和继承老一辈文学艺术工作者的优良革命传统。只有这样，我们才可能有新的创造、新的发展，才可能有出息，才可能用我们的工作对未来的社会和时代负起责任来。否则，我们是不会有希望的。我想我们年轻的同志都会有这个基本认识的。

因此，我们必须遵照《讲话》的精神，要更努力地学习。学习马克思主义，学习老一辈的光荣传统，使我们成为坚定的、清醒的革命者；学习知识，努力钻研，使我们成为优秀的文学艺术工作者。

我们必须遵照《讲话》的精神，深入到人民群众的实际生活和斗争中去，深入到他们的心灵中去，永远和人民群众的心一起搏动，永远做普通劳动者中间的一员，书写他们可歌可泣可敬的历史——这是我们艺术生命的根。

与此同时，我们当然应该研究在新的历史条件下，在已经发生巨大变革的生活里，在我们现在的艺术创作中，怎样更好地体现《讲话》的精神。随着社会实践的丰富和发展，马克思主义的理论也会不可避免地要丰富和发展，这也是马克思主义的基本观点之一。在这样一些问题上，我们同样应该抱有一种严肃的、科学的态度。

作为一个年轻人，我感到荣幸的是，这次能跟随这么多从延安出去的文艺界的老战士，又回到延安，在他们献出青春的这块神圣的土地上，一起纪念《讲话》发表四十周年，并且聆听他们如叙家珍一般地讲述过去那些光荣的革命业绩。我表示一定不辜负老一辈文艺工作者的希望，继续努力学习和实践《讲话》的基本精神，严肃地接受这份宝贵的遗产，为繁荣我国新时期的社会主义文学艺术，做出自己的贡献。

*原载《五月的杨家岭》(陕西人民出版社，1983年12月)。

面对着新的生活

——致《中篇小说选刊》

我每次到北京，总爱在首都新建不久的立体交叉桥上徘徊良久。复杂的交叉道路，繁忙的车辆行人：不断地聚汇，不断地分散；有规则中的无规则，无规则中的有规则；这一切组成了一幅多么纷繁复杂的图景。

立体交叉桥，几乎象征了我们当代社会生活的面貌。

由于现代社会生产力的发展，又由于十年动乱和动乱以后的调整改革，我国当代社会生活比之过去的年代是复杂多了；生活中的矛盾和冲突也复杂多了；人的思想感情也复杂多了；这些恐怕是没有疑问的。

文学作品怎样反映当代社会生活的面貌？就我自己来说，感到越来越困难；浅薄和无能常常使自己在稿纸面前一筹莫展。

可是面对着新的生活，我们的文学就应该努力表现它。尽管不成熟是不可避免的，也应该尝试着去进行。

我只能在我自己生活和认识所达到的范围内努力。

我是一个农民的儿子，在大山田野里长大；又从那里走出来，先到小县城，然后又到大城市参加了工作。农村我是熟悉的；城市我正在努力熟悉着；而最熟悉的是农村和城市的“交叉地带”。我曾长时间生活在这一地带，现在也经常“往返”于其间。我自己感到，由于城乡交往逐渐频繁，相互渗透日趋广泛，加之农村有文化的人越来越多，这中间所发生的生活现象和矛盾冲突，越来越具有重要的社会意义。城市和农村本身的变化发展，城市生活对农村生活的冲击，农村生活城市化的追求意识，现代生活方式和古朴生活方式的冲突，文明与落后，资产阶级意识与传统美德的冲突，等等，构成了现代生活的重要内容。在这座生活的“立体交叉桥”上，充满了无数戏剧性的矛盾。可歌的，可泣的，可爱的，可憎的，可喜的，可悲的人和事物都有。我们不应该回避生活中的矛盾和冲突，因为只有反映出了生活中真实的（不是虚假的！）矛盾冲突，艺术作品的生命才会有不死的根！

当然，不论写什么，不论怎样写，作家本身的立场和世界观是至关重要的。我国一位著名的文艺理论家说过这样一句话：“作家可以写破碎的灵魂，但作家自己的灵魂不能破碎。”我以为这个认识对于作家来说是必须所具有的。毋容置疑，作家的全部工作都应该使人和事物变得更美好；让生活的车轮轰隆隆地前进。

基于以上的这些认识和思考，我写了《人生》，关于这部作品的本身，我自己不想说什么，明断的公众只要读过，就自会各有各的结论，我现在感到痛苦的只是由于我的浅薄而没有能把它写好！

一九八二年七月十一日于西安

＊原载《中篇小说选刊》1982 年第 5 期。

这束淡弱的折光

——关于《在困难的日子里》

这篇作品所描写的生活已经离开我们二十多年了。

这是一段被某些大人淡忘了的，又是现在大部分孩子所不了解的生活。也可以说已经成为历史。从当前的某种观点看，这样的题材也许不“新”。

但我仍然含着泪水写完了这个过去的故事。

在当代的现实生活中，我们常常看到这样一种现象：物质财富增加了，人们的精神境界和道德水平却下降了；拜金主义和人与人之间表现出来的冷漠态度，在我们生活中大量地存在着。造成这种现象的客观原因当然是很多的。如果我们不能在全社会范围内克服这种不幸的现象，那么我们就很难完成一切具有崇高意义的使命。

每当想到这些，我就由不得记起了三年困难时期的生活。

那时，人们虽然处于极其困难的境地，但在生活中却表现出了顽强地战胜困难的精神，表现出了崇高而光彩的道德力量。

因此，我写过去的这段生活，并不是纯粹讲述一个“历史故事”，而是想用一种折光来投射我们的现实生活。

这一束折光也许太淡弱了，但我仍然想让它闪射。我愿意使那些比我更年轻的朋友了解一些那个年代的生活；我觉得不论怎样，这对他（她）们是没有坏处的。我并没有回避那些日子里贫困生活的不幸情况。当然，要在这样一篇小小的作品中，总结造成这段生活的复杂的政治原因也是不可能的（我也没准备这样做）。我觉得，对于小说来说，重要的是要用艺术手法真实地表现出生活来，只要做到这一点，读者也自然会在美学欣赏的过程中，获得认识方面的价值。

这个作品所表现的是那个时代一个小生活天地里的故事。作品中主人公的那些生活经历和感情经历也是我自己所体验过的。不过，那时我年龄还小，刚从农村背着一卷破烂行李来到县城上高小。鉴于这种情况，我对当时社会生活的全貌不能有个较为广阔的了解和更为深刻的认识，现在只能努力写到这样一种程度。

因此，我热切地盼望比我更年长、更成熟的作家在更广阔的范围内更深刻地来表现我国现代历史上这段非同寻常的生活。

一九八二年十二月于西安

漫谈小说创作

——在《延河》编辑部青年作者座谈会上的发言

我还是采取回答问题的方法，对青年朋友们在座谈会上提出的一些问题作以答复。

关于作品的时代感，实质上是对时代生活的本质反映，主要反映我们面临及经历的东西。我们时代的特点，最突出的是社会面临着巨大的转折。经历了前后近廿年的动荡，整个社会的心理状态是什么。人民的愿望是促进改革，这是一个非常复杂的社会时期，要想准确地反映改革，必须要动一番脑子。但正由于这种变化、动荡、改革，又给文学开辟一个相当开阔的前景，这也应视为当代作家的优势，作家应该欢迎这种状态，面对生活不能平静。大凡社会大改革与变化之时期，正是作家大有作为的时候。所以，要珍惜这一段生活，要积累素材，要积累情绪。当然，这一切反映在作品里不能只是对生活的简单表现，要不同一般。过去五六十年代的作家就没有得到这样的优势，而现在，他们又大都年迈。如今世界窗口已打开，作家应放开手脚去创作。全民对文化的需求，艺术的鉴赏与要求也越来越广泛，这是好事，但我以为在某种意义上也是灾难。在座的作者同志们，许多人社会经历丰富，也非常坎坷，从“文化大革命”的旋涡中爬过来的，造成丰富性。生活、感情、思想，对创作却是很重要的。面临目前纷繁的世界和改革新时期，这些同志也许会产生一种困顿，一种无所适从。我认为这是因为：第一，社会的矛盾与复杂使我们难以认识生活的本质。第二，要认真清理“四人帮”的错误艺术观念，清理十七年的错误、混乱的艺术观念，即要自觉地清理自己的血液！第三，我们要抓紧学习，提高文化、艺术的素养。

关于作品的选材与主题，同志们都谈了不少。我认为实际上这是对生活的思考的严肃课题，最忌表面化，在选材上要注重变革对人精神上的冲击！这才是值得表现的。另外，必须选材于我们熟悉的生活，但又是别人意想不到的。面对那些离奇、古怪的东西，在选材过程中必须摒弃。我个人对主题，作品的主题，是这么认识的：第一，我认为每一句开头就是一个哲理，一个思索；第二，在作品中，要不断地显示出作家的思索；第三，主题应该是多方面性的，不是一枝一根，而是一棵树；第四，即使是短篇也要放在一个总体之内，也可以拉出去，“文化大革命”写全国，甚至全世界对“文化大革命”的想法，当然这是艰难的，作品的完成，就使得主题具有更完整的独立性，把目光放得更远，把目光放在文学史上去考虑，这里包括这么几层意思：别人已写过的，了解别人创作的状况，考虑自己如何超越；第五，把眼光放得高明。每一代作家都要创新，战胜他们，在某一点上，将他们所没有完成的完成！应该有所追求，在自己作品中有所创新，不能用初学状态来要求，不能用发表来满足，三至五年内显露头角，达到高度。

最后，我想给少年朋友们谈谈我个人感受生活的一些体会。首先，我们每一个人在生活中不能麻木、盲目地活着，一定要用作家的热情去生活，去思索。当代生活交叉与复杂，要求作家深入生活，例如像柳青同志那样。但今天咱们要写好农村生活，待在山沟里十年八年，恐怕也写不好。原因很简单，过去生活单调而重复，而目前复杂，多种经营以及各种生存状况都有，山区的竞争今年与去年就不一样，所以注定要求作家的生活面必须广阔，而且要善于解剖生活，也就是剖析农村生活的各个方面。

我始终认为作者应注重自己对生活的提炼和积累。那种采访—记录—写作的生活方式，完全可能是有害的。要重视精神、心理、情绪、感情的积累。我从来不记什么故事，自动淘汰，生动的留下来，认为自己生活最深切的方面，写作时最能激情勃发，词如泉涌。如果成为局外人，冷静之极，就成了拼凑，缺乏生活的激情，缺乏作家血的奔流。前者创作过程，文字也许粗糙，但读者或有体会，马上会感觉到字里行间跳动美的艺术的生命。生活中材料、故事是搜集不完的，故事是在积累与提炼上自然编织出来，故事不是艺术生命，故事不是奔流的血。而提炼，是指感情的感受与心理冲击这两方面的。例如《在困难的日子里》就有我自己对生活的感受。我从小学时是第一名，当时家境非常苦，贫困的孩子没有卫生习惯，只认识县城。六年困难期间，没有粮，每月每人十几斤粮食，只好在地里刨土豆拔萝卜，吃枣子填肚子。有时为一颗枣消耗十颗枣的力气。穿得破破烂烂，女同学都不在一块坐。十一二岁了，还破腚。老师叫上讲台做题只好屁股朝墙站着。更不讲卫生，头上生虱子，脸也不洗，没有洗脸帕，唯一安慰的是学习好，考初中，家里不让考，粮食困难，上中学就更艰难……这样一种生活，具体的故事、情况，我一点也记不清，但这一种体验，感情上的委屈，全部沉淀在自己记忆之中。我不记日记，掌握艺术工具要表现出来，写出来，故事自然而然地产生。那阵子，我脑海翻腾，一天内可以设计出二十个方案。但如果没有这种体验和感情积累，就写不出来。在感情与精神沉淀方面，不能满足笔记本上的，要有真情实感的积累，就能找到真正表现的方法。

只有写这样的东西，作家才不是冷静的讲故事的局外人。

在座谈会上，有许多同志谈到小说创作的历史题材方面的问题。我觉得我们这一阶段，即现代生活的三十年之内都属于现代生活，而我们从事的文学创作，也都应属于现代文学。我们可以预计“改革者”题材的小说会出现一大批，赶形势，赶时髦，永远也赶不完。这种态度不行，文学事业应延长一些，写作过程要沉住气。

重要的问题是要学会注意今天的变化，并深刻明了这些变化是从历史各个阶段发展过来的，不能就现代生活为生活，透过切面看到时间的年轮，看到历史的年轮，通过各种纹路，看到生长了多少年，看到历史的纵深，看到更深厚的历史的呻吟。历史是客观的，现实的，不应嘲弄，不应浅薄，要深沉，要报以严肃的态度。不要对“文化大革命”用一两句话去辱骂了事，应该更深沉一些。无论对近代史，也无论对党史或二万五千里长征的壮举，不要学某些人那样从世俗的观点去看待，不屑一顾。这不对，应该对这个壮举怀有深厚的历史感，光荣感。那些成千上万的革命志士，艰苦奋斗，光荣牺牲，为革命事业献身，他们是那样年轻，甚至不懂得恋爱、性爱就死去了。这让我联想起一些影片的悲壮画面，给人一种说不清的东西，绝不只是浅薄地喊几句口号。我看过一些澳大利亚文学作品，印象十分深刻，好像看到了两幅画：第一幅画，欧洲人来到不毛之地，这里是一片原始森林、沼泽，男女衣着破烂，他们用原始的工具，开拓荒地，地畔裸体站立着一个女孩。第二幅画，现代化的都市，旁边有一坟冢，青年人在墓碑前默哀，远处一片高楼大厦。这一切全是通过阅读作品而透彻了解到澳洲的民族文化，感受到澳洲人民的历史感与光荣感。

所以，我们不应该在作品的字里行间只会嘲弄，严肃的作家应该有这种感情——深沉的历史观，实际上是正确对待劳动人民的态度。我想象到这地方的历史镜头，这已经是一种习惯了。比如，我在西安东大街步行时，就想象唐代，经“丝绸之路”的驼队远远而来，清脆的驼铃声还在耳畔响起。甚或我穿过东大街时，忽然莫名其妙地联想到荒原上赤身裸体的先民，对作家而言，有些东西非常重要，在作品中起到很重要的作用。例如：《人生》中，德顺大爹在月光下唱“走西口”时，谈起往昔的风流艳史……写到这儿时，我眼前就浮现出走西口的脚伕，旧社会的人儿，醉意蒙眬地唱着古老的歌儿。这些从情节上讲，没有了也可以。但从整个作品看，没有了就大为逊色。如果我没有过这种丰富的想象，作品也就不会出现这段文字。又例如我爷爷从延安经过川口至绥德，这一川口，被多少人的脚磨成凹道，证明有多少人在石头上走过，我从川道公路走过时，却看到下边古老川道的悠久历史，这也就是《人生》中高加林路经此地时的情绪。

所以，我始终觉得作品不光放在现实生活的范围，而且要放在历史的角度去考虑。把历史的角度加进去，从人类的整个发展去考虑,就有了永恒,作品的生命力就更强了。而有些作品连善良的品格、为人民牺牲的精神都不要了，那么，这样的作品还有什么价值呢？作品中离开这种高尚的品质，就没有生命力，我们应该了解我们这个历史的整个发展过程,了解得越多越好。当然,这是很艰难的工作，需要我们去做，搞创作的要认识的煎熬是很多的。

另外，有些同志问我：如何认识高加林这个人物？我觉得，高加林这个人物，大家都在逐步认识，最终要用生活来判断。不是所有的作品都写高加林，不写得通体透明，他也有他自己的痛苦与悲哀，作家要正视这些作品中的人物。如果放在咱们国家，勇敢正视现实，揭示吗？要担“风险”。各方面都要成熟，要做到某种平衡。有些人很有才气，仅仅以才气作战会毁灭自己，很可惜的，这是现实，要注意。还有些作家没有灵魂，步步高升，这样的作家写不出来品格高尚的作品，要正确地反映现实，千万不要有意地去搞什么。

一九八三年三月十六日于陕西省文化厅招待所

不丧失普通劳动者的感觉

当得到一种社会荣誉时，自己内心总是很惭愧的。在这样的时候，我眼前浮现的是祖国西部黄土高原那些朴素的山峦与河流，开垦和未被开垦的土地，土地上弯腰躬背的父老兄弟……正是那贫瘠而又充满营养的土地和憨厚而又充满智慧的人民养育了我。没有他们，也就没有我，更没有我的作品。他们是最伟大的人，给他们戴上任何荣誉的桂冠都不过分。但是，他们要求的从来都不是这些，而是默默无闻地、永恒地劳动和创造。

正因为如此，我在荣誉面前感到深深的惭愧。

正因为如此，我在这惭愧中不由得深深地沉思。

是的，作为一个劳动人民的儿子，不论在什么时候，都永远不应该丧失一个普通劳动者的感觉。生活是劳动人民创造的，只有成为他们中间的一员，才可能使自己的劳动有一定价值。历史用无数的事实告诉我们：离开大地和人民，任何人也不会成功。

写小说，这也是一种劳动，并不比农民在土地上耕作就高贵多少，它需要的仍然是劳动者的赤诚而质朴的品质和苦熬苦累的精神。和劳动者一并去热烈地拥抱大地和生活，作品和作品中的人物才有可能涌动起生命的血液，否则就可能制造出一些蜡像，尽管很漂亮，也终归是死的。

劳动人民的斗争，他们的痛苦与欢乐，幸福与不幸，成功与失败，矛盾和冲突，前途和命运，永远应该是作家全神贯注所关注的。不关心劳动人民的生活，而一味地躲在自己的小天地里喃喃自语，结果只能使读者失望，也使自己失望。

生活和艺术都在发展，就我自己来说，无论是在认识生活或者表现生活方面，都感到越来越无能。但我从劳动人民身上学到了一种最宝贵的品质，那就是：不管有无收获，或收获大小，从不中断土地上汗流浃背的辛劳；即使后来颗粒无收，也不后悔自己付出的劳动。我愿和他们抱有同样的态度对待自己的劳动。我已经度过许多失败的白天和灰心的夜晚，制造过一片又一片文字的废墟，但我仍然愿在这废墟中汗流浃背地耕种。我相信这样一句名言：人可以亏人，土地不会亏人。

我国劳动人民正以前所未有的热情在这块古老的土地上开拓着全新的生活，我将努力跟上他们的步伐，和他们一起前行。

一九八三年三月写于北京

东拉西扯谈创作（一）

我没有什么好说的，因为我和大家一样，也是初学写作的。我先说一些，如果大家有什么问题，再提出来，我们共同来讨论吧。

我先说我的一些体验，这些体验不一定对大家都有用，因为各人的生活经历、创作经历、各方面的情况都不一样，每个人都有每个人的经验，我自己也在学习别人的经验。前边的几位同志讲了不少创作技巧方面的问题，我想讲些另外方面的问题，这些问题有时看来好像和文学关系不大。

我首先谈谈生活与作家的关系问题。我们生活在当代，我们这个时代是比较复杂的。作为一个作家，如何认识我们这个时代，并能对这个时代作比较准确、深刻、广泛的反映和概括，我认为这是个非常重要的问题。作为一个作家他首先应该认识、了解，他所处的这个时代，如果对自己所处的时代缺乏正确的认识和了解，即使你的艺术技巧学得很好，也不一定能写出好的作品。作家在写作过程中首先应该考虑的是自己和所处的这个时代的关系。我感到我们现在的生活有以下几个特点：第一个特点是正处于转变时期。这个转变不是哪个人家让它转变的，而是生活发展到今天它本身所具有的特点。在这个转变时期，生活中的矛盾冲突是非常尖锐的，往往呈现出重叠交叉的状态。我觉得这个特点是很重要的。为什么我们现在社会生活复杂呢？我觉得造成社会生活复杂的因素是比较多的。一个是社会生产力的发展到我们这个阶段是比较快的。再一个是，“文化大革命”本身对过去许多东西是一种否定和破坏，有许多经验教训。另外，人们企图改变社会上某些不合理的东西，这在实际生活中也造成某种转变。还有就是整个社会的文化水平提高得比较快，又由于国家采取开放政策。人们的视野比较开阔了，人们的要求、欲望也比过去大得多了。我简单地讲这些特点，我的意思是，我们现在社会生活中问题比较多，矛盾非常尖锐，而且处于转变变化的过程中，社会上有些人在唉声叹气，觉得许多社会问题解决不了，骂骂咧咧、怨气冲天。而这种现象，对作家来说并不一定是坏事。从历史上看，许多能写出伟大作品的作家，他们所处的时代都是转变动荡的时代，不光中国是这样，外国也是这样。许多伟大作家都产生在社会的断层上，处于地壳剧烈的变动中：旧的正在消失，新的正在建立。消失的还没消失，建立的也还没建立起来。咱们现在所处的时代，我认为在某种程度上也是处在社会的断层上：不论生产上，人们的日常生活、人们的意识都处于过渡、转折、斗争、矛盾的这种状态。从某种意义上来说，我们这一代人，包括在座的每一位都属于这过程中的人。也许我们自己看不到这种变化的最终结局，但我们每个人都必须意识到这一点。没有任何理由认为我们处在这样的时代是不幸的，作为一个作家也是不幸的。我认为，社会的变革对作家来说是一种幸福。但是，我们必须要认识这一点。作为一个作家应把眼光投向整个社会生活，在某种情况下，应有意寻找、追求这种激荡的生活。我自己感觉如果生活很平静的话，我的心就乱了。当然这不是说要叫社会乱，问题是作家必须寻找社会生活中矛盾冲突比较尖锐的部位。即使你自己生活中没有，你也要去寻找它。我觉得我们现在的社会生活的复杂性、矛盾冲突的尖锐性，许多问题的交叉重叠，人们的心理、思想，变化是那么复杂，这正是作家大有用武之地的时候。对现在的社会生活，采取一种积极的态度去认识它，对创作来说，是大有好处的。我们搞创作的不要跟上一些人胡喊叫，什么乱呀、糟呀的，这样把自己也弄得灰心丧气，这没有必要，而且这种精神状态不是一个作家应该有的。

作家面对这样的社会生活应该采取积极态度：一是去了解它，了解整个社会生活的复杂状况；再一个是体验。实际上一个作家深入生活的整个过程应该是了解、体验、思考，然后才能进入表现。这里我略谈一下关于深入生活这方面的问题。我的认识是这样的：过去所谓深入生活是到一个地方去蹲点，我觉得这种蹲点式的生活方式，有它的好处。但鉴于我们国家目前社会生活比较复杂，各系统各行业互相广泛渗透这种现象，了解生活的方式也不应该是固定的，它应该是全面地去了解。譬如你要了解农村生活，你搬到一个村子里去住，我觉得你这样了解到的情况不一定是典型的。这和五十年代有点不同，那时候，你到一个村子里，了解了互助合作的全过程，其他地方也大体是这样。现在搞农业生产责任制，山区和平原地区的就不一样。工厂和其他方面的生活也同样如此，一个工厂和另一个工厂的状况是不一样的。现在各个系统互相渗透也比较普遍。前一阶段，我写过一篇文章，讲的是社会生活交叉问题。我认为，现在你要写好农村，你也要了解城市生活；写城市，你也要了解农村及更广泛的社会生活。在座各位大多是从工厂来的，我总觉得，我们反映工厂生活的作品，向来都比较狭小。为什么产生这种状况呢？因为它大多都是写四堵墙里的生活，甚至是一个车间的很狭小范围的生活，这也反映了作家本身眼界的狭窄。好的工业题材的作品，如苏联五六十年代的作品，经济恢复时期的作品，为什么具有非常感人的力量，并引起社会各方面都去阅读，并给予好评呢？因为，这些作品既有工厂生活，也写其他方面的生活；把作品中的人物和社会各个行当都联系起来去表现，甚至在某种情况下，完全不表现工厂的生产过程。它是写工厂的，但是它的活动范围在全城，如《茹尔宾一家》和《叶尔绍夫兄弟》，这类反映工业题材优秀的作品，它在很大程度上把人物放在整个社会生活中间，放在这个城市生活中间去表现，而社会生活也进入到工厂这个范围里去了。这样的了解生活，和仅仅了解四堵墙以内的生活是完全不同的，应把四堵墙以内的生活作为你所了解的生活的一部分，应当去广泛了解社会生活的各种现象。譬如一个工人，他决不仅仅是跟机器打交道，他有家庭成员、亲戚、朋友，他和社会生活各个方面都有联系——过去我们往往只了解这个工人本身，而不是通过这个工人去了解整个复杂的社会生活。如果有一天我们写工业题材的作品，从四堵墙里拉出来，和整个社会生活联系起来，那么作品将会是另一个面貌。蒋子龙的作品为什么受欢迎呢？就因为它在某种程度上已经打破了这种界限，他通过工厂生活来写比较广阔的社会生活，给人一种气势磅礴的感觉。写其他题材的作品也同样应当如此。这是我要讲的第一点，就是在广泛了解社会生活的基础上，作家应该体验它，所谓深入生活，不仅仅是记个故事——有的故事甚至稍加改造就可以成为一篇小说——我觉得这样的深入生活是没有出息的。作家必须要体验生活，而这种体验要引起自己心弦的震动，而不是站在一旁的观察、了解、采访、记故事，这样写出来的作品必然是干瘪的。我的想法是，所谓写最熟悉的生活、最熟悉的人物，也就是写自己最熟悉的体验。这种体验不是说你写小偷，就要去偷人，它是一种非常长远的积累，它也不是仅仅对生活外在形式的体验，而是情绪、感情的体验，一种最细微的心理上的体验，而这些东西是你作品里最重要的、也是最感人的地方。我自己写的几个作品，都是我自己精神上的长期的体验的结果，作品中的故事甚至在我动笔写前都还不完整，它是可以虚构的。但是你的感情、体验决不可能虚构。它必须是你亲身体验、感觉过的，写起来才能真切，才能使你虚构的故事变成真实的故事。如果没有心理、感情上的真切体验，如果你和你所描写的对象很“隔”，那么真实的故事也写成了假的。并以我对深入生活的理解：第一点要广阔，第二点要体验，不仅仅是外在形态的体验，而更注重心理、情绪、感情上的体验。既要了解外部生活，又要把它和自己的感情、情绪的体验结合起来。我的《在困难的日子里》，写了一九六一年的饥饿状态，这必须要你自己体验过什么叫“饥饿”？你处于饥饿状态的时候，从地里刨出来一颗土豆是什么心情？如果你仅仅站在第三者立场去写旁人在饥饿状态时从地里刨出土豆的心情是不行的。你必须要自己有这种亲身体验，或者是在困难的时候获得珍贵东西的心情把它移植过来才能写得真切、写得和别人不一样。我举这个小小的例子来说明：要注重你自己内心的体验，我觉得一要广阔，二要体验，这是深入生活两个同等重要的方面。有些人把深入生活理解得非常狭隘：就是去了解记录一些材料。而不注重自己的体验和感受，这是不行的。实际上作家所表现的生活，从某种程度上来说，就是你自己体验过的生活。好多伟大作家的作品的主人公，从某种程度上来说，就是作家本人或他对生活的认识和体验，也就是这个道理。他们把自己的体验，灌输在自己所描写的主人公身上，这样就更深切，也更真切——这当然不是写自己的报告文学。从《一个地主的早晨》的主人公，到《复活》中的聂赫留朵夫，到列文，都有托尔斯泰自己的影子。当然，你自己的体验，不光是用到一个人身上，还可以把它分开，用到各种各样你所描写的对象身上。由于作品对我们有这样的要求，所以我认为，作家在生活中应该时刻处于一种警觉状态，某件事对别人来说可能很一般，很平常的，引不起什么精神上的反映、折射，但对一个搞写作的人来说，就应该引起警觉，自动地使自己的心理状态进入体验的过程，而每一次这样的积累都是非常宝贵的东西。时间长了，你对各种事物的体验，都积累得非常深厚了，这样，你就可能写出比较重要的作品，而不是说，你脑子里贮藏了一堆故事，就能写出重要作品。以上说的是我自己的体验，不一定对大家有用。

下面针对目前的一些状况，我谈谈一个作家对我们国家、社会、民族的历史应采取什么态度。我觉得，我们现在有些作家，对我们国家、社会、民族的历史，包括好的，不好的，或者“文化大革命”的历史，采取一种不太严肃的态度，这是不行的。当然，社会上各色人等可以有各种不同的看法，但作为一个作家，对我们国家、社会、民族的历史，包括好的，不好的，包括“文化大革命”的历史，采取一种严肃的态度，这是我们写作所需要的。我们应该了解它，分析它，就是对错误，也应该采取严肃的态度。社会上有的人，对我们国家、社会、民族历史中错误的东西，挖苦、讽刺、嘲笑，反过来对于好的东西也不屑一顾。我认为，这对作家来说，是一个非常严肃的课题：对错误，应采取认真、科学、严肃的态度，去分析它、研究它。一个作家对历史应采取“居高临下”的态度去认识它，分析它，研究它。我说这些的意思，是因为所有历史上的这一切，都影响到我们今天的现实生活，这是逃脱不了的。我认为，在注重现实生活的同时，应对我们国家的历史，尤其是现代史，有比较深的了解。譬如，我们现在要写老干部、老红军，而一个老干部、老红军的历史，往往就是我们国家的一部现代史，如果你不了解历史，就不能很好地把老干部、老红军在今天现实生活中的各方面的精神状态表现出来。就是写年轻人也同样如此，因为我们每个人是某种历史的产物。作为一个作家，不能对什么东西喜欢，对什么东西不喜欢，对错误你也得“喜欢”它，因为你认识、了解了它，才能表现它。我们现在有些年轻作家，目光只投向未来；投向外国，而对自己国家的历史都不甚了解，这是不行的，你归根结底要写的是中国，就是意识流的写法，你也要写的是中国——中国人意识流动的状态可能和外国就不同。所以，我们必须重视历史，对历史和对现实生活一样，应持严肃态度。有的作品为什么比较浅，就因为它没能把所表现的生活内容放在一个长长的历史过程中去考虑，去体验。我们应追求作品要有巨大的回声，这回声应响彻过去、现在和未来，而这回声只有建立在对我国历史和现实生活广泛了解的基础上才能产生。

下面讲一讲我自己感觉到的在构思过程中常常会产生的两个问题。一个是就事论事，抓住了一个问题，就在这小圈子里转来转去。我的意思，是你抓住了一个题材，哪怕是很小的题材，都应把它放在广阔的社会历史背景上去考虑，甚至这背景不光是中国的，而且是全世界的。就是说，你抓住了一个题材后，要尽量把它放在一个非常广阔的背景上去考虑它的意义。另外一个，放在整个文学史上去考虑,这是两个角度。当然我这要求是比较高的,我自己也做不到，但是，我们应该尽最大努力这样做。在写到一定程度的时候，为了使自己的作品有所突破，自己对自己应要求严格些。我们每个搞创作的人，应该有自信心，不要老是认为自己是小人物——当然我们是小人物，但是在做小事的时候，我们应尽量考虑得大一些。有些伟大作家的短篇小说，为什么在全世界传颂呢？就是因为它尽量概括了广阔的社会历史背景，具有普遍意义，而不是就事论事地在小圈子里打转转。我认为，好的作品应该是我们看来是好的，全世界看来也是好的，都能接受它，对全世界都有冲击力量，譬如，托尔斯泰的有些作品就是这样。当然，我们这样考虑了以后，最后也可能是个扯淡作品，但只要你是这样想过并努力过了，那么，扯淡就扯淡吧！我的意思是尽量使作品具有较大的意义，哪怕最后作品仍然是渺小的，也不要紧，要养成这样的构思习惯。

下面我再讲讲，在构思过程中要充分展开艺术虚构、艺术想象。有时候，有这种情况：你抓住一个题材，猛一看很不错，能很快写成一个作品，甚至编辑部也可能采用。但是，你不要忙，既然一开始就有这样的基础，你就不要忙着写了交给编辑部，你要尽最大可能把这个题材再扩展，再思考。你可以把你原先排列组合好的题材反复打乱，重新排列，重新组合，看它能不能变成另外一个东西。充分展开艺术虚构、艺术想象，多折腾几次，说不定你的作品会变得更好。我们要养成一种习惯：多折腾自己，不要让自己轻松地滑过去,尽管这是非常痛苦的经历。我写《人生》反复折腾了三年——这作品是八一年写成的，但我七九年就动笔了。我非常紧张地进入了创作过程，但写成后，我把它撕了，因为，我很不满意，尽管当时也可能发表。我甚至把它从我的记忆中磨掉，再也不愿想它。八〇年我试着又写了一次，但觉得还不行：好多人物关系还没有交织起来。如现在作品中刘立本有三个女儿，但当时只有巧珍一个。后来我把它打乱了，考虑能不能有两个、三个，而增加出来的人物又是干什么用的？她们在作品中都应该具有某种意义，这些都需要反复思考。在构思过程中，总有某一个时候，你感到比较满意了。我们要多折腾几次，作家实际上是一个总导演，你要把你所设计的人物关系多排列几次，特别是搬到了“舞台”上，配合了灯光布景，你的人物所站的位置、他们之间的相互关系是否合适呢？这些都要考虑，都要调整，要使你的“舞台”整个看起来是无懈可击的。不要匆忙，为什么呢？因为，我们的作品归根结底应是这样的作品：要把生活中的一般的事件，一般的人物，变成具有巨大社会意义的事件和典型意义的人物，作家的全部工作就在这里，因此不要匆忙。这个过程是非常烦恼的，要充分展开艺术虚构，目的是使作品中反映的生活更真实，只有这样，才能形成深刻的主题。譬如，托尔斯泰的《安娜·卡列尼娜》，原来托尔斯泰听到的是一个非常简单的一个女人要和她丈夫离婚的故事，人物也只有两三个，但托氏展开充分的艺术想象艺术虚构，把他的眼光投向当时整个俄罗斯上层社会，投向政治、法律、道德、宗教、哲学等各个部门，把他所熟悉的人物都和安娜这个离婚事件联系起来。如果作家没有这样的艺术想象、艺术虚构，那就只能写出一个女人离婚的故事，而不会有《安娜·卡列尼娜》。《红与黑》也同样如此，司汤达听说了一个刑事案件——这样的刑事案件，我们在公安局也可以找到很多，有的故事很完整，只要一个晚上把它写出来，就可以在报刊上发表。但司汤达在这里进行了巨大的工作——虚构，把法国当时的社会、上层社会都纳入到这个刑事案件中去考虑，使一个普通的刑事案件，变成了具有巨大的社会意义的主题的《红与黑》。我估计托尔斯泰和司汤达在这过程中折腾了恐怕不是一两次，托氏关于《安娜·卡列尼娜》人物关系的草图就搞了六七次，每一次和每一次都不一样。所以，如果我们不是闹着玩，而是要认真地搞创作，并且一直搞下去的话，那么，对构思过程中艺术想象、艺术虚构这两大方面的工作，要引起严重的注意。当然，我们都是初开始写作，但我们要认识到这些，并想办法追求它。至于是否能追求到，那是另一回事。但你追求还是不追求，是一个非常重要的问题。在你要着手写的时候，尽量多思考思考，根据你的生活体验，尽量广泛地各方面地去思考。有些思考甚至不能进入作品，是作品之外的思考，但这也是必要的，它可提供检验你作品的东西，我自己在写作中就是这样做的。关于这点，我没有办法讲得更清楚了，但在座各位都是写过东西的，我想大家是可以体会的。我说的也许都是废话。

下面我再讲讲第三方面的问题：选材。上面我们已经讲了那一些，因此，当你遇到一个题材的时候，你马上应考虑到：这个题材的意义？它有没有可以挖掘的地方？而这些，必须建立在对文学史的了解和对生活的了解的基础上。如果，你具有了我们上面讲到的那些，那么你就会有对题材的敏感性：你遇到了一个题材，马上会意识到，这里有没有可挖掘的东西。这样，你也就不会浪费时间——

有的事件，本身不包含什么深刻的东西，尽管它很伟大，很惊心动魄，但进入不了文学创作，那你可以很快掷掉它，再转入别的题材。选材是很重要的，如果是一个没有意义的东西，你就是埋头写上几个月，把你都累死了，它还是个没意义。因此，你必须具有对题材的敏感性，甚至一些别人看来毫不留意的事情，由于你具有我们上面提到的那些了解的习惯，认识的习惯，理解的习惯，你马上可以发现里面似乎有什么了不起的东西，当别人还没有觉察的时候，你就悄悄地注意了。有的时候，当别人写出来了，自己大吃一惊：我也看到了，为什么没想到写呢？就因为不具备上面的条件，而一个真正的伟大的作家就能在平凡的日常生活中演出惊心动魄的故事。从文学史上看，如果只是从生活中寻找离奇的故事，他即使写得再多，也是个二流作家，如《福尔摩斯侦探案》的作者。对生活冷漠、漠不关心对作家来说是致命伤，一个作家他可以外表是多么的冷静、冷峻，但他内心要有巨大的激情，就像一块火石，遇到什么，就能碰出火花来，不要把自己的心锁得很深，它应该是开放的，敏感的，别人不以为然的事情，你都应该多想一想。上面说的是对题材的敏感性，这不是天生的，它也是一种习惯。

再讲一讲平衡——这个词我可能用得不准确，但讲完后，大家就可以知道我说的是怎么回事。譬如一些很有才能的作家，他选择了一些很有意义的题材，但把握不准，搞“偏”了，这是很遗憾的。这种现象不能怪别人，作为一个作家应考虑怎样使自己的才能，在我们国家目前条件下，发挥到最佳状态。根本不能发表的东西，你为什么写它呢？你要在你发表的作品中，尽最大可能表现你的思想和你的追求。有的题材，你可以暂时不写，贮藏在自己的记忆仓库中。我说这些的意思是，一个作家在社会生活中也应该是比较成熟的，要把自己的文学理想和社会要求尽最大可能地结合起来。当一个作家是不容易的，他必须要深思熟虑。在作品中既要反映生活的本质，又不要把矛盾搞得离了“谱”。对作家本人来说，对生活要有辨证的眼光，应有平衡生活和其他各种关系的能力，如果缺了这种能力，他的才能就可能浪费，甚至夭折。

下面我再随便讲讲其他几个问题：

一、作品的真实性的问题。现在有好多作品为什么不感人呢？我认为，就因为是虚假的。我们这几年拍了不少电影，但震动人的不多，为什么呢：就因为它虚假。如拍反映抗日战争的电影，偏找有梯田的地方拍；《西安事变》是部好电影，但国统区学生在旧西安游行，偏偏电车开过来了，那时候，西安有这种电车吗？作品虚假，是最败坏读者的胃口的。我认为，我们不要被虚假的作品一时取得的荣誉所迷惑，我们要在作品中追求真实地真切地表现生活，日长月久，读者会理解我们的。

二、现实主义与现代派的问题。我只谈我自己的一些看法。我认为，现代派的表现手法于我们有用的必须吸收。我看了不少现代派的小说，有的我很喜欢，说不定有一天我在自己的作品中会用现代派手法去表现。但我们必须考虑到以下几个情况：第一，不要把现代派与现实主义对立起来，它们应该是并存的。现实主义在我们国家还应该很好地发展，不要因为学习新的表现手法而把现实主义冲淡了，就是现代派所表现的生活也应该是现实的。第二，你所表现的应该是中国人的，就是意识流，中国人的流法也应该和外国人的不一样，“流”成一样的，就没有价值了，这是个根本性的问题。第三，我觉得，从根本上说，我们不要只是在技巧上追求，要写好作品还要注意解决一些根本性的问题，如对生活认识的深度等。

三、写作时的“状态”。我觉得在创作中，当一切准备过程都完成了，进入写作时，你的眼睛，一定要能看到感觉到你所描写的对象，看得感觉得愈清楚愈好。为什么有的人的作品叫人感觉到模模糊糊的呢？不是让人一看是入木三分，关键是他写作时的状态不太好，对描写对象只是大概有个印象。我认为，在写作时，你所描写的对象，应该是像油画似的呈现在你眼前。再一个是你应该设身置地为你的人物着想，也就是对象化，你要尽最大努力变成你所描写的对象。如果写作时是冷冷静静的，无动于衷的，你对对象的感觉是模模糊糊的，那一定写不好。

四、关于作家的劳动。关于这，我已写过一篇文章在《延河》上发表，大家可以找来看看，这里，我只简单地谈谈。我认为，我们对作家的劳动，应该有一个正确的看法。他和工人、农民一样，是个普通劳动者，有人在心理上抱有一种优越感，觉得跟人家不一样，这是非常不好的。要时时刻刻记住自己是个劳动者，是个“受苦人”。为什么呢？创作确实不是痛快一时的，正如种田一样，是没完没了的一辈子的艰难劳动。要经常想到这一点。要有吃苦精神——这话，太一般了，说得多轻松，但确实要有吃苦精神。在创作中，当所有一切都准备好了，最终就取决于你有没有毅力，如果没有毅力，就当不成作家。在一个构思过程完成后，你的毅力精力要全部集中到创作中去，这样你的作品有可能获得十成的结果。如果你稍微垮一下，就有可能只取得八成甚至六成，作者的毅力常常是作品成败的关键。我自己在创作中只吃了几天的苦，但觉得很苦。在写《人生》初稿的二十多天中，如果有一天精神稍微松弛一下，这部作品就有可能到现在也发不了。你不能对自己太温情，要求要严格些。我喜欢看踢足球，我觉得对自己要凶狠些，就像踢足球那样，哪怕一脚踢过去腿都折了——但也有可能不折。还有，我们一个作品写完了，陶醉的时间较长，这是大敌，可以高兴几天，但不要只看到自己的作品，要很快否定掉这一切，在自己面前又竖一堵墙，想办法越过去。在某种程度上，作家是个苦行僧，他需要牺牲的东西很多，譬如家庭生活等。对自己要心中有数，不要盲目，不要满足于混日子，过一阵发表篇作品就行了？应经常考虑：我在某个阶段，应达到什么程度？哪怕为了它，牺牲旁的，甚至不发表作品也可以。

（以下是路遥同志对提问的回答）

问：能不能请你谈谈你的《在困难的日子里》等一些作品的构思过程？

答：我的作品，好多是因为引起了我感情上的强烈颤动、震动，我才考虑到要把我这种情绪、感情表现出来，这样才开始去寻找适合表现我这种情绪、感情的方式。如六一年困难时期，当时我上小学。我父亲是个老农民，一字都不识。家里十来口人，没有吃的，没有穿的，只有一床被子，完全是叫化子状态。我七岁时候，家里没有办法养活我，父亲带我一路讨饭，讨到伯父家里，把我给了伯父。那时候贫困生活的经历，给我留下了十分强烈的印象，尽管我那时才七八岁，但那种印象是永生难忘的。当时，父亲跟我说：是带我到这里来玩玩，住几天。我知道，父亲是要把我掷在这里，但我假装不知道，等待着这一天。那天，他跟我说，他要上集去，下午就回来，明天咱们再一起回家去。我知道他是要悄悄溜走。我一早起来，乘家里人都不知道，我躲在村里一棵老树背后，眼看着我父亲，踏着朦胧的晨雾，夹着个包袱，像小偷似的从村子里溜出来，过了大河，上了公路，走了。这时候，我有两种选择：一是大喊一声冲下去，死活要跟我父亲回去——我那时才是个七岁的孩子，离家乡几百里路，到了这样一个完全陌生的地方。我想起了家乡掏过野鸽蛋的树林，想起砍过柴的山坡，我特别伤心，觉得父亲把我出卖了……但我咬着牙忍住了。因为，我想到我已到了上学的年龄，而回家后，父亲没法供我上学。尽管泪水刷刷地流下来，但我咬着牙，没跟父亲走。我伯父也是个无能的农民，家里也很穷困，只能勉强供我上完村里的小学。困难时期我正在上小学，伯父有时连粮也没法给我供应，我自己凑合着上完了小学。考初中时，伯父早就给我下了命令：不让我考。但我一些要好的小朋友，拉着我进了考场。

我想，哪怕不让我读书，我也要证明我能考上。我是六三年考初中的，作品里，我把背景放在六一年，而且是考的高中。当时，几千名考生，只收一百来个，我被录取了。六三年在陕北还是很困难的，而我们家就更困难了。我考上初中后，父亲给我把劳动工具找下，叫我砍柴去。我把绳子、镢头扔在沟里，跑去上学了。父亲不给我拿粮食；我小学几个要好的同学，凑合着帮我上完了初中，整个初中三年，就像我在《在困难的日子里》写的那样。当时我在的那个班是尖子班，班上都是干部子弟，就我一个是农民儿子，我受尽了歧视、冷遇，也得到过温暖和宝贵的友谊。这种种给我留下了非常强烈的印象，这种感情上的积累，尽管已经是很遥远的了，我总想把它表现出来。这样，我开始了构思。怎么表现呢？如果照原样写出来是没有意思的，甚至有反作用。我就考虑：在那样困难的环境里，什么是最珍贵的呢？我想，那就是在困难的时候，别人对我的帮助。我想起了在那时候，同学（当然不是女同学，写成女同学是想使作品更有色彩些）把粮省下来给我吃，以及别的许多。这样，形成了作品的主题：在困难的时候，人们心灵是那样高尚美好，反过来又折射到今天的现实生活，因为今天的现实生活正好缺乏这些；我尽管写的是历史，但反过来给今天现实生活以折光。透过这些，怀念过去，并思考我们今天现实生活中人与人之间的关系。那时候，尽管物质生活那么贫乏，尽管有贫富差别，但人们在精神上并不是漠不关心的，相互的友谊、关心还是存在的，可是今天呢？物质生活提高了，但人与人的关系是有些淡漠，心与心隔得有些远。所以，我尽管写的是困难时期，但我的用心很明显，就是要折射今天的现实生活。也许一般人不会看得那么清楚，但作家必须想到这些，这是构思中必须考虑的。当时，我写这作品时，就有一种想法：要写一种比爱情还要美好的感情。主题就是这样的。然后再来考虑怎么安排情节。我在构思时有这样的习惯：把对比强烈的放在一起，形成一种反差——

关心我的人，是班上最富裕的，形成贫和富的反差。如果从总体色彩上来考虑，这边是白的，那边可能是黑的，主题、人物、情节都要形成强烈的对比。这，我在构思《人生》时，也是这样的。譬如，高加林是非常强悍的，他父亲却是软弱的。从塔基到塔尖，这种对比都要非常强烈，每一个局部；都要形成强烈的对比。这样矛盾冲突、色彩、反差自然就形成了。两个女的，刘巧珍是像金子那样纯净，像流水那样柔情的女性，那黄亚萍就应是另一种类型——如果是个城市的刘巧珍，那就毫无意义了。当然，这种种要建立在生活的基础上。就是拿主题来说也要形成某种反差，这也是辨证的。如《人生》，从社会角度看，社会如何正确对待苦闷的青年人，反过来说，当社会不能解决这些问题时，青年人如何正确对待人生，对待生活。这样就形成了交叉对比。甚至情节也要对比，如前半部写农村，后半部写城市，这也形成一种对比。当然这不能是机械地理解；我的意思是在构思作品时，为了使矛盾冲突更典型更集中，要在各个方面形成对比，使矛盾有条件形成冲突。

再有一个是埋伏，这对中短篇小说、长篇小说来说，都是很重要的。有的作品，一开始就“露”，读者看了一二章，就知道结局是什么。而你偏偏要写成一开始是这样，而中间发生了读者意料不到的大转折，而这种变化，你根本不能让读者一开始就感觉到。要善于隐蔽情节的进展，善于隐蔽矛盾冲突的进展，有些人缺乏这些，所以作品写得很露，抓不住人。如果你作品的跌宕多的话，那么，当第一个跌宕完了的时候，读者的心就要被你完全抓住。如《在困难的日子里》，那个女同学对他最关心的时候，也是他认为自己自尊心最受伤害的时候。这个跌宕，抓住读者看下去，而一直到最后一个跌宕：读者认为，他肯定是要回去了（可能有聪明的读者，会感到他会留下），但想不到最后来了个根本的转变。我写的作品往往是这样的：人物和情节来个三百六十度的大转折，最后常常转回到了原地方，就在这个转折的过程中，让读者思考。当然这只是构思方法的一种，其他方法也是可以的。（插话：这种构思方法，是否只适合于中长篇呢？）不，有些短篇也是这样的，如契诃夫等大师的短篇有时就是这样：也就是作者要善于把作品的意图和人物关系隐蔽起来，不要一下就把气冒了，要到该揭示的时候才揭示它。当然，作品的构思是一个比较复杂的过程，各人有各人的构思习惯，这只是我的习惯，不能要求别人都一样。总之，矛盾的发展要多拐几个弯，不要只是一个弯，它体现了矛盾本身的复杂性。考虑问题的时候，可以从这个方面考虑，也可以再从反向考虑。

问：你能不能谈谈，你在《人生》或在别的作品的构思过程中有哪些困难？还有，在写成以后，又有哪些不满的地方？

答：实际上是困难到处都有，当然，有些困难就更大些。如高加林、刘巧珍、黄亚萍这三个主要人物的关系。要说到不满意，不满意的地方也是很多的。第一个不满意的，是《人生》这作品还不够广阔。我原来设想规模要更大些，要拉得更开一些。如高加林参加新闻训练班学习，我就想把省城的生活也表现一下，但不行。觉得自己能力不够。第二个是有些人物写得不满意。如克南他母亲就写得太简单了。不满意的地方还很多。如果这个作品要再重写一遍，可能会更好一些。

问：如果《人生》再写下去，高加林和巧珍之间还会有什么新的发展吗？

答：这很难说。好多读者来信给我设计了人物的发展，几乎相当数量的信都让马拴死掉。让巧珍加林再好。这是很可笑的，马拴这样好的人，为什么要让他死掉呢！也有的要叫高加林和巧玲好。也有的写信骂我：为什么不写完？为什么让高加林嚎叫一声撂在地上就不管了。这我没有办法回答，因为，生活还在发展，有些问题只有让生活来回答。高加林以后怎么办？我觉得只能让生活来回答，我自己现在不好回答。

问：《人生》中写巧珍到县城见了高加林后。两人有一段对话。最后写，巧珍再也没啥说的了。我不知你是怎么想的？反正我读到的这儿有种想法：我觉得对巧珍这时的状态处理有些简单了。因为，从前面看，巧珍的内心世界还是比较丰富的。

答：对。类似这些地方的处理，我分寸感不是掌握得很准确的。我说的《人生》中的某些缺陷，就包括了这些方面。在作品中，应该即使是局部的地方，也是含蓄的。这就是我刚才讲到的：写作时，看到你所写的地方，设身置地地进入到人物的角色中去，分寸感就可能把握得准确些。如果你是模模糊糊的状态，根本看不清你所把握的人物和事物，分寸感就把握不好。

问：你能不能结合《人生》谈谈你开掘主题方面的体会？

答：这个问题很复杂，不能孤立地讲主题，它必然和人物，情节融合在一起。作家在构思时，主题、人物、情节是同时进行的。如果你写不出矛盾，写不出人物，也就没有主题。咱们现在考虑作品的习惯，往往是要先有个思想，当然，有时也需要有一个思想。关键是人物关系、情节，如果你把人物关系处理得很准确，很有典型意义，那你的主题也就有了典型意义。如果其他东西都站不住脚，仅仅有个尖锐的思想，那是根本不行的。主题的深度，离不开人物的深度和对整个社会认识的深度，我是这样考虑的。

问：刚才你谈了关于《人生》的一些问题，我再想问问你：你现在对《惊心动魄的一幕》的估计。另外马延雄这个人物是否有原型？

答：《惊心动魄的一幕》这作品很粗糙，因为，这是我第一次写中篇，没有经验，凭了一股勇气写。准备不充分，水平较低，是造成粗糙的一个原因。另外，这作品本身线条较粗——我在这作品中，追求的是粗线条的表现手法，为了和描写对象的气氛相吻合，这样就影响了作品表现得深入些，也影响了人物怎么表现得更有力量些。马延雄这个人在生活中遇到过很多，我自己就经历过“文化大革命”，对这些比较了解。《惊心动魄的一幕》在当时我只追求一个方面：用这样一种方式正面地直截了当地来表现“文化大革命”。当然，我这样的尝试是很幼稚的，作品是很不成熟的，如果现在再叫我写，我可能就不会这样写了。

问：现在提倡写现实生活题材，你是不是认为写“文化大革命”题材过时了。

答：没有。当然，现在提倡写反映现实生活的，但作为文学来说，没有过时的生活，尤其是建国这几十年来的生活并没有过时，表现“文化大革命”的真正的像样的有深度的作品可以说没有。当然，能不能表现？怎样表现？是一个很复杂的问题，但我想，终有一天会有表现“文化大革命”的好作品的。

问：《人生》这个作品很有特点，每个章节完了的时候都有悬念，逼使读者看下去。我想问问：怎样正确地设置悬念？

答：例子我举不出来。但你这个问题提得很好。一部篇幅较长的作品，从剪裁角度考虑，作家最重要的才能就是断开的能力。作品好似一株完整的树木，你要把它断成几节，从什么地方断？这是很重要的。拿《人生》来说，每一节我要把它当一个短篇小说来写，是有互相联系的一系列短篇小说。我写每一节都决不是把它当作过渡、交代，每一节我都把它当一个独立的作品来完成；有的是表现场面的作品，有的是表现人物的作品。作品的内在规律是很难讲清楚的，每一节写到一定时候，你就觉得这一节该变了，有些应该下面表现的，你千万不要拉到这一节表现。这些，需要靠自己去摸索，去积累经验，但你一定要意识到它的重要性。我自己在写作时有个粗略的提纲，要注意到。有些应该下面表现的，不要提前表现。也就是说，不仅是断开整个矛盾的历史，而且是断开每一个人物的经历、思想的历史。如高加林，第一节我只能写到他的失意。他的叔父，我知道他要在后面起作用，但仅仅在第二章中提出他有这么个亲戚，这时，读者一般不大注意。我就只能提到人们不注意的程度。决不能让读者感到这叔父在后面将要起什么作用。如果读者感觉到了，那他就不看了，他就急着要翻到后面去看了。叔父在这里是个重要的伏线，但千万不能让读者感到他将要起什么作用。后来又写到，他有可能转业，但千万不要让读者感到会转业回家乡。这里就需要断开。直到他回来的前一章，才写他要回来了。这时，读者就会紧张起来，感到下面有文章。读者感到有文章，紧接着文章就来了，这样是比较自然的。如果第二章一开始，高加林把黄军衣翻出来，你多骚情几句：说他叔父如何、如何，读者马上会猜出来的。对每一个人物的发展的全过程你都要很清楚，该在什么地方断开你也要很清楚。如高加林叔父的使命只有一个：高加林因为他而进城了，最后，高加林回来，他也要表态，这样就和前面相吻合了。一个人物，既然在前面出现了，在后面就要有所交代。每一个人物在全书结束都要有所交代。我为什么最后一章从城市写到农村，断开两截写呢？第一节，城里的高加林、他叔父、黄亚萍一家、张克南一家等都要写到。第二节，高加林人还没回去，铺盖先捎回去，赶忙写所有人对高加林回去这件事的态度，要让参加《人生》“演出”的所有人都出来谢幕。但在作品进展中，你对每一个人物都必须一个一个地断开，如黄亚萍，第一节我没有写到城市，但必须把黄亚萍和高加林的关系埋伏交代。这对，又能让读者感到，高加林如果进了城，和黄亚萍可能会有戏可演。等高加林进城了，有读者可能感到这两人中间会有戏，但这戏究竟怎么演，还要让读者一幕一幕地慢慢看下去。篇幅长的作品，人物比较多，作家一定要很机敏，要把每个人物都记住。作品要达到很匀称，并且断开得非常合理，这是很复杂的。我在《人生》里还仅仅是试验，在过去不是很自觉的。由于《人生》构思的时间比较长，所以在如何断开上我也作了些探索，最主要的，是把人物的发展也分成段；在每一个段上，能写到什么程度，又不能写到什么程度，而结局性的东西必须放到最后。作品的结尾是最重要的，我构思作品的习惯是从后面开始，一个大的轮廓有了后，最首先考虑的是最后的结局，甚至是最后一句话。像许多溪流似的，最终如何流到这里。我喜欢雨果《九三年》那样结构的作品：像交响曲似的，最初有许多乐器在演奏，最后由一个雄壮的浑然一体的乐句，把这一支交响曲的感情发展到了顶点。总之，不要小看作品的结尾，有些问题，在理论上讲不清楚，这是一种实践的体验。

问：作品构思好以后，你又怎么选择切入部位的呢？

答：这个问题也很重要。对我来说，如何选择作品的开头也是很困难的，有的时候，写了几十个开头，自己都不满意。这个“切入”好似乐曲的第一个音符，它决定了会把作品定在什么调上。一般来说，短篇小说把“切入”的部位放在事物矛盾发展的后半部分，写的是接近结局部分的那部分生活，而把前边的发生、发展扦进去写。我的意思，是中篇小说的切入部位要比短篇小说再靠后些，一般选择矛盾发展已经要进入高潮部分作为作品的切入部位。譬如《人生》。在高加林被卸掉教师职务以前，他也有许多生活经历，但作品要选择高加林被卸职作为切入部位，因为高加林的卸职，已进入到矛盾发展的高潮部分，他怎么教学，把这写到作品里没有什么意思。不知你们听清楚了没有？就是要选择在你写的人物、事物的矛盾的发展接近高潮的部位。高加林教学再好，你写进作品读者看不下去，因为没有形成矛盾，而高加林教师职务一卸，各种矛盾骤起，接近于决定这个人物命运的尾声部分。当然，作品应该是这样的：当尾声部分写到高潮的低落，它又暗示了生活的一个新的开端，巴尔扎克的作品就是这样的。但这决不是说，要接着写下去，但它必须有某种暗示。如高加林扑在地上的一声喊叫，读者可能会感到某种新的开端，但你不能再写下去了。有些作品没有暗示，就让人感到很窄，好似戛然一声，把弦绷断了。最后一声应该是悠长的、颤抖的，不要猛地一声把弦绷断了。绷断了的效果不好，就似一首好的歌曲，应该是余音绕梁，三日不绝。对事物的下一步发展，在结尾中给予某种暗示，会使作品更深刻些、意境更宽阔些。

问：你在创作《人生》过程中，有没有写不下去的时候？

答：有。譬如德顺老汉这个人物，我是很爱他的，我想象中他应该是带有浪漫色彩的，就像艾特玛托夫小说中写的那样一种情景：在月光下，他赶着马车，唱着古老的歌谣；摇摇晃晃地驶过辽阔的大草原……在作品中他登场的时候，我并没有想到能把他写得比较好，写到去城里掏大粪前，我感到很痛苦，没有办法把他写下去。尽管其他人物都跳动在我笔下等着我写他们，但德顺老汉我写不下去，我总觉得他在这里应该有所表现。我非常痛苦地搁了一天。这时，我感到了劳动人民对土地，对生活，对人生的那种乐观主义态度，掏大粪这章节不但写了德顺老汉，把其他人物，譬如高加林也带动起来了——掏大粪那章是表现高加林性格的很重要的细节。开头我没有重视德顺老汉这个人物，但最后他成了作品的一个很有光彩的人物。德顺老汉在作品结尾说的那段话，尽管我还没有写好——写得“文”了一些，应该再“土”一些，但是我没想到《人生》最后竟然由他来点“题”，这是使我很惊讶的。因此，当你在创作中感到痛苦的时候，你不要认为这是坏事；这种痛苦有时候产生出来的东西，可能比顺利时候产生出来的东西更有光彩。

问：刚才你谈到动笔前先想好了结局。那么，有没有随着情节，人物性格的发展而改变了呢？

答：有。经常有这种情况，可能有时有更好的结局代替了原来的设想，但这是我写作时的习惯。

问：那么你有没有提纲呢？提纲有没有变动呢？

答:《人生》的提纲在写作过程中我全部推翻了，只有大的轮廓还保持着，所有具体的设想都改变了。人物一旦动起来你原来的设想就不顶用了，但大的轮廓还是按你原来构思时的脉络去流动的。

这样吧，大家问题可能提得也差不多了，我也没有准备，并不是我所有问题都能解答，我只是谈谈我自己的想法。我这个人说话比较随便，反正今天是谈心，我就东拉西扯地谈些自己的想法。我说的，大家也不一定能用上。我最后想谈的，是要搞创作的话，不能机械；搞创作最忌讳机械地学某个东西。别人的东西，对你来说，只是一种启发，要直接成为你自己的是很难的。作为我自己来说，我也注意学习别人的，但没有一件别人的东西能直接变成我自己的，要重新化合。说的也只是一孔之见，应该更广阔地了解别人和现实生活中的各种问题，才可能创造自己的东西。另外，光想在某一个作品里学习些技巧，这种学习态度也是不可取的。一个作品，首先应该引起你情绪上的震动，读书也是这样。我第一阶段读书完全不是为了学习什么写作技巧。我少年时候读《牛虻》、《钢铁是怎样炼成的》、《青年近卫军》、《毁灭》、《铁流》等，首先想的是怎样把自己锻炼成一个性格坚强的人，当时，并不是要学习文学。读一本书，引起你情绪上的震动，这是最大的收获，而不是说，看别人是怎么写的。你写出来的应该是你自己的，而不是别人的。同志们对我今天讲的话，也应该采取这种态度，如果你听了有什么感受的话，也应该是通过你内心体验的你自己的感受。

最后，我再跟大家补充谈谈毅力的问题。这，我简单说几句，大家都懂。要把自己培养成这样一种人：不为旁的东西所干扰，像跑步那样：你不要看别人跑在前头了还是后头了。你要盯着你的脚下，尽量的努力往前跑。别人如果跑到前面了，那是别人有能耐，你再多看也不顶事。要全力以赴往前跑，甚至跑到终点了，你还不知道。你还顺着惯性在往前跑。不要有嫉妒心。我认为作为一个作家，胸怀应该非常宽阔：生活天地和艺术天地是非常广阔的，谁都碰不上谁。“天高任鸟飞，海阔凭鱼跃。”我们现在没有做出什么成绩，就是做出了大成绩，也应该这样。大家如果以后写出了什么东西的话，应该接着看到下一个目标，不要陶醉在已取得的成绩里。对周围的人和事，不要有一种傲然的态度，作家是个普通劳动者，没有什么特别高贵的地方。就是作家的劳动本身，也没有什么高雅的，决不是坐在那里，听着音乐，喝上茶，慢慢地写上几句。我认为，作家应该有搬运工人的气魄，写作是艰苦的事，要搞得汗流浃背，焦头烂额，狼狈不堪。就像照相似的，为了取得一个好的角度，把对象照漂亮，你甚至要跪下，趴下，丑态百出。作家是个普通劳动者，经常保持这种心理状态是很重要的。这一点我愿和大家共勉。我写了两个不像样的东西，这实在没有什么，就像爬山似的，两座山峰之间必然是凹地，你必定会跌得鼻青脸肿，才能爬上另一座高峰。决不可能从这座山峰，越到那座山峰。我自己就是这样：写完了一个作品，下一个作品，对我来说还是很苦恼的事，我还是像一个什么也不懂的小学生，匍匐在生活和文学的脚下，如郭小川在《望星空》里说的，“走千山，涉万水，登不上你的殿堂……”有时创作中的劳累似乎精神都要崩溃了。的确，创作是非常折磨人的工作，抱着轻松的态度，永远不会写出好的作品。你要有这种准备：吃大苦，有大作品；吃小苦，有小作品；不吃苦，没有作品。我希望大家都能吃大苦。同志们的作品我看了，应该说，基础是很不错的。大家应该意识到，这几年对我们说来是很重要的，就像攀登高山，剩了最后的五十米、八十米，但这五十米、八十米，就要耗尽你所有的体力，甚至生命都要献出来。要退下去是很容易的，路也熟悉，照着原来的脚印，走就完了，而前面没有路，有的也是别人的脚印，你每一步都要走出你自己的路。

对我们来说，关键是能否咬着牙走完最后这几步，如果你走了，说不定也走下去了，如果你退的话，会退得一塌糊涂。意识到这点是非常重要的。

乱七八糟，东拉西扯，不正确的地方很多，希望大家批评。

*原载中国作家协会西安分会编《文学简讯》1983年3月28日第2期，总19期。

柳青的遗产

比之某些著作浩繁的作家来说，柳青留给我们的作品也许不够多。可是，如果拿一两金银和一斤铜铁相比，其价值又怎样呢？

是的，这位严肃的现实主义作家，在其一生的文学活动中，即使创作巴掌大一片东西，他也尽力用他独特的艺术雕刀精心镂刻，尽可能避免一种工匠式的制造。至于他那部未完成的史诗《创业史》，几乎耗去了他整个生命的三分之一。尽管这座结构宏大的建筑物永远再不可能完整一体，而就其现成的部分也不是完美无缺，但它仍然会让现在和以后的人们所珍重。正如我们现在站在雅典的神庙面前，尽管已经看不到一种完整的奇迹，但仅仅那些残廊断柱就够人惊叹不已了。

柳青是这样的一种人：他时刻把公民性和艺术家巨大的诗情溶解在一起。作为一个艺术家，他始终像燃烧的火焰和激荡的水流。他竭力想让人们在大合唱中清楚地听见他自己的歌喉；他处心积虑地企图使自己突出于一般人。但在日常生活中，他又严格地把自己看作是一个普通公民，尽力要求自己不丧失一个普通人的感觉。他多年像农民一样生活在农村，像一个普通基层干部那样做了许多具体工作。正因为如此，他才能在《创业史》中那么逼真地再现如此复杂多端的生活——在这部作品中，我们看见的每条细小的波纹都好像是生活本身的皱褶。

真实的生活和刻意演出的生活毕竟是会被人区分开来的。一个艺术家如果超然于广大而深厚的生活之外，即使才能卓著，也只能生产一些打扮精致的工艺品；而带着香气和露水的艺术花朵，只能在生活的土地上培植。这就是艺术家柳青的毕生信仰。对于今天的作家来说，我们大家不一定都能采取柳青当年一模一样的方式，但已故作家这种顽强而非凡的追求，却是我们每一个人都应该尊敬和学习的。

作家当年毅然地离开繁华的大城市，身居皇甫村一个破庙改建的院宅里，眼睛琐碎地扫描着周围的每一个人和每一件事，而另一方面又把眼光投射到更广大的世界。他一只手拿着显微镜在观察皇甫村及其周围的生活，另一只手拿着望远镜在瞭望终南山以外的地方。因此，他的作品不仅显示了生活细部的逼真精细，同时在总体上又体现出了史诗式的宏大雄伟。只有少数天才才能把这两个方面统一起来。当我们读《创业史》时，常感到作品所展现的整个那段生活就像一条宽阔的长河在眼前淌过；而在这条波涛汹涌的长河中，我们如果在任何一个湾道里停下来，便会发现那里也是一个天地——而且每一处都有一种独特的风光。像《创业史》第二部第二十五章梁大和他儿子生禄在屋里谈话的那种场面，简直让人感到是跟着这位患哮喘病的老头，悄悄把这家人的窗户纸用舌头舐破，站在他们的屋外敛声屏气所偷看到的。

作为一个深刻的思想家和不同凡响的小说艺术家，柳青的主要才华就是能把这样一些生活的细流，千方百计疏引和汇集到他作品整体结构的宽阔的河床上，使这些看起来似乎平常的生活顿时充满了一种巨大而澎湃的思想和历史的容量。毫无疑问，这位作家用他的全部创作活动说明，他并不仅仅满足于对周围生活的稔熟而透彻的了解；他同时还把自己的眼光投向更广阔的世界和整个人类的发展历史中去，以便将自己所获得的那些生活的细碎的切片，投放到一个广阔的社会和深远的历史的大幕上去检查其真正的价值和意义。他绝不是一个仅仅迷恋生活小故事的人。如果是这样，他也许只能给我们留下一些勾勒得出色的素描，而不会把《创业史》那样一幅巨大的油画挂在我国当代文学的画廊里。

没见过柳青的人，都听过传闻说这位作家怎样穿着对襟衣服，头戴瓜皮帽，简直就是一个地道的农民，或者像小镇上的一个钟表修理匠。是的，他就是这副模样。可是，这样一个柳青很快就能变成另外一个柳青：一身西装，一副学究式的金丝边眼镜，用流利的英语和外国人侃侃而谈。有关国内和国外的政治、经济、民族、历史、文化、地理，几乎世界上的一切方面都在这个貌似农民的作家的视野之内；而且他不仅通晓这些方面的问题，也往往对这些问题有一种叫你感到新奇而独到的见解。在他晚年换过几处的寓所的墙壁上，没有什么其他装饰，往往只挂一张中国地图和一张世界地图。他会不时走到地图前，用枯瘦的手指头一下子指住他正在谈论的中国或外国的一个地方。他有时会指着地图，给你讲述半天有关英国或法国农业的历史和现状、有关加拿大小麦种植方面的情况等等。这时你会觉得他不是一个作家，而是联合国粮农组织的一位专家。他在写作《创业史》的时候，还写了关于改变陕北山区农业经营方式的论文。他在论文中引用了大量有关国外农业方面的资料，使一些著名的农业专家感到吃惊。正是作家具有这种辽阔的视野和广泛的学识，加上他对生活的透彻的了解，才能使他的作品具有一种史诗的品质。他的作品绝不能简单地说成是“山药蛋”。

柳青的创作活动告诉我们，仅仅满足于自己所认识的那个生活小圈子，或者干脆躲进自己的内心世界去搞创作，是不会有什么出息的。我们无法和他相比，但我们应该向他学习，尽量使自己的目光不仅仅停留在生活和认识的那个小天地里。

杰出的现实主义作家柳青五年前已经离开了我们。但这位作家无疑给我们留下了一份不薄的遗产。他在我们这个风云变幻的时代曾经热情地生活过，繁忙地创造过，也像任何常人一样有过缺点和失误。但他一生辛劳所创造的财富，对于今天的人们和以后的人们都是极其宝贵的。作为晚辈，我们怀着感激的心情接受他的馈赠。

一九八三年四月九日写于上海

关于《人生》的对话

王愚：《人生》发表后，引起了读者的重视，在文艺界也产生了比较大的反响，全国各地报刊发表了不少评论文章。我读过你的三部中篇后，感到在反映生活的深度与广度上，每一部都有不同程度的进展。你在构思《人生》时，究竟有些什么具体设想？

路遥：这部作品，原来我写的时候，确实没有想到会有什么反响。我写农村题材，不是一天两天的事了，也不是突然想起要写它，这部作品的雏形在我内心酝酿的时间比较长，大概是一九七九年就想到写这个题材。但总觉得准备不充分，还有很多问题没有想通，几次动笔都搁了下来。然而不写出来，总觉得那些人物冲击着我，一九八一年，下了狠心把它写出来。我只想到把这段生活尽可能地表现出来。当作品发表了以后，得到了读者的热情支持，收到了上千封来信。我自己实在不想说什么，主要是想听听评论家的意见。

王愚：你写《人生》，实际上就是在不断地探索"人生"，搞评论的人谈起来，不免"隔靴搔痒"，也许只有你自己更清楚这种探索的甘苦。

路遥：根据目前发表的评论文章看，评论家们还是敏锐的，对这个作品内涵的东西，都基本上看到了，有些地方连我自己都还没有意识到。他们提出的作品中的不足之处，有些意见很有价值。即使那些反面意见，对我也很有帮助。

王愚：你的《人生》，给我最突出的印象，是对当前这个转折时期中错综复杂的生活矛盾的把握。面对当前整个文学创作的进展来看，这也是一个很重要的问题。当然也不仅是《人生》，你的三部中篇，在这个问题上都有比较突出的表现，最初发表，后来又得了奖的《惊心动魄的一幕》，尽管有些地方不免粗疏，但对于十年浩劫时期那种虔诚混合着狂热、惶惑交织着冲动的复杂状态的描绘，尤其是挖掘主人公内在的精神力量，使他的性格发出闪光，内容是比较厚实的。你在《在困难的日子里》也是这样，在那样一种困难的时刻，在那样一个年轻人身上，一种坚毅不屈、冰清玉洁的性格力量，和周围严峻的生活矛盾，互相冲撞，回响着悲壮的基调。在《人生》中，对这个转折时期的诸种矛盾，从人物的命运，从人物的内心活动中完整地展现出来，比前两部更为深刻、广泛。你在好几次讨论会上的发言和你写的文章中都提到，要写交叉地带，胡采同志也谈过这个问题，我是很同意这个观点的。在当前这个除旧布新的转折时期，现实生活的各个方面互相影响、互相渗透、互相交织，呈现出纵横交错的状态，作家要反映这个时代，就要从这样一个视角考虑问题。以我个人的偏见，当前有些作品之所以单薄，或者狭窄，或者肤浅，主要的恐怕是局限于狭小的生活范围，写农村就是农村，写城市就是城市，写待业青年就是待业青年，就事论事。其中一些较好的作品，也有一定的生活实感，但很难通过作品看到时代的风貌，常常是有生活而没有时代。当然，也有的作品，只有空泛的时代特点，没有具体的生活实感，那也不行。你把这两者结合起来，我觉得你在反映矛盾冲突问题上，有自己的思考。

路遥：这方面我是这样想的。生活往往表现出复杂的形态，有些现象，矛盾、冲突浮在表面上，一眼就看得到，有些作家常常被这种表面的东西所吸引，所迷惑，不少作品就是描写这些东西的。但生活中内在的矛盾冲突，有时不是一下子就能够看清楚的，而作家的工作主要在于拨开生活中表面的东西，钻探到生活的深层中去，而不能满足于表现生活的表面现象，这样，作品才能写得深一些。

王愚：你这个见解很深刻。不少作家到生活中去，一下子被生活的表面现象吸引住了，抑制不住自己的热情，没有经过反复的思考、消化、酝酿，常常是描写有余，思考不足，就很难深下去了。

路遥：像农村生产责任制，这是现行政策，在农村和农民中间有着很大的反响，从表面上看，农民富起来啦，有钱啦，有粮啦，要买东西。但作品仅仅停留在这一步描写上，写他们有了钱，买电视机、买高档商品，写他们咋样把钱拿到手，又花出去，这样写当然不能说没有反映农村的新变化，但毕竟不足以反映新政策带来的广泛而深远的影响。一个作家,应该看到农村经济政策的改变，引起了农村整个生活的改变，这种改变，深刻表现在人们精神上、心理上的变化，人与人之间的关系上的变化，而且旧的矛盾克服了，新的矛盾又产生了，新的矛盾推动着体制的不断改革和人们精神世界的变化、人与人之间关系的新的调整。总之，整个农村生活经历着一种新的改变和组合，应该从这些方面去着眼。从表面现象着眼，就容易写得肤浅、雷同。我自己原来也是这样，所以写的作品很表面。这样的作品，引不起读者对生活更深刻的思考。因此，我觉得作家应向生活的纵深开掘，不能被生活中表面的东西所迷惑。你刚才提到关于交叉地带的问题，就是我在现实生活感受到的一种新的矛盾状态。我当时意识到的是城乡的交叉，现在看来，随着体制的改革，生活中各种矛盾都表现着交叉状态。不仅仅是城乡之间，就是城市内部的各条战线之间，农村生活中人与人之间，人的精神世界里面，矛盾冲突的交叉也是错综复杂的。各种思想的矛盾冲突，还有年轻一代和老一代，旧的思想和新的思想之间矛盾的交叉也比较复杂。作家们应从广阔的范畴里去认识它，拨开生活的表面现象，深入到生活的更深的底层和内部，在比较广阔的范围内去考虑整个社会矛盾的交叉，不少青年作家的创作都是从这方面去考虑的，我的《人生》也是从这方面考虑的，但还做得很不够。

王愚：就目前来看，《人生》展现的矛盾，是很不单纯的。

路遥：回过头来看，有些地方显得很不满足，这个作品就主题要求来看，还应该展现得更广阔一点，现在还有一些局限。但就这部作品来说，再增加点什么已经很困难了，只有等将来再补救，主要是还要更深一步地理解生活。

王愚：也许正因为这样，对《人生》的评价就有一些不同看法。我以为，你写《人生》是要剥开生活的表象，探索生活内在的复杂矛盾，因此，《人生》的主题就不是单纯一句话能说清楚的。从作品的内涵看，你是探索转折时期各种矛盾交叉点上的青年一代，究竟应该走什么样的人生道路的问题。高加林的理想和追求，具有当代青年的共同特征。但也有历史的惰性加给青年一代的负担，有十年浩劫加给青年一代的狂热、虚无的东西。这些都在高加林的身上交织起来，因此，认为作品回答的问题就是高加林要不要改造，高加林的人生观是正确的还是错误的，都嫌简单了些。《人生》的主题应该是交叉的，是从一个主线辐射开来反映了时代生活的各个方面。

路遥：这方面的争议多半集中在高加林身上，这是很正常的。对高加林这个人物，老实说我也正在研究他。正因为这样，我在作品中没有简单地回答这个人物是个什么样的人。谈到作品的主题，过去把主题限定在狭小的范围内，总要使人一眼看穿，有点简单化了。当然也不是说让读者什么也看不出来。我的意思是，作品的主题不是一个简单的概念，因为生活本身就不是一个简单的概念。生活是一个复杂万端的综合体。作品是反映生活的，真实地反映生活的作品，就不会是简单的概念的东西，应该像生活本身的矛盾冲突一样，带有一种复合的色调。我在《人生》中就想在这个方面进行一些探索，主要表现在高加林身上。至于作品的思想性，我觉得，作品的每一部分都应渗透着思想，而不是只在作品的总体上有一个简单的思想结论。作家对生活认识的深度，应该在作品的任何一个角落里都渗透着。

王愚：对！这个问题提得好。当读者读作品时，应该处处都能引起他的思考，而不是读完作品才证明了某个结论的正确或谬误。

路遥：就是这样。像托尔斯泰的作品，处处都会引起读者的深思。《安娜·卡列尼娜》开头的第一句话就引起人们的思索。优秀的作品，每一部分都反映了作家对生活认识的深度，应该这样去理解作品的主题思想。

王愚：作品的主题思想是丰富的，作品的人物也不应该是单一的。像高加林这样的人物，就不能够简单地去理解他。他的追求和理想，有这个时代青年人的特色。他想在当民办教师的岗位上，想在改变农村落后风俗上，做出一些成绩，想取得一些施展才能的条件，恐怕无可非议；但他身上也夹杂着一些个人的东西，追求个人成就、患得患失，碰到不顺心的境遇灰心丧气，等等，这一切交织在他身上，引起了精神世界的矛盾冲突，使他处在一个发展过程中。高加林是一个在人生道路上的艰苦跋涉者，而不是一个已经走完人生道路的单纯的胜利者或失败者。他的内心深处的矛盾和发展变化，触发着青年朋友们的思索，究竟应该怎样认识复杂的人生。总之，这是一个多侧面的性格，不是某些性格特点的平面堆砌。

路遥：我觉得，人物形象能不能站起来，关键是这个形象是否真正反映了生活中的矛盾冲突。有些评论对人物的看法比较简单。往往把人物思想的先进与否和人物的艺术典型性混为一谈，似乎人物思想越先进，典型意义就越大。衡量一部作品里的人物是否塑造得成功，主要看它是否是一个艺术典型。至于根据生活发展的需要，提倡写什么典型，那是另外一个范畴的问题，不应该把这两个问题混为一谈，这样的观点，在读者和初学写作者中间已经引起某种程度的混乱。至于高加林这个形象，我写的是一个农村和城市交叉地带中，在生活里并不顺利的年轻人的形象，不应该离开作品的环境要求他是一个英雄，一个模范，也不应该指责他是一个落后分子或者是一个懦夫、坏蛋，这样去理解就太简单了。现在有些评论家也看出来他身上的复杂性，认为不能一般地从好人坏人这个意义上去看待高加林，我是很同意的。像高加林这样二十来岁的年轻人，生活经验不足，刚刚踏上生活的道路，不成熟是不可避免的，不仅高加林是这样，任何一个刚走上生活道路的年轻人，也不会是一个成熟的、完美无缺的人，更何况高加林处在当时那么一种情况下，对任何事情都能表现出正确的认识是不可能的。但是在这个青年人的身上，绝不是一切都应该否定的。我自己当时写这个人物时，心理状态是这样的：我抱着一种兄长般的感情来写这个人物。因为我比高加林大几岁，我比他走的路稍微长一点，对这个人物身上的一些优点，或者不好的东西，我都想完整地描写出来。我希望这样的人物在我们这个社会里最终能够成为一个优秀的青年，目前出现在作品中的这个人物，还没有成熟到这一步。这并不是说我护短，在作品中可以看到，我对他思想感情上一些不好的东西的批评是很尖锐的。对于作家的倾向性，咱们已经习惯于看他怎样赤裸裸地去赞扬什么，批判什么。我认为，一个作家的倾向性应该包含在作品的整体构思中。我的倾向性，表现在《人生》的整体中，而不是在某个地方跳出来，把高加林批评一顿。

王愚：这一点，有些评论文章没有讲得很充分。我觉得你最后那样的结尾，或者说不是结尾的结尾，已经指出来，对于高加林这样的人物，实实在在地扎根在生活的土地上，才会有一个新的开始。你对高加林是寄予厚望的。

路遥：这里面充满了我自己对生活的一种审美态度，这是很明确的。至于高加林下一步应该怎样走，他将会是一个什么样的人，在某种程度上应该由生活来回答，因为生活继续在发展，高加林也在继续生活下去。我相信，随着我们整个社会的变化、前进，类似高加林这样的青年，最终是会走到人生正道上去的，但今后的道路对他来说，也还是不平坦的。

王愚：对，他在以后的生活道路上还会遇到许多风风雨雨。

路遥：这是肯定的，因为我们的生活本身就是在矛盾中前进的。

王愚：你创造高加林这个形象时，是有原型呢，还是从很多青年人身上概括出来的呢？

路遥：我自己是农村出来的，然后到城市工作，我也是处在交叉地带的人。这样的青年人我认识很多，对他们相当熟悉。他们的生活状况、精神状态，我都很清楚，这些人中也包括我的亲戚，我家里就有很多这样的人，我弟弟就是这样的人。我在生活中有很多这样的感受，才概括出这样的人物形象。

王愚：高加林的形象，引起读者的广泛共鸣，恐怕主要是作者认认真真、老老实实从生活出发，把握了生活中复杂的矛盾冲突，而又完整地表现了出来。这个人物不仅是农村青年的写照，也是这个时代一些青年的缩影。

路遥：高加林作为一个当代青年，不仅是城市和农村交叉地带的产物，其他各种行业也有高加林，城市里的高加林，大学里的高加林，工厂里的高加林，当然，更多的是农村中的高加林。这样的青年，在我们社会中，并不少见。我当初的想法是：我有责任把这样一种人物写出来，一方面是要引起社会对这种青年的重视，全社会应该关怀他们，从各个方面去关怀他们，使他们能健康地成长起来，因为我们整个的国家和未来的事业是要指靠这一代人的，所以我们必须要从现在开始，严肃地关注他们，重视这个问题；另一方面从青年自身来说，在目前社会不能全部满足他们的生活要求时，他们应该正确地对待生活和对待人生，从某种意义上来说，尤其是年轻时候，人生的道路不可能是一帆风顺的，永远有一个正确对待生活的问题。

王愚：应该说，高加林的性格是多层次的，在他身上不仅仅是个人特点的堆砌，而是反映了我们时代的诸种矛盾。另外一些人物也是这样，有些人物，在已发表的评论文章中还谈得不多，像刘巧珍这个人物，是一个很美的形象，但也反映着农村女青年自身的一些矛盾。还有高明楼这个形象，你没有把他简单化，他身上有多年来形成的一种优越感，甚至一种“霸气”，但却有他顺应时代发展的一面，有心计、有胆识，也有很多复杂的东西。刘巧珍这个形象，你突出加以表现的，更是我们这个民族悠久的历史所赋予这一代青年的一种美好素质，看来，你是很欣赏这个人物的。

路遥：刘巧珍、德顺爷爷这两个人物，有些评论家指出我过于钟爱他们，这是有原因的。我本身就是农民的儿子，我在农村里长大，所以我对农民，像刘巧珍、德顺爷爷这样的人有一种深切的感情，我把他们当做我的父辈和兄弟姊妹一样，我是怀着这样一种感情来写这两个人物的，实际上是通过这两个人物寄托了我对养育我的父老、兄弟、姊妹的一种感情。这两个人物，表现了我们这个国家、这个民族的一种传统的美德，一种在生活中的牺牲精神。我觉得，不管社会前进到怎样的地步，这种东西对我们永远是宝贵的。如果我们把这些东西简单地看做是带有封建色彩的，现在已经不需要了，那么人类还有什么希望呢？不管发展到任何阶段，这样一种美好的品德，都是需要的，它是我们人类社会向前发展最基本的保证。当然他们有他们的局限性，但这不是他们的责任，这是社会、历史各种原因给他们造成的一种局限性。

王愚：我们的历史的惰性，限制着他们应该有所发展的东西不能发展。

路遥：正因为这样，他们在生活中，在人生道路上不免会有悲剧发生，像刘巧珍，她的命运是那么悲惨，是悲剧性的命运。我对这个人物是抱着一种深深的同情态度的。

王愚：相形之下，我总觉得黄亚萍这个人物写得单薄了一点。我所谓"单薄"就是说黄亚萍身上虚荣、肤浅的东西写出来了。这个人物内心里必然会有的矛盾冲突，她在人生道路上的颠簸，似乎都写得不够深。这也许是我个人的偏见，不知你究竟怎样想，好些评论文章也没有更多地提到这个人物。然而从这个人物和高加林的关系来看，应该是既有互相影响的一面，也有互相矛盾的一面。刘巧珍美好的心灵体现了我们这个民族世代相传的美德，她在困难的时候温暖了高加林的心，坚定了高加林在生活中支撑下去的信心。这是和高加林旗鼓相当的一个形象。但高加林和黄亚萍之间，互相沟通、互相冲突的东西毕竟太少，似乎只在于衬托出高加林的悲剧命运。

路遥：这个作品确实有不足的地方。我写较长的东西经验不是很丰富的，因为牵涉到的人物比较多，有的人物就没有很好去展开，我对这些人物的关注也不够，和一个初次导演戏的导演一样，常常手忙脚乱，有时候只能盯住几个主要角色，对一些次要的人物照顾不过来。而一些有才能的、经验丰富的作家，就像一个胸有全局的导演，使每一个角落都有戏，我现在还是一个实习导演，只能关注主要人物。黄亚萍这个人物，我原来设想的要比现在的规模更大一些，这个人物现在的表现还是个开始，她应该在以后的过程中有所发展。现在作品已经完成了，来不及弥补了。如果这部作品能够展开的话，可能比现在好一些。也不仅是黄亚萍一个人，还有其他人物，像高明楼这样的人，如果作品再往前发展，说不定，他还会上升到主要地位上去。我现在还只能关注到主要的部分。当然一个完整的作品是不应该有次要部分的。

王愚：像戏剧演员常说的，在舞台上只有小演员，没有小角色。

路遥：这就像盖一所房子，你关心的主要是横梁、立柱，而且想办法搞得独特一些，其他部分就来不及精雕细刻了，有时候甚至是用一般的材料来填充。这样，有些地方显得很平庸，我也是很不满足的。

王愚：艺术创作上要照顾到每一部分，确实是不容易的，不仅关系到作家的器识，也关系到作家的经验和功力，不少大师们在结构上下功夫，确非偶然。在托尔斯泰笔下，像《安娜·卡列尼娜》中的奥勃朗斯基这样的人物，应该说是次要的，但他在作品反映的生活范围内起了关键性的作用，使得整个作品的结构显得那么熨帖和匀称。《人生》后面的两个情节似乎和整个作品的结构贴得不是那么紧，一个是高加林从乡村到城市的地位的变化，是由于他叔父的偶然到来；而他从城市又回到乡村，却是碰到张克南的母亲那样一个女人，出于妒忌而告密，都过于突然。这些地方不知你是怎样考虑的。

路遥：艺术作品离不开虚构。关键问题要看作品描写的矛盾冲突、人物的命运，以及冲突的转化和发展，从历史生活本质的角度检验，是不是合情合理的。有些地方看起来，偶然性太明显，主要还是作者没有写充分。后面两个情节，不能简单地说是偶然的，只能说我没有写充分。

王愚：由此，我想到当前小说创作中的一些问题。我们常说现实主义要深化，结合《人生》的创作来看，这个“深”，一方面是反映生活中矛盾冲突的深刻性，一方面是人物性格的内在的丰富性，也就是更深刻地反映多侧面的性格。今年《延河》二期发表的陈涌同志的文章，提出了一个很值得重视的问题，他认为文艺作品表现矛盾冲突，不光要表现人和周围事物的矛盾冲突，而且要更进一步反映人物本身的矛盾冲突，即使新人形象也是这样。你的《人生》，我觉得在这一点上表现得很突出。

路遥：实际上，一个人就是一个世界，这个世界，不是孤立的，是和整个社会密切相关的，互相折射的。有些作品，尽可以编造许多动人的故事，但他们没有关注人物的精神世界，人在作品中只是一个道具，作品就不会深。欧洲有些作家，包括大仲马，为什么比巴尔扎克、托尔斯泰低一筹，原因也在于此。

王愚：今天和你的谈话，使我受益不浅。作家要研究生活、研究人物；评论家就要研究作家、研究作品，注意作家们在研究生活上、反映生活上有什么新的经验，新的思考。这样，作家和评论家才能成为真正的朋友。

路遥：实际上，作家和评论家都应该研究生活。评论家研究生活，也研究作品；作家研究生活，也重视评论。只有这样，评论家才能准确地评价作品，作家才能不断地提高自己。

王愚：最近，听说《人生》和《在困难的日子里》都要改编成电影，你除了改编这两部电影外，还有什么新的打算？

路遥：当前我们的国家正处在改革的洪流中，生活的矛盾冲突和变化比较剧烈，我不想匆匆忙忙去表现这个变化。这种变化对每一个人来说，都是一个新的课题，对作家来说尤其如此。这个改革才开始，我们不可能一下子把所有的东西都看得清清楚楚，我想深入研究这个改革的各种状态，以及人们的各种心理变化，暂时还不可能写出什么来。一个作家写出一篇引起人们注意的作品，好像爬上一座山坡一样，也许前面会有一片洼地，只有通过这片洼地，他才有可能爬上另一座山坡。

要有真情实感

——读《剪鞋样》

这位新作者的处女作，很难说达到了令人满意的程度。但它还是把陕北农村的一些淳朴的生活气息带到了我们的面前。农村青年男女之间朴素而炽热的爱情生活，向来充满了一种迷人的诗意，更何况，陕北是一块多情的土地，那里诞生威武的男子，也造就柔情的女儿，我们从历史上那些无数美妙的信天游中，就可以感受到这块贫瘠土地上的人们具有多么丰富的感情生活。

也许有人认为目前爱情题材的作品太多了，因此发出许多指责。是的，目前不乏有一些贫乏的爱情题材作品，已经令人厌烦。但这不应该排除这一类作品在我们文学中的重要位置，正如我们不能排除爱情在人类生活中的重要位置一样。问题不是这类题材多了或者少了的问题，而是这样题材的作品是否具有一种打动人的真情实感，以及通过感情生活的描写，给人们揭示出了什么样的生活意义。

《剪鞋样》的主题无疑是积极的，它赞美了仙芝这样一位普通的农村姑娘，在爱情的选择上所抱有的正确的态度。但不能说这个作品给我们提供了更深刻的认识价值，它在很大程度上还停留在对事件的一般的描写上，而没有能够揭示出生活更深的含义来。作品有一些陕北农村的生活气息，可是缺乏一种能深深打动人的感情力量。像这样的作品，作者必须有深切的真情实感，才有可能使作品强烈地感染读者。否则就失之平淡了。而读者喜欢浓烈的酒，不喜欢在酒里去掺大量的水。要制造佳酿，拿陕北话来说，就是要有“真本实物”。什么是作品所需要的“真本实物”？照我看来，这就是作者对生活要有真情实感。

对于一位新作者的处女作，以上的话可能有些苛求了。

* 原载《长安》1983 年第 8 期。

看评剧《人生》

小说《人生》发表以后，全国许多地方的剧团将其改编为戏剧，并且分别把他们改编的剧本寄给我，让我提意见。一般说来，尽管这些改编都是依据了我的小说，但都已经成了改编者自己的作品。戏剧改编是根据自己的艺术样式对文学作品进行再创造的，因此小说在那里已经成了素材。因为这个原因，再加上我对戏曲艺术完全是门外汉，所以只好把这些剧本原样奉还人家。

前不久，西安市评剧团将《人生》改编为十一场大型评剧，并且开始在解放剧场为本市观众公开演出。尽管我以前从来没有看过评剧，但还是怀着一种新奇感去看了演出。我难以想象，我小说中的那些人物怎么在舞台上又说又唱?

可是一看演出,却使我吃了一惊。我承认,我被这个戏吸引住了。我没有想到，同一个作品，用别一种艺术样式反映出来，依然能取得非常强烈的效果。

可以看得出来，改编者苦费心机，根据自己的艺术需要，对原小说进行了细心的挑选，不需要的东西尽量不要，重要的东西都被挑拣出来，然后把所有一切投入他们戏剧艺术的八卦炉中进行了一番重新冶炼，结果就使我自己也为“这一个《人生》”大开眼界。

应该指出，西安市评剧团成功的演出，除过剧本的长处、导演的才能、音乐和唱腔设计的优美等等外，最主要的是有一名较为出色的演员。像巧珍的扮演者唐秀明，高加林的扮演者毛军，黄亚萍的扮演者武玉琳等几个主要演员，都比较准确地从总体上把握了人物，并且具有良好的分寸感，因此给人留下深刻的印象。尤其是唐秀明，用一种朴素而炽热的激情，较为充分地揭示了巧珍这一纯粹的中国农村姑娘的性格内涵，使观众从这一人物身上受到了感动。其余像李让（饰德顺爷）、杨雪冰（饰加林妈）、杨茂义（饰刘立本）都有相当水平的表现。

*原载《西安晚报》1984年2月5日第3版。

对当前农村题材创作的几点认识

参加完全国农村题材创作会，接着又参加了省上的同一性质的会，感想很多，收益匪浅。

我国农村生活在短短的几年时间里，发生了举世震惊的变化，这种变化的迅速和深刻，使得从事这一领域中文学创作家们大有目不暇给之感。某种程度的困惑对于习惯了几十年一贯制的农村生活的作家来说，是不可避免的。目前对于作家来说，要紧的是赶快投身于这场伟大变革的实际生活中去。没有这个前提，什么问题也无从谈起。只有亲身体验这场伟大的变革，才有可能获得深刻的认识和丰富的感受，也才可能用艺术形式广阔而深刻地表现变革中的农村生活。

对于如何表现当前农村生活有几点看法，提出来和大家一块研究。

一、对于文学创作来说，最重要的是关注人和人的命运。在一切变化中，人的变化，包括人的感情和心理的变化，是我们关注的主要对象。社会变革是一个时代的大背景，而活动在生活舞台上的始终是人。在当前来说大变革的农村生活中，农民身上发生了一些什么样的变化，这是需要作家用全付精力来研究的。作品需要的生活故事可以说俯首皆是，但要真正认识到新时期的农民却是一件相当困难的事。如果不能深刻地反映出当代农民的精神面貌和心理状态，那么对于反映这个变革生活即使抱有巨大的热情，也不可能产生激荡人心的作品。我们在提倡即兴歌唱的同时，也要注重提倡写出有广度和深度的交响乐来。否则，我们的作品即使及时地配合了形势，但却和我们如此辉煌而伟大的时代生活不相配。

二、当代农村生活呈现出一种复杂交错和广泛地相互渗透的状态。这种情况已大大不同于五十年代和六十年代的中国农村生活。我觉得，要反映今天的农村生活，不了解和不熟悉城镇和其他行业的生活，就可能受到一种局限。一九八二年，我曾提出城乡“交叉地带”这一概念，就是这种认识的产物。现在看来，这一概念应该包含更大的范畴。总之，农村绝对再不是一个封闭的社会，我们在表现当代农村生活时，应该充分地认识到这一点。

三、在关注当前农村生活时，应该具有一种深沉的历史感。应该看到，现实生活中的农民，都是从过去的生活中走来的。他们因袭着历史的负担，又肩负开创新生活的使命。从某种意义上说，这种矛盾和冲突，正是文学所主要应该关注的。如果不能看出一个人物和一个事件的历史面貌，那么反映现实生活的作品就可能给人一种单薄的印象。

四、作品中反映的任何生活，对于历史长河来说，都是一个瞬间。要把握好这一瞬间，不仅应该有深沉的历史感，还应该具有穿透未来的能力。对于当前农村的具体的变革生活，应该全力研究和认识,但同时还应该努力体察生活未来的流向。这并不是“占卜学”。未来生活发展的趋向往往就包含在现实的生活中，需要作家在体验现实生活时有这么一种自觉的意识。

五、在当前沸腾的农村生活中，我们到处都看到了一种巨大的变化和改革。这是生活的主流。有些东西相对地没有变化。不是一切相对稳定地存在于农村的东西都应该否定。比如某种古老的人生哲学和某种美好的伦理道德观念，将仍然会在现实和未来的农村生活中起作用。变与相对地不变是一个对立统一的问题。不能只简单地看到改革和保守两种生活。实际上，生活是一个多棱角的立锥体，表现为复杂的相互折射。一部庞大的交响乐是由主旋和各种配器组成的。我们的作品正应该如此，因为生活本身也正是如此。

* 原载《陕西文学界》1984 年第 2 期。

东拉西扯谈创作（二）

关于“人”

一、小说创作中归根结底最重要的是人物，情节、主题都是围绕人物展开的，如果人物没有完成，那么它纵然有许多长处，也不能成为好作品。

文学是人学，这是句老话，但在作品中究竟怎样反映社会生活中的人，每个作家都有他独特的认识和办法。文学作品中的人不是抽象的，它是社会生活中人的反映，要在作品中很好完成写人的任务，有一个重要的前提就是怎么看待实际生活中的人。过去有的作品对人处理比较简单：好人、坏人，最多增加一个层次，来个中间人物。我觉得人类社会生活并不这么简单。人是很复杂的，在实际生活中没有那么多完美的人，甚至可以说每个人都有他的局限性。这个认识，对文学创作来说是很重要的。有的作品人物比较单一：老是简单地把人分为正面人物、反面人物，考虑谁是先进人物，谁是落后分子，不是好就是坏，这种认识在创作上造成了严重的局限性，不可避免地出现公式化概念化的倾向。作家看待人的层次绝不能简单化，在这个世界上如果人不复杂还有什么复杂呢！这个认识应该在作家头脑中牢固地扎下根：不管什么时候看人都要用复杂的眼光，只有这样，才可能挖掘人的更深的层次，才可能把人的各种情态写出来，才可能让读者接受你的作品，因为你的人物是真实的，如果没有这样的认识，作品是不可能写好的。不把社会生活中的人简单化，你作品中的人才有可能不简单化。

二、作品中的人主要不是写他的简历，而是要揭示人与人之间的关系。

有人争论在结构小说时是先从情节还是先从思想出发？我认为，结构小说最好还是先从人物出发，而更重要的是从人与人之间相互关系出发。前面说过，小说创作的最终目的是写人，写人与人之间的关系。如果结构小说时，不是从人、从人与人之间的关系出发，而是从旁的什么出发，把人与人之间的关系放在比较次要的地位，那么表面看来，也许你的作品不乏思想闪光，语言也有精辟之处，而你真正冷静下来看，人物也许都很苍白。为什么呢？因为在开始结构作品时，你就没有重视人物。作品的焦距应对准人物与人物之间的关系，应全力以赴做到这一点，这一点做到了，其他也就好解决了。甚至，只要你人物与人物关系在作品中表达准确了，充分了，其他方面就是差一点，这作品还是可以成立的。相反，如果在作品中人物与人物之间的关系没有比较准确、出色的表述，其他方面再好，这作品也只有个外壳。托尔斯泰几个长篇构思的草图很有意思，这位大师为什么改来改去呢？关键是他要把握作品中人物之间的关系，只有把人物全都揣摸透了，把他们之间最准确最微妙的关系找到了，而且在作品中形成真实而不是虚假的冲突，只有这样，作品才有可能达到对生活巨大而深刻的包容，托尔斯泰的每个草图，开始往往都比较简单：一两个人物，关系也较单纯，后来经过不断地交织，使作品中的人物都有机会有条件“见面”并形成冲突。《安娜·卡列尼娜》上百个人物，《战争与和平》人物更多，但这里所有人物都能形成关系，这种关系就是作家描写的空间，实际上作家的主要功力也就在于此。在结构作品时，要寻找人物关系，而且要“安排”得非常合理，从而能展开巨大的生活冲突，作品的深刻性就已经具备了。这里也谈谈我向别人学习的体会，《人生》人物有二十来个，他们都有条件形成相互之间的交织关系。这作品构思用了两三年时间，头一二年都没有写，只把主要人物之间的关系弄清了，而没有把所有的人物关系弄清。没有形成合理的交织，是没有办法写的，就是写出来也是很简单的。作品的深刻性不在于多少豪言壮语，也不在于一个尖锐的主题，作品的深刻性全在于人物关系，只有通过人物关系，才能展示生活的深度和广度。《安娜·卡列尼娜》的深度，在安娜、渥伦斯基、卡列宁三者关系上显示出来，如果没有这个人物关系，试想这作品的深刻性能表现在哪里呢？决不在于托尔斯泰在作品里表达了多少哲学思想、多少托尔斯泰主义，《安娜·卡列尼娜》的全部深度就在于它准确地把握和揭示了特定历史和社会生活环境中人物之间的关系。

另外，有的作品往往以主人公为中心来结构作品。如《创业史》，以梁生宝为结构作品的中心，形成一个塔尖，以此为出发点辐射出去，形成各种其他人物层次。

三、有了对人物相互关系的认识、重视还不够，要使作品真正把人物揭示得很充分，还离不开对人物自身冲突重要性的认识。

人既和客观环境形成冲突，人自身也存在矛盾冲突，所以作品还要充分揭示人内心的冲突，这就是我们通常所说的心理冲突、心理描写，这也许更为重要，更为复杂。所谓揭示人的复杂性往往是通过揭示他心理的复杂性来实现的，这在小说成功的形象中占很大比重。像在《安娜·卡列尼娜》里，安娜离婚、离婚后看孩子的这些地方，把安娜、渥伦斯基、卡列宁三个人的心理分别揭示得惊心动魄，把每个人的各种感情的层次揭示得非常充分，从而强烈地震撼了读者。要把人物在关键时刻的心情揭示得特别充分，这样才可能把人物写好。莎士比亚的作品，在揭示人的心理冲突方面，也是非常突出的。作品中人物的心理揭示是很重要的也是很复杂的，这和作家本人的生活经历、感受、认识和体验有密切的关系。作家自己在生活中的感受、体验很肤浅的话，那他作品中的人物就可能很简单。作家应该充分体验各种复杂的感情，才可能在作品中写出各种人物的复杂的感情心理状态。

四、关于我们这时代和我们这时代文学作品中表现出来的各种各样的人。

我认为我们的当代人和五十年代的人不一样了，经历了复杂的“文化大革命”，人也复杂了，这点我们必须要认识到。但我们现在的文学作品还往往不能充分表现出这一点。有些写农村生产责任制的，就是写农民如何有钱了，如何要把钱花出去：买电视机，一下买好多油饼，也不管是否吃得下。这样的描写准确吗？实际上现在的农民是很复杂的，人自身和人与人之间关系都变得复杂了，但我们文学作品的揭示，在很大程度上还处于一种简单状态。现在提倡写改革者形象，写社会主义新人，如何认识社会主义新人呢？我的看法，是不管这人物多么先进，但他的成长是有一个过程的。一个社会先驱，首先要刷新自己才能对社会作出贡献，而人们往往只看到他与社会的矛盾冲突，而看不到他自身的矛盾冲突。作品应让读者看到他们如何战胜自己而成为英雄的。认真考虑一下，任何英雄模范都要经历艰难的历程：他要献身于社会就要完善自身，而这种完善自身的过程往往是非常艰难的。文学作品中应该揭示的正应该是先进人物的这一过程。阿·托尔斯泰的《苦难的历程》就是写十月革命后，知识分子如何跟自己作斗争而成为新时代所欢迎的新人的。“四人帮”时的英雄人物使人不知道他们是从哪里降落的，完美到已不是人了。

其他

一、关于深入生活的问题

深入生活的重要性就不谈了，这点大家都知道，这里有个关键的问题：深入生活的过程中，最注重的应该是什么？我想谈谈我自己的认识：我不太注重有趣的故事，我注重的是感情的积累。生活中什么东西在我感情和心灵上留下了沉淀和刻痕，哪怕过了三五年，这种东西也是忘不了的，如果生活在你的感情上没有留下什么痕迹，那么你记在本子上的一点素材是没有用的。我的笔记本上只记些技术性的东西：某种植物叫什么名称？什么时候发芽？什么时候开花？什么时候结果？还有譬如荞麦开花时，麦子是什么状态？杏树开花时，柿树又是什么状态？这是要记得很准确的。至于故事、人物我是不记的，我的体会是，只要你脑子里记不住，心灵上没留下痕迹，光记在笔记本上是没有用的。有的人深入生活，不是用自己的心灵去体验生活，不是用感情去感受生活，而是采访式地到处记些"惊心动魄"的故事和人物，这是不行的。文学作品不是采访来的，只有用你的全部身心去感受，你写作时才可能有一种压抑不住的激情。"四人帮"刚粉碎时，我写了一篇短篇《匆匆过客》，以第一人称写的：春节快到了，"我"要回家过年，到车站跑了好几次都没买到票。到最后一天了，又到车站去，正好"我"乘的那车次人不多，有可能买到票。这时候车室有个瞎眼老头——也不像要饭的，他手里拿着钱，要人家帮他买票，但谁也不理他。"我"觉得自己还比较崇高，就去帮那老头买票。但站在两个队伍之间"我"很为难，老头要坐的车次，票还有，如果先给自己买再给老头买，那老头的票还可能买到，如果先给老头买再给自己买，那自己的票就肯定买不到了。于是，在崇高中夹着自私，"我"决定先给自己买。买好了自己的票就去给老头买票。这时"我"得到了一种感情上的满足，觉得自己比候车室里别的人都崇高。但等着等着，前头一个男青年一个女青年插队把最后一张票买走了，“我”当然就买不到了。但这两个青年因为只有一张票吵起来了，吵了半天原来他们都是为那老头买票。那个男青年是自己票买好后，重新排一次队为那老头买票，那女青年带了孩子，原来是坐“我”那次车，但为了给老头买票，自己的票也不买了，宁可插队也要去抢这最后一张票。真相大白了。解决的办法是，那男青年陪老头走了，“我”把票给了女青年，“我”没票了，就转身来到了街上……就这么个故事，它是怎么来的呢？有一次我去买豆沙包子，我排队等着，包子已经不多了，这时来了个带着孩子的妇女。她本来应该排在我的后头，但她不排队就站在我旁边磨蹭。轮到我时包子没几个了，她却抢先冲到了我前面。当时我很气愤，就和她吵了几句，服务员就把包子卖给我了，但那孩子哭了。这时我的心里也很不是滋味，就返回去把那包子退了，让那妇女买了，然后我走了。走不几步，听到后面有人“喂、喂”喊我，我转身看就是那妇女。她一反刚才吵架的模样，叫那孩子谢谢我。当时，我的心里很难受，忍着眼泪钻进人丛中急忙走了。我当时弄不清自己为什么会这样？我得到了些什么？我想把这种情绪表现出来，后来就写了《匆匆过客》。这里没有专意的采访，就是生活中的事感动了自己，自己就想把它表现出来。在生活中要感觉、发现什么真正冲击了自己的东西，这样你写出来的就会和大家的不一样。《人生》中的人物也是这样，不是我专门去找什么刘巧珍，而是我在生活中一种长期的感情的沉淀，这我在别的场合也讲过。我小时候家境贫寒，上小学时，由于家穷身上总是又脏又破，而小女同学们也总喜欢找穿得干净的男孩子玩，很嫌弃我。别的孩子在玩捉迷藏，我裤子烂了走不到人前面，只能靠墙站着动都不敢动，手还要把破绽捏住。小伙伴很奇怪，问我为什么不玩？不是我不想玩，关键是我不能玩，因为屁股后面不能见人，这样我常常很孤独。但回到村子里，不上学的孩子比我还穷，谁也不笑话谁，我在他们中间感到特别自由。互相没有歧视、冷落，就像在《巴黎圣母院》中那样快乐的叫化子王国一样。到了十一二岁，当你为自己的烂裤子感到害臊时，村里的女孩子就会用她们刚刚学会的非常笨拙的针线替你缝裤子上的破洞，而你也不怕她们笑话，就趴在那儿撅着屁股让她缝。她也许缝得非常认真，甚至针把你的屁股蛋扎了，扎得很疼，但你的心里却有说不出的温暖和感激。陕北的春天是很冷的，杏花开得很早，当杏子还很小的时候，大人孩子都想尝尝“春天的味道”。当你摘了一颗杏子正想塞进嘴巴，但你会突然想起那个给自己缝过裤子的女孩子：把这杏子给她，她会多高兴啊！于是你会急急忙忙从山上跑下来，尽管汗水把手里捏的杏子都搞得很脏了，甚至都不能吃了，但她欢喜地接受了你的馈赠。后来你长大了，上了初中、高中，甚至上了大学，而这些女孩子没上学，脸晒得焦黑，仍然穿着烂棉裤。后来你又到城里工作，好多年后你才回去探亲。你发现，童年的这些小伙伴早已经出嫁了，她们回娘家来手里拉一个孩子，怀里又抱一个孩子，蓬头垢面。但她们心肠还是那么好，问你娶婆姨了没有？有孩子没有？家在本村的，还要请你到她家坐坐，吃顿饭。当你离开村子的时候，心里会有多少说不出来的东西啊！甜蜜、苦涩，你真想哭一鼻子！我写的刘巧珍，就是这种长期的感情积累，她说不上是谁，也可能就是我所有故乡的姐妹们。我是不容易动感情的，但我写刘巧珍时，我很激动。写到她出嫁，我自己痛哭流涕，把笔都从窗户撂出去了。没有长期的感情积累、体验，是不可能写出刘巧珍来的。我想说的是，故事一天可以编二十个，但这种情感的积累是编不出来的，必须要你自己感觉、体验，而且在感情层次里积累得很深。有的人不重视这，结果作品写得干巴巴的。我想好多人都会在感情上有积累，尽管它是从很不起眼的事引起的，你应该把它翻腾出来写成作品，这是你最重要的财富。有人对自己的感情积累不重视，而喜欢道听途说、走马看花得来的故事。我觉得长期的感情积累是很重要的，我的好多作品就是从它而来的。我听来的故事也很多，也很有趣，但我把它们都放弃了。你可能把故事写得很动人，但它不可能有真情实感，它首先没有拨动你的心弦，也就不可能传达给读者。所以，我认为深入生活，必要的采访是可以的，但重要的是要有感情体验的积累。

二、作者在写作时应抱什么态度

有人可能会认为：写作还有什么态度？我认为，这是非常重要的，作者在写作时只有抱着像和别人诚恳谈心的态度，作品才可能被人接受，有的作品尽管各方面都花花绿绿，但给人感觉作者不诚恳，要小聪明哄人，这是不能打动读者的。的确，我们要抱着十分诚恳的态度，谈的是自己真实的感情，就像跟老朋友谈心一样，抱着这种状态写作，才可能打动读者，你要相信，你在作品中任何地方流露出的虚假，读者一眼就能看穿，不管你是多么著名的作家。如果你能时时抱着十分诚恳的态度同读者谈心，你的作品就自然能感染读者。抱着这种状态写作，有时作者自己首先被打动了。写作首先要打动自己的心，才可能去打动别人的心。

三、谈谈选材

不同的生活经历、审美观念会形成作家对题材的不同兴趣。写什么？当然要写自己深切感受了的东西。有的题材好，但你没有感受，没有能力去表现它，就只能让别人去表现。你必须量力而行，每个作家都不可能包罗万象，穷尽一切，他只能像蜜蜂一样，在自己的天地里飞翔。必须要认识自己，写什么？必须是自己最熟悉的。有的作家写自己不熟悉的题材，写得再多，也很难获得成功。无谓地浪费自己的精力，这是不可取的。必须是自己深切感受过的、有很大把握的题材才去写，这样比较合适。

四、对作品思想性的认识

我觉得我们有时把问题理解得很狭窄，一说思想性就是作品的一个简单的结论。实际上作品表现的思想性应该具有比较广泛的含义，不是几句话能说得清的。好的作品都应该是这样的，思想性渗透于作品的各个角落，甚至每一句话中，处处都要看出作家的思想，而不是其他方面都是贫乏的，仅仅有个正确的结论。我们不应该仅追求一种尖锐的思想，而要在作品的任何角落都渗透作家对生活深度的认识和思考。

答问

问：《人生》在我们部队战士中反应很强烈，能不能结合《人生》把选材再讲几句，如选什么？从什么角度选？

答：这个问题的范围比较广，层次也比较多。关于选材，刚才已讲了，一般说来一个人写东西应该写他感受比较深的，有的题材尽管对社会对自己都很重要，但你自己感受不深也就没法写。要在你自己感受最深的领域中去选择，当然这也不是盲目的，不是你感受最深的就是最重要的。还必须把你感受最深、准备写的东西，放在比较广阔的背景上去思考：你所要写的到底有多少重要性？有的东西你感受很深，但一放到社会背景上没有多大意义。你要写的某一种生活现象，必须放到整个中国的社会背景上去思考，甚至还应放到全球范围内去考虑。另外，你要写的东西还应放到整个文学史上去考察：有的东西你感受很深，但别人已经写过，可能你还写不过人家，那你就不必写了。你所认识、感受到的是别人没有认识感受到的，你所写的是别人没有写过的，这样就可能给你带来创造的天地。

问：为什么在创作中自己最熟悉的人物写出来倒反不满意，这究竟是什么原因？

答：这也许是艺术想象力的问题。你不熟悉的人物，你能通过自己的经历去补充，使它完整起来，也就是说你在你陌生的人物形象刻画上充分展开了艺术想象，而对你熟悉的人物太钟爱了，小心翼翼，一切都要写它自己有的，你受它的影响太深了。你要有勇气把你的熟人打碎，打成面目全非的人物，按照你的艺术想象在作品结构中应是什么样的人物来重新塑造它，这样才有可能写得比你的熟人更好。归根结底你不是写熟人的报告文学，你是塑造艺术形象，这样你就不能受熟人的影响，一定要把你的熟人打碎，甚至冒着亵渎熟人的情感而一切为了艺术的需要。这种现象我在创作中也有过。当然写作的时候是有模特儿的，但切忌不要受它的局限，要千方百计补充它，把它改造成你需要的人物。

问：有人说的理念小说该怎么理解？比如拉美文学？

答：小说发展到今天表现形式是多种多样的，现在先进的拉美文学完全打破了传统的写法，它影响着当代世界文学，甚至震撼了传统深厚的欧洲文学，有人称之为魔幻现实主义。我认为，一个地区的小说发展状况和这地区整个民族文化的根基有关，如拉美小说就有古印第安文化的影响。另一方面，这些作家也同样受欧洲传统文化的影响，如拉美一些重要作家差不多都在欧洲长期生活过。正是这些因素形成了拉美小说独特的风格。但我认为，不管什么形式的小说，它还是写人的；就是一些新潮小说也是曲折地反映了人的生活。传统的写法当然是一个重要的手法，但也要有勇气用新的手法来表现。

问：现在小说的发展有没有这种趋向：结构比较散，拉拉杂杂地写？

答：这类小说现在比较多，这也是现代生活所决定的。现代生活的层次非常复杂，在某种程度上也非常“散”，这是大趋势，艺术作品是生活的反映，这是避免不了的。我提出描写城乡交叉地带也是出于这样的现实：过去农村就是农村，和城市很少交往，农民只有卖烟叶、称盐、买布才去集上，一生中偶尔参加几次婚礼、葬礼就像国家元首出访那么隆重，而现在不同了，农村与城市互相渗透的现象非常广泛，所以现在你写农村，不了解城市你写不好，相反的你写城市，不了解农村也写不好。同样深入生活也不能像过去蹲点那样在一个地方一蹲几年解剖麻雀，认为解剖了一个小麻雀整个中国这大麻雀也认识了，而现在就不容易了，如实行生产责任制，各地的形式就不一样，你写山区生产责任制就不能说它是全国的典型，平原有平原的做法。城市也同样。所以说小说的散的趋向和生活的散的趋向是一致的。

问：小说的对象到底是谁？现在小说的趋向写得越来越散，到底能否得到群众的欢迎？还有《创业史》在今天群众中的影响如何？

答：这个问题我也不清楚。好像现在小说读者的层次是很多的，对作品的选择也不一样（问：那你的作品到底为谁写呢？）一部作品不可能十亿人都喜欢。司汤达的《红与黑》在当时就挨骂，他预言：五十年后人们会喜欢他的小说，后来这预言实现了。作为一个艺术家不能仅仅迎合读者的趣味，他有责任提高读者的趣味。譬如电影，现在有的打斗影片把电影院都挤破了。但作为一个严肃的艺术家不应因此惶惑，哪怕我的影片现在观众少，相信通过时间、通过观众自己的反复对比，慢慢欣赏水平就提高了。书也这样，现在武侠小说看的人特别多，作为一个严肃的艺术家，不应该去迎合观众这类口味，他的责任是提高全社会的审美水平，而不是做读者和观众的尾巴。鲁迅是我们的榜样。

问：对人的本性研究该怎么认识呢？

答：我也说不大清楚。人性、人道主义是存在的，这否定不了。作品必须弥漫人性，人道主义，否则作品就是抽象的不是写人的了。这是没有什么可回避的，我的看法是这样的。

问：为什么有的事我经历了，但无动于衷，但有的作家却能把它写得很感人？

答：艺术家要具备这种素质：不论他是从事何种艺术形式的创作，必须始终对生活要饱含巨大的诗情的体会，当然小说的诗情是内在的。在生活中始终要饱含诗情的体会，否则是产生不了文学作品的。好的小说本身就洋溢着巨大的诗情，创作时不能仅仅是向读者叙述什么，这样的心理状态是不行的，你必须对描写对象抱着巨大的热情。

问：有的作品说不出什么故事、人物，但它深深地打动了你，像史铁生的《遥远的清平湾》，王蒙的《夜的眼》、《春之声》等等，这是为什么？

答：你说的史铁生、王蒙的作品我也熟悉，它没有情节甚至似乎也说不上来什么人物形象，但它深深打动了读者，为什么？就是因为作者对生活饱含了巨大的诗情。不能说没有人物形象，作品里徘徊着一个巨大的人物形象——作家本人。你感受到的一切就是作家真诚的感情，这类作品的主人公就是作家自己。《遥远的清平湾》的主人公就是作者本人，他对那儿的土地、人民有着深沉的爱，这样自然打动了读者。王蒙的作品也是这样，作者本人在那里呐喊。还有安徒生的童话，他写的不是我们的现实生活，为什么不但打动了小读者，又打动了千千万万的成年人？那是因为作者那颗伟大、善良的心在作品里搏动着。全部安徒生童话就是安徒生的形象，那些鱼呀、狗呀，都带了安徒生的感情。

问：能不能结合《人生》讲讲细节的运用？

答：没有细节的作品是个空架子，在写作和结构作品的过程中，主要的是深化细节，大的情节有时较容易组织，关键是细节。生活中的细节必须按照作品的要求来进行改造，要能表现主题表现人物。我如果能掌握两三个细节就觉得很有可能结构成作品。处理细节一定要慎重，一定要把它挖完。如高加林的卫生革命就是个细节，我用它就要考虑：在这个现场，谁应该来还没有来？我就开始搜索作品中的人物，首先巧玲可能来。还有这个细节在刘立本、高加林家里引起的反应？就是说抓住了一个闪现出来的细节就要在作品的具体环境中，不断地丰富它，要把它用尽用干，像炼猪油似的最后只剩下了渣滓了。写到这些细节你不要着急，你要充分运用它，不要草率。细节要形成冲突，它本身就是一幕戏，刘巧珍刷牙的细节，就是要表现她所处的环境——这是我的目的。细节折射出来的东西不仅是细节本身，而且要蕴含更深远的含义，通过它表现这村子环境的落后，使读者可以想象：这两个青年人生活在这里是多么不容易！再一个是表现刘立本的思想，而这又不仅仅是刘立本的思想，而是整个农村落后习俗的表现。细节往往是整出剧的一幕戏。

一九八四年六月七日

＊原载《陕西文学界》1985 年第 3 期。

答《延河》编辑部问

问：你在自己的作品中创造过许多艺术形象，你能向读者真实地描述一下你自己吗？

答：自己很难描述自己。其实，我在我的作品中已经自觉和不自觉地袒露过自己。从一切方面说，我是一个极其普通的人。和大多数人一样对生活抱有最实际的想法，并且根据自己的条件发挥自己的长处，争取获得某种成功——对我来说，这往往得通过一连串的失败才能达到。从来都轻视机遇，而把一切希望建立在自己切实的努力之上。只有诚实地劳动，才可能收获，这是我的生活信条。当然，在生活历程中，也还和常人一样犯各种错误。

我的最大爱好是一个人苦思冥想。思考的问题和事物广泛而庞杂。当然不都是文学问题。内心越是活跃和激烈，外表却越是平板和慵懒。相反，外表活跃的时候，内心却正处于一种相对松弛的状态。思考激烈的时候，路遇熟人，往往忘了礼貌性地打一声招呼，为此总给别人得出骄傲的印象。加之眼睛近视，平时又不爱戴眼镜，经常遭朋友们抱怨，说在街上和他们擦身而过竟然视而不见。有时候为避免失礼，行进中如觉有人迎面走来，不管是否熟人，脸上慌忙先做出笑容可掬状。我喜欢生活和艺术中一切宏大的东西，如史诗性著作、交响乐、主题深邃的油画、大型雕塑、粗犷的大自然景象、未加修葺的古代建筑和观看场面狂热的足球比赛等。生活习惯随便，几乎到了一种散漫的程度。吸烟无节制，已经到了一种不可收拾的地步。晚上读书常引起失眠症，但治疗失眠症还靠读书，一直读到书从手中自动失落为止。

还是开头那句话，自己很难描述自己，正如摄影师给别人照相时，很少顾及自己的形象。自己的形象最好由别人来描画。

问：你是怎样走上文学创作道路的？在此以前，你都做了哪些准备工作？

答：我一九六六年初中毕业，正赶上“文化大革命”，丧失了继续学习的机会。以后的岁月是在动乱之中度过的。在这些年月里，学习理工科是没有条件的。但文学书籍还总能找到一些，于是捉住就读，这样便产生了爱好。要在一种事业中取得某些进展，首先得爱好这种事业，这可能是一个起码的要求。但这还不够，要搞出点名堂，需要扎扎实实地去努力。首先应该明了，在自己所从事的这一项事业中，前人已经达到了怎样的高度。这就要求大量地阅读古今中外的文学著作和其他方面的典籍。读文学作品，在文学史的指导下阅读是一个好的方法。因为你不可能把前人所写的书都读完，实际上也没有必要。根据文学史所提供的线索，你就会读到中外历代一些最著名的经典著作。这些著作的总和代表了整个人类历史文化的面貌和水平。有了这个了解，你就再不会犯狂妄的毛病。对于初学写作的人来说，最容易犯这个病，而这个病往往会断送你在文学事业上的前程。当然，读这些经典著作，不仅仅是治狂妄病，最主要的是它给我们带来无穷无尽的营养。任何时代有成就的作家都得首先吸取前人的乳汁，才能使自己成熟并把自己的乳汁再留给后人。另外，应积极地投身于火热的社会生活中去，寻找困难，主动体验生活中一切酸甜苦辣的感情。丰富的生活经历和阅历，丰富的生活体验和感情体验，这是搞创作的基本财富积累。没有这个积累是绝对不行的。不要让生活来找你，而自己应该投身于生活，并主动去寻找那些丰富的、严峻的、能给人以磨炼的生活去实践，去体验。当然，心理状态应该是这种生活的一个自然的成员，而不是仅仅抱着写作的目的才去生活的。有些青年人常常抱怨自己没有所谓“曲折的”生活经历。实际上生活要靠自己去寻找，去创造。

读书、生活，对于要从事文学事业的人来说，这是两种最基本的准备。这就是我对以上这个问题的回答。

问：当你发表第一篇作品，或创作取得初步成功之后，想得最多的是什么？

答：想得最多的是：最困难的工作将在下面。

问：你在创作上遇到没遇到困难或挫折？遇到困难或挫折时，你是怎样坚持下去，并终于取得了突破的？

答：困难或挫折是经常性的。这种困难在很大程度上是自己为自己专意设置的。追求的目标越高，困难和挫折的系数就会越大。但是没有追求，就不可能产生像样的作品。为了“顺利”而回避困难，实际上等于自己欺骗自己。文学本身就是一种困难的事业。一切都是在不断克服各种各样的困难和挫折中进行的。因此，具备顽强的毅力对作家来说是一个先决条件。有时候，一个作品到了关键的时候，需要更大的力量才能搞好，而这时候往往是作家最感吃力的时候。这是一个严峻的考验，好比登山到了最后几十米，每一步付出的代价比当初不知要大多少倍。没有比这更惊心动魄的了。这时候一般的坚强还不够，需要一种特殊的坚强，那就是，只要腿还能迈动，就继续迈动；即使倒下来，也应该往前爬；即使爬不动了，失败了，意识和灵魂也应该继续攀登——这是为了下一次攀登而应保持的一种精神状态。要知道，一次壮丽的失败就可能产生一次辉煌的胜利。最为悲哀的是永远倒在一个失败的终点上——要认识到，这绝不是终点，完全可能是通向目标的一个连接点。要在困难和挫折中突破，首先要战胜自己。

问：你是一位有追求的作家，请谈谈在这个问题上的理性思考。

答：所有的作家都在追求。所谓追求，就是不满足自己已有的东西，力图在生活和艺术中有新的发现。但关键的问题是追求什么。关于这一点，不同的作家有不同的理解。我不喜欢利用生活中的一些偶然的事件而制造故作惊人的作品；我喜欢在人们的日常生活中发现实际上是真正惊人的东西。有些巨大的东西往往在日常细碎之中。河流越是宽阔，表面上越是看不见波浪。你在生活中发现的新现象、新因素、新品质，这是生活本身的发展和创造所带来的，并不是你自己创造的，因而这种新的发现才能够引起最广大读者的共鸣。你在艺术上的新发现和新创造也正是这种生活的一种自然的要求,而不是一种主观主义的别出心裁。相反,刻意去追求一种时髦的、商业性的、刺激性的，甚至举办一个生活的怪胎展览会，而标榜自己有新追求，历史将证明这种“前进”充其量不过是脸朝前而两条腿实际上倒退着走罢了。

问：请以你的作品为例，谈谈你是怎样从生活中获取题材的。

答：我曾经一再说过，我最为重视自己在生活中的体验，而不重视那些道听途说的生活故事。自己对所表现的生活缺乏一种深切的体验，故事再生动，也不可能写生动。文学作品光靠曲折甚至离奇的故事，可能有某种吸引力，但很难打动人心。真正的艺术作品的魅力，正在于作家用生活的真情实感去打动读者的心。因此，生活首先要打动作家的心，作家才有可能用自己所描写的生活去打动读者的心。我常常选择我自己体验最深的生活题材来表现,比如《在困难的日子里》、《人生》等作品。如果我没有困难时期在学校的那段生活体验，我就不可能进行《在困难的日子里》的创作。如果我没有从农村到城市这样的生活经历和这个经历过程中的各种体验，我也就不可能写出《人生》。实际上，作为故事来说，我听过无数比这两个作品更为有趣的故事，但这些故事中的生活我没有深切的体验，因此这些故事再绝妙我也不可能写好。当然，不是自己所有的生活体验都可以作为写作题材的。应该把自己的生活体验，放在时代的、社会的大背景和大环境中加以思考和检验，看其是否具有时代意义和社会意义。不能将自己的思想情绪误认为时代的思想情绪。一定要从自己的生活体验中寻找到广阔而深刻的社会生活的内涵。总之，还是那句老话：写自己熟悉的生活。但仅此还不够，应该把自己熟悉的生活上升到时代和社会的高度去认识。

问：能否向读者介绍一下你的创作习惯？

答：每一篇作品的产生都极其艰难。在很多情况下，作品不是靠才能而是靠苦熬来完成的。在动笔之前是漫长的构思过程。在这一过程中，有意放纵思绪，使其达到恣意泛滥的程度。不急于形成一种写作的格局。即使形成了一种较为完整的格局，也很快又被打烂，试图寻找更好的选择。经过许多次的反复，知道自己在这一题材领域中再没潜力可挖的时候，才开始动笔。极重视动笔前的准备，但不拟定详细的提纲，只记下一个大的情节发展脉络和要点。我的体验是，作品中最重要的东西首先要变成自己血肉般的一部分。头脑里记不住的，即使记在纸上也不起作用。

写作时喜欢一鼓作气，从始至终保持同样的激情。最怕写作过程中情绪被意外的干扰打断。什么地方被打断了，什么地方就常常留下一块疤痕，即使后来精心修补，也很难再是本来的面目。为了保持生活的逼真感，常选择和作品很相似的环境中写作，这样可以随时将作品的细节带到环境中去印证，需要的时候可以立即到生活中去补充。比如写《人生》时，我住在陕北一个小县城的招待所，出城就是农村。有一天晚上，写德顺爷带着加林和巧珍去县城拉粪，为了逼真地表现这个情节，我当晚一个人来到城郊的公路上走了很长时间，完了回到桌面上，很快把刚才的印象融到了作品之中，这比想象得来的印象更新鲜，当然也更可靠。

工作时间一般在中午到凌晨两点为最佳。上午睡觉，没有午休习惯，吃完午饭后用一个小时看报纸。写作时不愿读书，但每天必须详细读过《人民日报》、《光明日报》、《陕西日报》和《参考消息》四种报纸。读报是一种长期的习惯，有时所处地方偏僻，读不到报纸，但必须想办法读到。自我感觉读报是一种最好的休息和调节。因为整天在虚构的世界里，极想看看当天真实的世界里发生了些什么事。奇妙的是，这种时候，读报往往给当天的写作带来许多新的启发，并且对作品构思的某些方面给予匡正。

工作环境和桌面在外人看来是零乱的，但对我来说却是“整齐”的。因为一切从自己工作方便出发，使得一坐下来就能立刻进行工作。

要求自己写作时的心理状态，就像教徒去朝拜宗教圣地一样，为了虔诚地信仰而刻意受苦受罪。工作中由于艰难而难以忍受之时，闭目遥想那些衣衫褴褛，蓬头垢面而艰辛地跋涉在朝圣旅途上的宗教徒，便获得了一种力量。但我是一个绝对的无神论者。我只是说，为了达到目标这样一个信念，就得有一种与此相符的工作精神。也有垮下来的时候，这会造成一种长时间的痛悔而使自己追念莫及。

问：对批评家的意见重视或感兴趣吗？受过些什么启发和影响？

答：很重视。深刻的批评家和文艺理论家常常使作家看到自己的长处和短处。有些批评家的文章看了会使人立刻产生一种创作的欲望。对国内文学批评的现状来说，使人感到不满足的是，有些批评的立足点较低，并且视野也嫌狭窄。

问：谈谈你的阅读范围。

答：范围比较广泛。除过文学外，各种门类的书都读一些。对俄罗斯古典作品和苏联文学有一种特殊的爱好。杂志中除过文学作品外，喜欢读《世界知识》、《环球》、《世界博览》、《飞碟探索》、《新华文摘》、《读者文摘》和《青年文摘》等。

问：在中国或世界名著中，你最喜欢谁的作品？

答：喜欢中国的《红楼梦》、鲁迅的全部著作和柳青的《创业史》。国外比较喜欢列夫·托尔斯泰、巴尔扎克、肖洛霍夫、司汤达、莎士比亚、恰科夫斯基和艾特玛托夫的全部作品；泰戈尔的《戈拉》、夏洛蒂的《简·爱》、马尔克斯的《百年孤独》等。这些人大都是生活的百科全书式的作家。他们每一个人就是一个巨大的海洋。

问：你当前最关心的、思考得最多的是什么？

答：自己的工作如何和我们的社会改革相适应。在短短的几年里，我们的国家发生了巨大的变化。这个变化是广阔的，深刻的，迅猛的，使人大有目不暇接之感。生活提出了许多新的课题，需要作家来研究。文学如何反映这个大改革，已经迫切地需要作家们做出回答。有些目光敏锐的作家已经写出了反映这方面生活的作品。有的作家正在对生活深入研究，艰苦地做着一些准备工作。

问：社会上有人传说你要写《人生》的续集，你是否有这个打算？

答：我没有这个打算。《人生》小说发表后，许多读者就写信建议我写续集。有的人并且自己写了寄给我看。《人生》电影公映后，更多的人向我提出了这种要求，而且许多人正在自己写续集。我也看到了报纸上报道“万元户”要续写《人生》的报道。对我来说，《人生》现在就是完整的。

对于《人生》这部作品，我欢迎批评界和读者、观众继续争论。但我希望争论以外的其他宣传能够消失。这种宣传已经使我苦不堪言。我希望自己能平静地工作。

问：你对办好《延河》有什么意见、建议和要求？

答：《延河》曾经是一家在全国很有影响的刊物，发表过许多优秀作家的优秀作品。它还扶植和培养了许多作家。我自己就是通过这个刊物走上文学之路的，因此我对这个杂志充满了尊敬的感情。

近几年来，文学杂志如林，《延河》仍然做了大量有创见的工作，成绩很大。当然，也还存在一些不足。我觉得主要是版面反映的题材比较窄，影响了读者面。另外，对于本省创作力量的发掘，以及发挥自己的长处和特点不够。在全国各行各业都在进行改革的形势下，《延河》本身应适应这个形势，在工作方法和版面内容上有个大的改进。

一九八四年十二月于西安

关于电影《人生》的改编

总的说，从我的角度讲，那就是尽可能地把小说中最主要的东西表现出来。说细点，大概是这么几点：第一，小说的题旨应较完整地给予揭示。这就是通过高加林等人悲剧性的命运，促使观众对社会及人生作出多方面的深刻审视；并通过这个不幸的故事使人们正视而且能积极地改变我们生活中许多不合理的现象。第二，力图将小说涉及到的生活通过视觉也能使人感到真实可信。高加林、刘巧珍、黄亚萍等都是好人，但性格中都不同程度潜含着悲剧性和庸俗性的因素。

人物性格的复杂性，反映了生活的真实；而真实是一切艺术的基础。《人生》所表现的是一群普通人的命运，他们的遭遇，不完全是他们自己所能决定的。高加林也不是想走一个大圈子最后再夹个行李卷又回到出发点的。他无法突破各种社会矛盾对个人的制约。第三，一般认为农村题材的电影只要有所谓的生活气息就行了。我不想停留在这一点。我觉得，这部片子要表现的不仅是陕北的人情、民俗和大自然的风貌，还应揭示出蕴蓄于其间的社会的、历史的、审美的甚至哲学的内涵。这是更深一步的东西，有了这些，不仅不识字的人看得懂或受到感染，文化程度较高的人也能由此展开更深层次的思索。这就要在银幕后面留出更大的空间；不仅完成一个故事、完成特定情景中的情节，还要在情节与情节、场景与场景、人物与人物、对话与对话以及画面与画面之间留下“空白”，让观众想象、补充和思考。第四，力求通过银幕搞出一种气势。在用摄影机的角度描写生活描写大自然的时候，努力追求一种雄浑、博大和深沉的风格。第五，不能孤立地表现生活表层的民情风俗以及和主题无关的民情风俗，这不是艺术所追求的，也不是艺术。所以，电影《人生》不仅要有“土味”，也要有“洋味”，使“外族”人也能毫无障碍地接受和投入。无论怎样，只有把自己熟悉的本民族的东西真实地、艺术地、丰富多彩地表现出来，作品所流露的一切才可能使世界上更多的人理解和感受。

创作漫谈

我去访问路遥，准备采写一篇关于路遥的报告文学。听说路遥很忙，去的时候，只想着让我的访问少占用他的时间，却没想到他会拒绝。

路遥：没有必要这么做。对作家来说，主要是给读者提供作品，作家的一切都在他的作品中，写报告文学没有必要。

老戈：如果不涉及你的生活，可以谈谈你的创作和作品吗？

路遥：可以。怎么谈呢？

老戈：能不能提这样一个问题：你以为谁是中国当代最伟大的作家？

路遥：（笑）这不好回答。你是说建国以后吗？就我自己来说？我比较喜欢柳青的作品。

老戈：你在小说《人生》的开头就引用了柳青《创业史》中的一段话。你能否谈谈你对这位作家的基本评价？

路遥：柳青的作品以《创业史》为代表，是我国文学发展中的一个重大收获。可以说，柳青在我国小说的革新方面作了比较早的、开创性的工作，打破了中国小说比较落后的、传统的表现手法，大量引进了外国以及古典和现代小说中比较先进的小说观念。

老戈：小说观念？

路遥：对，柳青的主要贡献就在于对传统的小说观念的改革。这主要是通过他的作品实现的。他把人放在最重要的位置上，不像过去的小说只写一个故事。小说的一切手段都是为了人物，这是柳青最重要的一个成就。

老戈：能具体一点吗？

路遥：比如心理描写，在他的小说中很突出。这在中国过去的小说中比较少。但他写的是纯粹的中国和中国人的生活；他并没有因为小说观念的改革而使小说中的生活和人物成为一种不伦不类的东西。他写人，而不是故事，他的魅力都是因为他的人物而不是故事或其他东西。不能小看这一点。我以为在他之前很少有人有意识地做这一方面的工作。我们应考虑到中国小说的传统并不像欧洲、俄罗斯那样深厚，《红楼梦》之前的小说并不能满足现代小说艺术的要求。当然，中国的现代小说是从鲁迅开始的，许多作家做了大量工作，为后来者奠定了基础。

老戈：评论界对《创业史》似乎有一些争论。

路遥：对《创业史》内容上的争论是另一个范畴的问题。作家对生活认识的局限性往往也是时代的局限性，不能仅因为这一点来评判一部小说的成败。中外文学史上最有影响的巨著并不全都是因为作家的政治观点在当时是最先进的。当然，对当代作家可以这样要求；但要求的范围应该更广，要求作家对生活总体认识的准确性。建国以来，不同时期都出现过成功的作品，也大都反映了那个时代，但不一定每个时期的作品都代表了当时的生活对艺术的最高要求。很多时期的作品是相当不能让人满意的。粉碎“四人帮”后，出现了许多作家和作品，总体上说，其创作的总和表现了一个了不起的成就；但我认为能代表一个时代的作家，当前还没有。

老戈：看来，你承认柳青对你的影响了？

路遥：影响是多方面的。《创业史》我看过七遍。我以为有些章节对小说创作来说，具有典范的意义。比如第二部中梁大老汉要去兰州，在房间和他儿子生禄有一段对话，你感到你能从窗子外边看见他们。就这样逼真。

老戈：关于继承和创新的问题有许多争论，你对这个问题能谈点看法吗？

路遥：任何时代的作家只能在前人创造的基础上发展。继承过去的优秀作家的成功经验是必要的，也是必然的。但是，任何时代的作家都不可能停留在前人的成果上面。从某种意义上说，每一代作家的使命就是战胜前人，不管能否达到这一点。否则，就没有文学的发展。战胜前人并不是狂妄，而是生活和时代的发展给自己的作家提出的要求。所以，要继承，又要创新，既不能狂妄到虚无主义，又不能跟在前人后边匍匐，尤其对当代作家来说更应是这样。实际上，要求当代作家全面了解前人在艺术上创造的一切，没这个了解，也就谈不到创造。

老戈：和一些作家相比，你发表的作品不算多，但在读者中的影响很大，可以说，你是一位比较严谨的作家。你是否有许多作品没有发表出来？是发不出来，还是你不愿意发表？

路遥：我写得很慢，哪怕小作品，都写很长时间。主要是构思时间长。我写一个作品的时候，纵横考虑较多，甚至考虑的东西不属于作品要表现的范畴，作品用不上。我总想让作品的容量大一点。这样就必须有长期、艰苦的深思熟虑。就是经过这样的折腾，作品也不一定令人满意。有些作品思考不成熟就不写；写出来不满意就不发表。

老戈：《惊心动魄的一幕》是你获奖的第一部作品吗？你认为《惊心动魄的一幕》中什么东西是最不应该忽视的？

路遥：这个作品比较粗糙，是我的第一个中篇，艺术准备不充分，很大程度上是靠对生活的熟悉和激情来完成的，因此，许多地方留有斧凿的痕迹。但有一点追求很明显，就是要在同类题材的作品中提供一个和别人不同的作品。当时描写“文化大革命”的作品，许多都是表现个人恩恩怨怨的东西。我在《惊心动魄的一幕》中并不想局限在这一点上，而是力图从历史和时代的角度来看待作品所表现的那一段生活。所以，在五万字的篇幅中，我想尽可能概括更多的东西。尽管由于艺术准备不足以及创作环境等方面的原因，作品没有达到我设想的目标，但是我作了努力的，这种努力，读者在作品中是可以看到的。“文化大革命”的灾难不仅仅是个人的，而是整个时代的悲剧，我的主人公也是受害者，但他对那场“革命”也看不清楚。自己受害，同时又害别人，这不是教训么？

老戈：你看评论文章吗？报刊上发表了不少对你的评论，你认为哪几篇文章或者哪些观点对你作品的理解比较切合你的创作意图？哪些观点对你有所启发？

路遥：凡涉及到我的评论文章，能看见的我都看。总体上说，都对我有启发。王愚的《路遥论》对我启发很大。许多评论是评我某一个作品的，王愚是从总体上评论的。另外，我感到上海的蔡翔对《人生》的评论比较有深度。那篇文章发表在《上海文学》上。

老戈：评论界认为《人生》是你已发表的作品中最成功的作品。你能否谈谈你创作《人生》的动机？

路遥：概括起来有两点：一是给社会提出问题。高加林的命运实际是一代青年的命运，应该引起社会的关注，应该了解、理解这样一些青年的想法和生活状况以及他们的处境等等。我们的社会和未来要指靠他们，所以，青年问题应该始终是社会最关注的一个问题。第二，是向青年人自身提出问题，在我们目前的社会条件下，怎样使自己正确地对待生活，对待人生。社会有责任关心他们，但人生的道路主要靠青年自己去开拓，因此，要充分认识到自己对这个社会所承担的责任，使自己成为时代所要求的优秀青年。其所以提出以上两方面的问题，主要是基于以下两方面的原因：一方面是社会上有不正之风，加上长期以来极左思潮的束缚，没有能很好地给青年提供发展的条件，有许多不合理的东西阻碍着青年的发展；另一方面，有一些青年还没有认识到自己对社会和时代所承担的责任，在许多方面表现得不成熟。这就是我创作《人生》的动机，一句话，提出问题，引起重视。

老戈：在塑造高加林这个人物时，你对他怀有什么样的感情？你喜欢他吗？

路遥：可以说，作家对他表现的任何人物都是“喜欢”的，包括反面人物。这主要是从美学意义上说的。对高加林这个人物，我是带着一种兄长般的感情来写他的。他是一个成长中的青年，在他的身上不可避免地存在着许多不成熟和弱点。我不仅指出他的不幸的遭遇，同时也指出他自身的缺陷。我感到这样的青年人通过那样一种生活经历以后，他能克服自身的弱点，能成为时代和社会所要求的优秀青年。作品中的高加林还没达到这一点，但我相信他会达到的。我们不能因为一个青年身上有弱点，就把他说成不可救药的坏人。实际上，每个人在自己的青年时期都不可避免地要走一些曲曲折折的道路，包括许多伟大的人物。这种认识可能妨碍了我在作品中对高加林身上所存在的缺陷和不成熟的直接批判的力量。但我认为，对一个形象的批判或赞美，不能仅仅满足于赤裸裸的表达，而要通过作品的整体构思来实现。

老戈：刘巧珍身上有我国妇女的许多传统美德，能看得出你对她怀有强烈的感情。你认为这些传统美德以及同情在现代有什么意义？

路遥：这是不言而喻的。生活和时代在发展，但我们不能割断历史。实际上，许多传统美德在任何时候都需要。像刘巧珍身上所表现出来的真诚、善良、为别人作出牺牲等精神，是永远需要的。如果没有这些东西，人类也不可能延续到现在。毫无疑问，未来就是先进到每一个人都能驾驭火箭，但火箭上的人不再是人而是狐狸或狼，那么这种先进还有什么意义呢？当然，刘巧珍身上有自己的局限性，这种局限性往往也是时代的局限性，不能因为这些局限而把她身上美好的东西也唾弃。

老戈：你在黄亚萍这个人物身上想体现一种什么东西？你觉得这对整个《人生》有什么特殊意义？

路遥：从主观上来说，我并没把黄亚萍这个人物当坏人看待。她身上也有许多优点，这是很突出、很明显的。但另一方面，和高加林、刘巧珍一样，她也有局限和缺陷。这个人物对《人生》没有什么特殊意义。她是生活中的一个角色。生活的戏剧中有各种各样的角色，所以，就有黄亚萍。

老戈：有一种时髦的观点认为，最激动人心的作品往往带有作家自传的性质。你同意这种观点吗？《人生》是否带有这种性质？

路遥：我同意这种说法，但不是说作家的作品就等于自己的报告文学，正像人们通常所说的，对经历要作艺术的概括。有一点是很明显的：作家对于他所描写的生活越有切身的感受，才有可能写得逼真。我对道听途说的故事从来不感兴趣，哪怕这个故事多曲折，多离奇、多有趣。我的作品都是表现我自己体验和感受最深的生活的。如果我没有经历过1961年经济困难时期的学校生活，就不可能写出《在困难的日子里》；如果我没有从农村到城市这种生活经历，也就不可能写出《人生》。我听到过比这两个作品更生动、更奇妙的故事，但我没写它们。作品所描写的生活首先要打动作家本人，作家才有可能用这种生活打动读者。所以，作家应该写自己体验最深的生活，这实际也是最难的。故事可以去编，但生活的真情实感是不能编的，要靠自己的整个心灵来表达。

老戈：如果说你的两个纪事中篇是力图从广度上把握和再现两个不同时期的历史真实的话，《人生》是否在追求一种深度？

路遥：也可以这样说吧。我主要是通过揭示作品中人与人的关系来实现的。

老戈：有人说你的作品，特别是《人生》的成功之处在于把一种陈旧的内容用陈旧的表现手法纳入一种具体的背景中，显示悲剧的力量。你同意这种说法吗？

路遥：对作家来说，没有什么陈旧的生活。历史往往表现出这样一种现象：尽管时代不同了，但生活中的某些悲剧或喜剧却表现出惊人的相似，尽管表现形式不同。至于艺术手法，这是作品内容的一种要求；离开作品的内容而谈论艺术手法的新与旧是没有意义的。最后，我写《人生》的时候，根本没考虑什么悲剧不悲剧。我表现的是生活，生活是什么样就是什么样。

老戈：听说你在一篇文章中提到了"立体交叉文学"的问题，你能概括地说说吗？

路遥：我最早的说法是"城乡交叉地带的文学"，是我在1982年提出的。我的意思是，过去一直分什么工业、农业等题材，把文学按行业来分，实际是作家自己束缚自己，这在当代中国文学创作中的教训是深刻的。实际上，现代生活表现为复杂交错和相互渗透的。"城乡交叉地带的文学"这一概念不是我的发明，而是当代实际生活对作家的要求。在今天，不仅是那些企图描写"全景性"生活的作家需要广阔地了解社会各个方面的生活，即使是着重描写一个特定生活领域的作家，也应该广泛了解其他领域。比如要写当代中国农村的生活，不了解城市生活，就可能给作品带来许多局限性。反过来也一样。

老戈：在当代青年作家中，你是有自己的独特风格的作家，能看出你有自己的美学追求。你认为你的独特性主要表现在什么地方呢？你对你追求的那个领域的信心如何？

路遥：每个作家都有自己的美学追求。我的最大追求就是在作品中表现我的真诚。作家只有是真诚的，才能真实地表现生活。当然，生活中的东西不一定都是美的，但从美学意义上说，只有真的才有可能是美的。艺术作品的成败不仅仅依赖于作家如何运用技巧，更重要的是作家的真情实感。所谓的艺术魅力，主要是由作家的真情实感带来的。美妙的艺术技巧加上作家虚假的感情所形成的作品，有可能得到某些评论家的欣赏，但绝欺骗不了读者；作品中任何虚假的声音，读者都能听得出来。

老戈：你在创作上有什么新的计划吗？

路遥：这两年没写什么东西，主要是读书，同时在结构一部规模较大的作品。作品正在酝酿过程中，许多方面都不成熟，还是不说为好（笑）。

*老戈一九八五年元月采访路遥笔录，原载山东省文联《文学评论家》1985 年第 2 期。

《路遥小说选》自序

承蒙青海人民出版社的关怀，我将自己迄今为止的小说作品挑拣出一部分，编成了这本选集。通过这本书，读者大约可以看出我十来年在学习写作的道路上弯弯曲曲的爬蜒痕迹。这些作品都没什么改动，保持着初发表时的面目。之所以这样，并非这些作品没有可修改之处，而是我常常没有能力这样做。我感到，如果在总体上不能复原当初创作时的那种心理状态，即使后来想弥补作品的某些缺憾，也往往等于疤上补疤，因此也就放弃了这种应该而且必需的努力。

我于一九四九年十二月二日生于陕北山区一个贫困的农民家庭。在农村长大并读完小学，以后到县城读完高小和初中。青少年期间的大部分时光是在农村和县城度过的。十七岁之前没有出过县境。中学毕业后返乡劳动，并教过农村小学，在县城做过各式各样的临时性工作。一九七三年进入延安大学中文系读书。一九七六年大学毕业后来到省城的文学团体工作。一九八二年成为专业作家。我的生活经历中最重要的一段就是从农村到城市的这样一个漫长而复杂的过程。这个过程的种种情态与感受，在我的身上和心上都留下了深深的印记，因此也明显地影响了我的创作活动。

我的作品的题材范围，大都是我称之为“城乡交叉地带”的生活。这是一个充满矛盾的、五光十色的世界。无疑，起初我在表现这个领域的生活时，并没有充分理性地认识到它在我们整个社会生活中所具有的深刻而巨大的意义，而只是像通常所说的，写自己最熟悉的生活。这无疑影响了一些作品的深度。后来只是由于在同一块土地上的反复耕耘，才逐渐对这块生活的土壤有了一些较深层次的理解。

我在几年前的一篇文章中说过：“由于现代生产力的发展，又由于社会经历了持久广泛的大动荡，城市与城市，农村与农村，地区与地区，行业与行业，尤其是城市与农村之间相互交往日渐广泛，加之全社会文化水平的提高，尤其是农村的初级教育的普及以及由于大量初、高中毕业生插队或返乡加入农民的行列，使得城乡之间在各个方面相互渗透的现象非常普遍。这样，随着城市和农村本身的变化和发展，城市生活对农村生活的冲击，农村生活对城市生活的影响，农村生活城市化的追求倾向，现代生活方式和古老生活方式的冲突，文明与落后，新的思想意识和传统观念的冲突等等，构成了当代生活的一些极其重要的内容。这一切矛盾在我们社会的政治、经济、文化、思想意识、道德观念等方面都表现出来，是那么突出和复杂，可以说是立体交叉桥上的立体交叉桥。”

无疑，我国当代现实生活迅猛而巨大的发展，使得以上所说的一切都变得越来越突出，越来越复杂。骤烈的社会改革，已经使中国的农村和城市再不是各自封闭的天地了。它们还将会在更大的程度上交叉在一起。而且在未来的某个时候，它们的界限甚至会变得模糊不清。试想，假如黄河和长江交汇在一起奔流，那会是一种什么样的景象呢？这会是一条新的江河。这时既有黄河，也有长江，但这无疑会是一条既非黄河也非长江的新的更加宽阔而汹涌的江河。我们所面临或将要面临的生活的总面貌也许就是这个样子。

面对着澎湃的生活的激流，我常常像一个无知而好奇的孩子。我曾怀着胆怯的心情，在它回旋的浅水湾里拍溅起几朵水花，而还未敢涉足于它那奔腾的波山浪谷之中……什么时候我才能真正到中水线上去搏击一番呢？

*《路遥小说选》由青海人民出版社1985年出版。

冷静中的燃烧

——读《远去的凉风垭》

作者锐利的感受如同飞箭一般穿透了这一片孤寂。甚至还穿透了孤寂之后的热烈。在那远去的凉风垭的背景上，一个我们很少见过的男人正走近前来。他死了。我们还会想起他的，尤其是当我们感到自身舒适和优雅的时候。真的，如果没有那位心灵丰富的女人，也许我们永远不会了解在那与世隔绝的地方生活着这样的朋友。幸亏她还是记者，也使他短促生命中的业绩没有和他一起被掩埋。

在这篇相当出色的作品中，作者以她惯有的秉性，在冷静中宣泄了火焰般的热情。我们感到了一种沉重的欢欣。

最后要问作者的是：这样的货色还能拿出多少？

＊原载《延河》1987年第3期。

《人生》法文版序

当这本书被张荣富先生译成法文出版的时候，我要借此机会向法国读者朋友致最亲切的敬意。我向来对法兰西辉煌的文化艺术抱有十分崇敬的感情。伟大的法国文学，无论是其古典作品，还是现代作品，都对我的文学活动产生过重大的影响。因此，当这本书译成你们优美的语言并被你们阅读时，我感到荣幸而愉快。

中国和法国是两个相距遥远而又在各个方面不尽相同的国家。但我认为，人类的心灵都是相通的。文学艺术正是沟通人类心灵的桥梁。但愿我的这本书能作为“桥”上的一颗小小的石子。

作为一个与本书主人公有类似经历的中国青年，这本书所描写的生活，都是我自己深切感受过的。

这部小说最初发表于一九八二年，曾在中国文学批评界和读者中引起巨大的争议。这种争议实际上到现在仍然没有结束。当然，这种争议是在中国特定的社会和文化背景上发生的。我无法想象你们会对这部作品产生什么看法。

这部书的故事发生在我国一个特殊的历史时期——“四人帮”刚刚覆灭，中国的改革还没有大规模展开的时候。那时，中国一个噩梦般的时代结束了，而新的生活还处于酝酿和探索之中，长期积累起来的各种矛盾在中国社会生活中已经处于最复杂最深刻的状态。悲剧的主人公就是中国这个时期的产儿——他们的悲剧当然有着明显的社会和时代的特征。

但这同时也是青春的悲剧。在我看来，只要是青年，不管他们生活在什么样的时代和什么样的国度。在他们最初选择生活道路的时候，往往不会一帆风顺。我自己就是从一条坎坷的生活道路上走过来的。因此我完全理解那些遭受痛苦与挫折而仍然顽强地追求生活的青年。我永远怀着巨大的同情心关注他们的命运，即使我为他们的某种过失而痛心的时候，也常常抱有一种兄长般的宽容态度。

这部小说发表并引起广泛的社会争议后，我曾收到几千封中国读者的来信，让我本人评价书中人物的是非曲直。实际上，许多问题连我自己也说不清楚。我要求自己竭力真实地描写生活，但是非最好还是让人们去评说！

一九八七年六月六日于西安

致苏联青年近卫军出版社

你们优秀的文学传统曾对我的生活和创作产生过重大影响，由此，我始终对你们的国家怀有一种特殊的感情。我的小说《人生》被你们译成俄文出版，我深感荣幸。借此机会，我谨向闻名于我国的青年近卫军出版社致以崇高的谢意。许多中国读者都知道，П.奥斯特洛夫斯基著名的小说《钢铁是怎样炼成的》，正是在这一出版社出版的。这本书对我们来说极其珍贵。你们可以想到，此时我的心情非常激动。

出自内心的真诚

我们常常谈论所谓艺术的魅力，也就是说，我们的作品凭什么来打动别人的心灵?

在我看来，要达到这样的目的，最重要的是作家对生活、对艺术、对读者要抱有真诚的态度。否则，任何花言巧语和花样翻新都是枉费心机。请相信，作品中任何虚假的声音，读者的耳朵都能听得见。无病的呻吟骗不来眼泪，只能换取讽刺的微笑；而用塑料花朵装扮贫乏的园地以显示自己的繁荣，这比一无所有更为糟糕。是的，艺术劳动，这项从事虚构的工作，其实最容不得虚情假意。我们赞美，我们诅咒，全然应出自我们内心的真诚。真诚！这就是说，我们永远不丧失一个普通人的感觉，这样我们所说出的一切，才能引起无数心灵的共鸣。

答中央广播电视大学问

事先，我必须先给大家声明，我在这里所说的，都是我自己在创作过程中的一些体会。这些体会不一定对大家都有用，因为各人的生活经历、创作经历、各方面的情况都不一样，每个人在创作中都有自己的体会和经验。我自己也在学习别人的体会和经验。

问：请你谈谈如何观察生活？

答：作家面对社会生活应该采取积极态度：一是去了解它，了解整个社会生活的复杂状况；再一个是体验。实际上一个作家深入生活的整个过程应该是了解、体验、思考，然后才能进入表现。我的认识是这样的，过去所谓深入生活是到一个地方去蹲点，我觉得这种蹲点式的生活方式，有它的好处。但鉴于我们国家目前社会生活比较复杂，各系统各行业互相广泛渗透这种现象，了解生活的方式也不应该是固定的，它应该是全面地去了解。譬如，你要了解农村生活，你搬到一个村子里去住，我觉得你这样了解到的情况不一定是典型的。这和五十年代有点不同。那时候，你到一个村子里，了解了互助合作的全过程，其他地方也大体是这样。现在搞农业生产责任制，山区和平原地区的就不一样。工厂和其他方面的生活也同样如此，一个工厂和另一个工厂的状况是不一样的。现在各个系统互相渗透也比较普遍。我曾写过一篇文章，讲的是社会生活交叉问题。我认为，现在你要写好农村，你也要了解城市生活；写城市，你要了解农村及更广泛的社会生活。我总觉得，我们反映工厂生活的作品，生活面向来都比较狭小。为什么产生这种状况呢？因为它大多都是写四堵墙里的生活，甚至是一个车间的很狭小范围的生活，这也反映了作家本身眼界的狭窄。好的工业题材的作品，如苏联五六十年代的作品，经济恢复时期的作品，为什么具有非常感人的力量，并引起社会各方面都去阅读，并给予好评呢？因为，这些作品既有工厂生活，也写其他方面的生活；把作品中的人物和社会各个方面都联系起来去表现，甚至在某种情况下，完全不表现工厂的生产过程。它是写工厂的，但是它的活动范围在全城，如《茹尔宾一家》和《叶尔绍夫兄弟》，这类反映工业题材的作品，它在很大程度上把人物放在整个社会生活中间，放在这个城市生活中间去表现，而社会生活也进入到工厂这个范围里去了。这样地了解生活，和仅仅了解四堵墙以内的生活是完全不同的，应把四堵墙以内的生活作为你所了解的生活的一部分，应当去广泛了解社会生活的各种现象。譬如，一个工人他决不仅仅是跟机器打交道，他有家庭成员、亲戚、朋友，他和社会生活各个方面都有联系——过去我们往往只了解这个工人本身，而不是通过这个工人去了解整个复杂的社会生活。如果有一天我们写工业题材的作品从四堵墙里拉出来，和整个社会生活联系起来，那么作品将会是另一个面貌。蒋子龙的作品为什么受欢迎呢？就因为它在某种程度上已经打破了这种界限，他通过工厂生活来写比较广阔的社会生活，给人一种气势磅礴的感觉。写其他题材的作品也同样应该如此。这是我要讲的第一点。另外，就是在广泛了解社会生活的基础上，作家应该体验它。所谓深入生活，不仅仅是记个故事——有的故事甚至稍加改造就可以成为一篇小说，我觉得这样地深入生活是没有出息的。作家必须要体验生活，而这种体验要引起自己心弦的震动，而不是站在一旁的观察、了解、采访、记故事，这样写出来的作品必然是干瘪的。我的想法是，所谓写最熟悉的生活、最熟悉的人物，也就是写自己最熟悉的体验。这种体验不是说你写小偷，就要去偷人，它是一种非常长远的积累。它也不是仅仅对生活外在形式的体验，而是情绪、感情的体验，一种最细微的心理上的体验，而这些东西是你作品里最重要的、也是最感人的地方。我自己写的几个作品，都是我自己精神上的长期的体验的结果，作品中的故事甚至在我动笔写前都还不完整，它是可以虚构的。但是你的感情、体验绝不可能虚构。它必须是你亲身体验、感觉过的，写起来才能真切，才能使你虚构的故事变成真实的故事。如果没有心理、感情上的真切体验，如果你和你所描写的对象很“隔”，那么真实的故事也写成了假的。所以我对深入生活的理解：第一点要广阔，第二点要体验，不仅仅是外在形态的体验，而更注重心理、情绪、感情上的体验。既要了解外部生活，又要把它和自己的感情、情绪的体验结合起来。我的《在困难的日子里》，写了一九六一年的饥饿状态，这必须要你自己体验过什么叫“饥饿”？你处于饥饿状态的时候，从地里刨出来一颗土豆是什么心情？如果你仅仅站在第三者立场上去写旁人在饥饿状态时从地里刨出土豆的心情是不行的。你必须要自己有这种亲身体验，或者是在困难的时候获得珍贵东西的心情把它移植过来才能写得真切，写得和别人不一样。我举这个小小的例子来说明：要注重你自己内心的体验。有些人把深入生活理解得非常狭隘，就是去了解、记录一些材料，而不注重自己的体验和感觉，这是不行的，实际上作家所表现的生活，从某种程度上来说，就是你自己体验过的生活。好多伟大作家的作品的主人公，从某种程度上来说，就是作家本人或他对生活的认识和体验，也就是这个道理。他们把自己的体验，灌输在自己所描写的主人公身上，这样就更深切，也更真切——这当然不是写自己的报告文学。从《一个地主的早晨》的主人公，到《复活》中的聂赫留朵夫，到列文，都有托尔斯泰自己的影子。当然，你自己的体验，不光是用到一个人身上，还可以把它分开，用到各种各样你所描写的对象身上。由于作品对我们有这样的要求，所以我认为，作家在生活中应该时刻处于一种警觉状态，某件事对别人来说可能很一般，很平常的，引不起什么精神上的反应、折射，但对一个搞写作的人来说，就应该引起警觉，自动地使自己的心理状态进入体验的过程，而每一次这样的积累都是非常宝贵的东西。时间长了，你对各种事物的体验，都积累得非常深厚了，这样，你就可能写出比较重要的作品。而不是说，你脑子里贮藏了一堆故事，就能写出重要作品。以上说的是我自己的体验，不一定对大家有用。

问：请你谈谈作家的历史感问题。

答：我觉得，我们现在有些作家，对我们国家、社会、民族的历史，包括好的，不好的，通畅的或者弯曲的历史，采取一种不太严肃的态度，这是不行的。当然，社会上各色人等可以有各种不同的看法。但作为一个作家，对我们国家、社会、民族的历史，包括好的，不好的，包括“文化大革命”的历史，采取一种严肃的态度，这是我们写作所需要的。我们应该了解它，分析它，就是对错误，也应该采取严肃的态度。社会上有的人，对我们国家、社会、民族历史中错误的东西，挖苦、讽刺、嘲笑，反过来对于好的东西也不屑一顾。我认为，这对作家来说，是一个非常严肃的课题：对错误，应采取认真、科学、严肃的态度，去分析它、研究它。一个作家对历史应采取“居高临下”的态度去认识它，分析它，研究它。我说这些的意思，是因为所有历史上的这一切，都影响到我们今天的现实生活，这是逃脱不了的。我认为，在注重现实生活的同时，应对我们国家的历史，尤其是现代史，有比较深的了解，因为我们每个人是某种历史的产物。作为一个作家，不能对什么东西喜欢，对什么东西不喜欢，对错误你也得“喜欢”它，因为你认识、了解了它，才能表现它。我们现在有些年轻作家，目光只投向未来，投向外国，而对自己国家的历史都不甚了解，这是不行的，你归根结底要写的是中国，就是意识流的写法，你要写的也是中国——中国人意识流动的状态可能和外国就不同。所以，我们必须重视历史，对历史和对现实生活一样，应持严肃态度。有的作品为什么比较浅，就因为它没能把所表现的生活内容放在一个长长的历史过程中去考虑，去体察。我们应追求作品要有巨大的回声，这回声应响彻过去、现在和未来，而这回声只有建立在对我国历史和现实生活广泛了解的基础上才能产生。

问：在一个作品的构思过程中，应该特别注意什么？

答：下面讲一讲我自己感觉到的构思过程中常常会产生的两个问题。一个是就事论事,抓住了一个问题,就在这小圈子里转来转去。我的意思，是你抓住了一个题材，哪怕是很小的题材，都应把它放在广阔的社会历史背景上去考虑，甚至这背景不光是中国的，而且是全世界的。就是说，你抓住了一个题材后，要尽量把它放在一个非常广阔的背景上去考虑它的意义。另外一个，放在整个文学史上去考虑,这是两个角度。当然我这要求是比较高的,我自己也做不到，但是，我们应该尽最大努力这样做。在写到一定程度的时候，为了使自己的作品有所突破，自己对自己应要求严格些。有些伟大作家的短篇小说，为什么在全世界传诵呢？就是因为它尽量概括了广阔的社会历史背景，具有普遍意义，而不是就事论事地在小圈子里打转转。我认为，好的作品应该是我们看来是好的，全世界看来也是好的，都能接受它，对全世界都有冲击力量。譬如，托尔斯泰的有些作品就是这样。当然，我们这样考虑了以后，最后也可能是个扯淡作品，但只要你是这样想过并努力过了，那么，扯淡就扯淡吧！我的意思是尽量使作品具有较大的意义，哪怕最后作品仍然是渺小的，也不要紧，要养成这样的构思习惯。

下面我再讲讲，在构思过程中要充分展开艺术虚构、艺术想象。有时候，有这种情况：你抓住一个题材，猛一看很不错，能很快写成一个作品，甚至编辑部也可能采用。但是，你不要忙，既然一开始就有这样的基础，你就不要忙着写了交给编辑部，你要尽最大可能把这个题材再扩展，再思考。你可以把你原先排列组合好的题材反复打乱，重新排列，重新组合，看它能不能变成另外一个东西。充分展开艺术虚构、艺术想象，多折腾几次，说不定你的作品会变得更好。我们要养成一种习惯：多折腾自己，不要让自己轻松地滑过去，尽管这是非常痛苦的经历。我写《人生》反复折腾了三年——这作品是一九八一年写成的，但我一九七九年就动笔了。我非常紧张地进入了创作过程，但写成后，我把它撕了，因为，我很不满意，尽管当时也可能发表。我甚至把它从我的记忆中抹掉，再也不愿想它。一九八〇年我试着又写了一次，但觉得还不行，好多人物关系还没有交织起来。如现在作品中刘立本有三个女儿，但当时只有巧珍一个。后来我把它打乱了，考虑能不能有两个、三个，而增加出来的人物又是干什么用的？她们在作品中都应该具有某种意义，这些都需要反复思考。在构思过程中，总有某一个时候，你感到比较满意了。我们要多折腾几次，作家实际上是一个总导演，你要把你所设计的人物关系多排列几次，特别是搬到了“舞台”上，配合了灯光布景，你的人物所站的位置、他们之间的相互关系是否合适呢？这些都要考虑，都要调整，要使你的“舞台”整个看起来是无懈可击的。不要匆忙，为什么呢？因为，我们的作品归根结底应是这样的作品：要把生活中的一般的事件，一般的人物，变成具有巨大社会意义的事件和典型意义的人物，作家的全部工作就在这里，因此不要匆忙。这个过程是非常烦恼的，要充分展开艺术虚构，目的是使作品中反映的生活更真实，更典型，更有意义，只有这样，才能形成深刻的主题。譬如，托尔斯泰的《安娜·卡列尼娜》，原来托尔斯泰听到的是一个非常简单的一个女人要和她丈夫离婚的故事，人物也只有两三个，但托尔斯泰展开充分的艺术想象、艺术虚构，把他的眼光投向当时整个俄罗斯上层社会，投向政治、经济、法律、道德、宗教、哲学等各个领域，把他所熟悉的人物都和安娜这个离婚事件联系起来。如果作家没有这样的艺术想象、艺术虚构，那就只能写出一个女人离婚的故事，而不会有《安娜·卡列尼娜》。《红与黑》也同样如此，司汤达听说了一个刑事案件——这样的刑事案件，我们在公安局也可以找到很多，有的故事很完整。只要一个晚上把它写出来，就可以在报刊上发表。但司汤达在这里进行了巨大的工作——虚构，把法国当时的社会、上层社会都纳入到这个刑事案件中去考虑，使一个普通的刑事案件，变成了具有巨大的社会意义的《红与黑》。我估计托尔斯泰和司汤达在这过程中折腾了恐怕不是一两次，托尔斯泰关于《安娜·卡列尼娜》人物关系的草图就搞了六七次，每一次和每一次都不一样。所以，如果我们不是闹着玩，而是要认真地搞创作，并且一直搞下去的话，那么，对构思过程中艺术想象、艺术虚构这两大方面的工作，要引起严重的注意。当然，我们都是刚刚开始写作，但我们要认识到这些，并想办法追求它。至于是否能追求到，那是另一回事。但你追求还是不追求，是一个非常重要的问题。在你要着手写的时候，尽量多思考思考，根据你的生活体验，尽量广泛地各方面地去思考。有些思考甚至不能进入作品，是作品之外的思考，但这也是必要的，它可提供检验你作品的东西。

问：选材应注意什么？

答：当你遇到一个题材的时候，你马上应考虑到：这个题材的意义是什么？它有没有可以挖掘的地方？而这些，必须建立在对文学史的了解和对生活的了解的基础上。如果，你具有了我们上面讲到的那些，那么你就会有对题材的敏感性，你遇到了一个题材，马上会意识到，这里有没有可挖掘的东西。这样，你也就不会浪费时间。有的事件，本身不包含什么深刻的东西，尽管它很巨大，很惊心动魄，但进入不了文学创作，那你可以很快扔掉它，再转入别的题材。选材是很重要的，如果是一个没有意义的东西，你就是埋头写上几个月，把你都累死了，它还是个没意义。因此，你必须具有对题材的敏感性，甚至一些别人看来毫不留意的事情，由于你具有我们上面提到的那些了解的习惯，认识的习惯，理解的习惯，你马上可以发现里面似乎有什么了不起的东西，当别人还没觉察的时候，你就悄悄地注意了。有的时候，当别人写出来了，自己大吃一惊：我也看到了，为什么没想到写呢？就因为不具备上面的条件，而一个真正的伟大的作家就能在平凡的日常生活中演出惊心动魄的故事。从文学史上看，如果只是从生活中寻找离奇的故事，他即使写得再多，也是个二流作家，如《福尔摩斯侦探案》的作者。对生活冷漠、漠不关心对作家来说是致命伤，一个作家他可以外表是多么的冷静、冷峻，但他内心要有巨大的激情，就像一块火石，遇到什么，就能碰出火花来，不要把自己的心锁得很深，它应该是开放的、敏感的，别人不以为然的事情，你都应该多想一想。

问：能不能请你谈谈你的《在困难的日子里》、《人生》等作品构思时的情况？

答：我的作品，好多是因为引起了我感情上的强烈颤动、震动，我才考虑到要把我这种情绪、感情表现出来，这样才开始去寻找适合表现我这种情绪、感情的方式。如一九六一年困难时期，当时我上小学。我父亲是个老农民，一字都不识。家里十来口人，没有吃的，没有穿的，只有一床被子，完全是“叫花子”状态。我七岁时候，家里没有办法养活我，父亲带我一路讨饭，讨到伯父家里，把我给了伯父。那时候贫困生活的经历，给我留下了十分强烈的印象，尽管我那时才七八岁，但那种印象是永生难忘的。当时，父亲跟我说，是带我到这里来玩玩，住几天。我知道，父亲是要把我扔在这里，但我假装不知道，等待着这一天。那天，他跟我说，他要上集去，下午就回来，明天咱们再一起回老家去。我知道他是要悄悄溜走。我一早起来，乘家里人都不知道，我躲在村里一棵老树背后，眼看着我父亲，踏着朦胧的晨雾，夹着个包袱，像小偷似的从村子里溜出来，过了大河，上了公路，走了。这时候，我有两种选择：一是大喊一声冲下去，死活要跟我父亲回去——我那时才是个七岁的孩子，离家乡几百里路，到了这样一个完全陌生的地方。我想起了家乡掏过野鸽蛋的树林，想起砍过柴的山坡，我特别伤心，觉得父亲把我出卖了……但我咬着牙忍住了，因为，我想到我已到了上学的年龄，而回家后，父亲没法供我上学。尽管泪水刷刷地流下来，但我咬着牙，没跟父亲走。我伯父也是个老实的农民，家里也很穷困，只能勉强供我上完村里的小学。困难时期我正在上小学，伯父有时连粮也没法给我供应，我自已凑合着上完了小学。考初中时，伯父早就给我下了命令：不让我考。但我一些要好的小朋友，拉着我进了考场。我想，哪怕不让我读书，我也要证明我能考上。我是一九六三年考初中的，作品里，我把背景放在一九六一年，而且是考的高中。当时，几千名考生，只收一百来个，我被录取了。一九六三年在陕北还是很困难的，而我们家就更困难了。我考上初中后，父亲给我把劳动工具找下，叫我砍柴去。我把绳子、镢头扔在沟里，跑去上学了。父亲不给我拿粮食，我小学几个要好的同学，凑合着帮我上完了初中，整个初中三年，就像我在《在困难的日子里》写的那样。当时我在的那个班是尖子班，班上大都是干部子弟，而我是一个农民的儿子，我受尽了歧视、冷遇，也得到过温暖和宝贵的友谊。这种种给我留下了非常强烈的印象，这种感情上的积累，尽管已经是很遥远的了，我总想把它表现出来。这样，我开始了构思。怎么表现呢？如果照原样写出来是没有意思的，甚至有反作用。我就考虑：在那样困难的环境里，什么是最珍贵的呢？我想，那就是在困难的时候，别人对我的帮助。我想起了在那时候，同学（当然不是女同学，写成女同学是想使作品更有色彩些）把粮省下来给我吃，以及别的许多。这样，形成了作品的主题：在困难的时候，人们心灵是那样高尚美好，反过来又折射到今天的现实生活，因为今天的现实生活正好缺乏这些；我尽管写的是历史，但反过来给今天现实生活以折光。透过这些，怀念过去，并思考我们今天现实生活中人与人之间的关系。那时候，尽管物质生活那么贫乏，尽管有贫富差别，但人们在精神上并不是漠不关心的，相互的友谊、关心还是存在的。可是今天呢？物质生活提高了，但人与人的关系却有些淡漠，心与心隔得有些远。所以，我尽管写的是困难时期，但我的用心很明显，就是要折射今天的现实生活。也许一般人不会看得那么清楚，但作家必须想到这些，这是构思中必须考虑的。当时，我写这个作品时，就有一种想法：要写一种比爱情还要美好的感情。主题就是这样的。然后再来考虑怎么安排情节。我在构思时有这样的习惯：把对比强烈的放在一起，形成一种反差——关心我的人，是班上最富裕的，形成贫和富的反差。如果从总体色彩上来考虑，这边是亮的，那边可能是暗的或者一种投影，主题、人物、情节都要形成强烈的对比。这，我在构思《人生》时，也是这样的。譬如，高加林是非常强悍的，他父亲却是软弱的。从塔基到塔尖，这种对比都要非常强烈，每一个局部，都要形成强烈的对比。这样矛盾冲突、色彩、反差自然就形成了。两个女的，刘巧珍是像金子那样纯净，像流水那样柔情的女性，那黄亚萍就应是另一种类型——如果是个城市的刘巧珍，那就毫无意义了。当然，这种种要建立在生活的基础上。就是拿主题来说也要形成某种反差，这也是辩证的。如《人生》，从社会角度看，社会如何正确对待苦闷和失落的青年人，反过来说，当社会不能解决这些问题时，青年人自己又应如何正确对待人生，对待生活。这样就形成了交叉对比。甚至情节也要对比，如前半部写农村，后半部写城市，这也形成一种对比。当然这不能是机械的理解，我的意思是在构思作品时，为了使矛盾冲突更典型更集中，要在各个方面形成对比，使矛盾有条件形成冲突。

问：作品中的所谓“悬念”重要吗？

答：是很重要的。有的作品，一开始就“露”，读者看了一两章，就知道结局是什么。而你偏偏应该写成一开始是这样，而中间发生了读者意料不到的大转折，而这种变化，你根本不能让读者一开始就感觉到。要善于隐蔽情节的进展，善于隐蔽矛盾冲突的进展。有些人缺乏这些，所以作品写得很露，抓不住人。如果你作品的跌宕多的话，那么，当第一个跌宕完了的时候，读者的心就要被完全抓住。如《在困难的日子里》，那个女同学对主人公最关心的时候，也是他认为自己自尊心最受伤害的时候。这个跌宕，抓住读者看下去，而一直到最后一个跌宕：读者认为，他肯定是要回去了（可能有聪明的读者，会感到他会留下），但想不到最后来了个根本的转变。我写的作品往往是这样的，人物和情节来个三百六十度的大转折，最后常常转回到了原地方，就在这个转折的过程中，让读者思考。当然这只是构思方法的一种，其他方法也是可以的。作者要善于把作品的意图和人物关系隐蔽起来，不要一下就把气冒了，要到该揭示的时候才揭示它。当然，作品的构思是一个比较复杂的过程，各人有各人的构思习惯，这只是我的习惯，不能要求别人都一样。总之，矛盾的发展要多拐几个弯，不要只是一个弯，它体现了矛盾本身的复杂性。考虑问题的时候，可以从这个方面考虑，也可以再从反向考虑。

问：能不能谈谈你开掘作品主题方面的体会？

答：这个问题很复杂，不能孤立地讲主题，它必然和人物、情节融合在一起。作家在构思时，主题、人物、情节是同时进行的。如果你写不出矛盾，写不出人物，也就没有主题。咱们现在考虑作品的习惯，往往是要先有个思想，当然，有时也需要先有一个思想。关键是人物关系、情节，如果你把人物关系处理得很准确，很有典型意义，那你的主题也就有了典型意义。如果其他东西都站不住脚，仅仅有个正确或者尖锐的思想，那是根本不行的。主题的深度，离不开人物的深度和对整个社会问题认识的深度。

问：作品构思好以后，你又怎样选择“切入”部位呢？

答：对我来说，如何选择作品的开头是很困难的，有的时候，写了几十个开头，自己都不满意。这个“切入”好似乐曲的第一个音符，它决定了会把作品定在什么调上。一般来说，短篇小说把“切入”的部位放在事物矛盾发展的后半部分，写的是接近结局部分的那部分生活，而把前边的发生、发展插进去写。我的意思，是中篇小说的切入部位要比短篇小说再靠后些，一般选择矛盾发展已经要进入高潮部分作为作品的切入部位。譬如《人生》，在高加林被卸掉教师职务以前，他也有许多生活经历，但作品要选择高加林被卸职作为切入部位。因为高加林的卸职，已进入到矛盾发展的高潮部分，他怎么教学，把这写到作品里没有意思。高加林教学再好，你写进作品读者看不下去，因为没有形成矛盾，而高加林教师职务一卸，各种矛盾骤起，接近于决定这个人物命运的尾声部分。当然，作品应该是这样的。当尾声部分写到高潮的低落，这又应该暗示了生活的一个新的开端。巴尔扎克的作品就是这样的。但这绝不是说，要接着写下去，但它必须有某种暗示。如高加林扑在地上的一声喊叫，读者可能会感到某种新的开端，但你不一定再写下去了。有些作品没有暗示，就让人感到很窄，好似戛然一声，把弦绷断了。最后一声应该是悠长的、颤抖的，不要猛的一声把弦绷断了。绷断了的效果不好，就似一首好的歌曲，应该是余音绕梁，三日不绝，对事物的下一步发展，在结尾中给予某种暗示，会使作品更深刻些，意境更宽阔些。

问：你在创作过程中，有没有写不下去的时候？

答：经常有。譬如《人生》中德顺老汉这个人物，我是很爱他的，我想象中他应该是带有浪漫色彩的，就像艾特玛托夫小说中写的那样一种情景：在月光下，他赶着马车，唱着古老的歌谣，摇摇晃晃地驶过辽阔的大草原……在作品中他登场的时候，我并没有想到能把他写得比较好，写到去城里掏大粪前，我感到很痛苦，没有办法把他写下去。尽管其他人物都跳动在我笔下等着我写他们，但德顺老汉我写不下去，我总觉得他在这里应该有所表现。我非常痛苦地搁了一天。这时，我感到了劳动人民对土地，对生活，对人生的那种乐观主义态度。掏大粪这章节不但写了德顺老汉，把其他人物，譬如高加林也带动起来了——掏大粪那章是表现高加林性格的很重要的细节。开头我没有重视德顺老汉这个人物，但最后他成了作品的一个很有光彩的人物。德顺老汉在作品结尾说的那段话，尽管我还没有写好——写得“文”了一些，应该再“土”一些，但是我没想到《人生》最后竟然由他来点“题”，这是使我很惊讶的。因此，当你在创作中感到痛苦的时候，你不要认为这是坏事；这种痛苦有时候产生出来的东西，可能比顺利时候产生出来的东西更有光彩。

问：有没有随着情节、人物性格的发展而改变了最初的构思呢？

答：有。经常有这种情况，可能有时有更好的发现代替了原来的设想。

问：那么你写作前有没有提纲呢？提纲有没有变动呢？

答：有个粗略的提纲，但进入写作过程时，说不定全部都推翻了，只有大的轮廓还保持着，所有具体的设想都可能改变了。人物一旦动起来，你原来的设想就不顶用了，但大的轮廓往往还是按你原来构思时的脉络去流动的。

答陕西人民广播电台记者问

记者：非常感谢您能接受我们的采访。您从《人生》到《平凡的世界》一步一个脚印，扎扎实实地在理想之路上奋进，今天我主要想请您谈谈对理想的认识和理解。

路遥：一个人在生活中肯定应该有理想。理想就是明天。如果一个人没有明天，他的生活在我看来已经就没有了意义。就是一个社会也应该有它的理想，那就是这个社会明天应该是一个什么社会。无论一个人，还是一个社会，他们所有的实践和努力都是为了向更美好的方向发展。所以我觉得，有理想，那么在奋斗的过程中才可能有目标。一个人糊里糊涂混一辈子，这样一种生活是没有意义的。

记者：但是理想之路是非常艰辛和坎坷的。您觉得是什么力量促使一个人在艰难的路上向前，也就是说，理想的动力是什么？

路遥：人在生活中应该有责任感，也应该有使命感。我们来到这个世界上不仅仅是为了吃点饭、穿几件衣服就准备离开。在人的生命过程中，应该尽可能地寻求一种比较充实的生活。这样他就会为他的某种理想，为他设计的某种生活目标竭尽全力。对一个青年来说，应该有一个觉悟期——人生的觉悟期。这个觉悟期越早越好。这就是说应该意识到我们要做什么样的人，准备怎样去生活。只有对这些问题有深度的理解以后，他就会确立自己的一个比较远大的生活目标，也就会调动自己的所有力量，为达到此目标而奋斗。当然，对于涉世尚浅的青少年来说，往往会有好多幻想，甚至会有一些空想。我认为这是无可指责的。这也是他们这个年龄的特点。如果青少年时没有什么想法，那就提前变成一个老头了。通常的情况是在我们年少的时候有好多对未来美好的憧憬，随着时间的推移和环境的变迁，就会发生很大的变异，有的甚至已经消失得无踪无影了。但是，总应该有一些东西在你未来的生活中会起到作用。

记者：刚才说到确定一个目标，比如成个作家，或者有些人想有一套房子，有辆汽车，有些人又想当个大官，想发一笔财，这些人生的奋斗目标和理想有什么不同，您能不能谈点看法。

路遥：我认为所谓理想首先包含一种崇高的性质。不仅包含着达到个人的某种目的，更重要的是意味着要做出某种牺牲和奉献，理想不能纯粹局限于个人琐碎的欲望中。不要把理想和琐碎欲望混为一谈，因为这是有本质区别的。一个真正有理想的人，他所从事的一切劳动、工作和努力不仅仅是满足个人的一些欲望，而是要为他身处的大环境，为整个社会作出贡献。这样，他才可能会感到更幸福一些。

记者：现在回过头来看社会上的许多人，比如说他的理想实现啦，就觉得他有些很特殊的才能，那么您是不是觉得理想是那些有特殊才能的人的专利？您觉得普普通通的人，也就是非常一般的人应该有一个什么样的理想？

路遥：不能把理想当做一种职业好坏的标志。我认为每一个人不管他从事什么工作，在每一个行道里都应该有追求，这种追求没有什么高低贵贱之分。比如你能当一个作家，通过努力实现你的理想，这很好；但是你觉得你的才能是当一个好木匠，最后做出很漂亮的家具受到大家喜欢，千家万户都争着使用，未见得比当一个蹩脚的作家差。有人搞服装，这也是普通工作，但是由他做出的衣服大家都喜欢穿，这也是很好地实现了自己的理想。硬要在服装工人、木匠和作家这三者之间分出哪种理想是最好的理想，我认为只能得出愚蠢的结论。每一个人都应根据自己的条件，确立自己的生活目标和生活追求，都可以对社会作出有益的贡献。

记者：理想和现实之间的距离是非常遥远的，那么您觉得理想怎样才能变成现实？

路遥：如果一个人不经过努力，不经过劳动，不经过创造，那么还想入非非，这种“理想”最后只能是空想。我认为把理想变为现实实际上就是人生的全部内容。人活着就是要把自己无数的梦想和理想变为现实。当然，不是所有的理想都能实现，但是你在整个一生中总有应该实现的理想或是梦想。

记者：现在社会上讲实惠的人可以说是越来越多，讲理想的人有人也说是越来越少，你觉得理想和实惠之间是否有矛盾，就是说是不是讲理想就不讲实惠，讲实惠就不讲理想。

路遥：这是一篇大文章。在现在的青年身上是存在一种追求实惠的倾向，理想的光芒有些暗淡。我们现在发展经济建设，这个过程必然要影响到人们的意识。人们计较一些个人的实际问题，讲究实惠，也可以理解。但是我认为这并不是要以牺牲自己的理想作为代价的。尤其是这几年，老是感觉到我们的生活中缺一种什么东西。我想是缺少了一点罗曼蒂克精神。现在青年人的罗曼蒂克精神太少了。我甚至还想专门写一部小说反映这个问题，题目就叫《寻找罗曼蒂克》。我觉得在青年人身上应该有一种罗曼蒂克的东西，尤其是在一个太世俗、太市民化的社会中，罗曼蒂克能带来一种生活的激情。想想战争年代，那时候男女青年有什么物质的享受？但他们那么年轻，有的人在二十来岁就牺牲了自己的生命。他们为一种理想，为一种精神，而使青春激荡。这种活法，是非常令人激动和感奋的。如果一个人在精神生活上没有光彩，即使他有好多钱，仍然是贫困的——和贫困一样可悲。

记者：您刚才谈到现在的年轻人当中普遍缺少一种罗曼蒂克的精神，也就是说活得太实在啦。我们从我们从事的工作中，从许多青年人的来信和谈话中也能够理解到青年人的这种苦闷。我们想问您，如果一个青年人感觉到自己满足于现状，有点不思进取，没有什么追求，也没有什么理想，但是，他来向您请教，请您给他出个主意，您将如何告诉他。

路遥：这个问题实际上就是我们所有的人一生要思索的问题。如前面所说实际上就是我们应该咋样活着，或者说咋样活着才有意义。在任何时候，在物质不发达的时候，一直到物质发达的时候，永远存在人应该咋样活着这样一个问题。好多问题要青年自己解决。归根结底，我们需要一种积极的人生态度，而不是一种消极的人生态度和一种过分的自我主义。也就是说，我们不仅使自己活得很好，也应该想办法去帮助别人。

无声的汹涌

——读李天芳、晓雷著《月亮的环形山》

《月亮的环形山》我是在四天之内读完的，我感到作者通过这部小说，把握住了小说创作的个中三昧，甚至把握到了一种几近纯青的程度。

要具体地谈这部作品，几乎无从谈起，但你处处感到了一种无声的汹涌，这就是本事。羚羊挂角，无迹可求，是否就属这种境界？作者表达的是对生活的整体体验，而不是讲故事，处处都是思想的火花和情绪的激流，因此处处引起你的触动。一般的读者要读故事，读曲折离奇的故事，而高层次的读者绝不满足于听故事，而要求读生活。故事完整而其他一切方面都乏味的小说，读过就忘。要看故事，可以跳着看，翻几页就完了。凭我的经验，层次高的读者，读《月亮的环形山》这样的书，就愿意一直读下去。这种小说，很难跳着读，只能字字句句地玩味，这是因为作品处处都渗透着作者独特而真实的感受，对读者有一种不可抗拒的牵引。

有的小说，看似故事很吸引人，但随时都让人疑窦突生：生活是这样吗？这可能吗？作者只有设身处地，让人信服，才谈得上让人接受，让人感动。好的长篇小说，看似“无事”，实际上处处闪烁着对生活的真知灼见。每一段的每一句话都要写得好，不仅仅是写得正确，前后左右抽扯照应住就够了，而应该在每一个段落里，甚至在几个短句中，都有让人眼睛一亮的东西。在一个小小的语言的旋涡里、段落的港湾里，都要有丰富的层次，丰富的景致。只要每一段都写好，比刻意追求一个完整的故事更有魅力。天芳散文的语言和晓雷诗的语言，这一次完全蜕变为真正意义上的小说语言。应该有散文，有诗，但在小说中，散文和诗都应该成为小说中的散文和诗，成为真正的小说语言。也正因为这样，这部小说才区别于其他小说。有的小说追求新闻报道式的爆炸效果，而这是一个追求艺术效果的作品。小说不能靠事件去冲击。这个小说显然企图用艺术来征服读者，因此我读起来特别有兴趣。真是无从谈起，但写成了三十多万字。要达到这一点，可不容易。我还未读后边的时候，就在想象，等到把后边读完后，就发现和我想象的完全吻合。一切都是自然的。只有巨大而充满匠心的劳动才可能造成不露加工痕迹的作品。

有的人可能把这种小说仅仅看作是语言讲究，这种认识是浅薄的。最主要是一种深切的体验和感受。这部书使我感受到了内容上的一种真诚性，这种真诚性又得到了一种强有力的表述。有的小说缺乏生活的真诚感，只是为写而写；有的虽然具备真诚，却不能通过艺术特别是语言的品味达到。而这部作品尽可能把两者结合在一起。最主要的是对生活的深切感受和理解，然后才是语言的表述，这两者的结合，才能造成真正意义上的小说。这部小说的真正价值就在于此。尽管描写是平静的，但内心充满了暴风骤雨。把读者引进心灵深处，这才是一个真正博大的世界。人的精神世界是一座无边的宫殿。作家的体验是任何人不能代替的，读者是跟着作家提供的体验去思索的。因此，这部小说在外部的结构上似乎特别平淡，但具有真正内在的张力。

《月亮的环形山》一个显著特点就是对人的心灵世界的开掘，它追求另一种格局的广大。《九三年》和《简·爱》不同，一个着重于社会史的描绘，一个着重于心灵史的开掘，但不能说哪一个比哪一个更大更重要。实际上心灵的世界最大。罗切斯特和简·爱的心灵通向全世界。《简·爱》我读过不少遍，这种小说很有魅力。浅薄的书评家往往注意外在的东西和形式上的各种小花招。不要为了扩大容量，硬把不相干的东西拉进来。《月亮的环形山》不是这样，没有从情感岔出去的描写。

我从写小说的角度，边读边分析这部小说的章节和段落，最后认为，只能是现在这样写。很少是多余的，也很少有不到的。只能是这个样子。我认为小说就应该这样，既要淋漓尽致，又要有所节制。不到火候，令人遗憾；火候太过，同样令人遗憾。艺术就是和谐，而恰如其分就是和谐。不到或多余，都破坏和谐。

小说的博大，是作家对生活的视角要开放；仅仅把故事扯得东南西北，未见得开放。而这部小说在思维方式和揭示人物心理方面，都是开放的。作者过去的散文、小说或诗歌作品，都有拘谨感，这一次能够放得开，而且越到后来越放得开。重要的是，对那个时代的生活、思想、思维方式、情感表达方式、生活形态等等的把握，都是准确的。这些写准了，读小说就使人进入甚至沉浸于那个时代，使我们产生这样一种思绪：尽管我们曾经是多么幼稚，但那个时代依然是美妙的，令人神往的。

实际上，用艺术去篡改生活，篡改历史，那才是一种真正的幼稚。这部小说对当时各种人物的描写，尤其是对那些在今天看来是僵化的或不好的人物的描写，都是有节制的。作者是从社会的角度来评判、来检讨的，没有从个人的好恶出发去臧否人物，这是一种历史的俯瞰。所描写的那一群人给人留下特别清晰的印象，这是很不容易的。“莫斯科在你的笔下清晰可见”，这是对作品的最高褒奖。一部作品所描写的人物和环境给人留下特别清晰的印象，这是起码的，也是最不容易的。

小说的结尾也好，最后那一段特别好，这种结尾只有在那种时代，带一种深远的诗意，给人一种特别温馨的感动。但我感到，小说结尾时对几个人物命运的照应，周蔚然和韦村贤的笔墨稍微轻了点。我认为，在快要结尾的某个时候，对所描写的人和生活有一点历史的或哲学的概括，对《月亮的环形山》有一点点题的笔墨，会更好，比如说在婚礼的描写上，可以讲至:来了的，没来的，活着的，死了的，这些人的生活在后人看来，是简单的，平常的，甚至是平庸的，但在这样一种时代背景下，他们各自进行了不懈的努力和崇高的追求……这样的总结，也许会给人更多的启发。应有一个小段落和一个小细节，点一下。现在虽然有，但不够。吕哲之死与窑洞婚礼的衔接，应该更具匠心。要有一个重笔，无论思想上或内容上都需要，一个重笔，让奔腾汹涌的东西有个归宿。当然需要全书的一贯风格。另外，中秋节主人公与老同学的会面有一点生硬。这虽是小疵，但一部交响乐出现几个不和谐的音节就会毁掉整部交响曲，不可不注意。

总体上讲，这部小说没有一处是松懈的或勉强的，到处显示一种游刃有余，这显然是几十年艺术积累的功底的体现。把几十年的积累用于一种合适的大舞台舒展地展现了出来。可以看出，作者把原来的散文和诗的功夫全用进去了，但又远远地区别于以往的散文诗歌作品。真正从艺术的角度出发，就应该客观地公开地看待这一部作品，这无疑是陕西长篇小说创作的重大收获，是一部高品位的长篇力作。

通过这部小说，作者应该乘胜追击。艺术应该实事求是地区别有价值的和没有价值的东西。这部书完全是有价值的东西。作者姑且把以前的作品都看作这部书的准备，什么也不要想，一定要把下边的东西完成。我的经验就是，什么也不要想，把要写的东西写下去。我相信，作者一定能写好。

汉中盆地行

1988 年，龙年。

龙是中国的象征，从古到今都是全体中国人的图腾。因此，人们有理由对这个年头充满热望与期待。

岂不知，这头神秘的畜牲辜负了人们的愿望。1988 年，物价这头恶龙一直困扰着中国。除了邮票没涨价，几乎所有的东西都一涨再涨。由于多年习惯于接受改革所带来的好处，人们急忙不能承受这种突如其来的压力，社会舆论不免有点沸沸扬扬。

有过许多“真龙天子”的古都长安，本来已经被物价弄得极度不安，却不知在什么“节骨眼”上出了毛病，竟然又闹起了粮荒。先是缺面，后来又缺米，使得这个几百万人口的大都市一片哗然。

这时候，汉中这个名字突然格外地响亮起来。

瞧，人们在纷纷谈论汉中。说汉中的米，说汉中的菜，说汉中的油，说汉中的茶，说汉中的天麻杜仲，说汉中的柑桔木耳……总之，人们纷纷谈论的是这个聚宝盆的富庶，尤其是那些令人嘴馋的东西。

陕西，一般而论，是个典型的北方省份。但三种截然不同的地理段落中，陕南竟然在很大程度上具有南方的特征。因此，秦岭以北的人在谈论秦岭以南的时候，常常有一种遥远的距离感。汉中——

陕西的“山那边人家”。

是啊，人们曾不厌其烦地谈论过陕北那些光荣的土窑洞，谈论过八百里秦川和秦始皇威武雄壮的兵马俑。可是现在，1988 年冬天，人们却巴咂着嘴，谈论起了汉中白花花的大米和那个聚宝盆里的各种财富。

一时候，汉中在陕西人的嘴上成了亲爱的汉中。

汉中是如此地具有吸引人的魅力？

好，到汉中去！

十二月初，笔者在两位朋友的鼓动下，夹裹在南下买米的人流中，踏进了西安开往汉中的 311 次列车，去那个“盆”里舀了几勺“桂花球”，也舀回了几勺灼热的感受……

汉中是这样古老。从秦惠王后元十三年（公元前 312 年）设汉中郡，“汉中”已有近二千三百年的历史。其实，据考古发掘的新石器时代的遗址看，至少在 1 万年前，这里便有了先民们从事渔业和原始农业的活动。而城固青铜器的出土，证实在公元前 11 世纪，汉中已属商朝的方国。

汉中是这样得天独厚。1956 年，气象物候学专家竺可桢指出，从气象角度看（主要从光能利用方面），我国水稻单位面积的最高产量在汉中。这论断已被事实证实。全国水稻平均亩产 710 斤，而汉中 1987 年平均亩产达到 864 斤，今年平均亩产 880 斤。全国、全省的粮食有逐渐萎缩、减产的趋势，汉中却迎来了连续第七个丰收年，而且在最近的五年中，一年超过一年。

世界农业史通常认为，水稻物种起源在六千多年前的印度。后来，在我国浙江余姚县河姆渡发现 7500 年前就有水稻栽培的活动。而近几年，在汉中西乡县李家村发现新石器时代的遗址中有稻谷的印痕，经碳 14 测定，为 7600 年，证实该地是我国乃至世界最早的产稻区之一。

优越的地理条件，充沛的雨量，丰富的水资源，促使了汉中水稻的发展。秦末刘邦在汉中称王屯兵，大兴水利，推进水稻生产，著名的“萧何堰”流传至今，《资治通鉴》载：“高帝二年（公元前205年），关中大饥，米斛万钱，人相食，令民就食蜀汉。”在勉县老道寺发掘的东汉中期古墓中，就有进行稻田养鱼的典型的两季田红陶模型，说明在公元100年前汉中盆地已发展为稻麦两熟制并在两季田中进行稻田养鱼。南郑县黄牛川，据《隋书·地理志》中载述，“黄牛川有再熟之稻，土人爱之”。可见至隋代，这里即有了再生双季稻的栽培。汉中稻作文化的发展是灿烂辉煌的；到现在，它的水稻产量已占全省的70%。

汉中这个聚宝盆里出产的当然不仅仅是水稻。由于这里是北方气候过渡地带，四季分明，温暖湿润，地理环境兼有南北气候特点，因此自然资源十分丰富，南北动植物都有。全区植被覆盖率为51.4%，森林覆盖率为41.1%。盛产天麻、杜仲、黄连、党参等名贵中药材和猕猴桃、柑桔、茶叶、木耳、生漆等林副土特产。天麻、杜仲、枣皮、元胡等产量居全国之首。木耳、柑桔产量居全省第一。区内有国家一类保护动物朱鹮、大熊猫、金丝猴、羚羊等。矿产资源初步探明的居全省首位的有锰、磷、石膏、铁、石棉、石英岩等。

从历史看，汉中名震华夏始自秦汉。一时间，曾有多少杰出的政治家和军事家在这里运筹帷幄，大展宏图。秦巴绵亘南北，汉水通贯其中；北有陈仓、褒斜、骆谷、子午等惊险古道，南有米仓、金牛、阳平、百牢等雄关坚隘，形成了历代兵家激烈争夺之地。“栈阁北来连陇蜀，汉川东去控荆吴”、“万垒云峰趋个汉，千帆秋水下襄樊”。公元前206年，汉王刘邦以此为根据地，修栈道，度陈仓，灭三秦，平群雄，建起汉室天下。公元219年，赵云大破曹兵，黄忠刀斩夏侯渊，刘备夺汉中，为蜀汉政权的建立奠定了基础，至于诸葛亮屯居汉中，其后六出祁山，北伐曹魏，文治武功，早已誉满天下。还应提起的历史人物有出生于城固的张骞，他曾三次出使西域，是“丝绸之路”的奠基人，从而成为我国历史上最伟大的外交家。另外，出生于湖南的造纸术的发明者蔡伦，正是在汉中这个地方完成了他那划时代的业绩后，长眠于洋县的龙亭。还有张良、韩信、萧何、李固等，都是在汉中这个舞台上成为不朽的历史人物的。当然，我们也不能不提起著名的石门和空前绝后的书法瑰宝“汉魏十三品”。令人遗憾的是，农业学大寨偏偏要在石门修个水库，把辉煌的历史文化埋葬于深水之下。好在“汉魏十三品”作为搬迁户被移在了汉台博物馆中，多少给后人弥补了一些历史的失落感。

汉中，这块有着巨大历史文化积淀的沃土，它的真正发展在当代。现在，这里的飞机制造，精密机床、电子仪表、冶金、采矿、医药化工、纺织、制革、服装、鞋帽、酿酒、食品、卷烟、建材等工业门类都已形成了相当的规模。012 基地的 182 厂是我国最大运输机“运八”的总装厂，汉江、汉川和海红轴承厂是我国最主要的精密机床和精密轴承的生产企业；全区拥有省、部、国家优质称号的产品已达几十个。汉中，这个天然的聚宝盆，如今充盈着当代汉中人用智慧所创造的巨大财富。

隆冬季节，北方广大的地区正被寒风剥得赤身裸体，一丝不挂；到处是灰濛濛的清冷和寂寥，显得毫无生气。

汉中则不然。下得火车来，只见田野抹着一层淡绿，大地蒸腾着潮润润的雾气。从广阔的盆地望过去，秦岭和大巴山逶迤的山影剪贴在蔚蓝色的天幕上，使人的心情豁然开朗。进入汉中，冬天会在你的心里悄然消退。

瞧，市区已是这样庞大了。记得八年前我初次涉足这个城市的时候，那格局还显得捉襟露肘似的窘迫，使人感到作为全区 300 多万人口的首府，略嫌小气了一些。现在，汉中市看起来已经完全是一副大城市的派头。它显然还在继续伸胳膊蹬腿，向四周膨胀。各种建筑物拔地而起。像中国的其他城市一样，街道边上不时有翻起的土堆，以便为新起的楼房费劲地寻找各种铺设混乱的管道。在为这座城市的发展而鼓掌的时候，我也有另一种忧虑：过多地占用农田怎么办？要知道，肥得流油的盆地面积只是全区总面积的6%，每一寸地都是极其宝贵的。也许这是无法解决的矛盾。现代化常常使人类付出巨大的生态环境的代价。

虽然还没有深入体察，汉中的勃勃生气已经扑面而来。首先令你惊讶的是舞会。真没想到这里的舞会是如此繁荣。除了大单位大企业自办舞会外，街道上到处都有营业性舞会，而且都十分讲究，大都有专业乐队和歌手伴奏伴唱。跳舞的人上至专员书记，下至普通市民。尤其是夜晚，当四面八方传来激动人心的舞曲时，你会觉得这个城市充满了一种浪漫的情调。

白天，大街上漫流着热情奔放的汉中人。那街道略嫌狭窄了一些，加之交通管理形同虚设，人、自行车、机动车混杂在一起，谁也不怕谁。这是一条自由的大街，充满了活力，充满了激情，也充满了事故的危险。某种程度上，这也是我们社会生活的一种象征。我们在改革的大道上奋然前行，有时候却失去了控制，失去了秩序。汉中街道的秩序需要改进和整顿。我们的社会秩序和经济秩序也需要改进和整顿。

但这决不意味着我们要驻足而立，甚至倒退回原来的地方。是的，不！汉中迈着急匆匆的脚步，它要走出盆地，走向外部广大的世界。

从地理环境上说，汉中是封闭的，它那三条路六个关口一旦关闭，你出不去也进不来。

但汉中自古又是开放的。现在它更拥有了水、陆、空交通工具，去湖南，去四川，去西安，去武汉，都很方便。险要的秦岭巴山已经不再是什么障碍。也许因为如此，汉中和它的地理环境一样，社会生活和经济生活才有可能形成了一种南北交汇驳杂的状态，这里你听见的是南腔北调，看见的有南货北货，餐桌上有北方的佳肴，也有南方的美味。你可以感觉出来，汉中人的眼界是宽阔的，这里有许多见过大世面的人。另外，三线建设时，这里又涌进来十万外地人和众多大企业，大大地拓宽了汉中的文化背景和技术思想背景。

汉中在急迫地向外扩张。依据它那丰富的物产资源养精蓄锐，然后奋然跃起打向外部世界，这就是汉中的历史。从刘邦到诸葛亮，都是这样做的，当代汉中人岂有不继承这种历史传统的道理？古代政治家军事家以汉中为坚实的跳板用武力去争取天下；而现在的汉中人是用经济手段向四面八方征战。这后一种“战争”也许比刘邦要更具魄力，比诸葛亮要更费脑筋，因为这一切都是在复杂万端的现代人类大竞争的背景下进行的。

汉中目前干得怎样？

原行署专员、现任汉中地委书记张永福（很遗憾，因时间匆促，笔者未能亲自采访他）在今年三月向省政府领导的汇报提纲中宣称：“近几年来，我们积极开展内引外联，先后同 11 个国家和地区进行了经济技术洽谈，同 14 个省市、26 个地、市建立了经济协作关系。签订各种经济技术合同、协议 500 多项，累计引进资金 1 亿多元。1987 年更有新的进展，共与 7 个国家、29 个省市自治区、318 个单位进行了接触和洽谈，签订各种经济技术合同和协议 229 项，引进技术 92 项，引进资金 4790 多万元，物资协作总额 15742.6 万元。”

原地委副书记、新任行署专员赵世居在他就任新职的第二天和笔者进行了一次内容广泛的交谈。谈话结束时，这位风度儒雅的年轻领导人，用一种宏大的战略家的口气说：“我们要把汉中建成陕、甘、鄂、川四省的一个经济中心点，同时还要进一步增大汉中的经济辐射度，提高知名度，汉中的历史有这个传统，解放后隔断了。现在开放了，我们应该把汉中搞成这样一个经济中心。”这位专员并且大胆地指出：“省上把关中作为经济发展的重点，但我认为应该加上关中和汉中一体化。”

汉中，它的经济胃口是这样大！那么，除过它拥有的天然优势外，究竟靠什么来丰富这个聚宝盆的财富呢？

靠的是人——有创造才能和开拓精神的人，靠的是一批具有榜样意义的企业，以带动和推进全区经济的大发展。

唐东生，国营汉江制药厂厂长，今年整40岁，西北大学化学系毕业。汉中城固人，看起来却完全是一条北方的壮汉，几乎浑身到处都在冒劲。1985年当厂长后，使这个1400多人的厂子成为名声远扬的先进企业。除过精细的管理工厂的生产，这个人最大的特点是敢于向外扩张。在国内，他们在深圳建立了联合开发公司，在海口建立了公司，在上海、江苏建立了公司；他要求他的工厂的产品在全国形成覆盖面。从58届到64届广州交易会他们年年参加。但是，汉中盆地里的这个企业没有把目光仅仅停留在红火热闹的沿海城市。他们要跨出国门，到世界上去寻找市场。他们的主要产品是驱虫药。他们要给“老外”去驱肚子里的寄生虫。这个厂是全国医药生产厂家第一家引进外国设备的。设备是比利时引进的。那么，产品就首先向欧洲返销！唐东生一上台，就先后向欧洲派出了三十多人去学习考察；并通过我国驻外使馆、外国驻华机构建立直接和间接关系，和法国、印度、香港、新西兰等公司建立工贸联营。如今他们的产品竟然出口到欧美、太平洋26个国家和地区。从1975年到今年，出口吨位800吨，创汇达3700万美元。现在，这个厂固定资产3700万元，工业总产值达到3.2亿元，去年上缴利税7440万元，获得省先进企业和双文明称号。

一进汉江制药厂的大门，你就会看见大墙上一条特别醒目的标语：更新、更快、更优、更强！他们自称为“汉药精神”。这看起来有点像奥林匹克运动会的口号。其实，世界各国不正是在经济发展方面进行一场激烈竞争吗？我们必须用奥林匹克精神去参与才有可能夺取胜利。汉江制药厂的成功正是因为具备这种强烈的竞争意识。他们还有另外一句口号：立足国内，放眼世界，精制药品，造福人类。

瞧这气派！

唐东生向我们头头是道地谈了许多治厂生财之道，谈了许多令人耳目一新的观点。当问起他感到最困难的问题是什么时，他也发了一些感慨。他认为最难的是，政府部门对企业干涉太多，产品到什么地方去，政府部门都要管；一切困难中这是最大的困难。他说，企业作为商品生产者，厂长他会考虑的。如果这个厂是我唐东生办的，我将会是另一种办法！当我们又问起他在工作中最看重的是什么时，他毫不犹豫地回答：人！因为生产关系中最活跃的因素是人的因素。

是的，事在人为，的确如此。当我们从汉江制药厂穿过稻田中的机耕路，来到石马板纸厂的时候，再一次感到了“人的因素”是何等重要。

这是一个村子办的企业。从厂长到职工都是农民，他们全是这个村子的人，其中女工占了百分之六十。可别小瞧这个农民办的企业！他们的产品销售到十几个省市，今年产值达到 300 万元，上缴利税 30 万元，企业的管理已经达到国家二级计量标准。1983 年，他们生产的“石马牌”一号黄板纸和二号瓦楞纸都获得了轻工业部优质产品称号。

走进这个企业的大门，你会有一种走进农家院落的那种亲切感。到处都收拾得干干净净，清清爽爽，一看就知道这里有一位勤劳而井井有序的家长。

厂长蒋枫，今年 56 岁，一位典型的老农民，长期过量的劳动使他的背有些驼。像所有农村的能人一样，目光里流露出聪敏与智慧。就是他，领导一群农民，搞出了这么大的名堂。在工厂的接待室里，四面墙上挂满了从中央到地方政府奖励的各种锦旗，真是满室生辉。这位农民企业家身材瘦小，但气派很大，各种新名词和经济行话像水一样从嘴里往出流淌，显然早已超越了盆地意识，目光在秦岭巴山之外扫射。他现在同时是村里的党支部书记，并获得了省劳动模范称号。

面对着老蒋，我内心感慨万端。作为一个农民的儿子，我深知我的父辈们是从一条什么样的道路上走过来的。现在，他们终于有可能从根本意义上来改变自己的生存处境，有可能站立在整个国家现代化发展的等高线上并为之做出自己的历史性贡献。我们为石马板纸厂欢呼，也是为中国几亿农民在欢呼!

但最使我感动的还不止于此。

中午，老蒋请我们几个人在厂里的食堂吃饭。他把村里已退下来的前任老支书也请到了饭桌上，并恭敬地为这位老人敬酒。我的心为之怦然一动。是的，现代观念和现代意识并没有冲淡深植于农民身上的传统美德。关于这一点，我国思想文化界目前颇有争议。我同意著名美籍华裔物理学家杨振宁和李政道两位先生的观点：我们的民族如果不能摆脱旧有的历史束缚就不可能发展；而一个彻底否定过去的民族也是没有前途的。我为石马板纸厂这种家庭式的气氛深受感动。就连这个厂的那位办公室的女主任，看起来也像一位亲切的农村家庭主妇。据我所知，在日本和许多亚洲国家的企业，目前正流行用一种“新儒家思想”来管理企业，据说相当有成效，欧美一些国家的大企业也在效仿。我认为，我国真正实现现代化以后，照样应该也有可能保持我国悠久历史文化的灿烂部分。在这一方面，日本即是我国的榜样。

石马板纸厂，这种企业的出现，在我国具有十分深远的意义。

它们是历史、现实和未来的连接点。像汉中这样的地区，整个乡镇企业的总收入已占全区工农业生产总值的近40%；1988年他们有可能完成总收入10亿元，总产值8亿元，实现税金3500万元，利润8400万元，并转移农业劳动力25万人。这使我们更深刻地认识到，我国现代化的实现没有亿万农民的参与是不可想象的；他们将不再是我们实现现代化的累赘，而成为一种巨大的推动力。石马板纸厂式的企业和汉江制药厂式的企业将形成我国经济腾飞的强有力的两翼。鉴于历史和现实的原因，在改革这一伟大历史进程中，中国也许仍然得用“两条腿”走路；不过，这将是全新意义上的两条“腿”——两条“飞毛腿”！

现在，我们走进了著名的汉中城固雪茄卷烟厂。这是汉中地区的第一财税大户，是汉中的宝贝企业，也是全省的宝贝企业。作为一个吸烟不惜命的人，第一次参观卷烟厂，倒有一种新奇感。

这里主要生产“武皇”牌纸烟和著名的“红巴山”牌雪茄。机械化和手工操作并存，女工比例很大。我首先佩服这些不吸烟的女工怎么可能在这样呛人的地方常年工作。这确实需要一种“吃苦”精神。烟厂的规模相当不小，但旁边又准备盖一座更大的厂房。年轻的副厂长是个大忙人，精明强悍，像一台从不熄火的发动机，随时准备跳起来，冲出去。他陪我们吃饭，但只吃了一点菜，中途就忙着跑了。

这里还生产名声大震的“公主”牌香烟。他们曾先后在西安赞助搞过“公主杯”全国健美操比赛和其他一些文体比赛项目，因此“公主”牌香烟几乎在省内家喻户晓了。整个车间紧张的工作气氛和造“武皇”“巴山雪茄”的车间一模一样。主管副厂长想必也是一个大忙人，我们竟然连他的面也没见上。

城固雪茄烟厂的经济效益可以说是一个奇迹。在物产丰富的汉中，烟叶的种植到目前为止还可以说是微不足道。但有创造精神的汉中人，把这个企业变成了他们的一个大财神爷。1988 年，这个企业的利税突破了 1 亿元大关。你甚至觉得，那些卷烟机器简直就是给汉中印制钞票的机器！

卷烟看起来是个很容易赚钱的行道，其实也不尽然。如果牌子闯不出去，照样会成为下软蛋的企业。但牌子不可能光凭生产厂家的三寸不烂之舌硬吹出去，得要真正靠自己的真货色去闯。这不像某些文艺作品，几个权威评论家一吹，就可能迷惑一大批读者；香烟这东西不能吹，只能“吸”，而且每个消费者同时又都是“评论家”，谁也不会光听别人说好就盲目去买你的货；相反，货色本身过硬吃香，你不宣传也有人去买。尽管《广告法》规定香烟不能做广告，但每种香烟时刻都用自己的优劣品质在宣传自己。城固雪茄烟的发展也不是一帆风顺的。像“红巴山”这样的牌号一直盛名不衰，而其他牌号的香烟都经过了一番艰难的自我更新过程才被消费者接受，才逐步站稳了脚跟。发展到今天这等风光，这些创业者们曾经付出了极为艰苦的奋斗与努力，其间的酸甜苦辣需要专门的篇章大作文章，这里就很难一一描述了。

离开汉中之前，我曾和城固雪茄烟厂的厂长雷广文见过短暂的一面（他同时也是汉中地区烟草专卖局的局长）。他的风度、智慧和经济头脑给我留下了极为深刻的印象。他使我想起了我在欧洲访问期间所接触过的那些大企业家和大生意人。这样的人谈起十万百万的钱来，是那样地轻松，如同一个九段棋手在平静地谈论一盘棋。我想没有人会认为九段棋手所谈论的那盘棋对大部分人甚至对棋手自己是轻松的。是的，我们很难想象棋手胸中的城府和复杂的思维机制。可想而知，雷广文和他的伙伴们在城固雪茄烟厂一年搞出上亿人民币曾付出什么样的心血和代价。其实，雷广文在见我们的时候，还是医院里的病号。在饭桌上交谈时，老雷曾谈到，在烟厂发展的过程中，谁家有好经验他们都学；他说他们的好多做法就是向延安学的。这就是汉中！他们学外国，也学延安。

提起学习外面的做法，老雷，我想向你提个小小的建议：你是否可以学习外国人的做法，在你的香烟盒上印上诸如“城固雪茄烟厂忠告公众：吸烟危害健康”或“吸烟过量危害健康”之类的善意劝告呢？我认为这未见得影响烟的销量；像我这样的“老烟鬼”仍然会是“你说你的，我吸我的”。但这无疑是一件意义深远的事。如果烟厂要我题个什么词的话，我会写：大力产烟，全力戒烟。这看起来是多么矛盾！但最少在目前又是“不矛盾”的。没有办法，我们需要健康，但也需要钱。再说，这是千百万人的消费品，怎么能没有呢？不过，老雷，我相信你会同意我的观点：当全人类不再需要烟草的时候，你绝不会为你的烟厂的倒闭和烟草专卖局的关闭而惋惜！

是吗？

当然，汉中自有它的忧虑。汉中也不回避他们的困难。无论我们在地区经委委员张有三主持的各部门负责人座谈会上，还是行署副专员张保庆、崔兴亭同志，在谈到全区经济文化的优势和发展外，都毫无保留地谈到了存在的问题和面临的困难。资金不足，原材料缺乏，交通不发达，加工工业缺乏高级技工等等。这些困难也是国家面临的困难。当然，汉中还有些自己特殊的问题。比如盆地面积只占全区总面积的6%，而浅山区占14%，山区占80%。广大山区的发展和开发问题很多，正如一位原副专员所说：“百分之十欣欣向荣，百分之九十困难重重。”由于长期处于封闭落后状态，像镇巴这样的县，全县29万人口，就有八千是傻瓜。天啊，不到十个人中就有这么一个家伙！又像佛坪这样的县，既是国家级的自然保护区，又是国家级的贫困县！另外，这里特殊的地理环境使得南方北方的植物都能生长，可也都容易退化！苹果到这里是最南端，桔子到这里又是最北端。至于稻谷生产，也主要仰仗于那个“盆底子”，但这毕竟是全区面积的百分之六！

但是，在这大改革的浪潮中，没有困难是不可能的，正因为有困难，我们才要坚持改革。正如行署专员赵世居所说：“正因为我们目前管理社会的水平低，我们必须下大功夫。机遇与困难并存。因此要密切注视各种矛盾，密切注视市场动向；要把握机遇，敢于迎风而上！”

赵世居专员和张保庆副专员都谈到首先要稳定农业。纯朴得像农民一样的著名水稻专家、地区农科所所长赵志杰（我怀疑他的鞋壳里都沾着稻粒）在这方面表示出十足的信心。他认为从粮油角度看，要根据不同地理条件分层次开发。除了盆地继续提高单产（虽然亩产已达1040斤，但仍有可能提高），海拔1000米以上高寒区争取粮食自给外，重点开发海拔550米至1000米之间的浅山区，搞第二粮食基地。他们已经开始这样做了，在3万亩的土地上搞了试点。他认为，全区粮食现在接近28亿斤，如搞分层次，两三年到30亿斤是不难的。

对于全区经济发展面临的问题和困难，汉中地委和行署已经提出了一系列强有力的短期措施和长远的战略规划。这是一个年青而雄心勃勃的班子，九人中，五个人是工业经济方面的专家，两个人是农业经济方面的专家。汉中的2.7万平方公里土地和352万人民对他们寄予厚望。我们坚信这个美丽而迷人的聚宝盆将在汉中人民的手中变得像童话一样更加美丽而迷人！

别了，汉中！即使在梦里，我也愿意再次到你那里远行……

一九八九年元旦急就于西影大酒店515室

* 原载报告文学集《秦巴大潮》（漓江出版社，1989年10月）。

海波[1]小说集《农民的儿子》序

海波和我是同乡，又是同志，少年时期一块在故乡陕北延川的城关小学、县立中学读书。那时我们都属家境极端贫苦的农民子弟，活像一对乞丐，除过内心的尊严，几乎一无所有。以后，海波的道路尤为艰难，年复一年为起码的生存而在凄风苦雨中不停奔波。一般人在他的情况下，怕早已垮掉了，但顽强的海波没有听凭于命运的摆布，他内心的理想之火一直在熊熊燃烧。这本凝结着他血泪的小说集就是他人生态度的一个证明。

正如本书中那个中篇小说的篇名一样，海波是纯粹的农民的儿子。他的全部小说都散发出一股土腥味。我们读他的小说，简直就是在读生活本身。我们也看出，他对土地和农民有着一种近似偏执而狂热的激情，这同时造成了他作品的非凡品格与重大不足。是的，一个人的财富也可能就是他的负担。

总之，海波是一位悲怆的诗人。在我看来，即使他用嘶哑的嗓

①作家，著有小说《农民的儿子》《烧叶望天笔记》等。系路遥的同乡、同学。

门所发出的那些吼喊，也要比许多无病而矫情的呻吟更能拨动人心灵的弦索。

一九八九年四月一日西影大酒店

路遥小传

我，1949 年 12 月 2 日生于陕西省清涧县一个贫困的农民家庭。七岁时，因家庭人口众多，父母亲无法养活，过继给伯父。新的家庭依然是贫困的农民家庭。1957 年开始在农村上小学。1961 年考入县立完全小学。1963 年考入县立中学。1966 年开始了“文化大革命”，滞留在学校参加运动到 1969 年。1969 年返乡劳动。这期间，除了在山野干活外，还在农村小学教过书，在县城做过各种临时性工作。1973 年进入延安大学中国语言文学系读书。1976 年大学毕业后，调入《延河》当编辑，任过小说散文组的负责人。1982 年成为中国作家协会会员，并开始在中国作协陕西分会从事专业文学创作。1985 年被选为中国作家协会陕西分会副主席。发表了约一百万字左右的作品。

* 原载《当代中国作家百人传》（求实出版社，1989 年 6 月）。

《高原之星》序

在人们的印象中，陕西北部的榆林地区是个穷地方。这地方是穷。贫瘠的山地沙地，拥挤着密集的人口，在历史上，曾经出现过无数的大饥馑；打开每一部县志，就是一部饥饿史，贫穷史，血泪史。为了活命，为了不断传种接代。这里的人民曾经有过怎样的挣扎和苦斗！我国历史上最伟大的一次农民起义就发端于这块土地，并且产生了斯巴达克斯式的英雄李自成。

因此，这又是一块最富有的土地。艰难和贫困是人类走向进步和繁荣的老师。这里所拥有的最大财富是心智和体魄都极其卓越的几百万男女。他们创造了具有中华文化代表性意义的无定河文化。这文化的深厚如同其间的黄土大山。在这样的沃土上，必然会长出许多栋梁之材。在中国近当代史上，这里演出过惊世骇俗的历史大剧，并且为祖国奉献出一批才华出众的英雄儿女。

历史的演变使这块土地发生了巨变。地上地下都有新的发现。尤其是那块大煤田，简直就像童话一般不可思议。榆林人眉开眼笑。谁都知道，不远的将来，朴实倔强的陕北人将要和贫困作永远的告别。

不过，一切才刚刚开始。需要奋发，需要开创，需要一代乃至几代人的努力，尤其需要一批精英人物在各个战场带头冲锋陷阵，就像先人李自成和当年的李子洲及其他的学生们一样。

瞧，当今这样的人物大有人在。我们欣喜地看到，黄土高原上，无数的希望之星、英雄之星在闪烁。《高原之星》只是这星座中的一小部分。通过这些人物，我们不仅看到了陕北的现在，也看到了它的未来。他们代表的是陕北一个新的时代和一种新的精神。《高原之星》的作者们用略嫌粗放的笔触所勾勒出的这些人物，都是一些平凡而普通的人，但是，他们在和平时期的工作、劳动和创造，他们的勇气、胆识和智慧，依然是那么激动人心。我们读这些文章，并不仅仅是读文章，而是读他们的人生历程和心灵历程。有上进心和事业心的人们，请在本书中认识他们——他们会成为你精神上的朋友！

张文远这个人

在我的生活笔记本里，有许许多多还没有进行艺术加工的人物，也就是人们常说的“生活原型”。张文远就是其中的一个。

张文远何许人也？答曰：非大人物。

是的，这个人只是平凡世界中极普通的一员。

可是，却莫忘记，我们生活的大厦从根本上说，正是由千千万万张文远们构造起来的。

张文远是个农民。

张文远又远不是我们过去印象中的农民。

说他是个农民一点也不错。他至今仍是农村户口，也不吃“官粮”。

说他是个农民又一点也不像。他谈吐优雅，满腹经纶，使“职业干部”们相形见绌。

张文远是兴平奶粉厂厂长。这是个乡镇企业。

可别小瞧这个奶粉厂！它所生产的著名产品“桂花”牌奶粉名扬全国。在西安，这种奶粉尽管价格高出所有其他同类厂家的产品，但它已经把别的奶粉挤到了一种十分尴尬的位置。1988 年，这个只有八十个人的厂生产奶粉 523 吨，税利 42 万元。各项经济指标在同行业居先，产值 340 万元，一跃为省级先进企业。

前不久，农民张文远西装革履，在北京和老外谈判成交了116万西德马克的生意，决定了引进生产奶片的设备和技术，企图建立他新的“奶帝国”，其气派之大，令咸阳“朝野”震动。

这个张文远啊!

张文远个子不算低，背微驼，脸色粗黑，头颅像一块山崖上的岩石，两鬓斑白的头发就像岩石旁的几缕秋天的茅草，给人端茶敬烟，动作是纯粹农民式的。如果你不是坐在他有沙发的奶粉厂的会客室里，你会觉得他是刚从地里回来。某些城里人爱从人的外表来判断一个人的秉性和智慧，往往正显出自己的愚蠢。其实，你和张文远谈上几句话，你就知道这绝非凡俗之人。作为一个农民的儿子，我深深知道在农村这些穿戴土俗的人群中，有着怎样性格非凡、智力超群的杰出人才！纵观中外历史，有多少伟人豪杰来自山乡野地？连毛泽东这样的人物也出身于农村。因此，我们不要为农民张文远做出这等事业而感到大惊小怪。

张文远说他小时候家境十分贫寒，连初中也读不起，就回家参加了劳动。这一点他不说我也料到了。没有经受过生活严酷的磨炼，人怎么可能去发愤图强呢？当然，许许多多的人往往被农村的“坩埚”煎熬完了勇气。张文远没有。为什么？因为他性格坚强。他不甘心，他不服气。

但是，人的发展总要有个环境和条件。在那些年头，社会生活犹如一潭死水，你不甘心不服气，又能怎样？难道硬拿自己的脑袋去碰山墙？

属于张文远的世界是自己所生活着的这个小小的村庄。他只能在这个天地里施展自己的力量和才华。聪颖而乖觉的张文远想在这个天地里证明自己的生存价值。他当了大队的会计。

他是个好会计，模范会计，在那个时代的农民属先进人物一类。

但“文化大革命”连这个小小的荣耀也被粉碎。先进成了“黑”的代名词，他又被揪斗，又被批判，没当什么官，倒尝遍了“当权派”的所有苦头。

人的生命和意志力具有惊人的顽强。张文远没有被搞垮，后来竟“混”到了公社里。他在公社搞过许多杂务工作，后来甚至到石头河水库领过民工。

虽然张文远“升”到了公社，但那时的张文远还只不过是个张文远而已，没有多少人知道他的尊姓大名。

1978年，他所在的店张镇镇办企业棉绒厂垮台倒闭了。公社不知为什么想到了张文远，派他当厂长去收拾那个烂摊子。当然，没有什么人对这个所谓的企业还抱什么希望，只不过总得派个人去收拾摊场罢了。

可是，对张文远来说，他的机会来了——尽管这时候他自己也未必意识到这是他一生的一个转折点。

张文远立刻走马上任。

他立刻感到他要咬的是一颗坏核桃。

他难以相信能把一个企业办到如此破败的程度。店张人能无能到如此程度?

店张可不是个没名堂的地方！店张古名为底兆，是闻名世界的古丝绸之路的第一驿站。应该说，店张人对生意买卖早就大开眼界。没想到店张的后人办企业都破败到快把自己吃饭的锅砸烂卖了。

他看到，“厂”内一片荒芜，蒿草长了一人高，野物四处乱跑，简直像个乱坟场。仅有的几间破瓦房四处洞开，屋里屋外没啥区别。至于那仅有的十来个工人，已经好长时间领不到一分工资了。领屁工资哩，手头无分文资金不说，还外欠了三万多元账债!

“张文远这小子吃亏呀！”有人说。

这话没说错。他上班的第二天，讨债的人就接踵而来。有人竟撕住了这个新厂长的领口，说再不还钱，就要给他点厉害看看了。还有的人两腿一盘，坐在他的办公室不走，说不还钱就不让他吃饭。家人一看这阵势哭啼着要他回家算了，说还是当农民无事。但张文远是个不安生的人，他想干的事就非干不可，越是这种时候，他越是有股牛脾气。他对讨债人说：乡亲们，我们这厂欠的账我这个厂长什么时候都认。只要我活着，还是这个厂的厂长，这账一定会还你们的。大家看到了，我们现在才十来个人，本人又是昨天才上任的，要还账首先得让我干才行。大家可以说定个时间，到时不还账怎样惩罚我都可以。你们现在连门都不让我出，我怎能挣钱还债呢？你们看，我一天都没顾上吃饭哩！放心！虽说我是个农民，但农民有农民的骨气，我把这个厂搞不好，我死不瞑目！后面的话，也许他只是对自己说的。但这肺腑之言总算打动了这些讨债的人，他们看到这个人眼里已含满泪水，就纷纷离开了。

早春的夜晚是宁静的。张文远披着件旧夹衣，立在这个凄惨的厂院内。月光下，满头斑白的头发纷乱地披散在他的额头上。他想，没有任何办法，唯一的办法就是一个字：干！

棉绒厂的机器又转动起来了。

在将近一百天的日日夜夜里，张文远带领全体职工没明没黑地大干。他几乎没有离开厂子半步。他好像不是个厂长，而只是个强壮得像一头牛一样的工人。伙伴们被他感动了。在生产的同时，他加紧回收欠款，并通过各种渠道将库里积压的卷烟和棉绒降价处理。他利用当年棉花丰收的有利时机，加班对外加工棉花、榨油。哪里人手紧张，张文远就在哪里，他是这个厂的推销员、采购员、工人，没有他不干的活。

外债立刻还清了，并奇迹般地在一百天内实现利润一万元。于是工人们兴高采烈，领到了工资，拿到了奖金。讨债的人再也不来这个厂光顾了。但张文远瘦了。两只眼睛深深地陷在了眼窝里。他打赢了第一仗。尽管这胜利微不足道，但对他来说，意义十分重大。下一步怎么办呢？光棉绒这一项目从根本上救不了这个厂的命啊！

有一天，张文远偶然从报纸上看到介绍三原、富平搞奶粉的报道。他的眼睛一下亮了起来。1978 年底，张文远来到了三原。奶厂的师傅告诉他，办奶厂利很大，技术也并不太复杂。他忙问奶的来源怎样解决。这位师傅告诉他，边办厂子边发展奶的基地，这样滚动发展，厂子和奶基地很快就壮大起来了。你不办奶粉厂，奶基地永远也发展不起来。师傅的话是有道理的。张文远又跑了一些外地的奶粉厂，觉得这项目确实有利可图。他从不少食品公司获悉，奶粉的销路愈来愈好。张文远赶回兴平后，给有关方面作了详细汇报，很快得到了财政等方面的支持。但问题随之也出来了。有些部门的领导指出，投资十来万元？这不是开玩笑嘛！一开张，奶从哪里来？如果发展奶羊基地，植树造林还搞不搞？到处是羊群，那不把树叶吃光才怪呢！

通往未来的路是艰难的，而他的事业又刚刚开始。

张文远差点跑断了腿。有人说，现在办事主要是靠“跑”。从上到下，各个系统、单位，无论有用没用，设立了那么多机构，建立了那么多铁门，你不跑能行吗？

张文远自嘲地想，幸亏我是农民，毕竟能跑哩。1979 年 10 月份，有关方面好不容易下了文件，兴平县奶粉厂开始筹建了。

筹建的资金十分有限。张文远精打细算，要在资金极少的情况下把这个厂办起来，真不容易！在施工十分紧张的那些日子，店张镇正逢庙会，连续唱了十五天大戏。在偏僻村镇，逢上这么热闹的日子，人们的心都乱了。戏白天黑夜唱，到处人欢马叫。张文远和工人们没去看一场戏，他和所有的工人从早一直干到深夜两点。看戏的人们心满意足地回家了，但奶粉厂的建设工地仍然灯火通明。夜渐渐深了，工人们才拖着疲倦的双腿回到了自己的工棚去睡觉。张文远的窗口却又亮起了灯光，他在筹划明天的施工任务。有时一直要忙到天亮。

事情常常往一块凑。这节骨眼上，他姐姐得了癌症，癌症就是死亡。张文远只回去看了一次姐姐，半天未到又赶回了工地。不久，姐姐就去世了。张文远还是没有离开工地半步。

假如办一个同类厂子，最少要30万—40万元投资，得花近一年时间，而兴平奶粉厂只花了16万元半年时间就拿出了产品，省市有关部门获悉这个情况，都认为这简直是奇迹。

奇迹不会凭空出现，奇迹是人用劳动创造的。奶粉厂建成投产后，张文远又忙开了奶源。面对奶源不足的严重情况，他大胆地采取了打破地域、提高奶价、让利于民、多中求利的应急措施，先后拿出10万元提高收奶价格，每斤奶比同行业高出一至二分钱。此法很奏效，日收奶立刻由原来的3000公斤增加到了8000公斤。为达到目标，他同时派出20来个小伙子，走乡串户，上门收奶，方便了群众，又开辟了新的奶源。这样群众乐意，厂方受益，用张文远的话说：在竞争中求发展，就得采用各种手段！

1980年，兴平奶粉厂就生产出3210多吨奶粉。张文远当即拿出20万元钱进一步扶持群众大量养羊。

这店张镇地处礼泉、兴平、咸阳三县之交地带，张文远发展奶源正是利用了这个地理优势。但万万没想到，人家也利用他张文远的优势展开了发展奶源的工作。他花了大资金发展起来的奶源基地，被礼泉、咸阳等地的奶厂收去了三分之二。这是一个沉重的打击。张文远明白，这也是一种竞争。他又不声不响地拿出10万元向南发展奶源，因为从地势上看，其他奶厂到这些地方收奶就不太方便了。

奶源问题基本解决之后，质量问题也得同步跟上。以质量求生存，对于一个企业来说，这是一条基本常识。厂里先后派出五人在外地学习培训，精通化验业务，提高识别掺假能力。在生产工艺流程中，又坚持跟踪化验、班班检验，确保产品质量，1987 年经咸阳市质检部门多次检验均为特级，先后获得投产鉴定、产品质量、三级计量三个合格证书，还荣获了市级优质产品证书。1988 年被评为省优质产品。

企业红火起来后，管理也变得复杂起来。企业发不出工资，大家可以咒骂几句离开厂子，因为这不是国营企业。奖金高了，三朋四友，亲戚六人又都想来干干，有托人捎话的，也有亲自求上门的。文远知道，搞企业必须六亲不认，该严的地方就得严到底。

1985 年，张文远有个外甥在厂里表现越来越不像话，自认为他是厂长的外甥，干活歪好，谁敢说个不字？张文远当即就宣布把他辞退。他姐姐上门说过多次也无济于事，最后只能破口大骂张文远是“白眼狼”。村支书的娃将厂里冷冻机上的铜管拆下来，锯成节卖了，导致了几千元的设备报废，张文远不管他是谁的娃，照样把他也除了名。他不仅对工人严，对干部更严，一次就曾免过两个副厂长。这些举动在厂里反响极大，有力地促进了生产的发展。

兴平奶粉厂越办越红火，张文远声名大震。

事业红火，名声远扬，张文远累得腰弯背弓，但是他的精神却真正树立了起来。这个有魄力的人突然决定要上大学，这不是为了图虚名。他认识到，一个文化粗浅的农民，即便是性格非凡，也不可避免一种局限性。现在，事业发展了，业务联系愈来愈广泛，许许多多的新东西、新事物扑面而来，一个初中还未毕业的农民很难招架这飞速前进的生活大潮。

他立刻投考陕西省广播电视大学。

他被录取了。

一个四十来岁的人，还要管理一个工厂，张文远上这学实在是忙上加忙，有时上厕所都一路小跑。母亲患了癌症，他没时间去尽孝心，甚至连回去看一眼的时间也没有。妻子煤气中毒，他顾不得回去照顾一下。为学习，为工厂的事，为欠下亲人们的情义，张文远心力交瘁，精疲力竭。

人可以亏人，但生活不会亏人。张文远在自己洒满血汗的土地上收获了累累果实。

1987 年，四十二岁的他以优异的成绩毕业于陕西广播电视大学，取得了大专文凭。

同年，他被兴平县委、县政府命名为全县乡镇企业优秀厂长，次年又被评为市优秀农民企业家。《陕西工人报》等新闻单位报道了他的先进事迹。一个十来人的破烂小厂，如今已拥有百十号人马，固定资产已达二百多万元。

1981 年，雄心勃勃的张文远，不仅将目光投向秦岭以外，并且将目光投向了国外。他要引进国外的先进设备和先进技术，生产奶片，大踏步地将他的企业提高到国际水准。

于是，同年 10 月，这位已有工程师职称的农民企业家，一身洋装，会同镇县领导，来到北京，开始和外国的商业大亨们谈判。

当他踩上红地毯，面对一群洋老板做一笔一百多万西德马克生意的时候，他大概想到了他那坎坷的大半生历程。是的，从兴平那个小村庄走到这里，他经历了人生的万水千山。同时，我们也从这个人的身上，看到了我国农民身上所具备的最大潜力。这潜力一旦有条件释放，其能量将无法估计。我们习惯于把农民看做是我国实现现代化的沉重包袱。其实，我们忽略了他们的才能和素质。现在，张文远用他的实际行动给我们作出了新的回答。千千万万个张文远都在向我们回答这个问题。

张文远不负众望，以一个谈判老手的面目“斗”得一群洋老板汗流满面；“斗”得他们不由竖起大拇指向自己的谈判对手致敬。最后，外商总报价 169 万西德马克的奶片生产设备，被巧舌如簧的张文远三天三夜压到了 116 万西德马克成交。

人们为张文远的成就而感叹唏嘘。张文远却平静地说：当生活向平等竞争这个趋向不断发展时，每个公民展示自己才能的机会也逐渐多了起来，在古老的中国，这无疑是一个令人庆幸的大转变……

张文远这个人啊！

六弦琴的歌唱

（代序）

刘仲平在公众生活中给人的印象是一个腼腆的人，属于那种不引人注目的角色。凭我对陕北人的熟识而感觉，那块土地上这种类型的人精神情绪往往是极为复杂的。在他们平淡拙朴的表象后面掩藏着对外部世界利刃般尖锐的敏感，并不起伏的胸膛中涌动的是一个感情的海洋。有时你能察觉到的那丝无意的微笑，恰恰包含着一种深刻的讽刺或者干脆就是一种嘲笑。让你笑的时候他尽量使自己不笑。当他感到巨大的痛苦时，却用平静的方式来表露。但是他那敏感的手指会时不时拨弄自己感情的弦索，这时候，他才不可能再掩饰自己抒情诗人的气质了。为了打动别人，刘仲平索性使自己完全变为儿童，甚至有点强制性地让你和他一起为他在生活中的那些“惊人”的发现和感受生出许多感动和激动来。有时候他能达到目的，有时候却不能，因为并不是所有个人的感受都能引起别人与他一致的共鸣。这种情况下我们就能看见“孩子”刘仲平后面站着的那个“大人”刘仲平的一脸孩子的稚气。当青年刘仲平转而开始叙述那些青春故事的时候，我们就不再听到小铃铛和拨浪鼓伴奏下的童谣了，我们听到的是真正六弦琴的歌唱。他那些初恋的回声，不时唤起人一缕美妙而惆怅的情愫，如同春天的溪流在心头涓涓淌过。

总览这个人的作品，常常会感到一种有字与无字的歌唱。当然，他弹奏的并不完全都是些如歌的行板，只要有机会，还把一些冷峻的幽默和讽刺掺和了进来。抒情性和幽默感都是构成作家素质的重要方面，不过，这是需要节制使用的。

以上所说的刘仲平的一切，对于真正艺术作品的要求来说，都还是雏形阶段。从雏形到成熟，是一条漫长而艰辛的历程，谁不懂得这一点，谁就永远不可能走进艺术的堂奥。可以看出，刘仲平的小说目前描写的格局仍然局限在一种狭小的范围里。我们期待着他的作品升腾起生活浪涛巨大的澎湃声，而不再单纯醉心于倾听自己那种小夜曲式的吟唱。

一九九〇年元月十一日西安

＊此文为路遥为刘仲平小说散文集《黄河潮》（陕西旅游出版社，1992 年 8 月）写的序言。

《刘凤梅[1]小说选》序

我和本书的作者是同村人，住家一河之隔，父母同为农民，大的生活走向也相似，都是从黄土高原那个小小的山村启程，然后来到城市上学并加入了城市居民的行列，连同后代都成了城里人。

生存环境的改变不可能铰断类似我们这种人和农村母体相连的那根脐带。肯定地说，我们自身的生活及其作品涉及的生活，都深刻地烙着农村的印记。

但是，毕竟我们实际地生活在了城市。

从农村到城市的过程，从表面上看，就是改变了一些环境，填了一些履历表，转换了一些组织关系，似乎并不复杂。其实，从精神方面来说，这是一个无比沉重而艰难的历程。这意味着要丢弃一些祖辈珍传的好的或坏的遗产，同时得接受一些令人欣喜或令人不安的馈赠。由此，必然造成了精神思想交叉多重的复杂性。要挣脱的东西挣脱不了，要接受的东西又接受得不自然。实际生活中巨大的矛盾引发了痛苦，引发了危机，于是，艺术的冲动便出现了。当代中国的许多作家都出现在这个生活的断层上。刘凤

①中国作家协会会员，编审。

梅就是其中的一个。

凤梅年长于我，学校里年级也高，因此那时并没有多少交往。但在我们周围几个村子，她名声赫赫，不但学习出类拔萃，经常担任各种令人瞩目的学生职务，而且十几岁还留着男孩子的发式，简直就是一位与众不同的明星，大多数糊鼻涕的农村孩子相形见绌，对她只是敬而远之。直到上完大学参加工作之后，偶尔相遇，才感到这也是一位普通人，只是流露出那种想做一些重大事情的情绪，仍然有一些少年时期的性格特征。她显然不甘于做一个普通妇女，似乎要成就一番事业。至于能做些什么，那时别人甚至连她自己都未见得有充分的认识。

几年以后，令人惊讶的是，她竟然离开自己的专业写了一部篇幅不小的中篇小说。小说虽谈不到技巧，所描写的生活也有点原生状态，但无疑显示了她在这方面也具备才能。撇过一切不说，能写出这么长的作品，就叫人不得不侧目而视。从此而始，她在繁忙的工作和家务之余，不断有作品问世，而且进步很快，以致今天有了这本沉甸甸的结集。

我不敢说本书的艺术成就达到了多高的水准，但这无疑是一本值得认真阅读的书。首先令人感动的是作者对生活的一片赤诚之心。书中表达了作者鲜明而积极的人生观，苦苦在追寻生活确切的甚至是终极的目标。她冷峻地剖析社会关系、人际关系以及人自身的诸种矛盾与冲突，并情不自禁地把这一切都纳入自己的生活观念中给予肯定或否定。这造成了某种强烈感染力，当然也可能影响了读者的判断力。可以看出，由于作者的精神气质属于知识分子和农民子女的一种混合型，对她坚信不疑的某种观念，有时也会生出一些茫然的情绪来。生活不仅复杂万端，而且千变万化，作家应该有包容一切的广阔胸怀，才有可能进入一种创造的自由。这是需要作者继续努力的。

本书所涉及的生活，由于作者感受的强烈，因此有一种独特的魅力。诗情是隐蔽的，但也是巨大的。我们在坚冰之下，不时能听见水流隆隆的喧响。其间，我们能感受到一种坚实，感受到一种诚恳，感受到装扮我们生活大地的不仅有绚丽的花朵还有朴素的谷穗。

一九九一年初春，病中

* 这是路遥为刘凤梅小说集《春夜静悄悄》写的序。

乔维新的中国画

即使是初次见面，乔维新也能给人留下很深的印象。他不像某些学西洋画的，透露出一种故意的落拓和精心的杂乱；也不像某些学中国画的，雅俗不分，却一脸文人骚客的矫情。乔维新既学过西洋画，也学过中国画，但他质朴无华，保持着普通人的常态，看起来不像个艺术家，倒像个公务员。其实，在他最具艺术家气质的略带忧伤的眼神中，我们能感觉到他内心深处时常泛滥着色彩的浪潮并燃烧着诗情的熊熊火焰。当他夜深人静在斗室中描绘那些历史人物的时候，我猜想他定能听见远古传来的金戈铁马的喧嚣和深宫幽闺中的某一声女性的叹息。乔维新的中国画和他本人的性情一样，激情并不一宣而泄，他讲究一种隐忍不发，更多地使人感到而不是直观大江东去的磅礴之势。这种艺术机巧尤其在他的许多描绘男性历史人物的画卷中充分体现。

中国古代具有代表性的美人杨贵妃、王昭君、西施、貂蝉等，是乔维新中国画经常性的题材，也是当前他画廊中最为瞩目的一部分。画这几个女人对艺术家来说可是一件冒风险的事。这些绝代佳丽不仅家喻户晓，而且书籍、戏剧、绘画等艺术门类古今都有纷繁表现，如果没有功力和创意，极有可能流于平俗。乔维新不会不明白这种难度。对于她们来说，画美是不成问题，也是起码的，但这绝对不够。画里需要一种独到的审美眼光和非同一般的表现力。这显然需要勇气，需要在广大的平坦之上堆垒起某种崎岖，最少应该有所隆起。乔维新没有畏缩。他不仅凭借勇气，主要凭借他的功底和创意投入了这个艺术的“陷阱”。乔维新 1978 年毕业于中央美术学院，从师于蒋兆和、靳尚谊、李琦等大师级画家，无论在西洋画还是中国画方面，都有极开阔的眼界和高层次的审美水准。他又是一个极为勤奋与刻苦的人，几乎在一切绘画领域都有过实践与追求，因此，他有可能也有能力将十八般兵器熔于一炉，以锻造合金复杂的艺术之剑。在他的中国四大美人系列中，我们至少感受到了西洋画和中国画两种技巧糅合一起所造成的一种新的中国画的魅力。中国画大写意的线条中渗透着西洋画体面关系的写实风格，使人物在飘逸流动中呈现出某种实感，引诱你进入想象和感觉合为一体的境界，正如诗一般的云彩中蓦然落下几粒凉丝丝的雨点。

这几年里，也看过一些“中西合璧”的中国画，探索之大胆除令人惊讶之外，大都留下非驴非马的印象。在这些画中，你弄不清是西洋画淹没了中国画，还是中国画淹没了西洋画。也许这就是一种新画派？目前恐怕认同者无几。因为是探索，就不必指责；探索之路是通向未来的。就目前而言，乔维新的探索我们显然更容易接受。从根本上来说，他的画仍然是典型的中国画。西洋画的技巧强化了中国画的艺术感染力，而没有改变中国画本身的特质，这是无可置疑的。由此而论，乔维新的中国画创作虽然别具一格，但他显然没有脱离中国传统艺术的运行轨迹。他继承遗产，但不满足原封不动拿过来，他琢磨着去掉一些东西，加添一些东西，改变一些东西。在这种有创意的工作中肯定有许多缺憾，甚至捉襟露肘，但是，在我看来，即使创造的缺陷也要比临摹的完美更要振奋人心。

乔维新，宁夏中卫人，已有一千余件作品发表，在全国各种画展中，二十多幅作品获奖，被载入《当代中国美术家名人录》和《中国现代美术家人名大辞典》，并有作品流入日本、德国、美国、新加坡、比利时、英国、香港等地。人是青年，就有如此成绩，有天分，更有苦心孤诣胼手胝足的努力，这是他现有艺术收获的资本，他未来更上一重天的原动力。值此乔维新西安画展开幕并应中国文化艺术研究中心之邀将赴深圳举办个人画展之际，写了以上的话志贺。

一九九一年初春于西安

惠怀杰的摄影艺术

青年摄影家惠怀杰迄今为止一直将深情的目光主要投向陕北大地。他借助手中的相机，真诚地袒露了他对这块土地和生活在其间的人民的热爱和礼赞。在他的审美视角中，土地是那样博大，那样温暖；那些甚至看起来一无所有的荒山秃岭，也使人联想起陕北父亲裸露的脊背和母亲敞开的胸怀。一切都是明明白白的单纯，一切又是说不完道不尽的丰富。最使人怦然心动的是怀杰对这块土地上生命意识的崇敬和赞叹。在这里，大自然和人的生命融为一个蓬勃的整体，不能不使你为此而深深地感动。在他的作品中，即使一棵露出根须的老枯树，也绝不颓然倒下，而像勇士一般坚强地挺立在漠漠黄沙之中。在有限的表象之下，我们感到了一种无限的力量在扩张。不难看出，怀杰在陕北大地上所展示的那种生生不息的人生态度和顽强奋斗的精神，也就是我们整个民族精神的写照。从这个意义上说，他力图追求的是本质地把握生活，而不是像某些作品在表现所谓黄土地生活的时候，要么在穷乡僻壤中寻找一些落后风俗，要么在镜头前和暗室里摆布和制造一些虚假的景象。怀杰也在选择，但他显然首先强调真实，同时将深邃的思想赋予这种真实，从而造成了能真正打动人的艺术效果。

惠怀杰在表现陕北生活方面，有他自身的优势。他是陕北人，对陕北的土地和劳动群众有着深层次的理解，不同于一些专意到这块土地上“寻找艺术”的匆匆过客，立刻被这里的大自然和人的表面现象所迷惑，抓住点什么就惊喜若狂。怀杰常常是用一种深沉而尖锐的目光，竭力刺透生活的表层土壤，以探测到埋藏在生活深处的内涵。另外，他虽然是陕北人，也长期在这块土地上生活过，但他又多年在大城市工作，加上坎坷的生活道路和周游外部大世界的经历，使他不像纯粹生活在本土的艺术家那样把自己的思想和艺术目光局限在狭小的范围内。从他的作品中我们感到，在他观照生活的时候，既从里面往外看，也从外边向里看，因此，这块土地在他的视野里，就不会是一种浮光掠影式的空大，也不会是那种瓜蔓菜豆式的小格局；他的作品气势磅礴且富于深邃的历史意识和哲学思考，有些作品甚至达到了摄人心魄的强烈的艺术感染力。在他的“陕北行”摄影展于西安开幕之际，无论是内行还是外行面对他的作品都不由自主敛声屏气，感到了一种极大的冲击和震撼，就是一个证明。

在怀杰并不长的艺术生涯中，已有数百件作品发表，在国内外有关报刊杂志上获奖，作品并且被介绍到英国、日本、香港等国家及地区。西安影展后，还将去北京、深圳举办展出，同时，第一部摄影作品集也将问世。

惠怀杰在艺术追求中有一种强烈的使命感和献身精神，为了拍摄出满意的作品，他不惜任何代价，其中经历的艰难与困苦只有他自己清楚。他才三十岁出头，有了这般劲头，相信在摄影艺术这个广阔的天地里会有更大的作为。我们期待着他的新成就。

一九九一年初春于西安

生活的大树万古长青

我感谢评委们将本届茅盾文学奖授予我和另外几位尊敬的同行。就我个人而言，获此殊荣并不平静。毫无疑问，还有许多朋友本应该当之无愧地领受这一荣誉。

获奖并不意味着一部作品完全成功，因为作家的劳动成果不仅要接受现实眼光的评估，还要经受历史眼光的审视。

在当代各种社会思潮、艺术思潮风起云涌的背景下，要完全按自己的审美理想从事一部多卷体长篇小说的写作，对作家是一种极其严峻的考验。你的决心、信心、意志、激情、耐力，都可能被狂风暴雨一卷而去，精神随时都可能垮掉。我当时的困难还在于某些甚至完全对立的艺术观点同时对你提出了责难，不得不在一种夹缝中艰苦地行走。在千百种要战胜的困难中，首先得战胜自己。

但是，我从未感到过劳动的孤立。许多同行和批评界的朋友曾给过我永生难忘的支持和透彻的理解。更重要的是，我深切地体会到，如果作品只是顺从了某种艺术风潮而博得少数人的叫好但并不被广大的读者理睬，那才是真正令人痛苦的。大多数作品只有经得住当代人的检验，也才有可能经得住历史的检验。那种藐视当代读者总体智力而宣称作品只等未来才大发光辉的清高，是很难令人信服的。因此，写作过程中与当代广大的读者群众保持心灵的息息相通，是我一贯所珍视的。这样写或那样写，顾及的不是专家们会怎样看怎样说，而是全心全意地揣摩普通读者的感应。古今中外，所有作品的败笔最后都是由读者指出来的，接受什么摈弃什么也是由他们抉择的。我承认专门艺术批评的伟大力量，但我更尊重读者的审判。

艺术劳动应该是一种最诚实的劳动。我相信，作品中任何虚假的声音可能瞒过批评家的耳朵，但读者是能听出来的。只要广大的读者不抛弃你，艺术创造之火就不会在心中熄灭。人民生活的大树万古长青，我们栖息于它的枝头就会情不自禁地为此而歌唱。

作为一个农民的儿子，我对中国农村的状况和农民命运的关注尤为深切。不用说，这是一种带着强烈感情色彩的关注。“为什么我的眼里常含泪水？因为我对这土地爱得深沉……”（艾青）是的，生活在大地上这亿万平凡而伟大的人们，创造了我们的历史，在很大的程度上也决定着我们的现实生活和未来走向。那种在他们身上专意寻找垢痂的眼光是一种浅薄的眼光。无论政治家还是艺术家，只有不丧失普通劳动者的感觉，才有可能把握住社会生活历史进程的主流，才能使我们所从事的工作具有真正的价值。在我们的作品中，可能有批判，有暴露，有痛惜，但绝对不能没有致敬。我们只能在无数胼手胝足创造伟大生活、伟大历史的劳动人民身上而不是在某几个新的和古老的哲学家那里领悟人生的大境界，艺术的大境界。

《平凡的世界》对我来说已经成为过去。六年创作所付出的劳动，和书中那些劳动者创造生活所付出的艰辛相比，不值一提。但是，我要深深地感谢花城文学杂志社及谢望新，黄河文学杂志社及珊泉，中央人民广播电台文艺部及叶咏梅，特别要感谢中国文联出版公司及本书的责任编辑李金玉，他们热情而慷慨地发表、播出和出版了这本书，才使书中的故事又回到了创造这些故事的人们中间。

一九九一年三月十四日于西安

在茅盾文学奖颁奖仪式上的致词

非常感谢评委们将本届茅盾文学奖授予我们几个人。本来，还应该有许多朋友当之无愧地领受这一荣誉。获奖并不意味着作品的完全成功。对于作家来说，他们的劳动成果不仅要接受当代眼光的评估，还要经受历史眼光的审视。

以伟大先驱茅盾先生的名字命名的这个文学奖，它给作家带来的不仅是荣誉，更重要的是责任。我们的责任不是为自己或少数人写作，而是应该全心全意全力满足广大人民大众的精神需要。我国各民族劳动人民创造了辉煌的历史、壮丽的生活，也用她的乳汁养育了作家艺术家。人民是我们的母亲，生活是艺术的源泉。人民生活的大树万古长青，我们栖息于它的枝头就会情不自禁地为此而歌唱。只有不丧失普通劳动者的感觉，我们才有可能把握社会历史进程的主流，才有可能创造出真正有价值的艺术品。因此，全身心地投入到生活之中，在无数胼手胝足创造伟大历史、伟大现实、伟大未来的劳动人民身上领悟人生的大境界、艺术的大境界应该是我们毕生的追求；因此，对我们来说，今天的这个地方就不应该是终点，而应该是一个新的起点。

谢谢。

文学·人生·精神

——在西安矿业学院的演讲

整理者按语：1991 年 6 月 10 日，我国著名作家，第三届茅盾文学奖获得者路遥应邀到西安矿业学院讲课，受到青年学生的热烈欢迎。在畅谈文学、社会和人生的过程中，路遥创作的精神、独到的见解和可贵的人格，极大地震撼了全体听众。讲课从下午 2 点 10 分开始，5 点多结束。本篇演讲实录稿根据录音整理，题目系整理者加。

朋友们好。以前在文科学院讲课比较多，在工科学院讲课我把握不准，因为我是学文科的。为了更具针对性，我想咱们采取这么一种形式，就是大家能提出些问题，我根据问题回答。站起来提可以，写条子也可以。

我先简单把自己的情况介绍一下。我是陕北清涧县人，出身于一个农民家庭，父母亲一个字也不识。我小时候在农村上学，17 岁之前没有走出过我们的县境，走过的最大城市就是我们的县城。以后在县城上中学，上完中学又回到农村当农民。1973 年进入延安大学中文系，念了三年书。书念完后分配到当时的陕西省文艺创作研究室——就是现在作家协会的前身——当编辑，在《延河》编辑部当了6年编辑。1982年成为专业作家到现在。简历情况就是这样。

作为一个出生于农民家庭的青年，从农村走向城市这个过程是相当艰难的。我的许多作品涉及了这方面的许多问题，这些问题跟我本人的经历有关系。至于我个人的情况，过一会儿谈作品的时候估计还得作一些补充。

现在我回答问题。

（念条子）请问路遥先生，在《平凡的世界》中假如田晓霞没有死，她能和孙少平生活在一起吗？你是无法处理这个矛盾才用田晓霞的死撇开的吗？

这个问题在其他的地方讲课时也有好多同学提出来过，我可以回答大家这个问题。情况并不是我无法处理这个矛盾。田晓霞如果没有死，我也有办法处理她和孙少平的关系（笑声、掌声）。从世俗的观点来说，像田晓霞这样的出身，她是比较高级一些的干部子女，而孙少平是农民子弟，是个煤矿工人，这就涉及到因为门第高低他们能不能结合的问题。我觉得作为现代的青年来说，如果达到大学文化以上水准的青年，对于婚姻和爱情的态度，已经不是那么太世俗。如果他们的精神越过一般人的话，在处理这些问题的时候，并不是以家庭出身、地位因素来决定自己的感情生活的。所以我认为，即使田晓霞活着，她和孙少平结婚了，也没有什么了不起，我认为这是完全有可能的。为什么要让她死呢？我认为谁死谁活，有时候很难说，而且一般来说，具有献身精神的人死的概率比较大一些（掌声）。像田晓霞这样一些人，他们是比较勇敢、具有献身精神的人，所以死的概率就比较大。我们常常看到报纸上刊登一些青年英勇献身的事迹，大都是为了救别人或国家财产之类死的，因为他们勇敢，所以死了，而那些懒汉、经常在家里呆着贪生怕死的人，活下去的可能性可能更大一些。

（念条子）《平凡的世界》中孙少平和地委书记的女儿的恋爱现

实吗？这部小说和你的经历联系密切吗？

第一个问题已经回答了，就是我认为这个恋爱还是现实的。至于生活中地委书记的女儿是不是非要和煤矿工人结婚，我认为不是都是这样，但是在生活中不排斥这样一种现象，而且在生活中有这种现象。这部小说和我个人的联系，我准备过一会儿集中来回答这个问题，现在先回答其他问题。

（**念条子**）听说你写《平凡的世界》写得很苦，是不是？请介绍一下你的这段经历。前几年有人提出我们国家文学走向世界的问题，你对这个问题是怎样看待的？

我先回答后一个问题，前一个问题后面集中回答。关于我们国家文学走向世界的问题。在文学界，是有人在提出要走向世界的问题，意思是咱们国家的文学是落后的。改革开放以后，我们的文学处于一种过渡阶段，而且很活跃，接受了西方的好多艺术观点，这些都是对的。至于文学怎样走向世界，我认为这是一个比较复杂的问题。首先，咱们国家人口很多，学习外语的人多，把外国文学作品翻译成中文语言的技术性问题也不是太大；这样的话，外国文学走向中国比较容易。而咱们国家把汉语翻译成其他国家的文字就非常困难，加之国外学汉语的人又很少，这就给中国文学的传播带来困难。这也是文化方面的不平等。现在有一种看法，认为只有把咱们的作品翻译成外文，作品的价值就大了，而且有些人在这方面看得很重。我认为一个国家的文学和艺术走向一个更广阔的世界，是一种自然的现象，不能刻意。不能说被翻译成外文，你这个作品就伟大。有些人沾上一点外国的边，好像就走向世界了。我把你的作品翻译成尼泊尔文，你的作品是不是就走向世界了？尼泊尔有多少人口？也是外国。咱们国家是十一亿人口，这么大的国家，我认为文学应当首先走向中国。陕西许多作家也提出了这个问题。我认为你先走向河南、四川（指国内），然后再说走向其他地方（指国外）（掌声）。

（念条子）前几年文坛上有好多思潮，你对这些非理性思潮是怎样看待的？

首先，咱们这几年社会思潮、文学思潮、艺术思潮都很多，而且我们接触了好多国外新的东西，包括思想方面的东西，我认为总体上来说，我们这个国家有必要接受世界上新的思想，因为我们是封闭了好长时间的国家，如果不接受外来的东西，我们的思路就打不开，而且我们这个国家要走向未来，就会存在好多问题。正如在经济上一样，我们要改革开放，走向更广阔的世界。在其他方面，我们也要接收外来的好多思想。但是有一个问题，就是我们不能自己丢失自己，因为中国是一个大国，有十一亿人口，有五千年的历史，我们自己有许多特别优秀的传统。当然我们在历史上沉淀了好多沉重的精神负担和思想包袱，但是总的来说，我们对自己的文化必须认真地首先来考虑。我在欧洲访问的时候，在德国见了许多作家，和他们交流了好多看法，他们认为咱们国家前几年接收的许多东西并不是西方文化的精华，有一些东西是人家在三十年代、四十年代早已撂到垃圾桶里的东西，咱们现在不分好坏，全部把它拿过来，他们感到有点不理解。什么叫咱们的现代意识呢？我自己说一个观点，什么时候我们在自己的文化精神基础上产生一种新的东西，然后让西方人学习，让西方人感到惊讶，让他们感到我们的这些东西是先进的，这个时候，我们才能说我们具备了成熟的现代意识（掌声）。我认为现在好多人是把外国人的擦屁股纸拿回来吓唬中国人（笑）。我到西德访问的时候，见到他们现在在世的最伟大的作家，叫仑斯，这个人已经70来岁了，但在西德的影响最大。按照我们一般的观念来说，他是资产阶级作家，但他对世界上的各种文化都不是排斥的，他们也在学习毛泽东的著作、列宁的著作。他和你谈话的时候，可以大段引用毛泽东的语录和列宁的语录，而且认为那段话讲得很好，好在什么地方。这就是说，人家对整个世界文化，吸收其精华，具有一种特别博大的胸怀。人家选择好与坏是根据一种标准，而咱们是一种潮流，根据潮流评判好与不好，潮流认为现代意识某一方面是好的，大家就都以为好，其他人跟在后边就是个跑。所以在中国这个大地上，在文学和社会思潮方面我们经常可以看到一股又一股的黄尘遮天，就是有几个人卷起一股黄尘的话，好多人跟在后边，大家整个在大地上卷起滚滚黄尘，只见黄尘不见人。到底我们自己的东西、独立的东西是什么呢？这是非常重要的。比如就文学这个现象来说，在西班牙语系中，包括拉丁美洲，过去没有多少太伟大的作家，咱们知道的就是塞万提斯的《堂吉诃德》，这在西班牙语系中是比较重要的作家。过去在拉丁美洲第三世界一些所谓贫穷落后的地方，它们的文学意识也在学习欧洲，但是后来拉丁美洲的现代作家们，在自己传统文化基础上用新的手法如魔幻现实主义等等进行创作，产生了许多伟大的作家，使欧洲的作家刮目相看。拉丁美洲的作家进步了，而欧洲的作家落后了，回过头来，欧洲的作家要学习拉丁美洲的作家。比如拉丁美洲的马尔克斯、略萨、博尔赫斯，还有西班牙本土的塞拉，这里边就有两个是诺贝尔文学奖获得者。拉丁美洲的文学为什么会出现这么一种现象？因为他们完全不是跟在西方人的屁股后面跑。如果完全把西方的东西拿过来当作自己的楷模，那么，就会永远跟在西方人的后面跑。拉丁美洲的作家没有跟在西方人的后面跑，而是走出自己的一条路，做出辉煌的业绩，这样就迫使西方的当代作家回过头来向他们学习。按我的理想，中国有一天也应该是这样（掌声）。在我们这样有五千年灿烂文化历史的土壤上，一定能产生出体现我们自己当代水平的作品，让欧洲大吃一惊，让欧洲的作家们回过头来学习亚洲，学习我们，这样才意味着、标志着我们的当代文化进入一种高水平（掌声）。而不是现在我们一些人拣到一些外国人的擦屁股纸，就拿回来到处吓唬咱们的老百姓，把咱们的文化说得一塌糊涂。我认为这样做是没有出息的。

作为青年一代，接收外来的新思想是很重要的，但是随着我们的成熟，社会发展的成熟，我们必须有深度地认识我们的文化和外来文化。我认为一个民族的成熟首先应该是文化方面的成熟，文化的成熟就是怎样吸收全世界优秀的东西，在我们自己文化的这个基础上产生出新的更高层次的一种文化。如果试图割裂我们的传统文化，然后靠外国的文化代替我们自己的文化，我认为这是不可能的，也是没有前途的。这是我的看法。但是我反对保守，反对认为我们的文化全部是金银，全部都是祖传秘方，能包治百病。我们应该看到我们自己的文化中，也存在着一些落后的已经是不能被现实所接纳的东西。

（看条子）好多条子都要求我谈谈写作《人生》和《平凡的世界》这两部作品的情况，只能简略地说一说，因为这两部作品是我从三十多岁到四十多岁十年间跨度的两个作品，谈起来话很长，我概括地说一说。

《人生》这个作品过去已经很遥远了，当时社会上有各种疑问、争论，提出的问题很多，各个层面上的问题都有，我自己不能全部回答这些问题，但这个效果也就是我所追求的效果。关于《人生》这个作品，有人对它理解，有人对它有不同的看法和认识，这都是可以理解的，也是我当初写这个作品的一种目的。

写作《人生》的直接动因有以下几点：第一点，我自己有类似的经历，而且我的经历不仅仅是我个人的经历，我处的时代有那么一批人都是高加林这样一种处境。中国有自己的具体情况，尤其在当时的背景下，好多农村有文化的青年确实感到很苦闷。为什么会出现这样的问题？这要追溯到特别远的历史。我们的农村从解放以后一直到“文化大革命”，中间漫长的几十年一直是比较封闭的社会，像解放初期五十年代到六十年代，陕北那样特别贫困的农村，有的一个村里连一个识字的人都没有，春节的时候要写一副对联都没有人写，没有办法就拿碗蘸上墨拓碗砣，一个格子拓上一个墨砣砣就算是文字。当时就是这样一种状况，他们的生活处境可以说是非常艰难的。在座的也有从农村来的同学，知道这种情况。可以说农民一生中最大的理想就是吃饱肚子。现在我们看来，这是多么渺小的目标。但是在当时，农民们基于生存的愿望，就是希望能吃饱，对他们来说，这就是一生中最伟大的目标。就这样一个渺小的目标，大部分人、老一些的农民都没有实现，一生为了一口吃，而一生却没有满足这个愿望，随后就睡到黄土地里结束了自己的一生。后来农村好多人就觉得他们这样活着没有办法，但是自己的下一代能不能脱离开这块土地，不要像他们这样再活一生？萌发了这样的愿望后，于是在五六个孩子中间或七八个孩子中间找一两个最聪明的，然后送到学校里去读书。他们看到，要在这个世界上生存，没有文化是不行的。这些孩子在农村的时候和父辈一样，小时候没有多少梦想，他们接受的哲学就是他们父辈的哲学，就是好好劳动、砍柴、拔苦菜。大人在孩子还小的时候，就把劳动工具找下，教你来学习怎样劳动，就像城市里孩子的父亲把铅笔装在文具盒里叫你学文化一样。这样，一些农村孩子开始读书，从小学一直读到中学，上了县城读完高中以后，他们在外面已经看到一个很大的世界。他们有了文化，觉得父辈的那种生活他们再不能接受了，但现实生活又迫使他们必须回农村，因为当时农村既不招干也不招工，甚至不能上大学。这样,这些青年回去以后就特别苦闷。大部分青年屈服于现实，像父亲一样在土地上劳动，然后喂几个老母猪，想办法找一个媳妇，再养五六个孩子（大笑），然后就是重复父辈的命运。也有个别出类拔萃的，像高加林这样的青年，不甘心这样一种生活，他们觉得这样一种生活对于人来说是屈辱的，他们想追求一种起码不能像父亲这样生活的生活，所以他们苦苦地在社会上挣扎和奋斗。高加林后来犯了这样那样的一些错误，我们可以不原谅他，可以谴责他，但他确实有他的具体情况。这样的话，对高加林这个人物就产生了各种各样的意见，这都是正常的。

第二点，我为什么要写这个作品。在大学里，我曾经把中国建国以来的主要杂志和有代表性的作品进行了认真研究，有些重要的杂志我从创刊号看到“文化大革命”开始后的终刊号。研究以后，我感到有一个特别大的不满足，就是我们的绝大部分作品，在我的《人生》这部作品之前，我可以这样说，绝大部分作品都把人写成两种人：好人和坏人。大家也许记忆犹新，以前我们在看电影、看作品的时候，尤其是电影上人物一出来，三岁小孩都能分辨出谁是好人，谁是坏人。我认为这是文学艺术中一种非常幼稚的现象，需要有一种挑战性的作品来回答这个问题。我当时想，我要写一个叫你急忙说不清楚是好人或坏人的人（掌声）。这样，我就开始写高加林这个人物。《人生》这个作品写完以后，在社会上争议很大，比如有的青年同情高加林，甚至赞赏他的这种追求，有文化知识的青年、大学生持这种意见的很多。有的领导干部则是另外一种看法，认为高加林是个人奋斗，是一个个人主义者。更有那些市民，那些卖菜的大嫂，认为高加林是陈世美。都有道理。如果你认为高加林是个人主义，那么你就多一点集体主义；如果有些当官的认为高加林是个人主义，那么你们最好有一种公民性，不要像高加林这样搞个人主义，你们好好为人民服务，这很好；有的大学生认为高加林身上有进取精神，那么你们就好好进取；还有那些卖菜的大嫂认为高加林是陈世美，那么你们就回去教育自己的子女不要学陈世美，这都是很好的（掌声）。由于那种固有的审美观念，有的人就要求给《人生》这个作品写一个续集，认为这个作品没有写完，好多问题没有回答，也就是要逼迫作家来回答这些问题。但是我认为，这就是中国人的一种审美习惯，一定要让作品都来个大团圆或者最后的结局。作为读者来说，我们应该有一种自省能力，就是我们不要轻看自己，我们自己的头脑哪里去了？为什么要让作家把什么问题都给你回答，我们来被动地接受？我认为一部好的作品应该给广大读者和观众留下宽阔的思考余地，作家没有那么高明，作家的任务就是把生活摆到你的面前，有些结论性的东西要你去补充，要你进行再创作。你要求作家给社会开药方，并不一定灵验，文学不是开药方，而是给读者展现一种具体生活，经过时间的考验，读者自己会根据自己的实践对这些生活做出结论。但是有些人就是不服气，非要来个续集不行，企图回答这些问题。比如咸阳有个农民，一开始就对《人生》不服气，说（用关中方言）：“把我们农民糟蹋成啥了。（大笑）农民怎么是这样？我们农民就不应该会这么窝囊，我们农民也要走州过县，我自己就成了万元户。”他后来搞了个什么《乡下人》，提出来要回答这些问题。有些人认为续集要把高加林写成万元户，甚至和巧珍结婚、和巧珍的妹妹结婚等等这些自作聪明的做法。我认为这样做没有必要，高加林未来成了个什么人，这要由生活来回答。尤其在当时社会生活还没有发生重大变化的情况下，高加林走什么样的道路我回答不了。有些问题，社会都解决不了，我一个作家怎么可能解决？社会都回答不了，我一个作家怎么能回答的了？这是《人生》这个作品的情况，有关这部作品的一些具体问题大家还可以提问。

至于《平凡的世界》这个作品说起来比较复杂，因为这部作品比较大。《人生》这部作品完了以后，社会上各种喧嚣让我当时有点受不了，一般人遇到这情况也会特别头痛。我后来总结了两句话，就是把中国的两句俗语连在一起，叫“人往高处走，高处不胜寒”。（掌声）因为你不可能往低处走，人都是想往高处走，但是你走得太高了以后，就会感到你的处境变得十分艰难。我当时的情况就是这样。当时电报、信件、各方面的采访弄得你简直受不了。有时半夜里三点钟正睡着觉，突然送来一封加急电报，以为是不是家里的老人死了，打开一看，才知道是那个电视台要拍点什么，气得你觉都睡不成（大笑）。另外，在当时那种情况下，我知道读者和我自己一样，都会向自己提出这样的问题：你写完《人生》之后怎么办？这是不是你的高度？是不是你一生的终极高度？你要是停留在这个水平上，那也很容易，咱们的好多作家也就是这样做的，写一部作品吃一辈子，以后可以做一些平庸的制造，再写一些类似的作品，每年发三四个中篇，证明你还活着（大笑）。我认为，一个真正的艺术家就是要追求真正的价值，而不是在文学界和艺术界留个虚名。不能因为发表了一部作品就认为自己的价值不得了了，就是永存的，既然你还有创造的潜力，那么，你就应该想办法，使自己进入一种新的创造境界中去，要和过去斩断，过去已经成为你的历史（掌声）。我认为，作家、艺术家应当具备的能力就是自省的能力、自我批判的能力、自我审视的能力，这对艺术家来说是至关重要的，甚至对艺术以外的各个行道，对每一个人，都是至关重要的。人有时候批判别人批判得很通顺、很痛快、很有能耐、很有水平，但是批判自己的时候就一塌糊涂、没有水平。你要真正干一件事的话，你不要批判别人，首先批判自己，就是我什么地方做得不对，还应该怎么做，对自己要严厉一些。我曾经有一句话叫：对自己应该残酷一些(掌声)。有的人对别人很残酷，对自己有时候太温柔，这样，我认为要有大的进取就比较困难。当时，我自己就面临如何对待自己的问题。怎么办？我有个习惯，就是我平时没有其他什么爱好，不像人家搞艺术的，琴、棋、书、画，一天有其他的消遣，我没有，我最大的爱好就是苦思冥想。一个人坐在一个角落里，想自己的事，想世界上的事，想周围的事。当时，我反复思考的头等问题就是《人生》以后我怎么办，这个问题对我是很严峻的一个问题。我有时候的习惯像利比亚的卡扎菲一样，卡扎菲遇到危机就退到沙漠里的一个羊皮篷子里去考虑问题，《人生》写完以后，我想到毛乌素沙漠去考虑问题。这也许是和卡扎菲的做法不谋而合。我想，到了沙漠里边，就脱离了世俗的喧嚣，你可以无所干扰地面对你的内心，面对一个博大的宇宙。也就是你可以面对一个特别小的东西，就是你的内心，也可以面对一个特别大的东西，就是宇宙。睡到沙漠里几天不出来的时候，你那种感觉是特别好的，你可以集中审视自己，审视社会，许多问题会特别明朗。我的决心往往就是在这种情况下下的，下了决心以后，任何的东西都是不能干扰的。当我从沙漠里出来的时候，我就知道我应该怎么办，当我回到喧嚣的城市里的时候，我再不会被其他东西所迷惑。我的脑子里清醒了，就想写一部作品，这部作品应该在某些方面要超过《人生》，这是最起码的标准。否则，你就是迷惑了，写出的东西就是没有价值的。既然你的作品追求更高的价值，那么你就要想办法超越《人生》。我不敢把握这个作品最后写出来是不是能超越《人生》，但是我必须这样努力（掌声）。首先要做到的是在规模上超过它，《人生》是十来万字的作品，我给加上十倍，搞个一百万字的作品。这样一个作品对我来说，确实非常困难，我知道这意味着什么，以前我搞过文字工作，我知道每一个字是怎样写出来的，要完成这一百万字，我要做出很大的牺牲。而且，在当时的情况下，全国的各种社会思潮和文学思潮可以说特别混乱，有各种各样东西，掀起了各种各样的黄尘，各种各样的文学队伍，好多人跑得就像陕北跑龙套扭秧歌一样，你根本就分不清楚谁是谁的队伍。在这种情况下，你自己要走一条独立的道路，不看两面，不看前后，只看脚底下，这样来走路就特别艰难。但是，为了完成你自己一个不同凡响的东西，有必要这样做事。

这样，我就开始了自己的努力，不管任何事情。我自己进入了工作间以后，就把所有的事、所有的思潮、所有外边的喧嚣全部都赶出房间，我就是一个世界。在某种程度上，你就是你这个房子的拿破仑，尽管你不是社会的主宰，但是你最起码是这个房子的主宰。我能主宰了我的命运，我不需要别人来给我说你应该怎样做或你不应该怎样做，我自己就是我自己。你如果没有这样一种坚定的创作信念，你就不可能走完以后的道路（掌声）。有人把我的意识总结为“无榜样意识”，我认为这种说法我还能接受。就是在艺术上我尽管吸收各种各样的东西，但是在精神上我是无榜样，没有榜样，我认为真正有创新的东西是没有榜样的（掌声）。

《平凡的世界》这部作品的准备特别艰难，首先要读大量的东西。要写这么大的作品，首先要看别人是怎样写的，为此我曾研究过近一百部作品，大多是长篇作品。看这种书很累，那不是一般的为消遣而看，你要分析它的结构，甚至要批判它。尽管你还没有写出来什么，你必须要有这种意识，就是别人的有些东西在你的作品中要回避。这样的话，每一次读完书和实际写作是一样的劳累，累得人简直不行。我的作品时间跨度为十年，从 1975 年到 1985 年，因为我是编年史式的写法，所以对这十年的背景材料全部要熟悉，你如果不了解背景材料，你就不可能知道人们在当时背景下是怎样活动的。虽然我的作品不把背景材料拉到前景上，但是我要写这样一群人在一种什么背景下生活，所以必须熟悉这些背景。于是，我就把过去十年的报纸包括《人民日报》、《陕西日报》、《延安报》、《榆林报》拿来一天天往过翻，一直翻得手指头毛细血管都露出来，疼得不能在纸上搁，只得用手掌的一侧把报纸翻过去（掌声）。大量的重要文章，每一天的大事件，都要全部记下，这样你在写作的时候，随时翻出来，你就知道这一天、这个月，当时中国、世界和你所写的这个生活环境中发生了些什么事情，进程是怎样，人们的意识是怎样。然后要重新熟悉各种各样的其他生活，尽管有些生活是你熟悉的，但必须重新到位。比如你要描写一个砖厂，尽管你知道砖厂是怎么一回事，但是这次要写它的时候，你必须要到那个砖厂去，要看它怎样打坯、怎样烧砖，甚至要知道它怎样贷款、怎样销砖、怎样纳税，这一套全部都要熟悉。就是这样一次一次体验生活，记录生活。在漫长的六年写作过程中，积累的两大箱材料，我走到哪儿就像袋鼠带孩子一样经常把它带在身上，以便于随时熟悉、查阅这些资料。至于写作过程中的那种艰难，一言两语说不清楚，六年时间中尤其写作最紧张的时候，可以说一天工作都是十六七个小时，睡觉时间就那么五六个小时。每一天下来以后，就觉得自己要死在床上，第二天就起不来了，但睡上五六个小时以后觉得恢复了，就再起来写。写作过程中，要到各种各样的环境中去感受和体验，这六年中，农村、工矿、小县城、镇子上，到一切该去的地方去，来搞这部作品，有时候紧张到一种可以说几年中间连晒太阳的时间都没有。有时感觉到外面的太阳特别好，能不能出去晒上半个小时的太阳？这样，晒半个小时的太阳当然很好，但晒太阳这半个小时的工作量你还得另挤时间多加出来，可是从哪儿挤这半小时呢？所以干脆就算了。每天都是头一抬起，太阳就不见面了（掌声）。写作越到最后，对你的精力、体力要求越高，但是你的体力只能是越来越惨。在这种特别艰难的情况下，需要坚强的意志，我原来想，身体估计还能撑得住，但是第二部写完后，当时就不行了。头一天写完第二天就病倒了，病得只好跪在地板上整理写好的稿子。把稿子整理完以后，得了一种病，吸不进去气，就是没有力量吸气。中医和西医都没办法诊断，认不出到底是一种什么病，怎么把气吸不进去。后来，我想了一下，能叫大家感觉到这是什么病，怎么感觉呢？就是最好到火车站三天不吃饭，扛上三天麻袋，你就知道你得的是什么病（笑）。

当时中西医都解决不了我的病，我自己特别悲观，觉得中国作家的命运就是这样，长卷作品作家都完成不了，半路地里都得个死。曹雪芹写《红楼梦》，写了一半死了；柳青写《创业史》，也是写了一半就死了。原来我还说我能写完，看来我也写不完了。所以，当时特别悲观、痛苦，没有办法，最后就一路走，走到榆林地区，那个地方中医还比较有效。最后找到一个七十多岁的老中医，他一看，觉得情况很严重。当时我身体极度虚弱，再加上正值炎热的夏天，上了火。以前我很少看中医，这次得病在西安，别人给我介绍了一个医生；他是中医学院毕业没几年的一个学生，他认为我身体虚弱，就开始给我吃中药，把那些特别名贵的补药全开上，一付药几十块钱。当时我得自己熬药，越吃越觉得浑身发热，就像在夏天一样，热得舌头都黑了，而我却不知道，后来病情逐渐加重，痰也咯不出来了。我只得赶快往榆林走，一路上痛苦得简直没办法。到了榆林，这位老中医一看，见我的舌头都黑了，说是体弱阴虚，急火上攻，就给我开了一付药。一付药只要了两毛几分钱（笑），两味药，生地 50 克，硼砂 0.5 克。结果一吃以后，痰就一堆一堆的吐出来。这样我就很信这个医生，让他给我治其他病。他就开始给我吃他配的一种补药，一共是一百付丸药，一百付汤药，我每天就像牲口吃料一样，嚼呀嚼，往下吃（大笑）。吃完以后，身体就基本恢复了。按正常情况，我应该休息两年再写作，但是，我觉得这是一种命运的安排，命运要求我必须把这部作品尽快完成。这样，我就必须把第三部写完，哪怕写完以后再死，即使死了也能死得心安理得（掌声）。于是，就开始了第三部的写作。

我记得很清楚，第三部是在 1988 年 5 月 25 日这一天完成的。我平时没有记忆时间的概念，日子经常记不住，有时把自己的生日和入党的日期都忘得光光的，但是 1988 年 5 月 25 日这个日子我经常记的。这一天，是我用六年来完成这部作品的最后一天。大家知道，当时中央人民广播电台正在广播这部小说，前面广播的两部是出版的书，第三部书还没有出版，来不及，所以必须广播我的原稿。这样，按时间要求 6 月 1 日我必须把稿子送到中央人民广播电台，同时这部稿子还要在出版社和刊物上发表，当时，出版社、广播电台他们全都着急了。我是在一个小县城，就是原来写《人生》的那个地方，来完成《平凡的世界》第三部的。之所以到这个小县城来写结尾，是基于我的一种心理暗示，我觉得这里运气好（笑），而且有一种纪念意义。我来到县城的招待所，躲在一间小房子里开始结束这部作品。这时北京来电报，催我，要我赶5月25日必须完成，而且要赶到延安，第二天搭公共汽车到山西，在太原把杂志发的稿子撂下，6月1日必须赶到北京，给出版社和中央人民广播电台把稿送到。这样时间就特别紧张，加之我写了六年，已经精疲力尽，中间又大病一场，病好一些又高负荷运转一年多，所以体力特别不行。但是，越到最后，我那种亢奋状态就特别无法抑制。5月25日那天，我感觉到这是我的非常日子。县上也知道我的情况，几个领导我也熟悉，他们在楼下的餐厅备办了一桌酒席，我弟弟他们也都在，当时就好像生孩子过满月、过生日一样作准备，要庆贺一下。按照我每天工作的规律，我最后一天的工作也肯定在下午五点钟结束，他们知道我的工作规律，饭菜摆好就在楼下等我。但是，最后撂下三四页的时候，我激动得手就痉挛，像鸡爪子一样窝不回去，笔都握不住。当时自己的感觉，就好像运动员到最后创新纪录的一刹那的时候突然把脚腕崴了。这时候，我把两壶热水往脸盆一倒，抓起两块枕巾，就把手伸到烫水里边，整整十来分钟，手才慢慢松弛下来。然后，尽量使自己平静下来，把最后一章写完。写完最后一个字，就把笔从窗户里扔出去了（笑）。把笔扔出去，一下子趴到被子上就哭，哭了好长时间，感觉到自己的心理状态像是坐了六年禁闭，今天才释放了（掌声）。觉得一切都完结了，以后能见到太阳了，内心百感交集。可以这样说，我是自己给自己判了六年徒刑的一个囚犯，现在终于释放了（掌声）。我当时想起，唯一能说明我心境的，就是我记起德国一个叫托马斯·曼的作家在《沉重的时刻》这么一篇文章里写的一段话，这篇文章是他为纪念席勒逝世一百周年而写的。席勒是托马斯·曼百年以前的一个大作家，和歌德齐名。托马斯·曼在纪念文章中写席勒当年完成他的代表作《华伦斯坦》时候的那种心境和状态，有一段话是这样说的："终于完成了。它可能不好，但是完成了。只要能完成，它也就是好的。"（掌声）当时我的心境就是这样。

回顾起来，我当年开始写这部作品的时候，就意味着我把我的整个青春作为一种抵押，抵押到这部作品中。因为对我来说，这段时间是我最好的年华，《人生》写完以后，我三十刚出头，以后这段年华怎么办？《平凡的世界》写了整整六年时间，如果这部作品失败了，就意味着我整个青春失败了。我完全要把青春作为抵押来搞这部作品，中间过程中我病了，我又意识到，我不仅仅是拿青春作为抵押，而且是拿生命作为抵押（掌声）。一开始，我还没有估计到情况会那么严重。我当时只是想，能把这个工程拿下来，对于我的人生来说它就是好的，甚至我根本就没有考虑作品的价值和其他什么。至于后来作品发表、出版后，社会上引起反响，甚至得了茅盾文学奖，这在写作的当时来说不可能考虑，金钱的和功利的东西都不可能考虑，如果考虑这些东西的话，你连一天信心都没有，一天都不愿干这种活儿。如果考虑这里边能捞多少钱的话，我立刻就把笔扔下，在作协的门口摆一个小摊子卖凉粉或卖纸烟去了（掌声），肯定要比创作挣的钱多得多。实际上，搞创作就等于一个人卖血，必须要有这么一种献身精神。我觉得，人要干成一件事，必须要有一种燃烧的理想和激情作为动力才有可能，如果搀杂了其他功利的东西的话，我以为就会大大地打折扣（掌声）。

这里，我想说两点结论性的东西。第一点，我认为每一个人不管是从事什么工作，都不要轻视自己的工作，就是说，不要以为所有工作都搞不出一点什么名堂，一定要去当作家，每个行道里如果你要出类拔萃，都是有可能性，只要你是下功夫的、努力的、认真的、具有献身精神的，在任何一个行道里都是可能有所创造的。所以，我认为一个人的价值不在于自己从事什么工作，主要是自己对生活的态度,对劳动的态度,我认为这是最主要的。有人曾向我提出：什么是世界上最大的幸福？这样一些问题，可以说是很一般，很简单，但又是很博大的问题。我的回答是劳动。一个人只有辛勤劳动，才能感到幸福。如果一个不劳动的人，在寻找幸福，你可能是幸运的，但是你肯定是不幸福的（掌声）。如果一个人不劳动，不劳而获，你可能是幸运的，你可能去猜奖券成为百万富翁，你可能从你父亲那儿继承了一大笔遗产，这只是幸运的，但是不可能是幸福的。一个人只有劳动，才能真正感觉到生活是幸福的。我认为这种观点不论是资产阶级还是无产阶级，都会有这种体验的，全人类都会有这种体验的。比如西方有一些青年拒绝接受父辈的遗产，靠自己的劳动过完自己的一生。这就叫人生境界。但是我们有些所谓无产阶级青年未见得有这种境界，有些人因为老子是当官的，家里有钱，就认为自己是幸福的，幸运的，高人一等，我认为未见得。真正有出息的人，理解了人生的人，他不在乎自己是干什么的，就是我要劳动，我要靠我的双手创造生活。我去过西方好多发达国家，咱们老是把人家的青年描绘成吸毒、逛妓院、颓废、把头发染成朋克，我所见所闻不是这样，实际上西方好多青年是特别优秀的，对自己要求特别严格，对我说的那种不靠别人、具有献身精神、具有一丝不苟精神的人，人家十分佩服。像德国这样一些国家，公民意识就是：我必须要把我所做的事，做成世界上最好的。这就是人家的公民意识，哪怕我是扫马路的，我要扫出世界第一流的，我要比别人都好；我是一个搞环卫的，我必须要在环卫上下功夫，创造出最好的环卫汽车、最先进的清扫垃圾、倒垃圾的器具。我不管从事任何一个职业，必须把这个职业的事做成全世界最优秀的。全民的口号就是：我要世界上最好的，我也要给世界上最好的（掌声）。这就是德国这么一些国家为什么有活力的原因，为什么发达的原因，人家的公民意识就是这样。咱们是怎样投机取巧，怎样骗得能吃上，怎样轻松，怎样把事情搞砸了还能得到一些好处，你说咱们会有出息吗？咱们会有希望吗？没有希望。对这些事，我自己有时候特别悲哀。这是我的结论之一，我觉得这是我的很重要的一种认识。

第二点，不管从事什么职业，每一个人都可能有自己一生中最辉煌的瞬间和最高的一个高度。哪怕你是一个木匠，你可能在某一个时候是创造才能最高的，能造出你一生中认为最漂亮的家具。或者你是从事工科的，像你们学矿业的，你如果是工程师的话，你可能在某一刹那会发明创造出一生中想了好多的绝妙的东西。就是说，每一个人一生中都有一个全盛期限，一个辉煌的瞬间，重要的就是你要抓住这个机会。好多人没有抓住自己的机会，结果一生可能在平淡中度过。平淡也不要紧，害怕的是“节外生枝”，弄一些使自己非但不能有辉煌的胜局反而会带来许多暗淡东西的事情。每一个人要把握住自己的机会，尤其是青年，这一点对你们特别重要。你们现在年轻，你们应该意识到，在你们一生中应该有一个辉煌的时刻。(掌声)你们应该寻找这个时刻,追求这个时刻,否则就是麻木的，随着社会的惯性随波逐流。在生活中必须要有一种主动精神，主动寻找、感觉和去实现自己的理想。

（念条子）在《平凡的世界》里，平凡的孙少平形象中是否有一个你的不平凡的影子？

一般的读者都会这样问的，你写的主人公是不是就是你自己？是不是有你的影子？一般来说，可以这样认为，你所写的作品肯定是你熟悉的生活，肯定有你的生活经验和体验。但是肯定地回答，这是小说，这是艺术的概括，不是写我自己的报告文学。

（念条子）能否谈谈《人生》题材的挖掘？

关于《人生》，我已经说过一些情况，再不作太多的说明了。我要补充的一点就是，这部作品可以说是我向陕北劳动人民的致敬。像巧珍、德顺爷爷这样一些人，高加林和他的父辈这些人，我非常熟悉、热爱他们，我小时候就生活在他们营造的那样的环境里，我自己也是农民的儿子。我父母亲一个字也不识，现在还在农村劳动。当时家里生活非常困难，我弟兄姊妹共八个，我是老大。那时候国家人口政策很松，父亲不计划生育（笑），生了八个孩子。所以，我七岁的时候家里养活不了了，就把我给了别人，就是给我的伯父家去顶门。我家里很穷，父亲也是一点办法都没有，只好把我送人。我父亲在农民里边算是那种无能农民，个子很低，像侏儒一样，在生活上没有能力抵抗任何暴风雨的打击，而我作为这样一个父亲的后代，就不可能有任何依靠。小时候出去经常被别的孩子打得鼻青脸肿，跑回家里，一般的孩子希望得到大人的保护，寻找大人的安慰，但是我回来，还要被大人另外打一顿（笑），理由是你为什么出去惹别人。所以在六七岁的时候，我就形成一种意识，就是不靠别人。在这个世界上，你不可能依靠别人来保护你，必须靠你自己，或死或活，只能靠你自己，尽管你年龄很小，但是你不可能有任何依靠。在我 7 岁的时候，父亲说养活不了了，要把我送给我的伯父。远在延川的伯父，没有孩子，是个农民，也很穷，就把本族的我作为儿子收养，在陕北叫顶门。收养的目的，就是将来他老了以后叫我伺候他。当时我一口答应。为什么？因为你在家里也不好活，吃不饱，而且得不到任何保护，反正走到世界上的任何地方，大不了和这个地方一样受罪。七岁时候，我离开家里，到了我伯父那里。好在伯父只我一个孩子，可以勉强供我把小学读完。在小学读书时，可以说艰难无比，那个时候从来没有穿过一条新裤子，有时候屁股后边烂得简直不能见人（笑）。和别的孩子一块玩，你就不敢到孩子中间去，你屁股后边烂着哩，怕被别人看见（笑）。有时候一些泼皮小子硬把你拉在人群中，出你的丑。我就是在这样一种无比屈辱的环境中度过了童年。到考中学的时候，家里不能让我上学了，理由就是再供不起了。农村上学时在家里吃饭，到城里读中学，家里要拿粮食，当时没有粮食，所以不让你去上学，叫你回来劳动。这原来也是伯父的愿望，要你当农民，他们老了以后靠你伺候。快要考中学的时候，伯父就把劳动工具放在我的面前说："你不能去了，咱们家穷，供不起你，你就去劳动吧。"我如果答应去劳动，说这句话自然很轻松，但是这就意味我就会像他们一样一辈子在土地上受苦。当时我自己特别不甘心，我最后提出说能不能让我去考一回中学，如果我能考上，我也不上，我回来劳动。我当时只是想证明一下，不是我没有能力上这个学，而是你们没有能力供我上这个学（笑）。这样，伯父就同意我去考，在他看来，考上考不上反正是回来劳动，无所谓。这样，我就考了，一考，就考上了，而且成绩还不错。当时县上只有一所中学，只能收两三个班，考生却有几千人，全县的学生都在那儿考。在那种情况下，能考上已经很不容易，我就这样考上了。随着一张录取通知书的到来，也就意味着我的学生生涯的结束。这时候有没考上的同学竟然幼稚地跑到我家里来，企图出钱买我的这张录取通知书。当时我特别痛苦，想来想去，我必须要上这个学，我不知道今天上了明天能不能上下去，但是我必须要踏进中学的大门，要把延川县中学的校徽戴几天。于是我就跑到学校里去，当时是"文化大革命"前，学校制度很严，超过十天后报到就不能入学了，我已经超了半个月，人家不收了，等于自动取消了入学资格。学校一听我是贫下中农子弟，考虑到阶级路线问题，又把我收下了（笑）。收下后，中学里的几年特别艰难，我有个中篇小说叫《在困难的日子里》，基本按那段生活写的。在学校起灶，一个月要吃十几斤粮食。后来家里没办法了，每月只能给拿十斤粮食。可以说，在十七岁之前，我没有吃过一顿饱饭。那个年龄段正是能吃时候，但是每个月十几斤粮食根本不够吃。饿得没有办法，就在秋天或夏天庄稼收割完了，一个人出去到山里拣农民遗落在地里的粮食颗粒或菜根，用来勉强维持自己不致饿死。念中学时就是这么一种生活。但是现实就是这样，过后觉得年轻时候苦一点儿也没有什么，但在当时来说是相当严峻的。想起自己青少年时期那种艰难，叫你觉得自己简直就是从下水沟里一步一步爬出来的。说到这里，我想起小时候有一个情节在脑子里印象很深，就是爬下水沟，这也是我整个童年、青少年时期的一个象征。那时候在县体育场的土场子上放电影，一毛钱的门票也买不起，眼看着别的同学进去了，我们几个最穷的孩子没有票，只有从下水道里往进爬，黑咕隆咚的，一不小心手上就会抓上一把狗屎（笑），但是为了看电影，手在地上擦几下还要继续往前爬。谁知刚进洞子，就被巡查员一把从帽盖子上抓住，抓着头发又从大门把你送出去。我们两眼含着泪水，只得灰溜溜地离开这地方。青少年时期基本就是从这么一种状况中度过来的。但是，那样一种处境，那样一种封闭的境况，促使了你的想象力，促使了你的人格和性格的建立，觉得改变这种状况只能靠自己。在我的意识中，我从来不准备靠别人。

对农村农民的那种生活状况，我是怀着一种特别深痛的感觉，对这些人我是永生难忘的，永远不能从我的心中抹去，像《人生》中的那些人物。以德顺爷为例，陕北农村这种老头多得是，有的村子就叫光棍村，村子里好多人从来没有娶过老婆，一辈子打光棍。在村子里，这是一层人，因为穷，找不下老婆。小时候，我记得一到冬天，夜晚特别漫长，有老婆的农民早早就睡了，没有老婆的睡不着（笑），然后就挤在一个窑洞里边谝闲传，话题大多是说女人。孩子们没事，有时候也去混热闹。这些老头抽得满房子旱烟味，加上脚臭味、汗味，十分难闻。我们小时候就是在这样一种环境中长大的。

因为家穷，小时候上学没有铅笔，家里不可能给你钱，八分钱一支铅笔都买不起。有时，那些老头老光棍，因为没有孩子，所以他们对任何一个孩子都特别好。这些老头为了让你叫他一声爸（笑）——他一生中从来没有体验过被人叫爸是一种什么感觉——就把别人的孩子悄悄地引到一个地方去，然后拿出家里最好吃的东西给他吃，吃了之后，哄那个孩子叫一声爸。当时，我连一支铅笔都买不起，他们就引上我，从粮食囤里拿出一个烂包子，再从里边翻出一毛烂钱，叫你买铅笔去。他的钱是他卖自己自留地里的土豆或者烟叶得来的。卖这点钱干什么？就是用来喝酒。光棍们没有任何生活消遣，就把喝酒作为他们生活中最大的享受。每次跟集的时候，可以看到有好多这样的光棍站在酒柜台前，拿几毛钱买二两散酒，喝完，嘴里哼着小曲，然后回家。麻醉的那一刻，就是他人生中最好、最顺心的时刻。他的钱就是来买这个酒的，这时候可能出于对你同情，就拿出一毛钱给你，叫你去买铅笔。工作以后，我可以说我手里花出去好多钱，一块的、五块的、十块的，上几千的数额我都花过。我曾经在几篇文章中写过与农民的这种感情，比如我走进北京王府井、上海南京路这样一些繁华街市，透过那一片花花绿绿的人头，我猛然就能在人群中停住，停住后，泪水就忍不住在眼眶里旋转，我看见特别遥远的远方，在那黄土山上有一个老头脱成光脊背，在吭哧吭哧地挖地，脊背上的汗在流着，被太阳照得亮亮的，那老头已经七八十岁，没有任何人帮助他，还在那儿靠原始的劳动来养活自己。就是这样一种情景，就是这样一种感情（掌声）。

像巧珍这样一些妇女，有人认为你是不是在农村就遇到过巧珍，我回答说，不是；因为这个人我可以说，她就是整个陕北劳动妇女的一种形象，陕北的劳动妇女就是这样。陕北村子里的农民，一般每家都有六七个孩子或七八个孩子，天暖了，各家的孩子出去玩耍，五六岁的，七八岁的，男男女女混合在一块，所有的孩子都一条线不挂，不穿裤子，在一块玩耍，没有任何害臊的感觉。后来我上学了，这些孩子还在农村，他们大部分连上学的机会都没有。在学校里，我总是感到矮人一等，感到很委屈，城里的孩子穿得很好、很干净，就瞧不起你，或欺负你。回来以后，和这一群农村的孩子在一起，就好像回到你的国家，你的世界，就觉得特别痛快。陕北那么漫长的冬天，连一点绿色都见不到，我们的衣服上全部都吊着棉絮，大家拉着手在荒地里、大风地里跑，在冰上溜。一到春天，双手在冻土里刨草芽子，刨出来后，激动得不知怎么办。我这种人爱动感情，激动了就想流泪，第一次见到绿色，好像告别了绿色很长时间又见到了。陕北的杏树是陕北第一枝，是最早开的花，杏树开花的时候，人的感觉是那么美妙。漫漫的黄土地上突然有一树杏花开起来，孩子们高兴得大声欢呼，但是谁也舍不得摘那杏花，就在树底下转过来转过去看。后来杏树结了绿色的毛杏，大家都特别想吃一颗，吃了那颗杏子，好像把整个春天就吃进去了（掌声）。就那种感情，因为你四五个月就没有见到一点绿色。农村的孩子长大一些了，知道害羞了，虽然裤子很破，但也都穿上了。有时候你的裤子破了，这些女孩子就能给你缝补丁。她们刚十几岁就学会做针线，有时也闹着玩，用针在你屁股上猛猛戳一下（笑）。那些特别美好的东西，给你留的印象特别深。那时候，你在山上的杏树上摘下一颗青杏子，就会想起给你补过裤子的那个女孩子，你把这个杏子给她，她一定会高兴。这时候，你从山上跑下来，因为跑得快，或者被什么绊了一跤，绊得灰头灰脑的，但手里还紧紧攥着那个杏子。攥到村子里见到那个女孩的时候，手一展开，那个杏子已经被汗水捂成黑的了，但是你给那个女孩子的时候，你就感觉到你特别高兴，她也吃得特别高兴。这就是十来岁时候孩子们的故事，就是那么一种感情。后来你上学了，到了城里了，上了中学，上了高中，后来上了大学，大学毕业后参加了工作，成了干部，脸洗得干干净净，头发洗得干干净净，穿着那种四个兜的制服，背着黄书包，回到你的村子里。这时候你二十多岁了，好多年没回村子了，回来后你看见小时候耍大的女孩子伙伴，现在都早已经出嫁了，都有两个以上的孩子，怀里抱一个，手里拉一个，衣服大襟上糊着一层垢痂，头发像沙蓬一样乱着，然后还像童年那样向你笑着，关怀着你，问你外边的情况，而且不论怎样非要拉着你，到她家里去吃一顿。到了她家，尽管你在一边吃着，她的孩子在炕上一边拉着屎（笑），但是，每当你离开村子的时候，你总会两眼泪水蒙蒙，你就感觉到你必须要把这些感受，把这一切心酸、一切非常美好的东西写出来。巧珍的形象，就是在这样一种情绪中升腾起来的。我就老是感觉到，在我艺术的那个地平线上，这个人物早已经就出现了，一直要叫我写。我的目的就是写得叫人们爱她，同情她，永远留在人们的心里。这就是陕北的劳动妇女，就是这么一种形象，漂亮、美好、不幸（掌声）。这个作品完了以后，好多人说巧珍，说高加林，说这样那样的话，我内心最大的安慰就是我终于让人们知道了曾经和我一块生活过的这些人们是怎样的人，看到了遥远的偏僻的土壤上也有好多美好的人情，也有那么美好的悲剧，而不是仅仅只看到城里的一片花裙子和城里的一片繁华。

如果从个人理想来说，在我青年时期就曾经有过创作《平凡的世界》这么大型作品的觉醒和梦想。我曾经在二十来岁时就有过这种大胆的妄想，我觉得我在四十岁之前一定要完成我一生中篇幅最长、规模最大的一部作品。当时，对于二十来岁的青年来说，这全是一些幻想、梦想，甚至可以说是妄想。但是，我认为这是无可指责的。任何一个青年都有权力去展开自己想象的翅膀，哪怕他的翅膀最后被折断，也应该让他去飞翔，让思想的翅膀去飞翔。至于我自己，当时那样一想就完了，就忘了。年轻的时候，少年的时候，我相信在座的每一个人都做过各种各样的梦。一直到《人生》这部作品完成以后，我突然才想起我曾经在那么年轻的时候就想到过这么一种东西，我想，现在是不是能实现我的这个梦想了。这个时候，我就有了成熟青年的一种考虑了，而且我也翻阅过许多世界上像诺贝尔文学奖获得者大作家的作品，他们的重要作品、代表作，几乎都是在 35 岁到 50 岁之前这个年龄区完成的。对于写诗的人，对搞理工科的人，我想他们创造的年龄区或许更早一点。我的意思是每一个人都要意识到时间在飞转流逝，把握好自己的人生，努力去创造，记住你们是多少岁了，赶紧投入工作。所以，我必须要在我 40 岁之前完成这个作品，实现过去的这个梦想。

我认为像你们现在这个年龄，应该急迫地使自己的意识进入一种比较高度紧张的状态，尤其是你们大学生，很快就会面临分配、走向社会。当然你们在学校生活得很好、很单纯，但是你们要知道你们将面临考验。好在你们都已经通过自己的努力，上了大学，我认为你们在当代青年中是出类拔萃的一层人。你们想，好多你们的同学，高中时候和你们都一样，现在好多人还在街上溜达着，而你们用自己的努力证明自己有能力，跨越了第一步，已经上了大学，证明以前的时光没有白费，这值得骄傲。但是这不够，今后走向生活、走向社会、走向未来，你们应该有更大的出息。我想你们现在就应该作这种准备、这种努力。

我的作品中的主要人物都是青年，我主观上也是要着力塑造好青年形象。在我的最主要的作品中，我对青年问题的关怀、对青年的关心，我觉得是由衷的，因为我也是从青少年度过来的。我对青年有一种石争的苎堡[①]，所以我每次见到青年的时候，觉得非常高兴，有好多话想跟你们说，见了老年人就想和他们辩论（掌声）。我相信一代比一代强，作为我们这代人，作为我个人，我曾经在好多场

①原刊如此，疑有误。

合说过，每一代青年的主要使命就是要战胜前人。但是我们不是要打倒前人，我们要在总结前人经验的基础上有新的发展，这样才能证明我们一种新的人生（掌声）。所以你们要有勇气，像你们这个年龄的人，要有勇气在未来战胜我们这代人，在任何领域中应该有新的创造和新的成就。而且我认为生活和时代一次又一次地回答：必然是这样。所以在你们之间，本来就会有许多在各个领域中有创造有发明、甚至有伟大贡献的人。我作为比你们年长一些的人，祝愿大家在未来的生活中每个人都顺利，每个人都有灿烂的人生。谢谢大家（掌声）。

路遥这时接着说："今天就讲到这儿。"许多人要求继续讲。路遥可能体力不支，叹气。基于同学们的热情，路遥又问："现在几点了？"学生们回答："早着哩，再讲，五点过一点儿。"路遥说："唉！好，如果叫演员，这叫加演。"（掌声）

（念条子）在完成《平凡的世界》之后，你准备再作新的冲击吗？为你的读者们献出什么作品？

当然我还准备写，因为我还不老，而且活着（掌声）。后边的日子总得干点什么，至于怎个干法，因为这和其他的事还不一样，如果是很具体的事的话，我可以宣布计划，说怎个干。"今后怎样写"这个计划很难宣布，因为社会在发展，情况在变化，我必须要作周密的考虑，我想我还是用未来的作品来回答这个问题，我现在没有办法给大家回答。

（有人口问）请问你对你发表的大作，是否感到有不满意的地方？

每一个有责任心的作家对自己所写的东西，我想都不会满意，或不会完全满意。因为如果满意的话，他自己也就不会作其他的努力了。可以说写作这样一种事业，每一次都是冲刺，都是挣扎着想使自己再提高一步。搞这么大一个作品，你不可能把一切都考虑得百分之百的周到，甚至可以说到处都是漏洞和缺憾。在茅盾文学奖发奖仪式上的发言中，我已经把这点指出来，就是获奖并不意味着一部作品的完全成功，一部作品到底怎么样，不仅要叫当代人来评价，还要经受历史的考验。我的作品未来是个什么样子，在读者中是不是有各种各样的看法。这都是正常的。一个作家不可能写出使所有的人都感到满意的作品，产生各种各样的看法和意见，都是正常的现象。

（念条子）在你第一次萌发创作念头时，你的状况如何？你是怎样想的？

这个我也不知道，这已经很遥远了。我想，第一次萌发创作念头和第一次谈恋爱是一样的（笑），紧张，激动，而且想把话说好，使对方听了满意，但是，是不是能说好，又没有把握（掌声）。

（念条子）我难以理解你为何给孙少平这样一个在逆境中奋力拼搏、终于取得成绩的人一个悲惨的结局？你能否谈谈。

孙少平的生活并没有完，说结局是不准确的。他是一个青年，他还要生活，不要以为他前面发生过这么些事情，就认为结局是不是悲惨的。那么，叫他当一个西安市书记就是不悲惨了？不是这样。他回到煤矿并不是说生活已经完蛋了，不是这样。我认为他通过前面的各种打击和挫折，他一定对生活又具备了一种勇气，所以，他更能迎接挑战。至于爱情生活方面，前面他有几个都没有成功，这个不要紧，他肯定能找到对象（掌声）。

（念条子）在《平凡的世界》中，孙少平给他妹妹的信中写道：一个人一生中总应该有一个觉悟时期。这句话怎么理解？

这个觉悟时期，我认为很大程度就是我刚才说的那个时期，就是一个人富有创造性的那个年龄区。觉悟时期实际归根结底就是我们应该怎样生活，做个什么人。我可以不客气地说，有些人糊里糊涂地活了一辈子。作为一个中国青年，要超越一般的市民意识，超越一般的农民意识，应该对人生、对生活有更广阔的理解，但不要狂妄。我觉得青年应该有好多的想法，狂妄有时候免不了，但是总的来说，更应该接近成熟。这个成熟和你对生活的理解和觉悟有关系，这个觉悟不是指一个阶级的，而是宽大的人生的觉悟。

（念条子）在中国，文学受政治的影响是很大的，作家都是很怕的，你是否有这种感觉？

这个问题没有难住我，我可以回答这个问题（掌声）。我们过去的作家，包括读者在内，对政治的理解比较狭窄。尤其对艺术来说，我曾经有这么个看法，我把政治也当作生活，在我笔下，作家应该在驾驭一切，作家应该把政治生活也当作人类生活的一个组成部分来理解，这样就可能更高些，而不是我们一定要完成一个政治命题。这是当领导的在会议上要解决的问题。艺术作品要完成一个命题是非常复杂的，过去我们理解作品的话，所谓政治、所谓主题、所谓思想，认为就是有一个思想，就是你的作品要说明某一个思想是对的，或某一个思想是错的，我认为这是特别简单的一种理解。如果作品的许多方面都很糟糕，仅仅是有一个正确的结局和结论，我认为这部作品全部是糟糕的。就是说一个好的作品处处都应该有思想，每一句话里，每一个段落里，每一个语言的港湾里、河流中、一个浪花中都应该有思想。现在读一些大家的作品，像托尔斯泰这样一些作家，你现在读他的《安娜·卡列尼娜》这样的作品，第一句话就会被吸引住，你就要动脑筋想：幸福的家庭都是相同的，不幸的家庭各有各的不幸。就是说一个好的作家和好的艺术家，他在任何一个地方都要体现出一种对生活的深度认识，而不是浅薄认识。仅仅有个“正确”的思想，这个思想符合某一种潮流，或某一种要求，说你这个作品就伟大，未必。

（念条子）田润叶为什么要在她丈夫伤残后才回到他身边？

人都是复杂的，田润叶的情况就是这样。在她丈夫很健康的时候，她远离了他，当他受伤了以后，她又回到了他的身边，当时连主人翁自己都是在一种不由自主的状态下作出这种决定的。我认为，大千世界，什么样的事也有，什么样的人也有，各人有各人对生活的认识和选择，包括思维的转换，认识、重新认识、甚至推翻自己原来的认识，都是可能的。生活往往就是在否定之否定中来发展的。具体地分析来说，像田润叶这样的人，她不是什么思想家，也不像现代青年接受了好多理论，对生活有什么坚定的看法，她只是一个善良的有一定文化程度的女人，在我作品中写的当时的情况下，她既不知道安娜，更不知道娜拉，她只是一个农村大队书记的女儿，只上过高中，那时候还是“文化大革命”，没学过多少课本，就这样的情况。她对爱情当时属于人的那种正常的追求。她和孙少安的感情，时间很长，又是同学，小时候一块玩大，对于李向前尽管是丈夫，但心里不爱，这是很正常的。后来经过生活的各种折腾以后，最后她做出这种抉择，我认为这也是符合逻辑的。当然换了另外的人是不是会这样做，我不敢保险。但是这就是田润叶的逻辑。我不要求所有的人都按这样的逻辑考虑这类问题或处理这类问题，也就是说，你可以这样做，也可以不这样做。生活就是这样。

（翻条子，可能是体力不支叹了口气）好多都是重复的，也是我已经回答了的问题。有些比如类似诗歌这样一些问题，我不能回答，因为我不是写诗的。

（念条子）《人生》和《平凡的世界》成功了，但创作是一项艰苦的工程，耗费了这么多精力，如果它并不能被人接受，你能接受吗？在写作过程中你是否坚信它一定会成功？

我没有这样考虑问题，我是完成我自己的一种认识和感受，我根本不管其他的，这我在前边已经说过了。

（翻条子）有些条子让我谈其他一些作家，我不愿意对我同行道的其他人说三道四(掌声)。这是行业忌讳。我不是说我没有看法，评价人难免有不准确的地方。叫读者去说，每个作家都应该放在读者中间，互相之间乱谈一通没有用（掌声）。

还有好多问题都是问我以后要干什么，我刚才说了。现在这样吧，因为这个房子里很热，我不想再叫大家受这种罪了，天太热，这么多人挤在这么小的房子里不好受。能不能允许咱们就此结束，行不行？（掌声）

* 张伯龙整理，原载《路遥研究》第2期。

《萧焕画集》序

气势磅礴的秦岭是亚细亚两条主要河流长江和黄河的分割线，也是中国大陆南方和北方的衔接点。秦岭北麓，终南山下，八百里关中沃野，历代帝王之都。以古长安为代表的中华文化，是人类历史最伟大的遗产之一。

在这样深厚的历史文化土壤上，任何时代都可能生长出蓬勃的艺术之花。在当代仅就中国画这一领域，就出现了以大师石鲁为代表的著名的“长安画派”。

现在，在“长安画派”这一艺术群落中，西安美术学院国画系主任萧焕教授的中国画以其独特的风格，引起了人们热情的关注。

萧先生出生于终南山下的农村，长安城自幼就在他的目力之内。他站立于巍峨的秦岭和广大的平原之间；站立于古老文化和现代文化的交叉点上：这无疑造成了他以后雄阔的胸臆和博大的境界。童年，少年，以至青年时代，他大部分时间又都在乡间度过，长期浸泡在民众生活和民间艺术的汪洋大海中。所有以上的一切，最后都自然地贯注于他的绘画艺术，使他的画不仅具有浓重的文化意识，同时又蕴蓄着大地之气。色彩的流溢和线条的腾跃，全都体现了他精神世界的广博、深厚和无比的生动性。

萧先生从不满足靠天赋和灵性创作。他严谨而刻苦，潜心在艺术领域不倦求索，把一切创造性的发现建立在坚实的基本功力的基础上。早在孩提时代，他就“以地为纸，以水代墨，以花汁作色”，开始了艰辛的艺术准备工作。青少年时代,尽管家境贫寒,生活困苦,但他在家人的支持下，从未放弃对艺术的苦心追求。从西安美院附中开始，他正规而系统地接受了初级乃至高级美术教育，最后进入北京中国画院，拜师于中国画大师王雪涛先生门下。以后又重返故里，任教于母校西安美术学院。他的经历，使他具备将各种生活与艺术积累、体验统筹运用的优越条件。他工笔、写意兼长，作品笔墨潇洒，静中有动；朴实热烈如关中平原金黄的麦浪；苍中含秀像雄伟壮丽的秦岭一样。更为重要的是，他在绘画中，绝不局限于展示自己的功力和技巧，而力求体现他对生活的哲学思考。草木花朵，皆是人情；简约之中，意犹未尽。读萧焕的画，你不会有一览无余之感，而常常会引起深深的思索和旷远的遐想。由此可见，一个真正的国画艺术家，他的功力往往更多地是在画幅之外。

萧焕教授在中国画创作方面已经取得了相当令人瞩目的成就，其作品多次在国内大型画展中获奖，很多作品在日本、美国、德国、香港等地展出并被收藏，受到各界广泛的好评。同时，他在中国画教学和研究方面也有重要建树,先后出版了《写意花鸟画技法》和《王雪涛画法与研究》两本著作。尤其是后者，已成为目前唯一能反映王雪涛先生艺术理论的专著，具有很高的艺术价值。

我们现在看到的这本画册，汇集了萧先生几十年不同时期的部分作品，相信会引起国内外朋友们的极大兴致。

一九九一年七月十一日于西安

写作是心灵的需要

——对文朋诗友的讲话

朋友们！看到大家都这么年轻，我很欣慰。这个年头里，居然还有这么多的文友从遥远的地方来，而且是为文学而来的。说真的，这许多年来，我很少出去作什么报告啦，但今天，女友杂志社搞这样一个笔会，我还是来了。

我没有什么好讲的，但看到你们都很年轻，又都是为文学而来的，我觉得我们的文学事业还是有希望的。所以，我就自己写《平凡的世界》时的一些情况，讲一讲。

文学对于每个人来说，不同的人有不同的道路。当代文学的现实中最大的缺憾是，将人物分成两种：好人或坏人。这样，就将文学现实推到了极端，甚至连三岁的小孩也可以分辨清哪些是好人，哪些是坏人。所以我在写作时，对这种文学现象进行了挑战。

文学是反映人物的。人物世界是复杂的，没有一个人是透明的。大多数的人是复杂的。好人也会犯错误。而某些艺术作品将人物写得高大完美而无缺陷，这种人物其实是不存在的。

每个作家对于文学的认识、追求、成就，都是独立的。别人的经验、方法，都只能是一种启示。

我以为，在写作的过程中，应当保持一种最纯洁、最健康的心理状态，就是要为一个明确的目的而付出，哪怕是燃烧自己。这样，可能会使身体累垮，有可能让你丧失许多生活中美好的东西，但作家必须这样做。

文学创作是勤奋者的一种不潇洒的劳动，而且在心理和精神上要有一种思想准备，准备去流血，流汗，甚至写得东倒西歪不成人样，别人把你当白痴。如果你越写越年轻，越写越潇洒，头发越写越黑，成功的可能性就会越来越小。

在《平凡的世界》的创作过程中，我经常是处在各种环境里。煤矿一呆就是一个冬天，三四个月不出山。进山的时候，还是满山翠绿，出来时，已经是白雪皑皑，一片绿叶子都看不见了。只有屋子里的窗户，变换着一年四季的风景。一天工作十七八个小时，每天睡觉的时候，就感觉第二天早上再也爬不起来了。但睡上五六个小时，稍微恢复体力后，又开始了工作。

刚开始，由于写得特别吃力，精神和体力都高度紧张，紧张得连上厕所手里也拿着书和笔记本，就像傻瓜一样。到了厕所门前，才发现手占着，然后把东西送回桌上后，再上厕所。

煤矿上冬天的生活条件很差，蔬菜很缺，在二三月里，吃的唯一的蔬菜就是大葱。每天吃完饭带两个馒头回来，这里的老鼠特别多，经常光顾我房间的，有两只老鼠。或许发现我没有工夫收拾它们，更是胆大妄为，常常跳到我的桌上盯着我写作，或是窜到床上，在我头边跑来跑去。没有办法对付，我便每天多带一个馒头，放在固定的地方，让它们去吃，这样才稍安静了一些。

一个人呆在房子里写作，别人也不来打扰，两三个月里很难和别人说上一句话。有时候总想哭，当然也有高兴的时候。特别是有一章节写得很好时，高兴得总想给人家说，可说给谁呢？这时候就感到寂寞、孤独。晚上，尤其是礼拜六的时候，远远看见对面煤矿上各户窗户灯光一个个灭了，自己忍不住眼泪就流了下来，就觉得我这是干啥来了？你为什么跑到这地方受这种洋罪，谁知道你在干啥？你干的东西到底是不是个东西？有时候突然觉得该有个人来看一下，不管是男的，女的，老的，少的，都行。就不由自主地丢下笔，去到火车站或者汽车站转一圈。

就这样，一个冬天过去了，当我坐着吉普车出山的时候，手里已经拿着21万字的稿子，这就是唯一的收获。沿途道路边上一片肃穆，坐在车前的我，什么都说不出来，就是流眼泪。到了铜川市，我感觉这里就像纽约或华盛顿似的，特别繁华。特别看到两边摊点上，饼干、面包到处都是，就想到如果煤矿上要有这么多好吃的，我就不会受那个饿了。

写第二部时，由于体质下降，身体已开始支撑不住了。有时就趴在桌子上，头枕一本书。就这样艰难地写完了第二部。随后，身体垮了下来。去看病，中、西医都查不出病因。后来，榆林地委书记给我介绍了个老中医，70多岁，他给我吃了两毛四分钱的药，就见了效，随后又进行调理，我的身体才有所恢复。按当时的状况，我应该好好休息。可我想到了文学大师柳青和曹雪芹的悲剧。我虽不敢和他们相比，但我必须把作品完成，然后死掉也可以。

写第三部最后一个章节时，我给自己设置了一个戏剧性的情节，就是又回到写《人生》的那个县城的招待所，来最后完成《平凡的世界》这部作品。那时，中央人民广播电台正在播送这部作品的第二部分。按时间，我必须赶6月1日前把稿子送到北京。我平时记不住许多重要的日子，但1988年5月25日这一天，我会永远记住的，这是我按计划完成作品的日子。当地的县委书记和我是朋友，他们给我摆了一桌饭等着我完成作品后一起庆贺，可下午6点钟时，我的手像鸡爪一样抓不住笔，最后一页怎么也抄不下去。无奈，我便倒了盆热水，用毛巾把手捂住泡在水里，手才慢慢展开，终于把最后一页写完了。之后，我就把这支用了六年的笔从窗户扔了出去。

当时的感觉就是关了六年禁闭，现在终于把自己释放了。平时我很少流泪，这时不由自主地大哭起来，然后坐在床边发呆。这时我突然记起托马斯·曼的一段话：终于完成了，它可能不好，但是完成了，它就是好的。

当时我的心情就是这样的。

《平凡的世界》写完后，到现在我基本上没有写什么，一直在休息，体力也不行，脑子也较乱。因为大的环境、社会生活和我个人等诸多方面的问题使我觉得需要再缓一下。所以，许多人问我，最近写什么？我已经好长时间不写作了。我觉得写作首先是自己心理的一种需要。如果不是自己内心里有一种强烈的要求的话，最好不要写。我从来不给自己规定，今年出什么书，明年要获什么奖。写作应当是自由的，不要给自己戴那么多枷锁。有些重大思想，往往是在无所事事中产生的，而不是在人为的规定中去做。我不喜欢做出一副作家架势。作家应该是一个最普通的劳动者，应该是在最自然的状态中去工作。不要摆架势。常常看到武打片中，那些高手往往是衣衫不整，懒懒散散，其貌不扬的最后出场者。

我就讲这一些，还有些时间大家还有什么问题需要回答的，可以提出来。

听众：在你沉寂了六七年之后，突然以百万字的宏著重新崛起在中国文坛上，如同酝酿一场大的战役一样，你是怎样孕育这部作品的？

路遥：我在年轻的时候就有过一个幻想：一生中要完成一部规模宏大、篇幅最长而且很成功的作品，时间必须在40岁之前。《人生》发表后不久，以前的这个想法突然冒出来，而且很强烈。当时我没有急于促成这个念头，尽量抑制住创作欲望，待头脑冷静后，我来到陕北老家一片大沙漠上。过去就有这个习惯，精神危机时就到这儿来。我躺在沙丘上想，要完成这一重大使命，必须有两方面的精神准备。一是能忍受寂寞，须把自己长期封闭在一个孤独的世界里，排除一切干扰，全身心地投入进去；二是只能成功，不能失败，这段年华是自己的“黄金”时期，如果失败或拿出平庸的作品来，就等于亵渎和践踏自己的人格。如其不然，就把这次创作作为人生的一次抵押吧！结论出来了，精神也就轻松了。环视周围，眼望天空，沙漠荒芜，仿佛整个世界不存在了，就剩下我一个人。

听众：除了精神上的准备，其他方面呢？譬如题材、创作经验等。

路遥：在此之前，我没有创作过长篇小说，谈不上经验了。要说有，只能是创作中、短篇的一些经历，但总归奠定了一定的基础。题材只能写我熟悉并感兴趣的。我于1949年出生在陕北清涧县一个农民家里，父母丁字不识，一生养育了八个孩子，把我从小送给别人抚养，继父母拉扯我成人，供我上学。在县城读完中学后，我回乡当农民，后来当教师，也在县城干过临时工。1973年被推荐到延安大学中文系上学，1976年大学毕业后分配到《延河》编辑部当编辑。由于客观因素，我和普通劳动阶层有着天然的联系，对城乡生活有着较为深刻的感触。另外，在我步入社会后，又经历了新中国最混乱的10年。所以，我就选择了这方面的内容。

听众：读《平凡的世界》后，我真佩服你把“文革”十年的背景写得那么准那么清。另外，人物出场很自然，很成功。请问你是怎样着意安排的？

路遥：《平凡的世界》实际写作用了三年，而其他三年就是用来搜集整理资料，具体构思。为了弄懂“文革”十年这一特定历史时期的背景，我先后借阅了10年间的《人民日报》、《参考消息》等多种报纸和杂志，记录了几十万字的笔记。某天，中国某地发生了什么事，世界上又发生了什么事件，都得知道。还有熟悉生活，作品中有可能涉及到我不熟悉或很陌生的情节，这些都得有所了解。紧接着，就是总体构思，光解决人物出场就花了一个冬天的时间，其间我研究了几十部中外长篇小说，发现好多作品这个问题解决得不好，内容已过一半，许多人物还登不了场，最后只有突击去解决，结果形成了简介式的痕迹。真正优秀作品的人物是在不知不觉中带出来的，是戏剧发展本身的产物，读者是感觉不到有人为迹象的。《平凡的世界》原计划写到7万字时主要人物都能登场，结果这个设想基本实现了。

听众：您在第二部创作后期发生了生命危机。如果真的像近代曹雪芹、现代的柳青一样留下遗憾，你将如何看待？

路遥：我不能和曹雪芹、柳青相提并论。在创作《平凡的世界》中，我虽发生过生命危难，但终归挣扎着圆满完成了我的写作计划，这是一件幸事，尽管现在身体还没有完全恢复过来。可我注重客观实在，不想评论没有发生的事。

听众：一个人当完成了某项重大使命后，他的心情是不言而喻的，你也不例外吧？

路遥：当时还顾不得品味是悲还是喜，只记得我把写作的笔从窗户扔了出去，是痛恨这支笔使我的手无数次变得鸡爪一样的痉挛，还是它6元的价钱与我6年的“囚禁”相谐音，抑或庆幸它完成了使命，我也说不清。

听众：你为什么要把最后写《平凡的世界》的地点选择在创作《人生》的甘泉县招待所那间小屋？

路遥：这是我有意安排的。一部《人生》，人民给了我很高的殊誉，但《人生》不应是我艺术道路的最高点，我应从作品的深度、广度、力度上比《人生》更高一层。选择在这里最后完稿，有纪念的意思，也有超越的味道。

听众：在北京举行的颁奖仪式上，你代表获奖者讲话中有段语言很精辟：“人民生活的大树万古长青，我们栖息于它的枝头就会情不自禁地为此而歌唱。”纵观你创作的作品，笔端无不指向极普通的芸芸众生，这段话可算是你的真挚感受了。

路遥：是这样。社会是由普普通通的人民组成的，是他们平凡而又伟大的活动，构成了人类一幕幕彩色斑斓的画卷，也使得人类生生不息，向文明进化。作家写他们，他们又给作家以荣誉。这种相互交融的鱼水关系，注定了生活在他们中间的作家只能为他们高歌吟唱。

听众：你是当代中国最有影响的作家之一，已有20余年的文学实践，能否谈谈你最真切的一些创作感受？

路遥：某种成就不一定是天才的产物，也不要把创作当作一种灵感，如果认为干干玩玩，有灵感时再写，想轻松地完成一部好作品是不现实的。不要把功利思想带到创作中去。有些人的确靠运气走了运，但很少。创作出好作品成名得利是自然的，要争取获得这种骄傲与尊严。但在写作过程中不能带进去，如果写作时想着如何成名得利，是很难成功的。歌德有句名言：“人生最大的幸福是奋斗的过程，而不是结果。”人从这种奋斗过程中才能体验到充实感，获得生活施予的东西。结果则是自然的。还有一点，作家不要附庸，要有自己完整的思考，这种思考要建立在真实的基础上。早在我创作《人生》时，就注重了这一问题。《人生》写了21天，但思考了3个月，甚至还可以追溯到上大学时。

时间不短了，我就说到这里吧。请大家原谅。

＊程路根据1991年8月21日在西安地质学院报告厅录音整理。

我与广播电视

对于一个经常浸泡在文字工作中的人来说，很少有闲暇时间听广播、看电视。但是，我和广播电视却有不解之缘。《人生》小说发表后，在电影之前，中央人民广播电台就制作了广播剧，由著名电影演员孙道临担任解说。记得当时我是在陕北拍电影《人生》的外景地听到的，每天中午一节，非常别致。广播剧是一种留有巨大空间的艺术，很能激发人的想象力。以后，我的长篇小说《平凡的世界》先后在陕西人民广播电台和中央人民广播电台播出，并被中央电视台中国电视剧制作中心改编为十四集电视连续剧。小说前两部在电台播出的时候，我还带病闷在暗无日光的斗室中日夜兼程赶写第三部。在那些无比艰难的日子里，每天欢欣的一瞬间就是在桌面那台破烂收音机上收听半小时自己的作品。对我来说，等于每天为自己注射一支强心剂。每当我稍有委顿，或者简直无法忍受体力和精神折磨的时候，那台破收音机便严厉地提醒和警告我：千百万听众正在等待着你如何做下面的文章呢！我不得不一次又一次面对那台收音机庄严地唤起自己的责任感，继续往前走。按照要求，我必须最迟在一九八八年六月一日将第三部完成稿交到中央人民广播电台。五月二十五日，我才在陕北甘泉县招待所用激动得像鸡爪子一样的手为六年的工作画了句号。然后当夜起程，截近路从山西过黄河赶到北京，六月一日准时赶到中央台。当我和责任编辑叶咏梅以及只闻其声而从未谋面的长书播音员李野墨一起坐在中央台静静的演播室的时候，真是百感交集。我没有想到，这里已经堆集了近两千封热情的听众来信。我非常感谢先声夺人的广播，它使我的劳动成果及时地走到了大众之中。

紧接着，中央电视台又根据小说改编制作了十四集电视连续剧。严格地说来，电视剧拍得不尽如人意。但这已经是另一种艺术，应由本行道的标准评估，作为小说作者，不应过分苛求，无论如何，它对小说的传播起到了十分重要的作用，这就应该感到满足了。

作为一个文学工作者，我原来对作为现代传播手段的广播、电视，心怀敬畏。它们与大众的交流是那么迅速而广大，几乎毫无障碍，将来的某一天会不会把作家这种“手工业生产者”整个地吞没呢?通过我与这两种“电老虎”打过几次交道，反而觉得文学借用这两双翅膀，能作更广阔的飞翔。我将以更亲近的感情走向它们。

一九九一年秋

艺术批评的根基

十几年前，在文学批评的广阔天空，李星时隐时现，除过少数一些人，大家并没有观察到他。但这个人不断地裂变着自由的精神点子，甚至用猛烈的火焰加燃自己，现在已闪闪烁烁终于君临人们面前，并在陕西文学批评的星座中占了一个耀眼的位置。

李星文艺批评的最大优势，在于他既拥有深厚的实际生活感受又有扎实系统的专业理论功底。这就使他有可能在对批评对象进行居高临下地解析之前，先行深入地对其反映的生活本体进行体察和理会。当然，批评家的这种体察和理会，与作家艺术家创作作品时的感受不尽相同。但是，在我看来，一个卓越的文艺批评家，一种新思想的发现者，不仅应具有高明的理性剖析和概括才能，最重要的也许仍然是首先要懂得生活——历史的、现实的生活。这是一切艺术批评的根基。这样，他的批评就不会是脱离作品远离生活的云遮雾罩，就不会有隔靴搔痒或南辕北辙之感。批评首先是准确可信的，然后才能谈到深刻和巨大。经这个意义上说，作家需要生活，批评家也需要生活。很难想象，一个批评家不能透彻地理解作家艺术家在其作品中反映的生活内容以及他们创作心理机制所凭借的历史的和现实的生活依据，而仅仅用古今中外一些理论书籍中得来的概念或“条款”，就敢勇气十足地对作品品头论足。不幸的是，在我国当代文学艺术批评中，这类现象并不鲜见。

李星在这方面有其天然的条件。他出身于关中平原的一个农家小院，青少年时期一直在田野和村镇上度过，这些范围内的生活感受不是以后“深入”才得来的，而他自己就一直是其中的成员。后来，尽管他在大城市搞了专业，但他也没有割断他和农村乡镇母体相连的脐带。由于陕西的大部分作家艺术家大都和他一样，不是直接从农村乡镇走来，就是和这些地方有血肉般的相联关系，因此，这些人的作品首先为李星的文艺批评提供了广阔的天地。我敢说就目前而言，李星对陕西文艺作品的评论要明显高出一筹。他已出版的评论集《求索漫笔》就是一个证明。在这本书中，他几乎对陕西所有有影响的作家以及全国一些相似的作家有过出色的描述，并且最先提出了“农商城籍”作家这一著名概念。对于生活的敏感和深沉的思考方向，李星绝不亚于作家和诗人。只有积极地参与生活，才有权评说生活，只有对生活深入地体察，才能对作品作深刻的论断。李星的文艺批评之所以在很大的程度上使被批评者和读者信服，正在于此。

但是，李星又绝不是一位“乡土批评家”。他在专业理论的建设上具有很不一般的修养。他毕业于中国人民大学文艺理论专业，在大学就系统地学习了文艺理论。毕业后不久，专业“对口”，从始至今一直搞自己的专业。尽管拖家带口，但他始终勤奋不已地读书和写作。给人突出的印象是，这个人无论对重大理论问题还是对一般的艺术观点，都力求认真钻研以至透彻理解，而不是那种号称博览群书其实常常一知半解，最终只能用“模糊语言”写评论的评论“家”。李星的评论文章条理清晰，论断力求准确，且也不乏惊人之见；一旦灵性突发，甚至诗情如潮而涌，字里行间时有电光石火飞溅。

纵观李星的全部批评活动，我们不难看出，随着生活认识积累的加深和艺术理论修养的不断提高，他批评的视野在逐渐扩大，经早期主要从事文学批评到今天已涉及了多种艺术门类。他已不仅仅为文学界所熟知，也引起了整个艺术界的关注。从著者的这本书里，我们就看到了他的这一新现象。这无疑预示了他更多广阔的前景。在我看来，在他以后的努力中，需要解决的问题是，如何将自己深厚的实际生活感受与专门系统的理论建树更出色地融解在一起，以期使他的评论达到一个令人振奋的高度。

一九九一年十月十八日于西安

在延川各界座谈会上的讲话

我尽管出生在清涧县，实际上是在延川长大的，在延川成长起来的。所以，对延川的感情最深。在我的意识中，延川就是故乡，就是故土。而且，我的创作、作品中，所有的生活和它的生活背景和生活原材料，大部分都取材于这个地方。

每个作家谈自己的创作活动和他的思维方式和思维活动，都不能离开他的生活经历和他生存的地方。这就是说每一个人都有一个根，这个根就像树木的根一样。尽管树干、树枝、树叶可以向空中任意地伸展，根老是扎在一个地方。

从这个意义上说，我对延川这块土地，永远抱着感激的心情。在我这本书（《平凡的世界》），写过一句总献词——“谨以此书献给我生活过的土地和岁月！”实际上就是献给延川的。

一九七二年，延川有一批人，从事文学创作，而且搞了一张小报。当时，在“四人帮”统治时期，在全国是比较早的。现在看来，这个报，还有以后出的那本《延安山花》，都是比较幼稚的，也不可能不受当时的政治环境的影响。但是，总体来说，是很有泥土气息的。当时就引起了全国的很大的反响，甚至在香港还出了版本，发行几十万册，在全国是相当瞩目的。

在这个活动中，谷溪同志起了主导和领导作用。当时，他和大家一块做了许多工作，可以说是延川文学事业的主要奠基人。

曾经在延川试验地搞创作、试验地发表作品的人，大部分都已经离开了，这也是正常的。地方上的文化艺术人才，到一定程度，很容易也是很自然地可能外流。这种外流，我认为对咱们这个地区来说，并不是一种损失。正如火种一样，从一个地方撒开以后，它的火源还在这个地方。而且，出去的人也不会忘记这个地方，也在宣传这个地方。大家也知道这些人是从什么地方来的。所以，照样对这个县的文化产生影响。我愿意在座的诸位和更多的人能搞出成绩，甚至走出去。人才要留，但是，真正属于国家的人才，还应当让他出去。

我们一定要重视历史文化应该更深地挖掘一些延川历史文化方面的成果。过去有一种观点，是割裂历史的观点，我向来不同意。我和文艺界好多人都争论过这个问题。我认为对于一个民族、一个地区的文化来说，这个文化线不可能是割断的。任何一种新文化的诞生，都不是从空里掉下来的，都是在前人文化积累的基础上产生的。如果割裂了历史，割裂了历史文化，要发明一些东西，这些东西是不深厚的，也是没有生命力的。古今中外的文学艺术的各个门类，都证明了这一点。

有一种观点，对过去的历史和文化，采取全部否定的态度，我认为这种倾向是一种幼稚的倾向。现在,不仅是中国,包括发达国家，尽管有各种现代的新的文化表现，但是，从来不割裂历史，而且对历史采取一种非常尊重的态度。我去了一回西德，看见人家对历史文化的重视，使咱们大为惊讶。德国也是一个历史比较深厚的国家，人家对历史文物、文化的保护，是特别周到和完备的。怎样形容呢?就像一个孝子对待老人的那种态度。对任何一个哪怕是百年历史的房子,要拆迁的时候,要进行当地的公民投票。一般地来说都拆不了，群众都不会答应。而且在各个地方，到处都钉着那种牌子，说这个地方曾经是个什么什么。你走到处都能感觉到人家的历史。现代生活的发达，历史的深厚，二者非常完美地统一在一起。我和他们也讨论过这个问题，他们也认为，德国这样的国家，如果把历史全部隔断，不可能有现代化。

我们现代的东西，都是在古代文化中吸取特别丰富的营养，才可能产生。美国在海湾打仗，尽管肩上扛的是火箭炮，手里拿的还是《孙子兵法》。就是说，那些历史并没有咱们悠久的国家，发达的西方社会，人家对历史文化都采取这么一种尊重的态度。咱们这样一个历史悠久的国家，反而对历史采取否定的态度。我认为是不可取的，也是危险的。从某种意义上说，我们就活历史的哩！只有在这个基础上，才有可能有新的发展。

应该提示作家，要有这样的意识，就是每一代新人都有这样一个使命，那就是要战胜前人。尽管我们有这样深厚的历史文化，我们不能躺在历史文化上，或者是掉在历史文化的故纸堆里和废墟中间，我们要在这样一种文化基础上，建立我们新的文化大厦。如果说每一代人都没有勇气战胜前人，那么，这个社会也就不可能前进。这也可以放大到整个科学技术领域和人类社会里，新的一代人都肩负着这样的使命，就是战胜前人，哪怕我们在前人的基础上增加一点点东西哩，那就是我们这代人的贡献。我们是不能在前人的水平线上滑来滑去，甚至比前人还要低。这样的话，对一个人来说，人生的进程就没有完成；对一个社会来说，那就是一种倒退。

我在写《人生》之前，首先写了《惊心动魄的一幕》和其他一些短篇。我经常到图书馆自己去看书甚至把“文革”前国内出的所有的杂志，从创刊号翻到终刊号。在这之前，我把中国文学、世界文学散乱地看过不少，但没有连成片。在大学里，我有条件把我原来散乱的东西连成了片。我在中国文学史和世界文学史的指导下，比较系统地阅读了中外名著。在大学里，我就有可能不被书牵着走，一边阅读一边思考，甚至学会在名著中挑毛病，在某个我感觉他写得不太到的地方，叫我处理这个事情，应该怎样处理，尽管这是一种悄悄的狂妄。在这样一种阅读过程中，脑子里当时就产生了一个很大的疑问。

我们看任何东西时，都把人分成好人和坏人两种。放个电影，娃娃都知道，这是个坏人，这是个好人。我认为这样简单地认识人认识社会，肯定是一种歪曲。因为人是复杂的，世界上纯粹透明的人很少，大部分人是一种社会团体的类别，整个大社会中的一个。社会是复杂的，人的思维方式不可能是特别纯粹的。生活是复杂的，所以人也肯定是复杂的。当然，我们有大的趋向，由社会各种价值来衡定和认定这个人的基本趋向。但是，不像我们的艺术作品和文学作品中表现的那个样子。我就产生了一个念头，我能不能写一部作品，叫大家急忙分不清，尤其是叫文艺理论批评界急忙分不清，这是个好人还是个坏人。实际上《人生》就是在这样一种思考的背景下产生的主题。

写《人生》这个想法，想得很早，为什么要把这几个放在前面呢？因为这几个都比较好写。大致也是好人和坏人的故事。高加林这个人是个复杂的人。我稍微要有一些思想准备、艺术准备。实际上，我试验了三年。每一年都是开一个头，不满意，两把扯了，撂下不写。直到那一年，不知咋啦，就觉得能行了，然后，一头钻在甘泉招待所，仅仅用二十一天时间，就把初稿写完了。每天工作十八个小时，吃上一口价，就是个脑弯转写。晚上写得痛苦得不行，写不下去，在那院子里转圈，招待所长把玻璃窗上的窗帘拉开，还以为这个人要寻死哩。一直写得鼻子烂、嘴烂，大小便不通畅，反正就是一点感觉也没有的，每天都是特别狂热的，陷入到里面去了。二十一天把初稿写完，我自己也不知道这到底是个什么东西，就背上这个稿子到陕北转了一圈，认真地把这篇稿子重新审视了一遍。回到西安后，又待了半个月，又赶到咸阳，用了十几天时间，把这个稿子又搞了一稿。这就是第二稿，定稿。

搞完以后，实际上我就知道这个稿子出去不得了。我很有信心，我觉得我必须要向中国文学这一现象做一次大挑战。这个作品出来以后，有一部分我想到了，就是争论。首先从文学批评界开始，然后到文学界、知识界，最后在大学里形成高潮。电影一出来，就扩大到整个社会。这种争论也符合我的审美理想，一个作品，老是低看读者的智力，都要作者把什么都写明，结论都得出来，好人坏人都分清，我认为这是过低地估计、蔑视了读者的智力和审美水平。好的艺术作品，要给广大的读者留下宽阔的思考余地，而且要调动广大读者，参与你的创作，补足你的创作。

创作和其他工作一样，要有毅力、有恒心，要咬住牙，咬不住牙，你就不能把一件事情办完。有些事情，我们出了很多力，就最后一点点腿软了，腿一软，溜了下来，就把前面那些工作都撂了。重要的就是一走到底，就是在最后的时候，要咬住牙，走到底，走到头上。我认为这不仅是对文学创作，对任何事业来说，都是首要的前提。

《人生》完了以后，对我来说是一个严峻的考验。才三十出头，身体正好着哩，可在大家看来，这个人已经走到头了，再怎样也超不过《人生》。实际上，这个问题最早是我自己给自己提出来的，自己警告自己，你得要找自己的出路，我就考虑写一部作品。

实际上，在我很小的时候，朦胧中产生过一个想法，诺贝尔文学奖的获奖作家，大部分的代表作，都是四五十岁完成的，诗人更早，一般都是二三十岁就把一生中最重要的作品完成。我如果要搞这一行的话，我就要再提前，在四十岁以前，最少要完成我一生中最长的作品，至于说是不是最好的一部作品，那难说，最起码敢于在四十岁以前写一生中最长的作品。

《人生》完了以后，我在沙滩上躺下时想，现在能不能提到我人生的议事日程上来，完成这个作品？当时，我就想到一堆困难。这么长的作品，不要说我连一个字也没写，艺术经验、生活体验方面也需要的特别多。但是我想，与其说发一些一般性的作品，应付一些一般性的场面，还不如干脆对自己的人生做一次抵押。我当时就意识到，这是一个非常危险、严重的决定。如果失败了，一生中最好的年华就失去了，以后也就是零零碎碎写一点，人们想起来，说这是《人生》的作者，仅此而已。一旦决定了以后，我义无反顾。我这个人就是这样，一旦我自己给自己论证了的，说服了自己，决不回头，什么人也挡不住。这种性格的惯性，使这个车子刹不住了，我就特别狂热地投入到这个作品的准备当中。

我要写十年的生活，这十年我又没写笔记。当然，大的社会发展的目录，过去的历史大约摸知道。但是，进入小说的话，要把这些特别具体的描述出来。我就把这十年的报纸一张一张一页一页地往过翻，一直翻得磨到毛细血管上，手指头磨得放不到报纸上，只好拿手托子一页一页地翻。这在写作过程中很重要，一旦写到某一年、某一个地方，我就把我的摘录拿出来，就知道中国，一个省、地，甚至一个县上发生了什么事，正在做什么哩，国际上发生了些什么重大事情。我要把我的这个作品当做一个史诗来写，史的这一部分，肯定要达到准确。至于深入生活，一些比较熟悉的生活，比如农村和县城等，还要再次到位，重新感受。至于比较生疏的生活，更需要花大力气去了解它，比如烧砖，咱们都大约摸知道，但是要进入小说，就要求特别细致，必须深入到砖场去。我就到子长的一个砖场去，看人家怎样和泥，怎样打坯，怎样装窑出窑。

人物出场问题十分重要，我阅读了近百部中外的长卷作品，包括柳青的《创业史》，《创业史》我读过七遍，我又读了一遍，就看长卷作品怎样结构。发现他们有的非常高明，但是好多作家人物出场解决不了。我发现浩然的长篇小说中，人物出场基本是一种简历式的出场。这样一种出场，花了几万字，人物进入不了情节，吸引不住人。那么，好的长篇小说一开始，既是人物在出现，又是情节在运动，幕一拉开就是戏。那个冬天，我就难在这个问题上。就在那个冬天的一个晚上的一个瞬间，解决了这个问题。最后，我大约用七万字的篇幅，就是到王满银那个事情结束，解决了我的主要人物出场问题。出场几十个人物，人物基本上都出场了，是在情节运动过程中。

进入煤矿写第一部的生活，条件比较艰苦。一万多人，连家属快两万人口，进出就那一条路，秋天下雨弄断以后，还空投了一次吃的。平时，光有些咸菜、米汤、馍馍、葱，就这样，我硬扛了一个冬天。

一开始是最艰苦的，每天晚上睡下的时候，浑身疼得你就感觉第二天就起不来了。每天晚上，尤其一到礼拜六，人家家属区那边，灯火辉煌，你就知道里边呲拉呲啦炒菜哩，你在这边拿一个干馍馍吃哩，还有看着人家一个一个把窗帘都拉住，一个一个把灯都关了，你还要彻夜工作。煤矿上那个老鼠呼噜噜地满地跑，我那个房子里就有四五个老鼠，咋价打也打不了。其中两个老鼠，圪蹴到对面，一个劲地看我。我想大概也是短口吃的，每天多拿一个馒头，掰两半往那儿一放，我吃我的，它们吃它们的。有时候工作一紧张，手里还拿着一堆资料或其他东西，就上厕所去了，到厕所后手占得开不开门，只好回来送东西。这时候，精神就处于一种快崩溃的状态，完全是机器人，几点几分做什么，几点几分做什么。散步只留了二十分钟，正好在那个时间自动走出房间，走着走着，就到深沟稍林里走里去了，而且每次走到那个石头前，向后转，一直走到自己的办公桌前，坐下就开始工作了。我有几个月，就没有和任何一个人说过一句话。有时候，写得高兴或者写得不高兴，想和别人说一阵阵话，找不见个人。有时觉得有熟人寻我来了，一下子就站起来，格晃晃地走到火车站或汽车站上转一圈，又跑回来。这样一直到冬天，写了四个多月将近五个月，出山的时候，坐在吉普车的前座上，抱着一堆稿子，写了二十一万字的初稿，就想哭一鼻子。

在第二部之前，我的身体状况还一直很好，但是，到第二部完成之后，猛然间就垮了。因为弦绷得太紧，每年实际上就在春节给自己放两个星期的假，这五六年一直就是这样。就这样长期工作以后，身上一点劲都没有了。实际上我是趴在桌子上把这写出来的。脑就在半边支一摞子书仰着哩（做歪头半躺状），偏成这个样子，稿子就在这边捂着哩，就这样写。头一天晚上写完，第二天浑身上下就感觉胳膝盖上还有一点劲，就跪在地板上，把稿纸整理完，整理完也就垮了。

我平时常不看病，好多年连感冒都不感冒一次。咋到医院里，中医西医都看了，谁也查不清是什么病。就是没劲把气吸进去，每吸一口气，都要用很大的力量。实际上是一种疲劳过度，当时应该注射一种增强肌肉力量的注射液就好了。但是，当时没有人检查出这个病。最后到榆林去，七十多岁的老中医张鹏举看了以后，给我吃了一百多服汤药、一百多服丸药，大概有三个月时间，我的身体就有所恢复。

这之前我特别悲观，我觉得在中国，完成长篇作品的作家，几乎都悲剧性结局，基本都写不完就死了。从《红楼梦》到《创业史》都是这样，都撂下一半。我原来还很自信，就是好不好，我要把它弄完。第二部以后，成了这个样子，我想我咋完了，不顶事了。命里就注定中国的作家要写长作品，谁也不得过去，就在最终前的两步，就把你给弄了。

这个药吃了以后，我觉得有了一点劲。医生包括老中医都建议我再休息上一年，再完成这个作品，周围的人也这样劝我。但是我想，我现在还有一点劲，必须咬住牙，把第三部写完，我死了就死了。这样，我就开始咬住牙写第三部。

大家都知道，艺术作品，尤其是长篇的，到最后越激烈，因为你的艺术打击力量都在最后哩。需要你的精力更旺盛，体力更充沛，要你的整个艺术更沸腾，精神状态更沸腾。但是，那时候是你体力最不行的时候。这样一种法则，就要你挣着命，吐着血，往上拉车哩，只能是这样。就说你要付出加倍的力量来完成你的第三部作品。后来，评论界都认为我一部比一部写得好。后边那就基本上是舍生忘死了。如果不是这样的话，这部作品根本就完成不了。我把好多平时的日子都不记，有时候把自己的生日都忘了，但是，有一个日子，至少我现在还记得很清楚，一九八八年五月二十五号。

在我写第二部的时候，中央人民广播电台正在播诵《平凡的世界》，这是破例的。中央人民广播电台一般都是播诵成书，我的书在两部时就开始播，预告了三部，第三部只是看了我的初稿。按照每天录制速度，必须把定稿带到中央人民广播电台。《黄河》就是山西那个大型杂志也要发哩，已经推迟了一个月发稿时间，在等我这部稿子哩。而我哩，最后一个多月，到甘泉写最后这一部分。哎呀，体力一满不行，硬挣扎得一直到五月二十五号，咋才走到最后了。

这就是最后一天——五月二十五号。一些人在下面还准备了一桌饭，等我着哩。按我平时的工作速度，赶下午六点钟，肯定完了。应该当天晚上赶到延安，第二天到绥德，过黄河赶到太原，从太原立刻赶到北京。我把时间算了一下，六月一号刚能赶到北京。结果，到下午，大概就是五点多钟，最后一页稿纸的时候，可以说百感交集。控制着说不要激动不要激动，就撂一页了，写上就完了。但是就是激动得不行，手擞得不行，最后成了个鸡爪子，笔掉在桌子上，手圈不回来，急得一满没办法，咋价也不行。最后，我想了个办法，倒了两暖壶开水在盆子里，搀了点凉水，把招待所那枕巾拉了两块往里一浸，手就在枕巾堆里擦了有十几分钟，才把手松弛下来，咋把最后这一页写完。写完以后，把窗子一开，就把那支笔，那支用了六年的笔，从窗子里扔了出去。哎呀！老子咋完了。

最后，就坐在桌子边发了半天呆。当时，我就想到德国大作家托马斯·曼，在纪念席勒100周年时写的《沉重的时刻》的一段话："终于完成了，它可能不好，但是完成了。只要能完成，它也就是好的。"这段话正符合我当时的心情。是的，这么长的作品，你把它完成了，对于你的人生或者是你的工作来说，也可以聊以自慰。至于身后那些东西，如后来的茅盾文学奖，拍电视剧，我根本就不想。要那样想的话，根本什么也做不成。当时写作的时候，连发表都不考虑，就是完成一种愿望，一种心绪，一种内心的要求。我必须有这么一种情绪冲动，一种感情和一种力量，我想把它全部都宣泄出来。这个作品就是这样。

这个作品完成以后，我的身体状况就急剧下降，体力一直恢复不了。情绪一激动，包括像现在这样讲话，一个多小时以上，气力马上就感觉到不够了。尤其是一进入写作，思维运转特别激烈的时候，气力就跟不上了，必须停一停。

今天来的大部分是搞文学和文化的，就我的两部主要作品，就这样给大家说一说。

*1991年10月26日，根据录音整理。

土地的寻觅

我和谷溪最初相识在“文化大革命”这幕戏剧的尾声部分。而在这幕社会戏剧中，我们扮演的角色原来是属于两个相互敌视的“营垒”，漫长而无谓的争斗，耗尽了所有人的热情，带来的是精神上的死一般的寂寥。“文化大革命”作为没有胜利者的战争结束了，但可悲的是，失败者之间的对立情绪仍然十分强烈，意外的是，我和谷溪却在这个时候成了朋友。把我们联系起来的是文学（这是一个久违了的字眼）。在那时之前，谷溪已经是省内有些名气的青年诗人，早在一九六五年就出席过全国青年业余文学创作积极分子代表大会。共同的爱好使我抛弃了派别的偏见，一起热心地投入到一个清风习习的新天地里，忘却了那场多年做不完的噩梦。尽管那时候的作品甚至连一篇也不能编入现在的结集里，但它在人生的篇章中永远占有不可磨灭的一面——那是在干枯的精神土地上长出的几棵稀有的绿草，至今仍然在记忆中保持着鲜活。在此期间，谷溪和朋友们编辑出版了诗集《延安山花》。当时在国内外行销几十万册，可以说这是“文化大革命”后期中国大陆上第一本有泥土气息和文学意识的诗歌集子，不能不引起社会广泛的注意。后来，谷溪又和大家奔波着出了一张文艺小报《山花》（一九九二年将庆祝它诞生二十周年）。今天国内许多有影响的作家和诗人当年都在这张小报上发表过他们最初的作品，有的甚至是处女作。一时间，我们所在的陕北延川县文艺创作为全国所瞩目，几乎成了个“典型”。所有这一切，都和谷溪分不开，他热情组织了这些有意义的活动。以后，我感到诗歌这碗诱人的汤水不适合我的脾胃，就改行涂抹起了小说，但谷溪一直痴心不改，始终热恋着他的缪斯，以至今天有了这本凝聚着他几十年心血的诗集。

诗人谷溪最初的职业是位火夫。那时他刚刚告别了少年。贫困的家境使他勉强读完高中后，便开始自谋生路，和油盐酱醋打起了交道，无论在此之前还是之后，他都饱尝了生活的酸甜苦辣。作为陕北农民的儿子，他继承了劳动者那种顽强不息和百折不挠的精神品质，几十年里，一边应付着生存的窘迫与尴尬，同时以童稚般的执拗在他心爱的黄土地上寻觅和采摘诗歌的花朵。

谷溪前期诗歌创作的风格，几乎完全是在学习陕北民歌（主要是《信天游》）的基础上形成的。他对陕北民歌的迷恋甚至到了有意或无意排斥其他诗歌形式的程度。他是吸吮着陕北民歌丰富的奶汁长大的。在运用这一形式方面，谷溪达到了很不一般的境界，有些诗作给人留下了强烈的印象，只是在内容方面受到了当时社会生活的某些局限，影响了作品的深度，因此编入这本集子中的寥寥无几，不能不使人感到一种历史性的缺憾。

读谷溪最初的诗作，你常常感到，那些诗不是用笔在纸上写出来的，而是用老镢头从地里挖出来的。有人就称他的诗是“老镢头诗”。当然，如果硬要把绣花针在绸缎上绣出来的诗和这种老镢头诗作比较，这种诗可能认为粗俗了一些，似难登大雅之堂。但我认为，面包和窝窝头各有各的味道，正如一句陕北乡谚所说：清油调苦菜，各取心里爱。

一副知识分子派头的谷溪，血管里流的是农民的血液，即使西装革履加上宽边眼镜也掩饰不住这种本质。他的劳动状态首先就像个陕北的庄稼汉，而且每有收获，第一个大受感动的常常是诗人自己。每逢有新作出笼，总要醉心地不厌其烦地给亲朋好友朗诵。在外人看来，他甚至有点过分地珍视自己的劳动果实，知情者当然是理解他的，因为他的每首得意之作，都几乎是洒尽汗水以至绞尽脑汁的产物。这个人没有上过大学，写作不可能凭借深厚的学识功底，他也不属于那种脑瓜灵得不弹也响的才子，诗情经常能像自来水一样流个没完，谷溪在很大程度上不是靠天赋写诗，有时甚至要等到诗神明白无误的暗示后，似乎才“恍然大悟”，而且农民式的拙朴常常造成逮一只蜻蜓，也用了捕捉飞鹰的大网，其艰难困苦，就不是雅兴诗人们所能知晓的了，即使如此费尽心机，他也不是每次都能逮住那只美丽的蜻蜓。从诗人几十年的作品来看，他收获的数量并不是很多。但毋庸置疑，在他所有的这些收获中，的确有许多掷地有声的货色，足以使我们对诗人的劳动产生敬意，我们可以猜想他在两次收获之间，常常面对的是大片的空白。他又是一个天性不安生的人，没有守株待兔的耐心，一旦失去诗的灵性，就忙乱而狂热地将自己投身于各种社会性的文学活动之中，指导初学写作者的创作直至其他的琐碎事务，即使出力不讨好也从不回心转意，这种热忱的付出也影响了他自己的创作。当然，他从未中断过对诗的执著追求，有时甚至毫无收获的指望，他也在辛勤耕种。这一点上，再一次体现出了他的农民本色，对一个农民来说，即使面对一个纯粹没有收获的秋天，他也绝不会为春播夏耘所付出的艰辛而生出丝毫的悔意来。

由此而论，我们觉得，谷溪在人生奋斗方面的收获可能要大于他在诗歌创作方面的收获。我们又很难评判其间的哪一种收获于人更为宝贵，也许人生奋斗过程中所得到的欢乐，要远比所得到的那个具体结果更为美好。这不仅对谷溪而言，大概对我们所有的人都是如此。

谷溪后期的诗作变化很大，进步也很大，他显然不满足于初期的山歌野调，试图用自由度更大的歌喉唱出对生活更丰富的感受，溪水奔涌出狭小的山谷，开始在较为宽阔的河床上流淌。我们甚至有一种河流突然改道的感觉，听见某种宏大的声势在他诗歌的河流中喧响。尽管某些地方显出了一种生硬或勉强，就总体而言，他后期的诗作表露出明显成熟的人生态度。对谷溪来说，这是一个飞跃，尽管这飞跃带着实验和探索的性质，这本诗集主要收编的是诗人这一时期的作品。可以看出，他显然在刻意追求一种深度，追求一种哲理意识，在展示现实生活的多棱镜面时，他尽量用冷静的手指拨亮历史的烛光给予其旷远的观照。而笼罩在这一切之上的，是诗人对陕北这块厚土的深深挚爱和杜鹃啼血般的眷恋，并以此唤起我们所共有的那种乡恋之情。这些都在很大程度上弥补了诗人在技巧方面的缺陷。另外，我们还觉得，在追求一种新形式、新表现的时候，并不意味着一定要以牺牲和抛弃原有的东西作为代价。谷溪深厚的民歌素养应该在创作追求中得到体现——当然应该是一种升华的体现。

《塞上雄风》序

现在看来，神木本身就是一个谜语。此谜语出自何时，出自谁，肯定无从查考。也许就出自神。

这个谜语实际上向人们作了明白无误的暗示，可是千百年来，却没有人能试图猜出它的谜底。今天我们才恍然大悟这个神秘谜语的奥妙。神木——大自然化腐朽为神奇的一个杰作。谁能想到，在这片单纯的黄沙漫流的大地之下埋藏着如此丰富的财富。如今，神木以世界级的大煤田而闻名世界。当代人总算破译了一个千古之谜。

神木，这个过去并不知名的地方，现在却在中国的版图上闪闪发光。

成千上万的外路人拥向陕北之北，其势头有点像当年北美人拥向阿拉斯加。那时的北美人做的是黄金梦，现在的这些人做的是黑金梦。神木过去是古战场，除过胡骑汉兵的逐鹿，还是著名的杨家将的老营盘。现在，这里又变成了战场——为富裕和发展而战。

在这场伟大的历史性征战中，我们有理由怀着新奇感关注“土著”的神木人自身的命运。他们是不是像“印第安人”一样被外来人排斥在了向新生活迈进的进程之外？或者说他们由于得天独厚的自然条件没费吹灰之力就都变成了腰缠万贯的大财主？

由塞北等人编著的这本新作，已从许多侧面向人们回答了诸如此类的问题。

从他们充满激情的报告中，我们看到了现代神木人伟大的精神风貌。

他们是新生活的开拓者，而且在这一历史进程中，扮演着极其重要的角色。

他们没有坐享大自然的馈赠，而是用自己的血汗向大自然索取。

地下，是无穷无尽的宝藏。

地上，是无边无际的荒凉。

这就是神木人面对的现实。而挖掘地下的宝藏和改造地上的荒凉都是要付出艰辛的劳动和巨大代价的。

神木在两条战线上作战。两条战线又派生出无数战线。神木人在无数战线上作战。他们不屈不挠，流血流汗，甚至付出自己的生命。他们创造财富，自己仍然并不富裕。他们为今天而战，更为明天而战。通过本书的这些报告，我们对神木和神木人会产生一种新的而且是非常深刻的印象。

我们因神木的大煤田而无比兴奋。

我们因神木的奋发精神而无比自豪。

煤对我们是极其宝贵的。但最宝贵的还是人——人的伟大创造精神。

愿塞上雄风永存。

一九九一年冬于西安

关注建筑中的新生活大厦

对于一个严肃地从事艺术劳动的人来说，创作自由和社会责任感同时都是重要的。创作自由是必需的，因为艺术是一种创造性劳动，没有创造自由，这种劳动就不可能产生真正有意义的成果，其结果也是对社会不负责任。同样，作家和艺术家在进行创造性劳动时,必须对社会抱有高度的责任感。归根结蒂,我们劳动的全部目的，都是为了人类生活更加美好。从这个意义上说，即使我们在揭示生活中那些不可避免的阴暗面的时候，也应该对未来充满坚定的信心。

作家永远不能丧失普通劳动者的感觉。如果对于最广大的劳动人民采取冷淡的态度，那么，我们的作品只能变成无根草。在另一方面，我们同时又不能迎合社会上的某种低级的艺术趣味。一个热爱人民的艺术家，有责任提高公众的审美水平。

我们正处于前所未有的变革时代，作为当代作家，反映自己所处年月的生活，这是我们当然的使命，否则，我们就有负于今天，也有愧于后人。

处于大变革时代的生活，在其进程中必然充满巨大的矛盾和冲突；我们在通往未来的道路上，不仅要战胜客观世界的各种羁绊，也要战胜我们自身的各种局限；所有这一切都应该在我们的作品中得到强有力的揭示和反映。如果我们的作品一切方面都是贫乏的，而仅仅有个正确的结论，我们也不可能取得很好的社会效果。公式化、概念化同样会给社会带来危害。

远离我们喧腾的大时代的生活，提倡作家、艺术家都跑到“原始森林”中去“寻根”，恐怕也值得研究。我认为，可以有一些朋友去“寻根”，但我们面临的更大任务是要关注我们正在建筑中的新生活的大厦,不能把所有的作家和艺术家都拉入生活的“考古队”。我们的艺术天空，当然应该反映出生活大地上的各种“水系”；但不可忘“长江”和“黄河”——我们生活的主流。

希望“受骗”往往真的受骗

国产故事片近年来数量不断增加，也不乏有所追求的作品，成绩有目共睹。但就我个人来说，在离开电影院的时候，常常感到不满足，有时甚至很扫兴。作为一个电影观众，我一旦在电影院坐下来，就不是来看一个“编”的“戏”，而是准备体验一种激动人心的生活。我希望我“受骗”；剧作家、导演、演员所创造的一切使我完全忘记了我是在看电影，而是在目睹一些活生生的生活。可是我经常感到我真的在受骗：某些片子剧情、环境、人物的言行，一直到服装道具，不时露出虚假的面目，使人感到难受甚至愤怒——这是一个受骗的人常有的心理状态。

我觉得，国产故事片要提高质量，首先得改掉已经叫人叹息不已的虚假毛病。首先叫人看了是真实的，然后才可能谈到其他。真实是一切艺术征服读者和观众的起码的条件。不要藐视观众的眼睛和耳朵。任何一点虚情假景都不会蒙哄过关的。虚假是艺术的致命病，哪怕一个小小的地方患了此症，也可能像一个癌细胞似的毁了整个作品的生命。我们遗憾地看到，有些片子本来很不错，但仅仅因为人物的几句话不符合人物的性格、身份，或一件衣服穿的“不对”（不真实），就整个地破坏了这部作品。

从目前国产故事片的状况来看，要达到真实地再现生活，需要各个方面的努力。

首先是剧本。我感到，现在的许多电影故事都不重视在日常生活中发掘题材，胡编滥造，离奇古怪，这样的东西很难引起观众思想和感情上的共鸣。要么，就是来点低级趣味和感官刺激。所有种种，可能迎合某些市民口味，但这样既糟蹋艺术，又败坏社会。真正的艺术作品不应该去迎合社会上的一些低级趣味，而应该以其巨大的思想力量和美妙的艺术感染力来提高公众的艺术趣味。电影剧本应该注重从我们日常生活中来发掘诗情画意。要真实地再现生活，必须从生活出发。

从导演的角度来说，应该对影片各个方面的真实性给予严重的关注；应该意识到任何一点不真实的东西都可能损坏整个影片所追求的效果。大的方面姑且不论，比如在一部影片中，爱国学生正在国民党统治下的城市示威游行，突然在远景上一辆现代化的电车奔驰而过，观众顿时为之哗然；甚至，在有些影片中，抗日战争的一个场面，偏偏在修了梯田的一个山头上进行……连这样一些小小的地方都不能达到真实，怎么可能使观众进入到影片创造的艺术天地里去呢?

国产故事片正在迅速发展和繁荣起来，但也面临着考验，面临着突破。我觉得，要提高我们故事片的质量，首先必须克服各个方面表现出来的虚假毛病。

答《家庭教育》记者问

记者：路遥，能不能谈谈你的童年，你接受的是什么样的家庭教育？

路遥：我从小就是个调皮的孩子，有时还来点“恶作剧”。

我出生在陕北农村，从小很苦，是从那个刮着西北风的黄土高坡上爬出来的。谈不上什么家庭教育，我兄妹八人，我是老大，因为穷，后来就过继给我伯父，生父母、伯父母都没有文化，是地地道道的陕北农民，那时连饭也吃不饱，一切都要靠自己。我似乎有一种感觉：我生下来就是大人。严酷的生存环境使我的童年是用成人的眼光去看待这个世界，这个社会，这片黄土地，当然这种眼光是用我自己的眼光。农村里生活到十多岁，直到读中学才出来，我从小不太听大人的话，喜欢玩，也许由于想象力丰富，时常搞些别出心裁的恶作剧，心里很开心，精神上也很自由，没有现在小孩有这么多的心理压力。当然从现在传统的观点看我不是一个好孩子，因为我不听话。为什么小孩一定要听大人话呢？我看不见得，谁对就听谁的。父母可以教育子女，子女也可以教育父母，我十几岁就开始教育我父母，因为我有文化，我看待人生、看待社会，看待世界就是要比他们深刻。

当然，一个人的成才是由各方面因素结合起来的。简单地说是由于天才、勤奋、机遇决定的，要成才必须先有才，所谓天才用毛泽东的话来说就是比较聪明一点。但有天才的人聪明的人很多，比我聪明的人多的是，但不勤奋，不用功也不行，所谓勤奋出天才就是这意思，但又勤奋又有天才的人没有好的机遇也不行，机遇听上去有些唯心，但是客观存在的不承认是不行的。这里有所谓大气候，小气候，能否遇到识才的老师、领导，这三者兼有，也许你就成功了，就成才了。

现在我们不少做父母的都“望子成龙”，这是可以理解的。但问题是期望值太高……

记者：你希望你的孩子以后怎样？

路遥：我女儿今年读小学六年级。

性格比较内向，也许在遗传基因上像我的多。我想尊重孩子，这是最重要的，在这个前提下身体第一。孩子的身体是最重要的，没有好的身体什么也干不成，不要给孩子的压力太重。对孩子来说，未来不是靠父母设计好的，路要靠自己走，能对社会有贡献，自己又愿意干这就好，我女儿以后如果自己选择当工人，这也很好。其实世界上没有什么十全十美的职业，各有各的烦恼，如果去干听起来很好的职业而自己又力不从心，这才是最痛苦的事，对自己对社会都没有好处，人尽其用这就够了。

当然对孩子的正当要求兴趣，做父母的要给予力所能及的帮助。我女儿曾喜欢弹钢琴，我也就咬咬牙用稿费给她买了一台钢琴，倒不一定要她成为钢琴家和音乐家，但我认为有音乐修养，这对提高孩子的总体素质大有好处。后来她喜欢上绘画，就请了一位老师教她，同样也并不一定要成为画家，而是使她的童年愉快些，幸福些。我可以说是个慈父，或者从理论上讲有些“奴隶式父亲”的味道。这大概与我艰难的童年有关，我有一种补偿心理，对孩子的要求尽量满足，比如说这次台湾的“小虎队”来西安演出，我知道我女儿很喜欢“小虎队”,只有两张票就让孩子去看了。孩子喜欢“小虎队”剧照，我就托人给她搞来。说实在的，我这个人很少求人，但对孩子的要求，一般都是有求必应。

其次培养教育孩子要有独立思考能力，这很要紧，不要人云亦云，如果没有独立思考能力，书读得再多，充其量也不过是一个平庸的人。我女儿虽然不大,但有她自己的眼光,有她自己的评判能力。对大人也有批判能力。对我们做父母的，对很有学术地位的亲戚也是如此。另外有意锻炼孩子的独立生活的能力，我女儿有一次就单独坐飞机一人从北京回去西安。

记者：你女儿学习成绩如何？你如何看待学校教育？

路遥：现在学校教育重分数的现象很普遍，学生负担太重，这中间也恐怕不全是学校的责任，家长也有责任，总的根源恐怕还是“万般皆下品、唯有读书高”的思想作祟，把分数好考上大学作为唯一的标准。由于一切朝分数看，使学生作业量很大，出现单调的重复教育，例如一个字抄一百遍，这没有必要，连我也很讨厌，不要说孩子了。

现在的语文教学老是死记硬背，结果是字、词、句子使用得当，但通篇却毫无生气，有一种现代八股味。当然当作家的和当老师站的角度不一样，视角也不一样，看问题当然也不一样了。但是我认为应该多给孩子一点童年的快乐，让孩子有更多的时候能无忧无虑地玩。

过去有不少报道说：华裔的子女在国外成绩好，这也是事实。学校成绩是中国人好，但毕业后的实际工作能力却是美国人好。我很同意杨振宁博士的观点。他在谈到他的成功时说过：我成功要感谢我的父母亲，在我很小的时候，他们给了我很大的自由，而从不要求我完全按他们的爱好去做事。

杨振宁的话，我以为是比较有权威的，他对东西方文化有很深的了解，也有比较鉴别，他说要努力提高中国学生的动手能力和独立工作能力是学校教育急需解决的问题。杨振宁的成功与他从小接受的家庭教育有很大关系。做父母的应对孩子尽量地少干预，但又很爱，这是很理想的父母。

记者：你认为中国的家庭教育最大的问题是什么？

路遥：现在中国最苦最累的是孩子。

他们处于几方面的夹攻之中！最忙的也是孩子。大人们大多数吃大锅饭，单位里闲得很，无事可干的大有人在。孩子一大早起来，有些连饭也没吃饱就背着很沉的书包到学校去，上午上课，下午上课，晚上还要做作业，我常常看到这样的情景：大人们围着方桌打麻将，小孩子伏在小桌子上做作业，大人们麻将打好再打孩子，这十分可恶！我以为打麻将的父母就没有资格教育孩子，更可恶的是打了麻将还要打孩子，常常看到父母一边拎孩子的一个耳朵，指使他干这干那，你想这孩子的压力有多大！如果学校教育、家庭教育都是用惩罚的办法来教育孩子，那就是一个十分愚蠢的国家。当然也就无法造就一代新人。孩子天天晚上作业做得很晚，好像小孩都变成专业作家，而作家第二天可以睡懒觉，而他们一早就要起来上学，这样下去身体也搞坏了。我想在这方面，发达国家做得比较好，我出访过西德，那里的孩子活动的空间比较大，发展余地比较大，孩子的心理发展比较健康，孩子就是孩子，不像中国的孩子不少都是讲大人话的，我以为我国应该有选择地学习国外的好经验，包括好的家庭教育经验，不要总是老一套，教育一定要有活力，那么下一代才有活力。

中国的孩子太苦太累这是一个很大的问题，我想每个做家长的能从孩子的角度想想，也许能尊重孩子，平等地与孩子交流，这是有好处的。当然孩子是有缺点的，是需要教育的……

记者：你是否打骂孩子？

路遥：我不打我的孩子，也许是女儿更疼爱一些，也许是我自己童年的经历，吃了不少苦。当然农村的孩子免不了要挨打，中国有句古话:所谓“不打不成器”。一般的说男孩绝大部分被父母打过，这也是一种传统的教育方法，所谓“棍子底下出孝子”，但这里有一个度的问题，要有分寸，否则，动不动就打这其实很野蛮，很愚蠢，证明你教子无方。我对孩子做错的事，在十分气愤的情况下我是要骂她，但有一点我与别的做父亲的不一样，我同样允许女儿骂人，我以为骂人也是一个语言锻炼，事实上可以说大人是个个骂人的！不管你是什么干部、军事家、政治家，连领袖也是要骂人的。大人们骂人可以，为什么就不允许孩子骂，孩子也应该有发泄内心愤怒的权利。

我以为要求孩子做到的，自己首先要做到，自己不能做到的，那么也要允许孩子做不到，大人们如果是嘴上说一套，而实际又另外一套，这其实是一种人格分裂，对孩子是绝没有好处的，这只能培养孩子当面一套，背后一套，严重的会使孩子虚伪，伪善。因此我以为真正能培养孩子成才，就首先应该教育他如何成人。提高中国整个家庭教育的水平，关键还是要努力提高家长的素质。我想你们家庭教育杂志社正努力在做这项工作，这是对整个国家，整个社会，甚至是整个人类都是有益的工作。

记者：谢谢你很坦诚地谈了你的家庭教育的观点……你能否为我们《家庭教育》杂志题几句话？

路遥认真地思考了一下，题下了“要大树的美，不要盆景的美”几个字。

少年之梦

——为《少年月刊》而作

一个人一生中会有无数的梦想。许多梦想都被生活的激流冲淡了，甚至会消失得无踪无影。但是，对于人类来说，没有梦想，也就没有现实，我们现实生活中的许多惊人的奇迹，当初也只不过是人的一些梦想罢了，后来却真的变成了现实。那就是说，人是有能力将梦想变成现实的。

要将美好的梦想变为现实，无论对一个社会还是对一个人，都是不容易的，要付出所有的聪敏才智，要付出巨大的创造性劳动，甚至可能要付出自己的生命。但是，只要这种努力有益于伟大的人类社会，无论成功还是失败，都是值得我们去为之奋斗，为之牺牲的。

少年时期是最富于梦想的。少年的美好也正在于此。

我在少年时期，也有过许多梦想。想象长大后，当了一名国际刑事警察，既神秘又刺激，进这个国家，出那个国家，在火车站和飞机场与犯罪分子展开枪战，最后把明晃晃的手铐戴在坏人的手腕上。或者去当一名研究国际问题的学者，在风云变幻的国际局势中为政府提供多种咨询性的选择方案。也有些时候，梦想变成了一种胡思乱想，曾异想天开地试图将来驾一艘宇宙飞船，到遥远的太空去活捉一个“外星人”，并把他交给联合国。

某一天，我梦想将来要当一名作家，写出厚厚的书让人们去阅读。这在很大的程度上是因为我小时候爱学语文，也爱作作文。我常常被课本中那些美好的故事、美好的思想和美好的语言所吸引、所感动。我暗暗思忖过，我将来能不能也写出美好的文章去感动别人呢?

我梦想长大后去当作家。

但梦想终究是梦想，要将它变为现实却要付出沉重的代价。从少年时期的这个梦想开始一直到今天把它变成现实，我已经整整为此劳动和工作了二十多年。我不敢说我已经像少年梦想的那样写出了美好的文章，可是我的确诚实地为此而努力和奋斗过。

不是所有的少年之梦最后都能变成现实。但是，这并不要紧。随着年龄的增长，我们就会正确地认识自己的条件，去做切合实际的努力。我相信，每个人都有能力会把少年时期的某种梦想变为现实。重要的在于奋斗，没有奋斗，就不可能达到任何目标，那么，梦想也只能永远是梦想。一个人到了老年仍然一事无成地在梦想，这就是生命之大悲哀了。

为了明天，我们应该有无数美好的梦想。为了实现美好的梦想，我们要不懈地努力和奋斗。只要努力和奋斗，现实将比梦想还要美好。

一九九一年冬于西安

路遥自传

我于 1949 年 12 月 2 日生于陕北山区一个贫困的农民家庭。在农村长大并读完小学，以后到县城读完高小和初中。青少年期间的大部分时间是在农村和县城度过的。17 岁之前没有出过县境。中学毕业后返乡劳动，并教过农村小学，在县城做过各式各样的临时性工作。1973 年进入延安大学中文系读书。1976 年大学毕业后来到省城的文学团体工作。1982 年成为专业作家。我的生活经历中最重要的一段就是从农村到城市的这样一个漫长而复杂的过程。这个过程的种种情态与感受，在我的身上和心上都留下了深深的印记，因此也明显地影响了我的创作活动。

我的作品的题材范围，大都是我称之为“城乡交叉地带”的生活。这是一个充满矛盾的、五光十色的世界。无疑，起初我在表现这个领域的生活时，并没有充分理性地认识到它在我们整个社会生活中所具有的深刻而巨大的意义，而只是通常所说的，写自己最熟悉的生活。这无疑影响了一些作品的深度。后来只是由于在同一块土地上的反复耕耘，才逐渐对这块生活的土壤有了一些较深层次的理解。

我在几年前的一篇文章中说过：“由于现代生产力的发展；又由于社会经历了持久广泛的大动荡，城市与城市，农村与农村，地区与地区，行业与行业，尤其是城市与农村之间相互交往日渐广泛，加之全社会文化水平的提高，尤其是农村的初级教育的普及以及由于大量初、高中毕业生插队或返乡加入农民的行列，使得城乡之间在各个方面相互渗透的现象非常普遍。这样，随着城市和农村本身的变化和发展，城市生活对农村生活的冲击，农村生活对城市生活的影响，农村生活城市化的追求倾向，现代生活方式和古老生活方式的冲突，文明与落后，新的思想意识和传统观念的冲突等等，构成了当代生活的一些极其重要的内容。这一切矛盾在我们社会的政治、经济、文化、思想意识、道德观念等方面都表现出来，是那么突出和复杂，可以说是立体交叉桥上的立体交叉桥。”

无疑，我国当代现实生活迅猛而巨大的发展，使得以上所说的一切都变得越来越突出，越来越复杂。伟大的社会改革，已经使中国的农村和城市再不是各自封闭的天地了。它们还将会在更大的程度上交叉在一起。而且在未来某个时候，它们的界线甚至会变得模糊不清。试想，假如黄河和长江交汇在一起奔流，那会是一种什么样的景象呢？这会是一条新江河。这里既有黄河，也有长江，但这无疑会是一条既非黄河也非长江的新的更加宽阔而汹涌的江河。我们所面临或将要面临的生活的总面貌也许就是这个样子。

面对澎湃的新生活的激流，我常常像一个无知而好奇的孩子。我曾怀着胆怯的心情，在它回旋的浅水湾里拍溅起几朵水花，而还未敢涉足于它那奔腾的波山浪谷之中……什么时候我才能真正到中水线上去搏击一番呢？

杜鹏程：燃烧的烈火

在人类所有的不幸中，最不忍目睹的就是死亡引起的悲痛，尤其是对一个你所熟识而敬重的人。

我不愿目睹没有气息的杜鹏程。我愿意他在我的记忆中永远是一团燃烧的烈火，一个用严峻的神色审视这个世界的哲学家，一个气势磅礴的叙事诗人。

老杜的价值不可能在某种仪式上体现。他在半个世纪中构成的巨大内容需要一代人乃至未来的历史给予详尽诠释。

在和他同时代的作家中，杜鹏程是少数属于敢踏入“无人区”的勇士，并敢在文学的荒原上树起自己标志的人物。他是我们行业的斯巴达克斯。这一切首先体现在他的史诗《保卫延安》之中。这部书使他声名远播，也给他带来过无穷的灾难。而属于巨人的灾难不也是另一种勋章吗？

杜鹏程出身于一个贫苦的农民家庭。他几乎是赤手空拳走进生活和战争的暴风雨。不久，他就拥有枪和笔两种武器。其中的枪和敌对的势力作战，而笔主要和自己作战。对他来说，后一种作战更为艰难。从《保卫延安》的创作过程，我们就可以看出他和自己作过多么无情的斗争。以后，这部书先使他荣耀接着便让他忍气吞声地生活。从未来得及完成的大书《太平年月》的题旨就完全使我们意识到，作家已经进入了思想和艺术的大境界，可是，没等这座宏大的工程竣工，他就逝世了。正如他最后所言，这是一个“悲剧”。

二十多年相处的日子里，他的人民性，他的自我折磨式的伟大劳动精神，都曾强烈地影响了我。我曾默默地思考过他，默默地学习过他。现在，我也默默地感谢他。在创作气质和劳动态度方面，我和他有许多相似之处。当他晚年重病缠身的时候，我每次看见他，就不由想到了自己的未来。我感到，他现在的状况也就是我未来的写照。这是青壮年时拼命工作所导致的自然结果。但是，对某一种人来说，他一旦献身于某种事业，就不会顾及自己所付出的代价。这是永远无悔的牺牲。

杜鹏程远离我们而去，但他劳动者繁忙的身影却永远会出现在我们眼前。对于这样一个毕生出尽了力气的人，我们现在真正出于内心的真诚对他说一声：安息吧！

早晨从中午开始

——《平凡的世界》创作随笔

献给我的弟弟王天乐

1

在我的创作生活中，几乎没有真正的早晨。我的早晨都是从中午开始的。这是多年养成的习惯。我知道这习惯不好，也曾好多次试图改正，但都没有达到目的。这应验了那句古老的话：积习难改。既然已经不能改正，索性也就听之任之。在某些问题上，我是一个放任自流的人。

通常情况下，我都是在凌晨两点到三点入睡，有时甚至延伸到四点五点。天亮以后才睡觉的现象也时有发生。

午饭前一个钟头起床，于是，早晨才算开始了。

午饭前这一小时非常忙乱。首先要接连抽三五支香烟。我工作时一天抽两包烟，直抽得口腔舌头发苦发麻，根本感觉不来烟味如何。有时思考或写作特别紧张之际，即使顾不上抽，手里也要有一支燃烧的烟卷。因此，睡眠之后的几支烟简直是一种神仙般的享受。

用烫热的水好好洗洗脸，紧接着喝一杯浓咖啡，证明自己同别人一样拥有一个真正的早晨。这时，才彻底醒过来了。

午饭过后，几乎立刻就扑到桌面上工作。我从来没有午休的习惯，这一点像西方人。我甚至很不理解，我国政府为什么规定了那么长的午睡时间。当想到大白天里正是日上中天的时候，我国十一亿公民却在同一时间都进入梦乡，不免有某种荒诞之感。又想到这是一种传统的民族习性，也属“积习难改”一类，也就像理解自己的“积习”一样释然了。

整个下午是工作的最佳时间，除过上厕所，几乎在桌面上头也不抬。直到吃晚饭，还会沉浸在下午的工作之中。晚饭后有一两个小时的消闲时间，看中央电视台半小时的新闻联播，读当天的主要报纸。这是一天中最为安逸的一刻。这时也不拒绝来访。

夜晚，当人们又一次入睡的时候，我的思绪再一次活跃起来。如果下午没有完成当天的任务，便重新伏案操作直至完成。然后，或者进入阅读（同时交叉读多种书），或者详细考虑明天的工作内容以至全书各种各样无穷无尽的问题，并随手在纸上和各式专门的笔记本上记下要点以备日后进一步深思。这时间在好多情况下，思绪会离开作品，离开眼前的现实，穿过深沉寂静的夜晚，穿过时间的隧道，漫无边际地向四面八方流淌。入睡前无论如何要读书，这是最好的安眠药，直到睡着后书自动从手中脱离为止。

第二天午间醒来，就又是一个新的早晨了。

在《平凡的世界》全部写作过程中，我的早晨都是这样从中午开始的。对于我，对于这部书，这似乎也是一个象征。当生命进入正午的时候，工作却要求我像早晨的太阳一般充满青春的朝气投身于其间。

2

小说《人生》发表之后，我的生活完全乱了套。无数的信件从全国四面八方蜂拥而来，来信的内容五花八门。除过谈论阅读小说后的感想和种种生活问题文学问题，许多人还把我当成了掌握人生奥妙的“导师”，纷纷向我求教：“人应该怎样生活？”叫我哭笑不得。更有一些遭受挫折的失意青年，规定我必须赶几月几日前写信开导他们，否则就要死给我看。与此同时，陌生的登门拜访者接踵而来，要和我讨论或“切磋”各种问题。一些熟人也免不了乱中添忙。刊物约稿，许多剧团电视台电影制片厂要改编作品，电报电话接连不断，常常半夜三更把我从被窝里惊醒。一年后，电影上映，全国舆论愈加沸腾，我感到自己完全被淹没了。另外，我已经成了“名人”，亲戚朋友纷纷上门，不是要钱，就是让我说情安排他们子女的工作，似乎我不仅腰缠万贯，而且有权有势，无所不能。更有甚者，一些当时分文不带而周游列国的文学浪人，衣衫褴褛，却带着一脸破败的傲气庄严地上门来让我为他们开路费，以资助他们神圣的嗜好。这无异于趁火打劫。

也许当时好多人羡慕我的风光，但说实话，我恨不能地上裂出一条缝赶快钻进去。

我深切地感到，尽管创造的过程无比艰辛而成功的结果无比荣耀，尽管一切艰辛都是为了成功；但是，人生最大的幸福也许在于创造的过程，而不在于那个结果。

我不能这样生活了。我必须从自己编织的罗网中解脱出来。当然，我绝非圣人。我几十年在饥寒、失误、挫折和自我折磨的漫长历程中，苦苦追寻一种目标，任何有限度的成功对我都至关重要。我为自己牛马般的劳动得到某种回报而感到人生的温馨。我不拒绝鲜花和红地毯。但是，真诚地说，我绝不可能在这种过分戏剧化的生活中长期满足。我渴望重新投入一种沉重。只有在无比沉重的劳动中，人才会活得更为充实。这是我的基本人生观点。细细想想，迄今为止，我一生中度过的最美好的日子是写《人生》初稿的二十多天。在此之前，我二十八岁的中篇处女作已获得了全国第一届优秀中篇小说奖，正是因为不满足，我才投入到《人生》的写作中。为此，我准备了近两年，思想和艺术考虑备受折磨；而终于穿过障碍进入实际表现的时候，精神真正达到了忘乎所以。记得近一个月里，每天工作十八个小时，分不清白天和夜晚，浑身如同燃起大火，五官溃烂，大小便不畅通，深更半夜在陕北甘泉县招待所转圈圈行走，以致招待所白所长犯了疑心，给县委打电话，说这个青年人可能神经错乱，怕要寻“无常”。县委指示，那人在写书，别惊动他（后来听说的）。所有这一切难道不比眼前这种浮华的喧嚣更让人向往吗？是的，只要不丧失远大的使命感，或者说还保持着较为清醒的头脑，就决然不能把人生之船长期停泊在某个温暖的港湾，应该重新扬起风帆，驶向生活的惊涛骇浪中，以领略其间的无限风光。人，不仅要战胜失败，而且还要超越胜利。

3

那么，我应该怎么办？

有一点是肯定的：眼前这种红火热闹的广场式生活必须很快结束。即使变成一个纯粹的农民，去农村种一年庄稼，也比这种状况于我更为有利。我甚至认真地考虑过回家去帮父亲种一年地。可是想想，这可能重新演变为一种新闻话题而使你不得安宁，索性作罢。

但是，我眼下已经有可能冷静而清醒地对自己已有的创作做出检讨和反省了。

换一个角度看，尽管我接连两届获全国优秀中篇小说奖，《人生》小说和电影都产生了广泛影响，但实际上并没有什么。作家的劳动绝不仅是为了取悦于当代，而更重要的是给历史一个深厚的交代。如果为微小的收获而沾沾自喜，本身就是一种无价值的表现。最渺小的作家常关注着成绩和荣耀，最伟大的作家常沉浸于创造和劳动。劳动自身就是人生的目标。人类史和文学史表明，伟大劳动和创造精神既是产生一些生活和艺术的断章残句，也是至为宝贵的。

劳动，这是作家义无反顾的唯一选择。

但是，我又能干些什么呢？当时，已经有一种论断，认为《人生》是我不能再逾越的一个高度。我承认，对于一个人来说，一生中可能只会有一个最为辉煌的瞬间——那就是他事业的顶点，正如跳高运动员，一生中只有一个高度是他的最高度，尽管他之前之后要跳跃无数次横杆。就我来说，我又很难承认《人生》就是我的一个再也跃不过的横杆。

在无数个焦虑而失眠的夜晚，我为此而痛苦不已。在一种几乎是纯粹的渺茫之中，我倏忽间想起已被时间的尘土埋盖得很深很远的一个早往年月的梦。也许是二十岁左右，记不清在什么情况下，很可能在故乡寂静的山间小路上行走的时候，或者在小县城河边面对悠悠流水静思默想的时候，我曾经有过一个念头：这一生如果要写一本自己感到规模最大的书，或者干一生中最重要的一件事，那一定是在四十岁之前。

我的心为此而颤栗。这也许是命运之神的暗示。真是不可思议，我已经埋葬了多少“维特时期”的梦想，为什么唯有这个诺言此刻却如此鲜活地来到心间？

几乎在一刹那间，我便以极其严肃的态度面对这件事了。是的，任何一个人，尤其是一个有某种抱负的人，在自己的青少年时期会有过许多理想、幻想、梦想，甚至妄想。这些玫瑰色的光环大都会随着时间的流逝和环境的变迁而消散得无踪无影。但是，当一个人在某些方面一旦具备了某种实现雄心抱负的条件，早年间的梦幻就会被认真地提升到现实中并考察其真正复活的可能性。

经过初步激烈的思考和论证，一种颇为大胆的想法逐渐在心中形成。我为自己的想法感到吃惊。一切似乎是不可能的。

但是，为什么又不可能呢？

4

我决定要写一部规模很大的书。

在我的想象中，未来的这部书如果不是此生我最满意的作品，也起码应该是规模最大的作品。

说来有点玄，这个断然的决定，起因却是缘于少年时期一个偶然的梦想。其实，人和社会的许多重大变化，往往就缘于某种偶然而微小的因由。即使像一次世界大战这样惊心动魄的历史大事变，起因却也是在南斯拉夫的一条街巷里一个人刺杀了另一个人。

幻想容易，决断也容易，真正要把幻想和决断变为现实却是无比困难。这是要在自己生活的平地上堆积起理想的大山。

我所面临的困难是多种多样的。首先，我缺乏或者说根本没有写长卷作品的经验。迄今为止，我最长的作品就是《人生》，也不过十三万字，充其量是部篇幅较大的中型作品。即使这样一部作品的写作，我也感到如同陷入茫茫沼泽地而长时间不能自拔。如果是一部真正的长篇作品，甚至是长卷作品，我很难想象自己能否胜任这本属巨人完成的工作。是的，我已经有一些所谓的“写作经验”，但体会最深的倒不是欢乐，而是巨大的艰难和痛苦，每一次走向写字台，就好像被绑赴刑场；每一部作品的完成都像害了一场大病。人是有惰性的动物，一旦过多地沉湎于温柔之乡，就会削弱重新投入风暴的勇气和力量。要从眼前《人生》所造成的暖融融的气氛中，再一次踏进冰天雪地去进行一次看不见前途的远征，耳边就不时响起退堂的鼓声。

走向高山难，退回平地易。反过来说，就眼下的情况，要在文学界混一生也可以。新老同行中就能找到效仿的榜样。常有的现象是，某些人因某篇作品所谓“打响”了，就坐享其成，甚至吃一辈子。而某些人一辈子没写什么也照样在文学界或进而到政界去吃得有滋有味。可以不时乱七八糟写点东西，证明自己还是作家；即使越写越乏味，起码告诉人们我还活着。到了晚年，只要身体允许，大小文学或非文学活动都积极参加，再给青年作者的文章写点序或题个字，也就聊以自慰了。

但是，对于一个作家，真正的不幸和痛苦也许莫过于此。我们常常看到的一种悲剧是，高官厚禄养尊处优以及追名逐利埋葬了多少富于创造力的生命。当然，有的人天性如此或对人生没有反省的能力或根本不具有这种悟性，那就另当别论了。

动摇是允许的，重要的是最后能不能战胜自己。

退回去吗？不能！前进固然艰难，且代价惨重；而退回去舒服，却要吞咽人生的一剂致命的毒药。

还是那句属于自己的话：有时要对自己残酷一点。应该认识到，如果不能重新投入严峻的牛马般的劳动，无论作为作家还是作为一个人，你真正的生命也就将终结。

最后一条企图逃避的路被堵死了。

我想起了沙漠。我要到那里去走一遭。

5

我对沙漠——确切地说，对故乡毛乌素那里的大沙漠——有一种特殊的感情或者说特殊的缘分。那是一块进行人生禅悟的净土。每当面临命运的重大抉择，尤其是面临生活和精神的严重危机时，我都会不由自主地走向毛乌素大沙漠。

无边的苍茫，无边的寂寥，如同踏上另外一个星球。嘈杂和纷乱的世俗生活消失了，冥冥之中，似闻天籁之声。此间，你会真正用大宇宙的角度来观照生命，观照人类的历史和现实。在这个孤寂而无声的世界里，你期望生活的场景会无比开阔。你体会生命的意义也更会深刻。你感到人是这样渺小，又感到人的不可思议的巨大。你可能在这里迷路，但你也会廓清许多人生的迷津。在这单纯的天地间，思维常常像洪水一样泛滥。而最终又可能在这泛滥的思潮中流变出某种生活或事业的蓝图，甚至能明了这些蓝图实施中的难点易点以及它们的总体进程。这时候，你该自动走出沙漠的圣殿而回到纷扰的人间。你将会变成另外一个人，无所顾忌地去开拓生活的新疆界。

现在，再一次身临其境，我的心情仍像过去一样激动。赤脚行走在空寂逶迤的沙漠之中，或者四肢大展仰卧于沙丘之上眼望高深莫测的天穹，对这神圣的大自然充满虔诚的感恩之情。尽管我多少次来过这里接受精神的沐浴，但此行意义非同往常。虽然一切想法都已在心中确定无疑，可是这个“朝拜”仍然是神圣而必须进行的。

在这里,我才清楚地认识到我将要进行的其实是一次命运的“赌博”(也许这个词不恰当)，而赌注则是自己的青春抑或生命。

尽管我不会让世俗观念最后操纵我的意志，但如果说我在其间没做任何世俗的考虑，那就是谎言。无疑，这部作品将耗时多年。这其间，我得在所谓的“文坛”上完全消失。我没有才能在这样一部作品的创作过程中，还能像某些作家那样不断能制造出许多幕间小品以招引观众的注意；我恐怕连写一封信的兴趣都不再会有。如果将来作品有某种程度的收获，这还多少对抛洒的青春热血有个慰藉。如果整个地失败，那将意味着青春乃至生命的失败。这是一个人一生中最好的一段年华，它的流失应该换取最丰硕的果实——可是怎么可能保证这一点呢！

你别无选择——这就是命运的题旨所在。正如一个农民春种夏耘，到头一场灾害颗粒无收，他也不会为此而将劳动永远束之高阁，他第二年仍然会心平气静去春种夏耘而不管秋天的收成如何。

那么，就让人们忘掉你吧，让人们说你已经才思枯竭。你要像消失在沙漠里一样从文学界消失，重返人民大众之中，成为他们中间最普通的一员。要忘掉你写过《人生》，忘掉你得过奖，忘掉荣誉，忘掉鲜花和红地毯。从今往后你仍然一无所有，就像七岁时赤手空拳离开父母离开故乡去寻找生存的道路。

沙漠之行斩断了我的过去，引导我重新走向明天。当我告别沙漠的时候，精神获得了大解脱、大宁静，如同修行的教徒绝断红尘告别温暖的家园，开始餐风饮露一步一磕向心目中的圣地走去。

沙漠中最后的“誓师”保障了今后六个年头无论多么艰难困苦，我都能矢志不移地坚持工作下去。

只有初恋般的热情和宗教般的意志，人才有可能成就某种事业。

6

准备工作平静而紧张地展开。狂热的工作和纷繁的思考立刻变为日常生活。

作品的框架已经确定：三部，六卷，一百万字。作品的时间跨度从一九七五年初到一九八五年初，为求全景式反映中国近十年间城乡社会生活的巨大历史性变迁。人物可能要近百人左右。

工程是庞大的。

首先的问题是，用什么方式构造这座建筑物？

如果这个问题不解决，或者说解决得不好，一切就可能白白地葬送，甚至永远也别想再走出自己所布下的“迷魂阵”。

已经发生了十分巨大的变化，是因为中国的文学形势此时已经发生了十分巨大的变化，各种文学的新思潮席卷了全国。当时此类作品倒没有多少，但文学评论界几乎一窝蜂地用广告的方法扬起漫天黄尘从而笼罩了整个文学界。

说实话，对我国当代文学批评至今我仍然感到失望。我们常常看到，只要一个风潮到来，一大群批评家都拥挤着争先恐后顺风而跑。听不到抗争和辩论的声音。看不见反叛者。而当另一种风潮到来的时候，便会看见这群人作直角式的大转弯，折过头又向相反的方向拥去了。这可悲的现象引导和诱惑了创作的朝秦暮楚。同时，中国文学界经久不衰且时有发展的山头主义又加剧了问题的严重性。直言不讳地说，这种或左或右的文学风潮所产生的某些“著名理论”或“著名作品”其实名不副实，很难令人信服。

在中国这种一贯的文学环境中，独立的文学品格自然要经受重大考验。在非甲必乙的格局中，你偏是丙或丁，你的情况就可想而知了。

在这种情况下，你之所以还能够坚持，是因为你的写作干脆不面对文学界，不面对批评界，而直接面对读者。只要读者不遗弃你，就证明你能够存在。其实，这才是问题的关键。读者永远是真正的上帝。

那么，在当前各种文学思潮文学流派日新月异风起云涌的背景下，是否还能用类似《人生》式的已被宣布为过时的创作手法完成这部作品呢？而想想看，这部作品将费时多年，那时说不定我国文学形式已进入“火箭时代”，你却还用一辆本世纪以前的旧车运行，那大概是十分滑稽的。

但理智却清醒地提出警告：不能轻易地被一种文学风潮席卷而去。

实际上，我并不排斥现代派作品。我十分留心阅读和思考现实主义以外的各种流派。其间许多大师的作品我十分崇敬。我的精神常如火如荼地沉浸于从陀思妥耶夫斯基和卡夫卡开始直至欧美及伟大的拉丁美洲当代文学之中，他们都极其深刻地影响了我。当然，我承认，眼下，也许列夫·托尔斯泰、巴尔扎克、司汤达、曹雪芹等现实主义大师对我的影响要更深一些。

我要表明的是，我当时并非不可以用不同于《人生》式的现实主义手法结构这部作品，而是我对这些问题和许多人有完全不同的看法。

7

就我个人的感觉，当时我国出现的为数并不是很多的新潮流作品，大都处于直接借鉴甚至刻意模仿西方现代派作品的水平，显然谈不到成熟，更谈不到标新立异。当然，对于中国当代文学来说，这些作品的出现本身意义十分重大，这是毋庸置疑的。我不同意那些感情用事的人对这类作品的不负责任的攻击。从中国和世界文学史的角度观察，文学形式的变革和人类生活自身的变革一样，是经常的，不可避免的。即使某些实验的失败，也无可非议。

问题在于文艺理论界批评界过分夸大了当时中国此类作品的实际成绩，进而走向极端，开始贬低甚至排斥其他文学表现样式。从宏观的思想角度检讨这种病态现象,得出的结论只能是和不久前“四人帮”的文艺殊途同归，必然会造成一种新的萧瑟。从读者已渐渐开始淡漠甚至远离这些高深理论和玄奥作品的态度，就应该引起我们郑重思考。

在我看来，任何一种新文学流派和样式的产生，根本不可能脱离特定的人文历史和社会环境。为什么一种新文学现象只在某一历史阶段的某个民族或语种发生，比如当代文学中的“魔幻现实主义”为什么产生于拉美而不是欧亚就能说明问题。一种新文学现象的发生绝非想当然的产物。真正的文学新现象就是一种创造。当然可以在借鉴的基础上创造，但不是照猫画虎式的临摹和改头换面的搬弄，否则,就很可能是“南橘北移”。因此,对我国刚刚兴起的新文学思潮，理论批评首先有责任分清什么是创造，什么是模仿甚至是变相照抄，然后才可能估价其真正的成绩。当我们以为是一颗原子弹问世的时候，其实许多年前早就存在于世了，甚至几百年前中国的古人已经做得比我们还好；那么为此而发出的惊叹就太虚张声势了。

一九八七年访问联邦德国的时候，我曾和一些国外的作家讨论到有关这方面的问题，并且取得了共识。我的观点是，只有在我们民族伟大历史文化的土壤上产生出真正具有我们自己特性的新文学成果，并让全世界感到耳目一新的时候，我们的现代表现形式的作品也许才会趋向成熟。正如拉丁美洲当代大师们所做的那样。他们当年也受欧美作家的影响（比如福克纳对马尔克斯的影响），但他们并没有一直跟踪而行，反过来重新立足于本土的历史文化，在此基础上产生了真正属于自己民族的创造性文学成果，从而才又赢得了欧美文学的尊敬。如果一味地模仿别人，崇尚别人，轻视甚至藐视自己民族伟大深厚的历史文化，这种生吞活剥的“引进”注定没有前途。我们需要借鉴一切优秀的域外文学以更好地发展我们民族的新文学，但不必把“洋东西”变成吓唬我们自己的武器。事实上，我们已经看到，当代西方许多新的文化思潮，都不同程度地受到中国传统文化的启发和影响，甚至已经渗透到他们社会生活的许多方面，而我们何以要数典忘祖轻薄自己呢？

8

至于当时所谓的“现实主义过时论”，更值得商榷。也许现实主义可能有一天会“过时”，但在现有的历史范畴和以后相当长的时代里，现实主义仍然会有蓬勃的生命力。生活和艺术已证明并将继续证明这一点，而不在于某种存有偏见的理论妄下断语。即使有一天现实主义真的“过时”，更伟大的“主义”君临我们的头顶，现实主义作为一定历史范畴的文学现象，它的辉煌也是永远的。

现在的问题是，如果认真考察一下，现实主义在我国当代文学中是不是已经发展到类似十九世纪俄国和法国现实主义文学那样伟大的程度，以致我们必须重新寻找新的前进途径？实际上，现实主义文学在反映我国当代社会生活乃至我们不间断的五千年文明史方面，都还没有令人十分信服的表现。虽然现实主义一直号称是我们当代文学的主流，但和新近兴起的现代主义一样处于发展阶段，根本没有成熟到可以不再需要的地步。

现实主义在文学中的表现，决不仅仅是一个创作方法问题，而主要应该是一种精神。从这样的高度纵观我们的当代文学，就不难看出，许多用所谓现实主义方法创作的作品，实际上和文学要求的现实主义精神大相径庭。几十年的作品我们不必一一指出，仅就“大跃进”前后乃至“文革”十年中的作品就足以说明问题。许多标榜“现实主义”的文学，实际上对现实生活做了根本性的歪曲。这种虚假的“现实主义”其实应该归属“荒诞派”文学，怎么可以说这就是现实主义文学呢？而这种假冒现实主义一直侵害着我们的文学，其根系至今仍未绝断。

“文革”以后，具备现实主义品格的作品逐渐出现了一些，但根本谈不到总体意义上的成熟，更没有多少容量巨大的作品。尤其是初期一些轰动社会的作品，虽然力图真实地反映出社会生活的面貌，可是仍然存在简单化的倾向。比如，照旧把人分成好人坏人两类——只是将过去“四人帮”作品里的好人坏人作了倒置。是的，好人坏人总算接近生活中的实际“标准”，但和真正现实主义要求对人和人与人关系的深刻揭示相去甚远。

此外，考察一种文学现象是否“过时”，目光应该投向读者大众。一般情况下，读者仍然接受和欢迎的东西，就说明它有理由继续存在。当然，我国的读者层次比较复杂。这就更有必要以多种文学形式满足社会的需要，何况大多数读者群更容易接受这种文学样式。“现代派”作品的读者群小，这在当前的中国是事实；这种文学样式应该存在和发展，这也毋庸置疑；只是我们不能因此而不负责任地弃大多数读者不顾，只满足少数人。更重要的是，出色的现实主义作品甚至可以满足各个层面的读者，而新潮作品至少在目前的中国还做不到这一点。

至于一定要在现实主义创作方法和现代派创作方法之间分出优劣高下，实际上是一种批评的荒唐。从根本上说，任何手法都可能写出高水平的作品，也可能写出低下的作品。问题不在于用什么方法创作，而在于作家如何克服思想和艺术的平庸。一个成熟的作家永远不会“鲁叟谈五经，白发死章句”，他们用任何手法都可能写出杰出的篇章。当我反复阅读哥伦比亚当代伟大作家加西亚·马尔克斯用魔幻现实主义手法创作的著名的《百年孤独》的时候，紧接着便又读到了他用纯粹古典式传统现实主义手法写成的新作《霍乱时期的爱情》。这是对我们最好的启发。

以上所有的一切都回答了我在结构《平凡的世界》最初所遇到的难题——即用什么方式来构建这部作品。

9

我决定要用现实主义手法结构这部规模庞大的作品。当然，我要在前面大师们的伟大实践和我自己已有的那点微不足道的经验的基础上，力图有现代意义的表现——现实主义照样有广阔的革新前景。

我已经认识到，对于这样一部费时数年，甚至可能耗尽我一生主要精力的作品，绝不能盲目而任性。如果这是一个小篇幅的作品，我不妨试着赶赶时髦，失败了往废纸篓里一扔了事。而这样一部以青春和生命作抵押的作品，是不能用“实验”的态度投入的，它必须在自己认为是较可靠的、能够把握的条件下进行。老实说，我不敢奢望这部作品的成功，但我也“失败不起”。

这就是我之所以决定用现实主义方法结构这部作品的基本心理动机的另一个方面。

我同时意识到，这种冥顽而不识时务的态度，只能在中国当前的文学运动中陷入孤立境地。但我对此有充分的精神准备。孤立有时候不会让人变得软弱，甚至可以使人的精神更强大，更振奋。

毫无疑问，这又是一次挑战，是个人向群体挑战。而这种挑战的意识实际上一直贯穿于我的整个创作活动中。中篇小说《惊心动魄的一幕》是这样，《在困难的日子里》也是这样。尤其是《人生》，完全是在一种十分清醒的状态下的挑战。

在大学里时，我除过在欧洲文学史、俄国文学史和中国文学史的指导下较系统地阅读中外各个历史时期的名著外，就是钻进阅览室，将新中国成立以来的几乎全部重要文学杂志，从创刊号一直翻阅到“文革”开始后的终刊号。阅读完这些杂志，实际上也就等于检阅了一九四九年以后中国文学的基本面貌、主要成就及其代表性作品。我印象最强烈的是，这些作品中的人很少例外地被分成好坏两种。而将这种印象交叉地和我同时阅读的中外名著做一比较，我便对我国当代文学这一现象感到非常的不满足，当然也就对自己当时的那些儿童涂鸦式的作品不满足了。“四人帮”时代结束后，尽管中国文学摆脱了禁锢，许多作品勇敢地揭示社会问题并在读者群众中引起巨大反响，但仍然没有对这一重要问题作根本性的检讨。因此，我想对整个这一文学现象作一次挑战性尝试，于是便有了写《人生》这一作品的动机。我要给文学界、批评界，给习惯于看好人与坏人或大团圆故事的读者提供一个新的形象，一个急忙分不清是“好人坏人”的人。对于高加林这一形象后来在文学界和社会上所引起的广泛争论，我写作时就想到了——这也正是我要达到的目的。

既然我一直不畏惧迎风而立，那么，我又将面对的孤立或者说将要进行的挑战，就应当视为正常，而不必患得患失，忧心忡忡。应该认识到，任何独立的创造性工作就是一种挑战，不仅对今人，也对古人；那么，在这一豪迈的进程中，就应该敢于建立起一种“无榜样”的意识——这和妄自尊大毫不相干。

10

“无榜样意识”正是建立在有许多榜样的前提下。也许每一代作家的使命就是超越前人（不管最后能否达到），但首先起码应该知道前人已经创造了多么伟大的成果。任何狂妄的文人，只要他站在图书馆的书架面前，置身于书的海洋之中，就知道自己有多么渺小和可笑。

对于作家来说，读书如同蚕吃桑叶，是一种自身的需要。蚕活到老吃到老，直至能口吐丝线织出茧来；作家也要活到老学到老，以使自己也能将吃下的桑叶变成茧。

在《平凡的世界》进入具体的准备工作后，首先是一个大量的读书过程。有些书是重读，有些书是新读。有的细读，有的粗读。大部分是长篇小说，尤其是尽量阅读、研究、分析古今中外的长卷作品。其间我曾列了一个近百部的长篇小说阅读计划，后来完成了十之八九。同时也读其他杂书，理论、政治、哲学、经济、历史和宗教著作等等。另外，还找一些专门著作，农业、商业、工业、科技以及大量搜罗许多知识性小册子，诸如养鱼、养蜂、施肥、税务、财务、气象、历法、造林、土壤改造、风俗、民俗、UFO（不明飞行物）等等。那时间，房子里到处都搁着书和资料；桌上、床头、茶几、窗台，甚至厕所，以便在任何时候任何地方随手都可以拿到读物。读书如果不是一种消遣，那是相当熬人的，就像长时间不间断地游泳，使人精疲力竭，有一种随时溺没的感觉。

书读得越多，你就越感到眼前是数不清的崇山峻岭。在这些人类已建立起的宏伟精神大厦面前，你只能“侧身西望长咨嗟”！

在“咨嗟”之余，我开始试着把这些千姿百态的宏大建筑拆卸开来，努力从不同的角度体察大师们是如何巧费匠心把它们建造起来的。而且，不管是否有能力，我也敢勇气十足地对其中的某些著作“横挑鼻子竖挑眼”，去鉴赏它们的时候，也用我的审美眼光提出批判，包括对那些十分崇敬的作家。

在这个时候，我基本上是“两耳不闻窗外事，一心只读圣贤书”。我甚至有意“中止”了对眼前中国文学形势的关注，只知道出现了洪水一样的新名词、新概念，一片红火热闹景象。

“文坛”开始对我淡漠了，我也对这个“坛”淡漠了。我只对自己要做的事充满宗教般的热情。“相看两不厌，只有敬亭山。”只能如此。这也很好。

在我所有阅读的长篇长卷小说中，外国作品占了绝大部分。

从现代小说意义来观察中国的古典长篇小说，在成就最高的《水浒传》、《三国演义》、《金瓶梅》和《红楼梦》四部书中，《红楼梦》当然是峰巅，它可以和世界长篇小说史上任何大师的作品比美。在现当代中国的长篇小说中，除过巴金的《激流三部曲》，我比较重视柳青的《创业史》。他是我的同乡，而且在世时曾经直接教导过我。《创业史》虽有某些方面的局限性，但无疑在我国当代文学中具有独特的位置。这次，我在中国的长卷作品中重点研读《红楼梦》和《创业史》。这是我第三次阅读《红楼梦》，第七次阅读《创业史》。

无论是汗流浃背的夏天，还是瑟瑟发抖的寒冬，白天黑夜泡在书中，精神状态完全变成一个准备高考的高中生，或者成了一个纯粹的“书呆子”。

11

为写《平凡的世界》而进行的这次专门的读书活动进行到差不多甚至使人受不了的情况下，就立刻按计划转入另一项“基础工程”——准备作品的背景材料。

根据初步设计，这部书的内容将涉及一九七五年到一九八五年十年间中国城乡广泛的社会生活。

这十年是中国社会的大转型期，其间充满了密集的重大历史性事件；而这些事件又环环相扣，互为因果，这部企图用某种程度的编年史方式结构的作品不可能回避它们。当然，我不会用政治家的眼光审视这些历史事件。我的基本想法是，要用历史和艺术的眼光观察在这种社会大背景（或者说条件）下人们的生存与生活状态。作品中将要表露的对某些特定历史背景下政治性事件的态度，看似作者的态度，其实基本应该是那个历史条件下人物的态度；作者应该站在历史的高度上，真正体现巴尔扎克所说的“书记官”的职能。但是，作家对生活的态度绝对不可能“中立”，他必须作出哲学判断（即使不准确），并要充满激情地、真诚地向读者表明自己的人生观和个性。正如伟大的列夫·托尔斯泰所说：“在任何艺术作品中，作者对于生活所持的态度以及在作品中反映作者生活态度的种种描写，对于读者来说是至为重要、极有价值、最有说服力的……艺术作品的完整性不在于构思的统一，不在于对人物的雕琢，以及其他等等，而在于作者本人的明确和坚定的生活态度，这种态度渗透整个作品。有时，作家甚至基本可以对形式不做加工润色，如果他的生活态度在作品中得到明确、鲜明、一贯的反映，那么作品的目的就达到了。”（契尔特科夫笔录，一八九四年）

现在，首要的任务是应该完全掌握这十年间中国（甚至还有世界——因为中国并不是孤立地存在着，它是世界的一员）究竟发生过什么。不仅是宏观的了解，还应该有微观的了解，因为庞大的中国各地大有差异，当时的同一政策可能有各种做法和表现。这十年间发生的事大体上我们都经历过，也一般地了解，但要进入作品的描绘就远远不够了。生活可以故事化，但历史不能编造，不能有半点似是而非的东西。只有彻底弄清了社会历史背景，才有可能在艺术中准确描绘这些背景下人们的生活形态和精神形态。

较为可靠的方式是查阅这十年间的报纸——逐日逐月逐年地查。报纸不仅记载了国内外每一天发生的重大事件，而且还有当时人们生活的一般性反映。

于是，我找来了这十年间的《人民日报》、《光明日报》，一种省报、一种地区报和《参考消息》的全部合订本。

房间里顿时堆起了一座又一座“山”。

我没明没黑开始了这件枯燥而必需的工作。一页一页翻看，并随手在笔记本上记下某年某月某日的大事和一些认为“有用”的东西。工作量太巨大，中间几乎成了一种奴隶般的机械性劳动。眼角糊着眼屎，手指头被纸张磨得露出了毛细血管，搁在纸上，如同搁在刀刃上，只好改用手的后掌（那里肉厚一些）继续翻阅。

用了几个月时间，才把这件恼人的工作做完。以后证明，这件事十分重要，它给我的写作带来了极大的方便——任何时候，我都能很快查找到某日某月世界、中国、一个省、一个地区（地区又直接反映了当时基层各方面的情况）发生了什么。

在查阅报纸的同时，我还想得到许多当时的文件和其他至关重要的材料（最初的结构中曾设计将一两个国家中枢领导人作为作品的重要人物）。我当然无法查阅国家一级甚至省一级的档案材料，只能在地区和县一级利用熟人关系抄录了一些有限的东西，在极大的遗憾中稍许得到一点补充，但迫使我基本上放弃了作为人物来描写国家中枢领导人的打算。

12

一年多的时间不知不觉过去了，但是，似乎离进入具体写作还很遥远。

所有的文学活动和其他方面的社会活动都基本上不再参与，生活处于封闭状态。

全国各地文学杂志的笔会时有邀请，一律婉言谢绝。对于一些笔会活动，即使没有这部书的制约，我也并不热心。我基本上和外地的作家没有深交。一些半生不熟的人凑到一块，还得应酬，这是我所不擅长的。我很佩服文艺界那些“见面熟”的人，似乎一见面就是老朋友。我做不到这一点。在别人抢着表演的场所，我宁愿做一个沉默的观众。

到此时，我感到室内的工作暂时可以告一段落，应该进入另一个更大规模的“基础工程”——到实际生活中去,即所谓“深入生活”。

关于深入生活的问题，与“政治和艺术的关系”一样，一直是我国文艺界长期争论不休的问题。这一点使我很难理解。我不知道这是一个多么艰深的理论问题值得百谈不厌。生活对于作家艺术家来说，就如同人和食物的关系一样。至于每个作家如何占有生活，这倒大可不必整齐一律。每个作家都有自己感受生活的方式；而且随着社会生活的变化，同一作家体验生活的方式也会改变。比如，柳青如果活着,他要表现八十年代初中国农村开始的“生产责任制”，他完全蹲在皇甫村一个地方就远远不够了，因为其他地方的生产责任制就可能和皇甫村所进行的不尽相同，甚至差异很大。

是的，从一九七五年到一九八五年中国大转型期的社会生活发生了巨大的变化。各种社会形态、生活形态、思想形态千姿百态且又交叉渗透，形成比以往任何一个时期都更为复杂的局面。而要全景式反映当代生活，“蹲”在一个地方就不可能达到目的，必须纵横交织地去全面体察生活。

我提着一个装满书籍资料的大箱子开始在生活中奔波。一切方面的生活都感兴趣。乡村城镇、工矿企业、学校机关、集贸市场；国营、集体、个体；上至省委书记，下至普通老百姓；只要能触及的，就竭力去触及。有些生活是过去熟悉的，但为了更确切体察，再一次深入进去——我将此总结为“重新到位”。有些生活是过去不熟悉的，就加倍努力，争取短时间内熟悉。对于生活中现成的故事倒不十分感兴趣，因为故事我自己可以编——作家主要的才能之一就是编故事。而对一切常识性的、技术性的东西则不敢有丝毫马虎，一枝一叶都要考察清楚，脑子没有把握记住的，就详细笔记下来。比如详细记录作品涉及的特定地域环境中的所有农作物和野生植物；从播种出土到结子收获的全过程；当什么植物开花的时候，另外的植物又处于什么状态；这种作物播种的时候，另一种植物已经长成什么样子；全境内所有家养和野生的飞禽走兽；民风民情民俗；婚嫁丧事；等等。在占有具体生活方面，我是十分贪婪的。我知道占有的生活越充分，表现生活就越自信，自由度也就会越大。作为一幕大剧的导演，不仅要在舞台上调度众多的演员，而且要看清全局中每一个末端小节，甚至背景上的一棵草一朵小花也应力求完美准确地统一在整体之中。

春夏秋冬，时序变换，积累在增加，手中的一个箱子变成了两个箱子。

奔波到精疲力竭时，回到某个招待所或宾馆休整几天，恢复了体力，再出去奔波。走出这辆车，又上另一辆车；这一天在农村的饲养室，另一天在渡口的茅草棚；这一夜无铺无盖和衣躺着睡，另一夜缎被毛毯还有热水澡。无论条件艰苦还是舒适，反正都一样，因为愉快和烦恼全在于实际工作收获大小。

时光在流失，奔波在继续，像一个孤独的流浪汉在鄂尔多斯地台无边的荒原上漂泊。

在这无穷的奔波中，我也欣喜地看见，未来作品中某些人物的轮廓已经渐渐出现在生活广阔的地平线上。

13

这部作品的结构先是从人物开始的，从一个人到一个家庭到一个群体。然后是人与人，家庭与家庭，群体与群体的纵横交叉，以最终织成一张人物的大网。在读者的视野中，人物运动的河流将主要有三条，即分别以孙少安孙少平为中心的两条“近景”上的主流和以田福军为中心的一条“远景”上的主流。这三条河流都有各自的河床，但不时分别混合在一起流动。而孙少平的这条河流在三条河流中将处于最中心的位置——当然，在开始的时候，读者未见得能感觉到这一点。

人物头绪显然十分纷乱。

但是，我知道，只要主要的人物能够在生活和情节的流转中一直处于强有力的运动状态，就会带动其他的群体一起运动，只要一个群体强有力地运动，另外两个群体就不会停滞不前。这应该是三个互相咬接在一起的齿轮，只要驱动其中的一个，另外的齿轮就会跟着转动。

对于作者来说，所有的一切又都是一个完整的整体。整个生活就是河床，作品将向四面八方漫流——尽管它的源头只是黄土高原一个叫双水村的小山庄。

从我国当代现实主义长篇小说的结构看，大都采用封闭式的结构，因此作品对社会生活的概括和描述都受到相当大的约束。某些点不敢连接为线，而一些线又不敢作广大的延伸。其实，现实主义作品的结构，尤其是大规模的作品，完全可能作开放式结构而未必就“散架”。问题在于结构的中心点或主线应具有强大的“磁场”效应。从某种意义上说，现实主义长篇小说就是结构的艺术，它要求作家的魄力、想象力和洞察力；要求作家既敢恣肆汪洋又能细针密线，以使作品最终借助一砖一瓦而造成磅礴之势。

真正有功力的长篇小说不依赖情节取胜。惊心动魄的情节未必能写成惊心动魄的小说。作家最大的才智应是能够在日常细碎的生活中演绎出让人心灵震颤的巨大内容。而这种才智不仅要建立在对生活极其稔熟的基础上，还应建立在对这些生活深刻洞察和透彻理解的基础上。我一再说过，故事可以编，但生活不可以编；编造的故事再生动也很难动人，而生活的真情实感哪怕未成曲调也会使人心醉神迷。

这样说，并不是不重视情节。生活本身就是由各种“情节”组成的。长篇小说情节的择取应该是十分挑剔的。只有具备下面的条件才可以考虑，即：是否能起到像攀墙藤一样提起一根带起一片的作用。一个重大的情节（事件）就应该给作者造成一种契机，使其能够在其间对生活作广阔的描绘和深入的揭示，最后使读者对情节（故事）本身的兴趣远远没有对揭示的生活内容更具吸引力，这时候，情节（故事）才是真正重要的了。如果最后读者仅仅记住一个故事情节而没有更多的收获，那作品就会流于我们通常所说的肤浅。

14

阅读研究了许多长篇长卷小说，基本搞清了作品所涉及的十年的背景材料，汇集和补充了各个方面的生活素材，自然就完全陷入了构思的泥淖之中。在此之前，有些人物，有些篇章早已开始在涌动，不过，那是十分散乱的。尔后，这就是一个在各种层面上不断组合、排列、交叉的过程；一个不断否定、不断刷新、不断演变的过程。

所有的一切都还远远地不能构合成一个较为完整的整体。

需要一些出神入化的灵感。

苦思冥想。为无能而痛不欲生。

瞧，许多呼之欲出的人物在急迫地等待你安排场次以便登台表演。

所有要进入作品河流的人物，哪怕是一个极次要的人物，你也不能轻视忽略，而要全神贯注，挟带着包括枯枝败叶在内的总容量流向终点。

终点！我构思的习惯常常是先以终点开始而不管起点。每个人物，尤其是主要人物，他们的终点都分别在什么地方呢？如果确定不了终点，就很难寻找他们的起点；而在全书的整个运行过程中，你也将很难把握他们内在的流向。当然，预先设计的终点最后不会全部实现，人物运动的总轨迹会不断校正自己的最终归宿；也有一些人物的终点不可能在书的结尾部分，在某些段落中就应该终结其存在。

毫无疑问，终点绝不仅仅是情节和人物意义上的，更重要的是它也是全书的题旨所在。在这个“终点”上，人物、情节、题旨是统一在一起的。为什么要在这里结束，绝不仅仅是因为故事到这里正好讲完了。即使最“漫不经心”的意识流小说家，在戛然而止的地方也是煞费心机的。

找到了“终点”以后，那么，无论从逆时针方向还是从顺时针方向，就都有可能对各个纵横交错的渠渠道道进行梳理；因为这时候，你已经大约知道这张大网上的所有曲里拐弯的线索分别最终会挽结在什么地方。这时候，你甚至还可以放心地尽情地把这些线索抖弄得更“乱”一些，以至将读者引入“八卦”之阵，使其读不到最后就无法判断人物和事物的命运。

如果有这样的大布局，再有可能处处设置沟壑渠道，那么，读者就很难大跨度地跳跃到全书的结局部分。绝不能有广大的平坦让读者长驱直入。必须让他们不得不在每一个曲里拐弯处停下来细心阅览方可通过。

这些沟壑渠道曲里拐弯处就可能是作品断章断卷的地方。整体的衔接难，但要把整体断成许多“碎块”也许更难——因为这种所谓的“断开”正是为了更好地衔接。这是艺术结构机制中的辩证法。

为了寻找总的“终点”和各种不同的“终点”，为了设置各种渠渠道道沟沟坎坎，为了整体地衔接，为了更好地衔接而不断“断开”……脑子常常是一团乱麻纠缠在一起。走路、吃饭、大小便，甚至在梦中，你都会迷失在某种纷乱的思绪中。有时候，某处“渠道”被你导向了死角，怎么也寻找不到出路，简直让人死去活来。某个时候，突然出现了转机，你额头撞在路边的电线杆上也不觉得疼。你生活的现实世界变为虚幻，而那个虚幻的世界却成了真实的。一大群人从思维的地平线渐渐走近了你，成为活生生的存在。从此以后，你将生活在你所组建的这个世界里，和他们一起哭，一起笑。你是他们的主宰，也将是他们的奴隶。

15

现在，动笔之前的最后一个问题是，从什么地方开头呢？

真是奇妙！最后一个问题竟然是关于“开头”。

万事开头难，写作亦如此。这是交响乐的第一组音符，它将决定整个旋律的展开。

长卷作品所谓的“开头”，照我的理解，主要是解决人物“出场”的问题。

在我阅读过的长篇作品中，有的很高明，有的很笨拙。最差劲的是那种“介绍”式的出场方法。人物被作者被动地介绍给读者。这种介绍是简历性的，抽象的，作者像一堵墙横在读者与人物之间，变为纯粹的“报幕员”；而且介绍一个人物的时候，其他人物都被搁置起来。人物和人物之间的关系也得由作者交代。等读者看完这些冗长的人物简历表，也就厌烦了。

实际上，所有高明的“出场”都应该在情节的运动之中。读者一开始就应该进入“剧情”，人物的“亮相”和人物关系的交织应该是自然的，似乎不是专意安排的，读者在艺术欣赏的过程中不知不觉就接受了这一切。作者一开始就应该躲在人物的背后，躲在舞台的幕后，让人物一无遮拦地直接走向读者，和他们融为一体。

但是，在一部将有近百个人物的长卷中，所有的人物是应该尽可能早地出现呢？还是要将某些人物的出场压在后面？我的导师柳青似乎说过，人物应该慢慢出场。但我有不完全相同的看法。比如《创业史》里和孙水嘴（孙志明）同样重要的人物杨油嘴（杨加喜）第二部才第一次露面，显然没有足够的“长度”来完成这个人物。与此相联系的问题是，如此重要的角色，在第一部蛤蟆滩风起云涌的社会生活中，此人干什么去了？这个人物的出现过于唐突。

在我看来，在长卷作品中，所有的人物应该尽可能早地出场，以便有足够的长度完成他们。尤其是一些次要人物，如果早一点出现，你随时都可以东鳞西爪地表现他们，尽管在每个局部他们仅仅可能只闪现一下，到全书结束，他们就可能成为丰富而完整的形象。除过一些主要的角色，大部分人物都是靠点点滴滴的描写来完成的。让他们早点出现，就可能多一些点点滴滴；多一些点点滴滴，就可能多一些丰满。

怎样在尽可能少的篇幅中使尽可能多的人物出场呢？这是一个很大的难题。必须找到一种情节的契机。

我为此整整苦恼了一个冬天。在全书的构思完成之后，从哪里切入是十分困难的。

某一天半夜，我突然在床上想到了一个办法，激动得浑身直打哆嗦。我拉亮灯，只在床头边的纸上写了三个字：老鼠药。

后来，我就是利用王满银贩老鼠药的事件解决了这一难题。解决得并不是很好，但总算解决了。我把这个事件向前向后分别延伸了一点，大约用了七万字的篇幅，使全部主要的人物和全书近百个人物中的七十多个人物都出现在读者面前。更重要的是，我基本避免了简历式地介绍人物，达到了让人物在运动中出现的目的，并且初步交叉起人物与人物的冲突关系。这是一种巨大的优势，它能使我尽快自由而大规模地展开或交织矛盾，进入表现阶段，不必为了介绍某一个新出现的人物而随时中断整个情节的进程。

16

迄今为止，我大约觉得，写作之前的一些重大准备工作基本有了眉目。

不是说一切都完备了。永远没有完备的时候。现在所有的工作，只是给未来的作品搞起一个框架，准备了一些建筑材料而已。一旦进入写作，一旦人物真正活动起来，这个框架就可能有大变动、大突破，一些材料可能完全失去作用，而欠缺的部分将不知要有多少。绝大部分问题要等进入写作才能暴露出来。需要一边写作，一边调整、变动、补充。

不知不觉已经快三年了。真正的小说还没写一个字，已经把人折腾得半死不活。想想即将要开始的正式写作，叫人不寒而栗。

现在要利用这点空隙让脑子歇一歇，凉一凉。多吃一点有营养的东西。我知道，要是忙起来，常常会顾不上吃饭或胡凑合着吃（为此付出了沉重的代价）。

这时候，是足球运动员开赛前的几分钟，是战壕里的士兵等待着冲锋的号声，按捺不住的激动，难以控制的紧张。

不管怎样，总得装着轻松几天。

接下来，怀着告别的心情，专意参加了两次较欢愉的社会活动，尤其是组织了一次所谓长篇小说促进会，几十号人马周游了陕北，玩得十分痛快。可是，其间一想到不久就要面临的工作，不免又心事重重，有一种急不可待投入灾难的冲动。

在整个准备阶段中，有许多朋友帮过我的忙。有些是自动乐意帮忙的，有些是“强迫”他们帮的。记得为了弄清农村责任制初期阶段的一些非常具体的情况，我曾把两个当过公社领导的老同学关在旅馆的一间房子里谈了一天一夜，累得他们中间不时拉起鼾声。

我得要专门谈谈我的弟弟王天乐。在很大的程度上，如果没有他，我就很难顺利完成《平凡的世界》。他像卫士一样为我挡开了许多可怕的扰乱。从十几岁开始，我就作为一个庞大家庭的主事人，百事缠身，担负着沉重的责任。此刻天乐已自动从我手里接过了这些负担，为我专心写作开辟了一个相对的空间。另外，他一直在农村生活到近二十岁，经历了那个天地的无比丰富的生活，因此能够给我提供许多十分重大的情节线索；所有我来不及或不能完满解决的问题，他都帮助我解决了。在集中梳理全书情节的过程中，我们曾共同度过许多紧张而激奋的日子；常常几天几夜不睡觉，沉浸在工作之中，即使他生病发高烧也没有中断。尤其是他当过五年煤矿工人，对这个我最薄弱的生活环境提供了特别具体的素材。实际上，《平凡的世界》中的孙少平等于是直接取材于他本人的经历。在以后漫长的写作过程中，我由于陷入很深，对于处理写作以外的事已经失去智慧，都由他帮我料理。直至全书完结，我的精神疲惫不堪，以致达到失常的程度，智力似乎像几岁的孩子，走过马路都得思考半天才能决定怎样过。全凭天乐帮助我度过了这些严重的阶段。的确，书完后很长一段时间，我离开他几乎不能独立生活，经常像个白痴或没经世面的小孩一样紧跟在他后边。我看见，这个世界上所有的人都比我聪敏。我常暗自噙着泪水，一再问自己：你为什么要这样？你怎么搞成了这个样子？

有关我和弟弟天乐的故事，那是需要一本专门的书才能写完的。

眼下，当我正在相对悠闲的日子里瞎转悠的时候，天乐正忙着

“查看阵地”，帮我寻找进入写作的一个较为合适的地方。

17

我决定到一个偏僻的煤矿去开始第一部初稿的写作。

这个考虑基于以下两点：一、尽管我已间接地占有了许多煤矿的素材，但对这个环境的直接感受远远没有其他生活领域丰富。按全书的构思，一直到第三部才涉及煤矿。也就是说，大约在两年之后才写煤矿的生活。但我知道，进入写作后，我再很难中断案头工作去补充煤矿的生活。那么，我首先进入矿区写第一部，置身于第三部的生活场景，随时都可以直接感受到那里的气息，总能得到一些弥补。二、写这部书我已抱定吃苦牺牲的精神，一开始就到一个舒适的环境去工作不符合我的心意。煤矿生活条件差一些，艰苦一些，这和我精神上的要求是一致的。我既然要拼命完成此生的一桩宿愿，起先就应该投身于艰苦之中。实行如此繁难的使命，不能对自己有丝毫的怜悯之心。要排斥舒适，要斩断温柔，只有在暴风雨中才可能有豪迈的飞翔；只有用滴血的手指才有可能弹拨出绝响。

为了方便工作，我在铜川矿务局兼了个宣传部的副部长。很对不起这个职务。几年里，我只去过宣传部一次，“上下级”是谁都不清楚。我兼此职，完全是为了到下面的矿上有个较长期的落脚地方，“名正言顺”地得到一些起码的方便条件。

正是秋风萧瑟的时候，我带着两大箱资料和书籍，带着最主要的“干粮”——十几条香烟和两罐“雀巢”咖啡，告别了西安，直接走到我的工作地——陈家山煤矿。

我来之前，矿上已在离矿区不很远的矿医院为我找好了地方。那是一间用小会议室改成的工作间，一张桌子，一张床，一个小柜，还有一些无用的塑料革沙发。

陈家山是我弟弟为我选的地方。这是铜川矿务局现代化程度较高的煤矿，地面设施也相当有规模。最重要的是，这里有我弟弟的两个妻哥，如我有什么事，他们随时都可以帮助我。

亲戚们都十分热心厚道。他们先陪我在周围的山上转了一圈。四野的风光十分美丽。山岩雄伟，林木茂盛，人称“旱江南”。此时正值“霜叶红于二月花”之时，满山红黄绿相间，一片五彩斑斓。亲戚们为了让我玩好，气氛十分热烈。但我的心在狂跳，想急迫地投入工作，根本无心观赏大自然如画的风光。

从山上回来，随手折了几枝红叶，插在办公桌对面的沙发缝隙里。心情在一片温暖的红色中颤栗着。铺好床，日用东西在小柜中各就其位；十几本我认为最伟大的经典著作摆在桌边——这些书尽管我已经读过多遍，此间不会再读，但我要经常看到这些人类所建造的辉煌“金字塔”，以随时提升自己的精神境界。

随后，我在带来的十几本稿纸中抽出一本在桌面上铺开，坐下来。心绪无比的复杂。我知道接下来就该进入茫茫的沼泽地了。但是，一刹那间，心中竟充满了某种幸福感。是的，为了这一天的到来，我已经奔波了两三年，走过了漫长的道路；现在，终于走上了搏斗的拳击台。

是的，拳击台。对手不是别人，正是自己。

18

开头。

这是真正的开头。

写什么？怎么写？第一章，第一自然段，第一句话，第一个字，一切都是神圣的，似乎是一个生死存亡的问题而令人难以选择，令人战战兢兢。

实际上，它也是真正重要的。它将奠定全书的叙述基调和语音节奏。它将限制你，也将为你铺展道路。

一切诗情都尽量调动起来，以便一开始就能创造奇迹，词汇像雨点般落在纸上。

可是一页未完，就觉得满篇都是张牙舞爪。

立刻撕掉重来。

新换了一副哲学家的面孔。似乎令人震惊。但一页未完，却又感到可爱和蹩脚。

眼看一天已经完结，除过纸篓里撕下的一堆废纸，仍然是一片空白。

真想抱头痛哭一场。你是这样的无能，竟然连头都开不了，还准备写一部多卷体的长篇小说呢！

晚上躺在孤寂的黑暗中，大睁着眼睛，开始真正怀疑自己是不是能胜任如此巨大的工作。

完全可能是自不量力！你是谁？你是一个普通人，一个写了一点作品的普通作家，怎么敢妄图从事这种巨大的事业？许多作家可能是明智的，一篇作品有了影响，就乘势写些力所能及的作品，以巩固自己的知名度，这也许才是一种“实事求是”的态度。而你却几年来一直执迷不悟，为实现一种少年时的狂想就敢做这件不切实际的事。少年时，你还梦想过当宇航员，到太空去活捉一个“外星人”，难道也可将如此荒唐的想法付诸实施？你不成了当代的堂吉诃德？

迷糊几个小时醒来，已是日上中天——说明天亮以后才睡着的。

再一次坐在那片空白面前。强迫自己重新进入阵地。

反悔的情绪消失了。想想看，你已经为此而准备了近三年，绝不可能连一个字也不写就算完结；如果是这样，那就是一个世界级的笑话。

又一天结束了。除过又增加了一堆揉皱的废纸外，眼前仍然没有一个字。

第三天重蹈覆辙。

三天以后，竟然仍是一片空白。

叫天天不应，叫地地不灵。

开始在房间不停地转圈圈走。走，走，像磨道里的一头驴。

从高烧似的激烈一直走到满头热汗变为冰凉。

冰凉的汗水使燃烧的思索冷静了下来。

冷静在这种时候可以使人起死回生。

冷静地想一想，三天的失败主要在于思想太勇猛，以致一开始就想吼雷打闪。其实，这么大规模的作品，哪个高手在开头就大做文章？瞧瞧大师们，他们一开始的叙述是多么平静。只有平庸之辈才在开头就堆满华丽。记着列夫·托尔斯泰的话，艺术的打击力量应该放在后面。这应该是一个原则。为什么中国当代的许多长篇小说都是虎头蛇尾？道理就在于此。这样看来，不仅开头要平静地进入，就是全书的总布局也应按这个原则来。三部书，应该逐渐起伏，应该一浪高过一浪地前进。

黑暗中似有一道光亮露出。

现在，平静地坐下来。

于是，顺利地开始了。

为了纪念这不同寻常的三天，将全书开头的第一自然段重录于后——

一九七五年二三月间，一个平平常常的日子，细濛濛的雨丝夹着一星半点的雪花，正纷纷淋淋地向大地飘洒着。时令已快到惊蛰，雪当然再不会存留，往往还没等落地，就已经消失得无踪无影了。黄土高原严寒而漫长的冬天看来就要过去，但那真正温暖的春天还远远地没有到来。

…………

19

工作的列车终于启动，并且开始缓慢而有节奏地向前运行。

既然有能力走向前去，就应该不顾一切地往前走。

第一个音符似乎按得不错。一切都很艰难，但还可以继续进行。写作前充分的准备工作立刻起到了作用。所用的材料和参考资料一开始就是十分巨大的。即使这些材料、资料、素材大都不会直接进入作品，但没有它们，就很难想象有具体的产品产生。

把所有的资料都从箱子里拿出来，分类摆满桌面，只留够放下两条胳膊写东西的地方。桌面摆不下，有些次要的退在旁边的窗台上、柜头上。更次要一些的放在对面的沙发上。紧张的写作有时不能有半点停顿。不允许外来的干扰，也不允许自己干扰自己。需要什么，甚至不需要眼睛寻找，靠意识随手就可拉到面前，以便迅速得到利用。

五六天过后，已经开始初步建立起工作规律，掌握了每天大约的工作量和进度。

墙上出现了一张表格，写着从一到五十三的一组数字——第一部共五十三章，每写完一章，就划掉一个数字；每划掉一个数字，都要愣着看半天那张表格。这么一组数字意味着什么，自己心里很清楚。那是一片看不见边际的泥淖。每划掉一个数字，就证明自己又前进了一步。克制着不让自己遥望那个目的地；只要求扎实地迈出当天的一步，迈出第二天的一步。

无法形容的艰难。笔下出现的每一句话，每一个细节，不仅要在这个具体的地方是适当的，还要考虑它在第一部是否适当；更远一点，在全书中是否适当。有时候眼下的痛快会给以后的工作带来无穷灾难。但又不能缩手缩脚。大胆前进。小心前进。在编织的每一条细线挽结每一个环扣的时候，都要看见整个那张大网。

工作进展已经在量上表现了出来。这方面确定的第一个目标是突破十三万字。这是《人生》的字数，迄今为止自己最高的横杆。突破这个数字带有象征意义。在一个庞大繁难的工程中，这种小小的情绪刺激具有非常重要的作用。处于创作状态中的心理机制是极其复杂的，外人很难猜度。有些奇迹是一些奇特的原因造成的。

十三万字的数量终于突破。兴奋产生了庄严。庄严又使人趋于平静。

这是一个小小的征服。接下来，脚步已经开始变得豪迈了一些。最少在表象上看，下一步将从自己写作史上的一个新的起点出发了。

下一个数量上的目标是越过这一部的二分之一处。

这个目标再有几万字即可达到，但这是在创造新的纪录，情绪为之而亢奋。

写作整个地进入狂热状态。身体几乎不存在；生命似乎就是一种纯粹的精神形式。日常生活变为机器人性质。

但是，没有比这一切更美好的了。

20

在狂热紧张繁忙的工作中，主要的精神状态应该是什么？

那就是认定你在做一件对你来说是前所未有的工作，甚至是做一件前无古人的工作。不论实质上是否如此，你就得这样来认为。

你要感觉到你在创造，你在不同凡响地创造，你的创造是独一无二的；你应该为你的工作自豪，就是认为它伟大无比也未尝不可。

这不是狂妄。只有在这种“目中无人”的状态下，才可能解放自己的精神，释放自己的能量。应该敢于把触角延伸到别人没有到过的地方，敢于进入“无人区”并树起自己的标志。每一个思想巨人都可以用自己的方法认识这个世界，揭示这个世界的奥妙，为什么你不可以呢？你姑且认为你已经发现了通往华山的另一条道路。

这样的时刻，所有你尊敬的作家都可以让他们安坐在远方历史为他们准备的“先圣祠”中，让他们各自光芒四射地照耀大地。但照耀你的世界的光芒应该是你自己发出的。

把一切伟人和他们的写作方法、写作技巧都统统赶出房子。完全用自己的心灵写作。没有样板。所谓的样板都诞生于无样板中。

当然，绝不可能长期保持这种“伟大感”。困难会接踵而来。你一时束手无策。你又感到自己是多么可笑和渺小。抬头望望桌边上那十几座“金字塔”，你感到你像儿童在河边的沙地上堆起了几个小土堆。

有什么可以自鸣得意的？

难言的羞愧与窘迫。

不会长期颓丧，因为你身处战场。

停下笔来，离开作品，想想其他的事。

这时候，来到眼前的常常是对过去生活的回忆。

童年。不堪回首。贫穷饥饿，且又有一颗敏感自尊的心。无法统一的矛盾，一生下来就面对的现实。记得经常在外面被家境好的孩子们打得鼻青眼肿撤退回家；回家后又被父母打骂一通，理由是为什么去招惹别人的打骂？三四岁你就看清了你在这个世界上的处境，并且明白，你要活下去，就别想指靠别人，一切都得靠自己。因此，当七岁上父母养活不了一路讨饭把你送给别人，你平静地接受了这个冷酷的现实。你独立地做人从这时候就开始了。

中学时期一月只能吃十几斤粗粮，整个童年吃过的好饭几乎能一顿不落地记起来。然后是卷入狂热的“文化大革命”，碰得头破血流……

而今，你坐在这里从事这样崇高的工作，如果没有一个大的收获，怎么对得起自己？

为什么此刻停顿下来？记着，你没有权利使自己停顿不前。你为自己立下了森严的法度，布下了天罗地网，你别指望逃脱。

重新拿起笔。既失去了“伟大感”也没有渺小感。变为一个纯粹的兢兢业业的工匠，仔细认真检查停顿下来的原因，穿不过去的原因。不断地调整思考的角度。大量地应用“逆向思维”。

开始有了振奋人心的新思路，一潭死水再一次激荡起澎湃的涛声。

精神随之便进入新的巨大。

每一次挫折中的崛起都会提示你重温那个简单的真理：一次成功往往建立在无数次失败之中。想想看，面前的那些“金字塔”的建造者，哪一个不是历尽艰难挫折才完成了自己的杰作？

从开始一直顺利到最后说不定是一种舒舒服服的失败。

“伟大感”与渺小感，一筹莫展与欣喜若狂，颓丧与振奋，这种种的矛盾心情交织贯穿整个写作过程中。这样的时候，你是作家，也是艺术形象；你塑造人物，你也陶铸自己；你有莎士比亚的特性，你也有他笔下的哈姆雷特的特性。

21

写作是艰苦的。与之相伴的是生活的艰苦。

一般地说来，我对生活条件从不苛求。这和我的贫困的家庭出身有关。青少年时期如前所述，我几乎一直在饥饿中挣扎。因此，除过忌讳大肉（不是宗教原因）外，只要能填饱肚子就满足。写作紧张之时，常常会忘记吃饭，一天有一顿也就凑合了。

但这里的生活却有些过分简单。不是不想让我吃好，这里的人们一直尽心操办，只是没有条件。深山之中，矿工家属有几万人，一遇秋雨冬雪，交通常常中断，据说有一年不得不给这里空投面粉。没有蔬菜，鸡蛋也没有，连点豆腐都难搞到。早晨我不吃饭。中午一般只有馒头米汤咸菜。晚上有时吃点面条，有时和中午一模一样。这是矿医院，医生职工都回家吃饭，几乎没有几个住院的，伙食相当难搞。

如果不工作，这伙食也可以。只是我一天通常都要工作十几个小时，这种伙食无法弥补体力的消耗。河对面的矿区也许有小卖部什么的，但我没有时间出去。

没有时间！连半个小时的时间都不敢耽搁。为了约束自己的意志，每天的任务都限制得很死，完不成就不上床休息。工作间实际上成了牢房，而且制定了严厉的“狱规”，绝不可以违犯。

每天中午吃完两个馒头一碗稀饭，就像丢下襁褓中的婴儿一样匆忙地赶回工作间，在准备当天工作的空当，用电热杯烧开水冲一杯咖啡，立刻就坐下工作。晚上吃完饭，要带两个馒头回来，等凌晨工作完毕上床前，再烧一杯咖啡，吃下去这说不来是夜宵还是早点的两个冷馒头。

后来，晚饭后得多带一个馒头，原因是房间里增加了“客人”。

不速之客是老鼠。

煤矿的老鼠之多实在惊人。据说是矿工们经常乱扔吃剩的馒头，因此才招惹来如此多的老鼠。

经常光顾我房间的有两只老鼠。天知道它们是从什么地方进来的，而且一开始就没把我放在眼里。它们在地上乱跑，嬉闹追逐，发出欢快的“吱吱”声，简直视此地为它们的“迪斯尼”乐园。它们甚至敢跑到我写字台对面的沙发上目不转睛盯着我工作。有时候，竟放肆地跳上我堆材料的窗台，在与我咫尺之间表演奔跑技巧。

我手脑并用十分紧张之时，根本顾不上下逐客令，有时实在气急了，手里拿着笔和笔记本撵着追它们，它们当然立刻就会消失得无踪无影。我刚坐下，这该死的东西便又故伎重演。尤其是晚上，我一拉灭灯，这两个家伙就大闹起来，有几次居然上了床，在我的头边上跑来跑去。

没办法，只好叫来医院几个职工，堵住门窗，终于消灭了一只。但是另一只仍然如期地来我这里做客。

我于是才“灵机一动”，干脆由黩武主义变为绥靖主义，每天晚上多拿一个馒头放在门后边供其享用。这样，老鼠晚上便不闹了。每天中午起床后，我先习惯性地向门背后投去一瞥：那里会一无例外地有一摊吃剩的馒头渣。

后来，我和这只老鼠一直和平共处到我离开这里。它并且成了这个孤独世界里我唯一的伙伴。直到现在，我还记着它蹲在我对面，怎样用一双明亮的小眼睛盯着我工作的神态。我感到内疚的是，我伙同别人打死了它的伙伴——那说不定是它的丈夫或者妻子。

22

越过第一部分二分之一处时，感到自己似乎征服了一个新的人生高度。

对数字逐渐产生了一种不能克制的病态的迷恋。不时在旁边的纸上计算页码，计算字数，计算工作日，计算这些数字之间的数字，尽管这些数字用心算也是简单而一目了然的。只有自己明白，这每一个简单的数字意味着已经付出了什么代价或将要付出什么代价。每一个数字就是一座已翻越的大山或将要征服的大山。认真地演算这些算术的时候，就像一个迷信的占卜师和一个财迷心窍的生意人。这也是紧张写作过程中一种小小的自娱活动。

是的，紧张的思维和书写所造成的焦虑或欣快已经使精神进入某种谵妄状态。上厕所是一种小跑，到厕所后，发现一只手拿着笔记本，一只手拿着笔；赶忙又一路小跑回到工作间放下“武器”，再一路小跑重返厕所。有时进厕所，惊动了这里的长期住户——老鼠，则立刻又有一番大动乱，惊恐地立在便池旁反应不过来眼前发生了什么事，一直要五六分钟才能恢复正常。以后进厕所时，为了免受惊吓，就先用脚在厕所门上狠狠踹几下，以便让那些家伙提前“回避”。

白天，矿医院的院子里正在搞基建，各种机器人声嘈杂成一片。进入工作后，这些声音似乎就不存在了。这时最怕外来人的干扰。好在医院的人很懂规矩，我工作时，从没有人进我的房间。

可是某一天，我的黄金时间里，突然闯进来一个手执某新闻单位临时记者证的人要采访我。我一再给他解释，但无济于事，他反而坐在对面的沙发上准备和我“长期作战”。我已经失去了理智和耐心，站起来粗暴地抓住他，将他推搡着送出房间。

我坐回桌边，心在乱跳。我后悔我的无礼行为，但没有办法，如果我让他满意，我这一天就要倒霉了。我将无法完成今天的“生产任务”。今天完不成任务，将会影响以后的工作，我那演算的数字方程式将全部打乱变为另一张图表，这要给我带来巨大的精神痛苦。每一个人进行类似工作的时候，的确像进行一种神圣的宗教仪式，不允许有任何的骚扰出现，无论是别人还是自己破坏这种情绪都不能原谅。

无比紧张的工作和思考一直要到深夜才能结束。

凌晨，万般寂静中，从桌前站立起来，常常感到两眼金星飞溅，腿半天痉挛得挪不开脚步。

躺在床上，有一种生命即将终止的感觉，似乎从此倒下就再也爬不起来。想想前面那个遥远得看不见头的目标，不由得心情沮丧。这时最大的安慰是列夫·托尔斯泰的通信录，五十多万字，厚厚一大卷，每晚读几页，等于和这位最敬仰的老人进行一次对话。不断在他的伟大思想中印证和理解自己的许多迷惑和体验，在他那里寻找回答精神问题的答案，寻找鼓舞勇气的力量。想想伟大的前辈们所遇到的更加巨大的困难和精神危机，那么，就不必畏惧，就心平气静地入睡。

长卷作品的写作是对人的精神意志和综合素养的最严酷的考验。它迫使人必须把能力发挥到极点。你要么超越这个极点，要么你将猝然倒下。

只要没有倒下，就该继续出发。

23

连绵的秋雨丝丝线线下个不停。其实，从节令上看，这雨应该叫冬雨。

天很冷了，出山的农人已经穿戴起臃肿的棉衣棉裤。

透过窗玻璃，突然惊讶地发现，远方海拔高的峰尖上隐约地出现了一抹淡淡的白。

那无疑是雪。

心中不由得泛起一缕温热。

想起童年，想起故乡的初冬，也常常会有这样的时刻，冰冷的雨雾中蓦地发现山尖上出现了一顶白色的雪帽。绵绵细雨中，雪线在不断地向山腰扩展。狂喜使人由不得久久呆立在冷风冻雨中，惊叹大自然这神奇的造化。

对雨，对雪，我永远有一种说不清道不明的情愫。深夜，一旦外面响起雨点的敲击声，就会把我从很深的睡梦中唤醒。即便是无声无息的雪，我也能在深夜的床上感觉到它的降临。

雨天，雪天，常有一种莫名的幸福感。我最爱在这样的日子里工作；灵感、诗意和创造的活力能尽情喷涌。

对雨雪的崇拜和眷恋，最早也许是因为我所生活的陕北属严重的干旱地区。在那里，雨雪就意味着丰收，它和饭碗密切相关——也就是说，它和人的生命相关。小时候，无论下雨还是下雪，便会看见父母及所有的农人，脸上都不由自主地露出喜悦的笑容。要是长时间没有雨雪，人们就陷入愁苦，到处是一片叹息声，整个生活都变得十分灰暗。另外，一遇雨雪天，就不能出山，对长期劳累的庄稼人来说，就有理由躺倒在土炕上香甜地睡一觉。雨雪天犹如天赐假日，人们的情绪格外好，往往也是改善一下伙食的良机。

久而久之，便逐渐对这雨雪产生了深深的恋情。童年和少年时期，每当下雨或下雪，我都激动不安，经常要在雨天雪地里一无遮拦漫无目的地游逛，感受被雨雪沐浴的快乐。我永远记着那个遥远的大雪纷飞的夜晚，我有生第一次用颤抖的手握住我初恋时女朋友的手。那美好的感受至今如初。我曾和我的女友穿着厚厚的冬装在雨雪弥漫的山野手拉着手不停地走啊走，并仰起头让雨点雪花落入我们嘴中，沁入我们的肺腑。

现在，身处异乡这孤独的地方，又见雨雪纷纷，两眼便忍不住热辣辣的。无限伤感。岁月流逝，物是人非，无数美好的过去是再也不能唤回了。只有拼命工作，只有永不休止地奋斗，只有创造新的成果，才能补偿人生的无数缺憾，才能使青春之花即便凋谢也是壮丽的凋谢。

愿窗外这雨雪构成的图画在心中永存。愿这天籁之声永远陪伴我的孤独。雨雪中，我感受到整个宇宙就是慈祥仁爱的父母，抚慰我躁动不安的心灵，启示我走出迷津，去寻找生活和艺术从未涉足过的新境界。

24

雨雪天由于情绪格外好，工作进展似乎也很顺利。有许多突发的奇妙。有许多的“料想不到”。某些新东西的产生连自己也要大吃一惊。大的思路清楚以后，写作过程中只要有好的心绪，临场发挥就有超水平的表现，正如体育运动员们常有的那种情况。

面前完成的稿纸已经有了一些规模。这无疑是一种精神刺激。它说明苦难的劳动产生了某种成果。好比辛劳一年的庄稼人把第一摞谷穗垛在了土场边上，通常这时候，农人们有必要蹲在这谷穗前抽一袋旱烟，安详地看几眼这金黄的收成。有时候，我也会面对这摞稿纸静静地抽一支香烟。这会鼓舞人更具激情地将自己浸泡在劳动的汗水之中。

在纷飞的雨雪中，暖气咝咝地来了。真想大声地欢呼。这是我最向往的一种工作环境。房间里干燥温暖，窗外是雨雪组成的望不断的风景线。

每天的工作像预先安排好那样“准时”完成，有时候甚至奇妙到和计划中的页数都是一致的。

墙上那张工作日期表被一天天划掉。

情绪在猛烈地高涨，出现了一些令自己满意的章节。某些未来篇章中含混不清的地方在此间不断被打通。情节、细节、人物，呼啸着向笔下聚拢。笔赶不上手，手赶不上心。自认为最精彩的地方字写得连自己都难辨认。眼睛顾不上阅读窗外的风光，只盯着双水村、石圪节、原西城；只盯着熙熙攘攘的人物和他们的喜怒哀乐；窗外的风光只在感觉中保持着它另外的美好。分不清身处陈家山还是双水村。

这时候，有人给我打来了个长途电话，说秦兆阳先生和他的老伴来西安了。

这消息使我停下了笔。

几乎在一刹那间，我就决定赶回西安去陪伴老秦几天。当然，在当时的状态中，即使家里的老人有什么事，我也会犹豫是否要丢下工作回去料理。但是，我内心中对老秦的感情却是独特而不可替代的。

坦率地说，在中国当代老一辈作家中，我最敬爱的是两位：一位是已故的柳青，一位是健在的秦兆阳。我曾在一篇文章中称他们为我的文学“教父”。柳青生前我接触过多次。《创业史》第二部在《延河》发表时，我还做过他的责任编辑。每次见他，他都海阔天空给我讲许多独到的见解。我细心地研究过他的著作、他的言论和他本人的一举一动。他帮助我提升了一个作家所必备的精神素质。而秦兆阳等于直接甚至是手把手地教导和帮助我走入文学的队列。

25

记得一九七八年，我二十八岁，写了我的中篇处女作《惊心动魄的一幕》。两年间接连投了当时几乎所有的大型刊物，都被一一客气地退回。最后我将稿子寄给最后两家大刊物中的一家——是寄给一个朋友的。结果，稿子仍然没有通过，原因是老原因：和当时流行的观点和潮流不合。

朋友写信问我怎办？我写信让他转交最后一家大型杂志《当代》，并告诉他，如果《当代》也不刊用，稿子就不必再寄回，他随手一烧了事。

根本没有想到，不久，我就直接收到《当代》主编秦兆阳的一封长信，对我的稿子作了热情肯定，并指出不足；同时他和我商量（在地位悬殊的人之间，这是一个罕见的字眼），如果我不愿意改，原文就发表了，如果我愿意改动，可来北京。

怎么不改呢！我怀着无比激动的心情赶到了北京。热心的责任编辑刘茵大姐带我在北池子他那简陋的临时住所见到了他。

秦兆阳面容清瘦，眼睛里满含着蕴藉与智慧。他是典型的中国知识分子，但没有某种中国知识分子所通常容易染上的官气，也没有那种迂腐气。不知为什么，见到他，我第一个想到的是伟大的涅克拉索夫。

秦兆阳是中国当代的涅克拉索夫。他的修养和学识使他有可能居高临下地选拔人才和人物，并用平等的心灵和晚辈交流思想感情。只有心灵巨大的人才有忘年交朋友。直率地说，晚辈尊敬长辈，一种是面子上的尊敬，一种是心灵的尊敬。秦兆阳得到的尊敬出自我们内心。

结果，他指导我修改发表了这篇小说，并在他力争下获得了全国第一届优秀中篇小说奖。

这整个地改变了我的生活道路。

现在他来西安，我必须回去。

赶快联系回西安的车。

令人焦急的是，连绵的阴雨使矿区通往外界的路都中断了。

众人帮忙，好不容易坐上一辆有履带的拖拉机，准备通过另一条简易路出山。结果在一座山上因路滑被拒七个小时不能越过，只好返回。

没有比这更痛苦的了。我立在窗前，看着外面纷纷扬扬的雨雪，在心中乞求老秦的原谅。

因此原因，以后去过几次北京，都鼓不起勇气去看望这位我尊敬的老人。但我永远记着：如果没有他，我也许不会在文学的路上走到今天。在很大的程度上，《人生》和《平凡的世界》这两部作品正是我给柳青和秦兆阳两位导师交出的一份答卷。

26

不知从哪一天起，晚饭后增加了一项新活动——到外面去散步半小时。

暮色苍茫中，从矿医院走出来，沿着小溪边的土路逆流而上，向一条山沟走去。走到一块巨型岩石前立刻掉过头，再顺原路返回来。

第一次散步的路线和长度被机械地固定了下来。那块巨型岩石就是终点，以后从不越“雷池”半步。这种刻意行为如同中了魔法，非常可笑。

整个散步的沿途，黄昏中几乎碰不见一个人。加之这地方本来就荒僻，一个人出没于其间的旷野，真像游荡的孤魂。如果碰上另外一个人，双方都会吓一跳。

最大的好处是，这样的时候这样的地方，不必装腔作势，完全可以放浪无形，随心所欲。大部分时间里，我都是一路高歌而行，并且手舞足蹈。自己随心编几句词，“谱”上曲调，反复吟唱。或者把某首著名的歌肆意歪曲，改变成另一种自己乐意的曲调。记得唱得最多的是一首毛泽东诗词改编的歌曲《沁园春·雪》。

接下来，发生了两个“危机事件”。

首先是刮胡子刀片。我一脸“匈奴式”胡须,每天早晨都得刮脸,但只带了一个刀片——原想煤矿肯定能买到这类生活日用品。没想到这里缺这东西。可把人整苦了。这个刀片勉强用了十几次后,每刮一次都很艰难,非得割几道血口子才算了事。

只好停止了这种痛苦。

但是几天不刮,胡须长得很长,不考虑美观,主要是难受。后来只好每个星期抽点时间,串游着到河岸边摆摊的剃头匠那里专意刮一次胡须。

另外,我的纸烟眼看就要抽完了,原来安顿好买烟的人却迟迟不能把烟捎来。

这是一个真正的危机。

对我来说,饭可以凑合着吃,但烟绝不可以凑合着抽。我要抽好烟,而且一个时期(甚至几年)只固定抽一个牌子的烟。我当时抽云南玉溪卷烟厂出的四盒装“恭贺新禧”牌。

任何意志坚强的人都有某种弱点,都有对某种诱惑的不能抗拒。烟就是一种专门征服人意志的强大武器。

我记得当年和柳青接触时,严重的肺心病已经使他根本不能再抽烟。但坚强的老汉无法忍受这个生活的惩戒,他仍然把纸烟的烟丝倒出来,装上一种类似烟叶的东西,一本正经地在抽,每次看见他貌似抽烟的神态,都忍不住想笑。

另一位作家杜鹏程(写此文时他刚逝世——愿他灵魂安息),当时也因病而停止了抽烟,并且受到了老伴的严密监视。但他有时忍受不了,会跑到我的宿舍来偷偷抽。正抽着,突然发现老伴走来,赶忙给我做个鬼脸,把烟在鞋底上擦灭,嬉笑中一脸惊慌地对我说:“文彬来了!”

作家王汶石我认识他时,他已经真正戒掉了烟(也是患肺气肿)。但据说戒烟时所下的决心之大,几乎等于是一次和命运的搏斗。别人戒烟是把烟扔掉或藏起来，听说王汶石当年戒烟是把所有的好烟都拿出来放在显眼而且随手可取的地方，看自己能不能被烟引诱。有一次危险到下意识中已把一盒烟剥开了，但还是忍住没抽。对于一个半夜起来小便后还要抽几支烟才能入睡的人，此等折磨的严重就可想而知了。

我最少在目前还没意志皈依不吸烟者的行列。

没有烟，我会“一事无成”。

眼看烟已到山穷水尽的程度，慌乱惊恐如同一只将要丧家的犬。

好在最后关头，烟终于捎来了。当时的心情就像一名弹尽粮绝的士兵看到了水、饼干和子弹同时被运到了战壕里。

27

写作中最受折磨的也许是孤独。

人是一个非常复杂的矛盾体。为了不受干扰地工作，常常要逃避世俗的热闹；可一旦长期陷入孤境，又感到痛苦，又感到难以忍受。

一般情况下，我喜欢孤独。

我的最大爱好是沉思默想。可以一个人长时间地独处而感到身心愉快。独享欢乐是一种愉快，独自忧伤（模糊的）也是一种愉快。孤独的时候，精神不会是一片纯粹的空白，它仍然是一个丰富多彩的世界。情绪上的大欢乐和大悲痛往往都在孤独中产生。孤独中，思维可以不依照逻辑进行。孤独更多地产生人生的诗情——激昂的和伤感伤痛的诗情。孤独可以使人的思想向更遥远更深邃的地方伸展，也能使你对自己或环境作更透彻的认识和检讨。

当然，孤独常常叫人感到无以名状的忧伤。而这忧伤有时又是很美丽的。

我喜欢孤独。

但我也惧怕孤独。

现在，屈指算算，已经一个人在这深山老林里度过了很长一段日子。多少天里，没和一个人说过一句话。白天黑夜，一个人孤零零地待在这间房子里，做伴的只有一只老鼠。

极其渴望一种温暖，渴望一种柔情。整个身体僵硬得如同一块冰。写不下去，痛不欲生，写得顺利，欣喜若狂。这两种时候，都需要一种安慰和体贴。

尤其是每个星期六的傍晚，医院里走得空无一人。我常伏在窗前，久久地遥望河对岸林立的家属楼。看见层层亮着灯火的窗户，想象每一扇窗户里面，人们全家围坐一起聚餐，充满了安逸与欢乐。然后，窗帘一道道拉住，灯火一盏盏熄灭。一片黑暗。黑暗中，我两眼发热。这就是生活。你既然选择了一条艰难的道路，就得舍弃人世间的许多美好。

长长地吐出一声叹息，重新坐回桌前，回到那一群虚构的男女之间。在这样的时候，你描绘他们的悲欢离合，就如同一切都是你自己切身的体验和感受。你会流着辛酸的或者是幸福的泪水讲述他们的故事——不，在你看来，这已不是故事，而是生活本身。

有时候，夜半更深，突然从远处传来一声火车的鸣叫，便忍不住停下笔，陷入到某种遐想之中。这充满激情的声音似乎是一种召唤。你会想到朋友和亲人从远方赶来和你相会，以及月台上那揪心的期盼与久别重逢的惊喜。

有一天半夜，当又一声火车的鸣叫传来的时候，我已经从椅子上起来，什么也没有想，就默默地、急切地跨出了房门。我在料峭的寒风中走向火车站。

火车站徒有其名。这里没有客车，只有运煤车。除过山一样的煤堆和一辆没有气息的火车，四周围静悄悄地没有一个人。

我悲伤而惆怅地立在煤堆旁。我明白，我来这里是要接某个臆想中的人。我也知道，这虽然有些荒唐，但肯定不能算是神经错乱。我对自己说：“我原谅你。”

悄悄地，用指头抹去眼角的冰凉，然后掉过头走回自己的工作间——那里等待我的，仍然是一只老鼠。

28

终于要出山了。因为元旦即在眼前。在那个新旧交替的日子里，为了亲爱的女儿，我也得赶回去——其实这也是唯一的原因。

和这个煤矿、这个工作间告别，既高兴又难受。高兴的是，我终于要离开这个折磨人的地方。难受的是，这地方曾进行过我最困难、最心爱的工作，使我对它无限依恋。这是告别地狱，也是告别天堂。总之，这将是一个永远难以忘怀的地方。

寒冬中，我坐在越野车的前座上离开此地，怀里抱着第一部已写成的二十多万字初稿。透过车窗，看见外面冰天雪地，一片荒凉。记得进山时，还是满目青绿，遍地鲜花。一切都在毫无察觉中悄然消逝了，多少日子都没顾得上留意大自然的变异。没有遗憾，只有感叹。过去的那段时光也许是一生中度过的最为充实的日子。现在应该算作是一个小小的凯旋。

又回到了熟悉的都市。一切都让人感到眼花缭乱。到处是匆忙或悠闲的人群。矫健潇洒的青年人，满面红光的中年人，自得其乐的老年人。洪水般的车流，蜂窝似的噪音。最让人眼馋的是街道两边店铺里堆积着的那些吃喝。平时身处城市，对于那些陈年积月的副食品并不会产生兴趣，但对一个啃了许多日子冷馒头的人来说，一切都是美味珍馐。

无论如何，城市是人类进步的伟大标志。久住于其间，也许让人心烦，可一旦离开它太久，又很渴望回到它的怀抱。当你从荒原上长时间流浪后重返大城市，在很远的地方望见它的轮廓，内心就会有许多温暖升起。最重要的是，无论是好是坏，这里有你的家。想着马上就要看见亲爱的女儿，两腿都有点发软。

短短几天假期（自己颁布的），兴奋得不知该干什么。首先到大街上的人群里瞎挤了几趟。

在街上的人群中无目的地行走，也算一个不常有的爱好。繁华热闹的街道，无论物还是人，都会给你提供大量的信息，给你许多启示和灵感。有时候，一篇文章写完了，题目不满意，就到大街上去“寻找”，往往会有意外的收获。思考问题有时也要改换一下环境。大部分时间需要安静，有时候在嘈杂声中更能集中精神，只是应该身处一个陌生的环境，绝不能在一群熟人之中，因为一旦掉入思考的深渊，就往往难以顾及世俗的礼貌。我曾经为此得罪过不少爱面子的绅士。即使在机关，陷入写作的苦恼时，也常常会路遇同辈、长辈忘了问候一声，被人评论为“骄傲”——上帝作证，这确实是无意间犯下的错误。

接下来，该弥补一下所欠孩子的感情。于是，在床铺上地板上变作一匹四肢着地的“马”或“狗”，让孩子骑着转圈圈爬，要么，让孩子骑在脖项里，扛着她到外面游逛。孩子要啥就给买啥——这显然不合教育之道，但又无法克制。

春节过后不久，就又进入周而复始的沉重。在以后的几年里，我再也没有能纯粹地休息这么长的时间。

29

第一部初稿终于完成了。就自己来说，这可是一个历史性的成就。望着桌上的一大摞稿纸，内心很是激动。虽然就全书的工作量来说，它只是六分之一（每部两稿），但这是迄今为止所进行的最长一次远征，现在，终于在这个地方结束了一个段落。

抄写第二稿某种意义上是一种“享受”，尽管就每天的劳动量和工作时间来说，比第一遍稿要付出的更多。这主要是一种体力的付出，脑力相对来说压力要小一些。写第一稿，前面永远是一片不可知的空白，写完今天，还不知道明天要写什么。现在，一切都是有依据的，只是要集中精力使之更趋完善。

第一稿不讲究字写得好坏，只要自己能辨认就行了，当时只是急迫而匆忙地在记录思想。第二稿在书写形式上要给予严格的注意。这是最后一道工序，需要重新遣词酌句，每一段落，每一句话，每一个词，每一个字，都要反复推敲，以便能找到最恰当最出色最具创造性的表现。每一个字落在新的稿纸上，就应该像钉子钉在铁板上。一笔一画地写好每一个字，慢慢写，不慌不忙地写，一边写一边闪电似的再一次论证这个词句是否就是唯一应该用的词句。个别字句如果要勾掉，那么涂抹的地方就涂抹成统一的几何图形，让自己看起来顺眼。一切方面对自己斤斤计较，吹毛求疵，典型的形式主义。但这里面包含着一种精神要求。一座建筑物的成功，不仅在总体上在大的方面应有创造性和想象力，其间的一砖一瓦都应一丝不苟，在任何一个微小的地方都力尽所能，而绝不能自欺欺人。偷过懒的地方，任你怎么掩饰，相信读者最终都会识别出来。

整个抄写工作更接近机械性劳动。每天的任务总是那么多。中午一吃完饭就伏案抄写。晚饭后继续进行一直到凌晨。

为了不受干扰，在机关院子借了一间别人搁置不用的房间。房间是老式的，据说有七八十年的历史，冬无暖气夏不透风，里面呈长方形，采光很不好，白天也得开两个灯。资料、书籍、生活用具都各就其位，固定不变，感觉完全是一个手工作业的工场。这里在别人看来是乱七八糟，在我眼里则是“井井有序”。

抄写到手僵硬的时候，停下来烧一杯咖啡。脑子一片空白，两眼直直地对着墙壁，慢慢喝这杯咖啡，是一天中最愉快的一个瞬间。邻居一个小男孩不时进来捣乱一番，顾不上和他纠缠，每次拿两块方糖来换取几小时的安宁。

凌晨，从工作间出来，累得弯腰佝背，穿过一片黑暗向家属楼走去。嘴里不由自主地发出一声声疲劳的叹息。有时候，立在寂静无声的院子里，感到十分凄凉。想想过一两个小时天就大亮，到处一片沸腾，人们将开始新的一天，而我却会拉起窗帘，陷入死一般的沉睡中。

是的，我已经完全脱离了正常人的生活规律，感觉一直处在黑暗之中。我渴望明媚的阳光照耀着我。

体力已经明显地不支，深夜上楼的时候，手扶着栏杆，要在每一个拐角处歇一歇，才能继续往上走。

30

当你竭力想逃避各种干扰以使自己全身心投入工作的时候，无数干扰却会自动找上门来，让你不得安宁。

最可怕的是那些沾亲带故的人。他们并不忙，有足够的时间和精力找你的麻烦。你在这里虚构别人的故事，他们在远方的山乡圪塄里虚构你的故事。据说我的“官”熬大了，为我设立了好几道岗，栽绒地毯一直铺到机关大门口，吃饭时用的是金碗银勺象牙筷子，专车上刻着“路遥专用”几个字。这已经是伊丽莎白二世的待遇了。他们谁能相信我披一件旧棉衣浑身酸疼龟缩在一个破房子里，一天有时只凑合着吃一顿饭，连睡觉的时间都没有呢？

于是，他们纷纷找上门来，叫你安排工作，问你要钱，让你给某某人写信解决某某问题。我越来越失去耐心，有时真想对他们歇斯底里发作一通。

亲戚，这个词至今一提起来都让人不寒而栗。我曾在《平凡的世界》中借孙少平的口评论道：“人和人之间的友爱，并不在于是否是亲戚。是的，小时候，我们常常把亲戚这两个字看得多么美好和重要。一旦长大成人，开始独立生活，我们便很快知道，亲戚关系常常是庸俗的：互相设法沾光，沾不上光就翻白眼；甚至你生活中最大的困难也常常是亲戚们造成的。生活同样会告诉你，亲戚往往不如朋友对你真诚。”也许这些情绪极端了一些。记得俄罗斯伟大诗人普希金在《欧根·奥涅金》中对此也有过类似的情绪。我想有人会反对这种看法，但肯定会有人支持这种看法。姑且作为一个有争议的题目留给读者去评说。

另一种干扰出自周围的环境。说实话，文学圈子向来不是个好去处。这里无风也起浪。你没成就没本事，别人瞧不起；你有能力有成绩，有人又瞧着不顺眼；你懒惰，别人鄙视；你勤奋，又遭非议；走路快，说你趾高气扬；走路慢，说你老气横秋。你会不时听到有人鼓励出成果，可一旦真有了成果，你就别再想安宁。这里出作家，也出政客和二流子。一事无成可能一生相安无事并可能种豆得瓜。在这样一种机关，最有趣的现象之一是：孩子们最忙，晚睡早起，勤于功课；其次是太太们忙，早出晚归，忙于上班；最不忙的就是文人先生，可以一杯清茶从早喝到晚。

如果有人企图“成名成家”，不免会有暗潮涌动，让你大乱方寸。由于各人对生活的理解大有差异，这些冲突就是自然现象。

虽然文学圈子并非全都如此，但也不是言过其实。这些地方虽听不见枪炮之声，但有许多“看不见的战线”。毫无疑问，我国的文学体制也需要深刻的改革。这当然是后话了。

在当时的状况中，我无力对所有的一切做出反应。为了完成作品，即使有屎盆子扣在你头上，也当什么事也没有发生。我坚信生活将最终会对是非做出判断。

31

但最大的压力还是来自文学形势。我知道，我国文学正到了一个花样翻新的高潮时刻。其变化之日新月异前所未有。文学理论仍然“大于”文学创作。许多评论文章不断重复谈论某一个短篇或中篇，观点大同小异。

很多人在愤愤不平地抨击瑞典皇家科学院那几位年迈的老人，为什么不理会中国当代文学这些成就?

于是，找来这些作品中的一些代表作，抽空翻了翻。的确有些很不一般的表现。但无疑和卡夫卡、乔伊斯、福克纳、海明威、西蒙、塞拉、伯尔、伦茨、辛格、博尔赫斯、马尔克斯、略萨等西方和拉美现代派大师比较，还有相当大距离，更谈不到超越。

可是，必须正视我国文学发展的这个现实。作为作家，绝不能狭隘地对待各种不同的文学观点和创作，而要认真分析，认真思考。只有看清你所处的环境，才有可能看清你自己。别人不是唯一的，你也不是唯一的。

问题又回到了写作前的那个老地方——只能按自己的方式从事自己的工作。

当然，这种巨大的压力是相当严酷的。你感到你完全被抛在了一个无人知晓的黑暗的角落里，似乎不仅仅是用古典式的方法工作，而自己也已经变成了一件入土的文物。这间黑暗的作坊就是象征。只差几张蜘蛛网了。

好在第一部全部完稿了。

暂时把桌面完全清扫干净，只留下二十本稿纸放在那里。

静静地抽了一个下午纸烟，不停地喝了许多杯咖啡，然后一个人在苍茫的暮色中来到古城墙下的环城公园。望着满城灯火，想了许多事。过去的、现在的、未来的；别人的、家庭的、个人的；社会的、国家的、世界的。只有这个时候，才完全离开作品，可以想想别的事了。同时想到应该用一整天时间去买几身衣服，买一点像样的生活用品，把自己打扮一下。一年多来，一切生活都是凑合着过，连件换洗的衬衣都没时间去买。

并不是完全轻松了下来。

没有。远远没有。

更严峻的问题就横在面前。

按当时的文学形势，这部书的发表和出版是很成问题的。首先当然是因为这部书基本用所谓“传统”的手法表现，和当时大的文学潮流背逆；一般的刊物和出版社都对新潮作品趋之若鹜，不会对这类作品感兴趣。另外，全书共三部，这才是第一部，谁知后面两部会是什么样子——关于这一点，说实话，连我自己也不踏实，怎么能让人家信任呢？更重要的是，全书将有一百万字，这么庞大的数字对任何一家出版单位（尤其是杂志）都是一个沉重的负担。有些杂志和出版社已表现出回避的态度，我完全能理解。

大概由于我曾是《人生》的作者，还有一定程度的可信任性，因此问题还算顺利地解决了。我至今仍然怀着深深的敬意感谢当时《花城》杂志的副主编谢望新先生和中国文联出版公司的李金玉女士，他们用热情而慷慨的手接过了这本书稿，使它能及时和读者见面。

32

第一部发表和出版后的情况在我的意料之中。文学界和批评界不可能给予更多的关注。除过当时的文学形势，还有一个重要原因如前所述是因为这是全书的第一部，它不可能充分展开，更谈不到有巨大高潮出现。评论界持保留态度是自然的。

不过，当时还是有一些我国重要的批评家给予第一部很热情中肯的评论。这里我主要指出北京的三位,他们是蔡葵、朱寨和曾镇南。

蔡葵是我国主要研究当代长篇小说的专家，他可能在完全掌握我国长篇小说的大背景上来考察一部作品。因此，他的意见是十分重要的。他自始至终关注这部长篇小说的创作，给了我许多鼓励和关怀。在当时那样的情况下，这些帮助对我来说是极其宝贵的。朱寨是一位很有造诣且经验丰富的老一代文艺批评家。从中篇小说《人生》开始，他就给予我的创作以十分深刻的理解和评价。他和蔡葵一起为《平凡的世界》得到某种承认而竭尽了全力，这是我永远难以忘怀的。另一位当时很瞩目的批评家曾镇南，对于这部书有十分透彻的理解，并对第一部写了一篇重要的批评文章。他的分析和批评使人心服。

我国几位当代重要批评家的理解，使我在冷落中没有丧失信心。

当然，从总的方面看，这部书仍然是被冷落的。包括一些朋友，对我有一种说不出的疑虑，我也完全能感觉来这一点。

我是心平气静的，因为原来我就没抱什么大希望。而眼前这种状况，也不能算失败。最重要的是，我自己心里很清楚，对第一部的某些疑问，正是二三部我将要解决的。我不能要求别人耐心等待我的工作，但我要耐心准备解决许多问题。

这样，便产生了一种急迫感，急迫地想投入下面的工作。我想我能给挑剔的批评界提供一些比第一部更好的东西。

客观地说，尽管第一部我已费尽心机竭尽了全力，但终究是没有经验的产物，很多地方有遗憾，甚至是笨拙的。另外，按老托尔斯泰的原则，第一部我是有节制的。现在看来，它虽然没有满足批评界的期望，但为我下面的描写和展开带来了巨大的好处。在我的心中，三部已是一个统一体，我已经看见了书的全貌。因此，就不能对批评界的意见过分计较，他们只是就现在的第一部发表看法。

总之，第一部的发表和出版，没有给我带来什么大欢乐，也没有遭受巨大打击的感觉。它只带来某种刺激，促使我以更饱满的精神状态投入下面的工作。

我急迫地、但也更缜密地开始重新检讨第二第三部的构思内容。许多原来苦心经营并十分满意的构建被毫不犹豫地推倒。有些河流被引向了新的河床，甚至整个地改变了流向。有些素材显然成了一堆废物，而新的空缺需要马上补充。

至于从《人生》开始一直到后来某些评论向我提出的一些重大责难，他们仍然没有能说服我。由于我忙于自己的创作，没有精力和他们“抬杠”，只能任他们去说。

现在，我也许就一两个主要问题可以谈谈自己当时的认识了。

33

从《人生》以来，某些评论对我的最主要的责难是所谓“回归土地”的问题。通常的论据就是我让（?）高加林最后又回到了土地上，并且让他手抓两把黄土，沉痛地呻吟着喊叫了一声“我的亲人哪……”由此，便得到结论，说我让一个叛逆者重新皈依了旧生活，说我有“恋土情结”，说我没有割断旧观念的脐带，等等。

首先应该弄清楚，是谁让高加林们经历那么多折磨或自我折磨走了一个圆圈后不得不又回到了起点？

是生活的历史原因和现实原因，而不是路遥。作者只是力图真实地记录特定社会历史环境中发生了什么，根本就没打算（也不可能）按自己的想象去解决高加林们以后应该怎么办。这个问题同样应该由不断发展的生活来回答。作者真诚地描绘了生活，并没有“弄虚作假”，同时还率直地表达了自己的人生认识，这一切就足够了。高加林当时的生活出路，不仅我无法回答，恐怕政治家也未见得有高明的回答。站在今天来阔谈高加林的这一问题当然容易，连街头卖菜的大娘都知道他未必就一定要回到土地上去——何必要摆出一副事后诸葛亮的架势来郑重“指出”。要是这样来论证作品，除过科幻小说家，所有的作家都属“旧观念”。

另外，高加林虽然回了故乡的土地（当时是被迫的），但我并没有说他就应该永远在这土地上一辈子当农民。小说到此是结束了，但高加林的人生道路并没有在小说结束时结束；而且我为此专门在最后一章标了“并非结局”几个字。

至于高加林最后那一声沉痛的呼喊，那是人物在特定环境和心境下的真情流露。首先不应该谈论是否应该有这一声呼喊，而应该讨论这声呼喊是真情的流露还是伪饰的矫情。实际上，这声喊叫混含着人物许多复杂的思想情绪，并不像某些偏执的批评从观念上看到的那么简单；其中主人公的难言之隐一般读者即可体味。

换一个角度说，高加林为什么就不应该有一点所谓的“恋土情结”？即便这土地给了他痛苦，但他终究是这土地养育大的，更何况这里有爱他的人，也有他爱的人。他即使想远走高飞而不成，为什么就一定要诅咒土地？如果是这样，那这个人就是精神变态者，而不是一个正常人。任何一个出身于土地的人，都不可能和土地断然决裂。我想，高加林就是真的去了联合国，在精神上也不会和高家村一刀两断。

由此，引出了另外一个话题，即如何对待土地——或者说如何对待生息在土地上的劳动大众的问题。

是的，我们最终要彻底改变我国广大农村落后的生产方式和生活方式，改变落后的生活观念和陈旧习俗，填平城乡之间的沟堑。我们今天为之奋斗的正是这样一个伟大的目标。这也是全人类的目标。

但是，不要忘记，在这一巨大的历史进程中，我们也将付出巨大的代价，其中就包含着我们将不得不抛弃许多我们曾珍视的东西。

这就是我们永恒的痛苦所在。

人类常常是一边恋栈着过去，一边坚定地走向未来，永远处在过去与未来交叉的界线上。失落和欢欣共存。尤其是人类和土地的关系，如同儿女和父母的关系。儿女终有一天可能要离开父母自己要去做父母，但相互之间在感情联系上却永远不可能完全割舍，由此而论，就别想用简单的理论和观念来武断地判定这种感情是“进步”的还是“落后”的。

34

那么，当历史要求我们拔腿走向新生活的彼岸时，我们对生活过的“老土地”是珍惜地告别还是无情地斩断？

这是俄罗斯作家拉斯普京的命题，也是我的命题。

哲学的断定是一回事，艺术的感受是另一回事。艺术家的感受中可能包含哲学家的判定，但哲学家的判定未见得能包含艺术家的感受。理性与感情的冲突，也正构成了艺术永恒的主题。

拉斯普京曾写了《告别马拉礁》，揭示的正是这一痛苦而富于激情的命题。

我迄今为止的全部小说，也许都可以包含在这一大主题之中。《平凡的世界》第三部卷六第三十章可以看做是我从一个侧面专门为此而写的一个小小的“特写”。

我国不幸的农村问题是历史形成的；是古老历史和现当代历史形成的。政治家、哲学家和经济学家都可以理性地直接面对“问题”，而作家艺术家面对的却是其间活生生的人和人的感情世界。

毫无疑问，广大的落后农村是中国迈向未来的沉重负担。

但是，这个责任应由历史承担，而不能归罪于生活在其间的人们。简单地说，难道他们不愿意像城里人一样生活得更好一些吗？命运如果把他们降生在城市而把现在的城里人安排到农村，事实又将会怎样？城里人无权指责农村人拖了他们的后腿。就我国而言，某种意义上，如果没有广大的农村，也不会有眼下城市的这点有限的繁荣。

放大一点说，整个第三世界（包括中国在内）不就是全球的“农村”吗？

因此，必须达成全社会的共识：农村的问题也就是城市的问题，是我们共有的问题。

这样，从感情上说，广大的“农村人”就是我们的兄弟姐妹，我们也就能出自真心理解他们的处境和痛苦，而不是优越而痛快地只顾指责甚至嘲弄丑化他们——就像某些发达国家对待不发达国家一样。

作为血统的农民的儿子，正是基于以上的原因，我对中国农民的命运充满了焦灼的关切之情。我更多地关注他们在走向新生活过程中的艰辛与痛苦，而不仅仅是到达彼岸后的大欢乐。我同时认为，文学的“先进”不是因为描写了“先进”的生活，而是对特定历史进程中的人类活动做了准确而深刻的描绘。发达国家未必有发达的文学，而落后国家的文学未必就是落后的——拉丁美洲可以再次作证。

我们看到，出现了一些新的概念化或理论化倾向的作品，而且博得了一些新理论“权威”的高度赞扬。某些批评已经不顾及生活实际上是怎么个样子，而是看作品是否符合自己宣扬的理论观念。那么，我们只能又看到了一些新的“高大全”——穿了一身牛仔服的“高大全”或披了一身道袍的“高大全”，要不就是永远画不好圆圈的“高大全”。

而特定历史和社会环境中不同人的生活到底怎样，这正是文学应该探求的。他们类似或不同的思想、欲望、行为、心理、感情、追求、激情、欢乐、沉沦、痛苦、局限、缺陷；他们与社会或自然环境的矛盾，与周围其他人的矛盾，自身的矛盾；等等。我们会发现十恶不赦的坏蛋不是很多，但“完人”几乎没有。这就是实际生活中的人。他们不可能超越历史、社会现实和个人的种种局限。

正因为如此，我们前面谈论的高加林们当时就只能是那样，而不会按某些批评所要求的那样。以后，既不是作家的原因，也不是批评家的原因，仍然是因为社会生活发展的原因，千千万万的高加林们还要离开土地，而且可能再不返回。但是，我敢肯定地说，他们中的大多数人和土地的感情也仍然只能是惋惜地告别而不会无情地斩断。

35

在第二部开始写作之前，根据新的（不可避免的）结构调整，还需要补充新的素材。首先是大学的环境，因为这一部要写到大学生活。

尽管我也有过大学生活，而且也熟悉其间的一般性情况，但要具体进入艺术描写，就要有一个较为确定的环境，这样会更方便一些。

决定采访西北工业大学。这所大学和孙兰香将要上的大学性质基本一致——有关航空航天的专业性大学。如果不是时间限制，还打算随实习的学生去四川西昌或甘肃酒泉的国家卫星发射中心去采访。

在一群男女大学生朋友的帮助下，我尽量在短时间内熟悉了这个大学的基本情况：教学，生活起居，课程安排，各种场所的方位、格局、相互间的距离，一天二十四小时的活动全过程，等等。然后和他们交流思想，涉及学习、生活、理想、恋爱以及有关他们的现实和未来的种种问题。将一切搜集到的材料统统夹在笔记本里，其中甚至有课程表和饭菜安排表。加上原有的资料，立刻建立起一个有关大学情况的材料袋。直到我感觉能自由地描写这里的环境和生活时才结束了这次紧张的采访。

另一个头痛的问题是，第二部一开始就要直接描写省委书记的生活。

这一级领导干部我以前只是皮毛地接触过，深交的人很少，或者说基本没有。我较为熟悉的是地县乡镇及农村的各级头面人物。省委这一级领导人的一般性生活对公众来说已有相当的“神秘”性。

通常的工作和社会活动环境我可以为他们“设计”，但他们的家庭环境和生活起居我无法靠想象来解决。

必须想办法最少到一个这样的人家走一走，以便在描写他们的时候有一种感性的依据。

省委大院警备森严,作为一个普通人怎么可能去随便“串门”？

但我一定得串这次门。如果不能正面踏进家门，用“特工”方式也得进行这次“刺探”。当然，要尽量避免任何“不道德”行为。

马上开始在外围寻找能通向这个大院的熟人关系。

终于在文学圈里找到了一位女士，她由于父母的关系和省委书记一家人很熟。省委书记我也认识，但并无深交。

不能正面去约见，这样，他会把你“固定”在他的客厅里，而你又无任何问题要他解决，根本达不到熟悉他家庭环境的目的。

最后，这位女士出主意说，等省委书记一家人外出，只留保姆一人的时候，我们可以假装找省委书记而乘机在他家里“溜达”一圈。

好主意。

于是，等这个机会一到来，我便和她“潜入”本省的“第一家庭”，开始了这次“惊险”的“深入生活”活动。

一切都很顺利。这位女士以省委书记家的熟人和常客的身份使保姆信任地领着我们“参观”了这个家庭的角角落落，并向她询问了这个家庭日常生活的许许多多细节。

估计主人快要回家的时候，我们便悄悄溜了出来。心里不由得冒出了毛泽东的两句诗：世上无难事，只要肯登攀。

36

第二部第一稿的写作随即开始。

这次换了地方，到黄土高原腹地中一个十分偏僻的小县城去工作。

正是三伏天，这里的气候却特别凉爽。我在县武装部院子里的角落里找了一孔很小的土窑洞，阴凉得都有点沁人肌肤，不得不每天生一小时火炉。三伏天生火炉可算奇迹——但这却是真的。

工作规律在写第一部时已经基本建立起来，许多方面习惯成了自然，不必为一些形式上的小事而大费心机。

心理状态异常紧张，因为我意识到，第二部对全书来说，是至关重要的。体力和精神都竭力让其运转到极限，似乎像一个贪婪而没有人性的老板在压榨他的雇工，力图挤出他身上的最后一滴血汗。

从大战略上说，任何作战过程中的中间部分是最困难也是最重要的。它是胜败的关键。比如足球比赛，最艰难的争夺也在中场。在现代足球运动中，几乎所有的队都把主要的力量投放在中场。如果中场部分是弱的，那么前锋即使有天才表演也常常抓不住制胜的机会。

长卷小说中的一种现象是，有特别辉煌的开卷和壮丽的结束，但中间部分却没有达到同样的成绩，这在很大程度上会给读者带来难言的遗憾。我个人觉得，天才作家肖洛霍夫的《静静的顿河》似乎就有这种不满足。

不管能否达到目的，我认识到，对于《平凡的世界》来说，第二部是桥梁，但不能成为一种过渡。它更应该在正面展开尽可能宽阔的冲突，有些人物甚至在第二部就应基本完成他们的“造像”。

人物关系之间和人物自身的心理冲突大规模地交织在一起，其纷繁错综有点“会战”的性质。好像一个人摆开好多摊象棋，不断调换角色和位置来下这些棋。在一片纷乱中得保持清醒的头脑和坚强的意志来进行。精心地组织“混乱”。审慎地挽结并梳理网结。在大片的刈割中细致地“捡漏”。悉心地拦蓄后又恣意汪洋般放脱。在一些令人望而生畏的地方以更大的勇气投入。在一些上下都平坦的道路上故意为自己投置似乎不可逾越的障碍。之后，经过巨大繁复劳动和精神折磨仍然能穿过去的地方，就可能取得较为满意的成果。

体力在迅速下降，有时候累得连头也抬不起来。抽烟太多，胸脯隐隐作痛。眼睛发炎一直未好，痛苦不堪。

想到了锻炼。方式却过分极端，每天下午晚饭后去爬城对面那座最高的山，而且不走正路，专门寻找了一条羊肠小道。山路崎岖，攀登相当吃力。这山被茂密丛林覆盖，也没有农田，大热天不会有任何人出现在这里。于是一到半山腰的树丛中，就脱得赤条条只穿一件裤衩，像非洲丛林里的土著生番。

爬上山顶最高处的那一方平台，先抽一支烟，透过小树林望一会儿县城街道上蚁群般走动的人，然后做一套自编的“体操”。如果当时有人发现太阳西沉的时候，此地有个赤身裸体的家伙做出一些张牙舞爪的动作，一定会大吃一惊。

下山回到宿舍，用先备好的一桶凉水冲洗完身子，再开始工作。

这种锻炼方式在当时体力不支的情况下，是十分有害的。它实际上加速了体力的崩溃。如此极端锻炼身体的方法是过去从少年毛泽东那里受到的启发。记得十几岁时，就曾在暴雨雷电中一个人爬上山让瓢泼大雨淋过自己，雷声和闪电几乎就在咫尺之间；也曾冒险从山顶几乎不择道路地狼奔豕突蹿冲下来，以锻炼在危难瞬间思维和行动的敏捷与谐调，或者说选择生存的本领。没想到十几年后竟然又做了这样一次类似的“少年狂”。

37

第二部的初稿是在精神、精力最为饱满的状态下完成的。这是一次消耗战。尤其对体力来说，几乎动用了所有的“库存”。自我感觉要比第一部好。这是一个很大的安慰。这时候，才感到踏入了创作生涯的一个新阶段。《人生》对自己的笼罩真正散淡下来，似乎已是一个遥远的事件。

身体的变化是十分明显的。不用照镜子也知道苍老了许多。走路的速度力不从心；饭量也减少了不少。右边的眼睛仍然在发炎，难受得令人发狂。医生认为是思维长期集中焦虑而造成的，建议我停止工作和阅读。无法接受这个忠告。

倏忽间明白，所谓的“青年时代”就在这瞬间不知不觉地永远结束了。想起了叶赛宁伤感的诗句：“不惋惜，不呼唤，我也不啼哭；金黄色的落叶堆满我心间，我已经再不是青春少年……”

突然接到中国作家协会的通知，让我三四月间出访联邦德国。这期间正是我准备休整的空当时间，因此很乐意进行这个别致的活动。

这是我第一次走出国门，因此有许多个人的“第一次”——比如第一次穿西装等等。

西德的访问使我大开眼界，感觉似乎置身于另外一个星球的生活。思维的许多疆界被打破了，二十多天里，几乎跑了所有重要的大城市和一些著名的小地方，并且穿过“冷战”时期东西方的界标“柏林墙”到东柏林去玩了一天。

作为一个有独立人生观的人，我对所看到的一切都并不惊讶。我竭力在这个陌生的世界里寻找与我熟悉的那个世界的不同点和相同点，尤其是人性方面。

一切都是这样好，这样舒适惬意。但我想念中国，想念黄土高原，想念我生活的那个贫困世界里的人们。即使世界上有许多天堂，我也愿在中国当一名乞丐直至葬入它的土地。

在异邦公园般美丽的国土上，我仍在思考我的遥远的平凡世界里的那些衣衫褴褛的人物，甚至好笑地想象，如果让孙玉亭或王满银走在汉堡的大街上会是一种什么状态？

二十多天的访问已足够了。我急迫地想回去进行第二部第二稿的工作，其心情就像外出的妇女听见了自己吃奶孩子的啼哭声。是的，没有什么比我的工作更重要。

有件事值得一提，就是我在慕尼黑奥林匹克体育中心观看了一场十分精彩的足球比赛。我曾热爱的球星鲁梅尼格（他当时效力拜仁慕尼黑队）也上了场，并且给对手纽伦堡队的大门送进去第一个球。

在法兰克福一下飞机，我就向德方陪同人员提出看一场足球赛，他们热情周到地满足了我的这个愿望。至今想起这场球赛都使我激动不已。

在一切体育运动中，我只对高水平的足球比赛心醉神迷。它是人类力量和智慧的最美好的体现。它是诗，是哲学，是一种人生与命运的搏击。

访问结束，从北京一下飞机，听见满街嘈唠的中国话，我的眼泪就在眼眶里旋转。走了全世界最富足的地方，但我却更爱贫穷的中国。

原来打算从北京直接坐飞机到延安，而且想直接走到某个山村的土窑洞里，以体验一下从“天堂”突然降落到“地狱”的感受，但因西安家中有事，这点“罗曼蒂克”的想法未能实现。

38

又回到了机关院内那间黑暗的“牢房”，开始第二部第二稿的工作。为了得到一些自然光线，一整天都大开着门。

激奋与凄苦交织在一起。

对待自己的工作，不仅严肃，而且苛求。一种深远的动力来自对往事的回忆与检讨。时不时想起青少年时期那些支离破碎的生活，那些盲目狂热情绪支配下的荒唐行为，那些迷离失落的伤感和对未来的渺茫无知。一切都似乎并不遥远，就发生在昨天。而眼下却能充满责任感与使命感，从事一种与千百万人有关系的工作，这是多么值得庆幸。因此，必须紧张地抓住生命黄金段落中的一分一秒，而不管要付出什么样的代价。现在我已全然明白，像我这样出身卑微的人，在人生之旅中，如果走错一步或错过一次机会，就可能一钱不值地被黄土埋盖；要么，就可能在瞬息万变的社会浪潮中成为无足轻重的牺牲品。生活拯救了我，就要知恩而报，不辜负它的厚爱。要格外珍视自己的工作和劳动。你一无所有走到今天，为了生活慷慨的馈赠，即使在努力中随时倒下也义无反顾。你没有继承谁的坛坛罐罐，迄今为止的一切都是靠自己的劳动所获。应该为此而欣慰。

为了这所有的一切，每一天走向那个黑暗可怕的“作坊”，都应保持不可变更的状态；庄严的时刻就在今天。

我的难言的凄苦在于基本放弃了常人的生活。没有星期天，没有节假日，不能陪孩子去公园，连听一段音乐的时间都被剥夺了，更不要说上剧院或电影院。每逢星期天或节假日，机关院子里空无一人，在这昏暗的房间里像被抛弃了似的龟缩在桌前，毫无意识之中，眼睛就不由得潮湿起来。

除过劳累，仍然存在一个饥饿问题。没想到在煤矿没啥可吃，回到城里工作还是没啥可吃。不是城里没有吃的——吃的到处都是。主要是没有时间正点吃饭。生活基本得靠自己料理。有时一天只吃一顿饭，而且常常拖在晚上十点钟左右（再迟一点夜市就关闭了）。

在西安当年大差市那一大片夜市上，许多卖吃喝的小摊贩都认识我。我不止一次吃遍几乎所有能吃的小摊子，只是人们不知道我是干什么的。我想，从外貌上和那种狼吞虎咽的吃相，他们大概会判断我是蹬三轮车的师傅。吃这些饭花钱不少，但绝不是一种享受。尤其是卫生，那简直不能提说，每次都是睁一只眼闭一只眼赶紧吞咽完。时至今日，我从很远的地方看见夜市，就想呕吐。

有时候，因为顺利或者困难，不知不觉就到了夜间十二点钟。

夜市去不成了，又无处寻觅吃的东西，只好硬着头皮到没有入睡的同事家里要两个冷馍一根大葱，凑合着算吃了一顿饭，其狼狈如同我书中流落失魄的王满银。

顺便说一说，我吃饭从不讲究，饮食习惯和一个农民差不多。我喜欢吃故乡农村的家常便饭，一听见吃宴会就感到是一种负担，那些山珍海味如同嚼蜡，还得陪众人浪费很长时间。对我来说，最好能在半小时以内吃完一顿饭。有时不得不陪外宾和外地客人上宴会,回来后总得设法搞点馍或面条才能填饱肚子。但我也有一些“洋爱好”，比如喝咖啡就是一例，消费观念是顺其自然，完全根据自己的实际需要，从不刻意计算攀比。可以用一百元钱买一条高级香烟供“关键”的几天抽，也可以用五十元钱买一件仿羊皮夹克穿几个冬天——当然，从没有人相信我身上的皮夹克会是假的。

39

第二部完全结束，我也完全倒下了。身体状况不是一般地失去弹性，而是弹簧整个地被扯断。

其实在最后的阶段，我已经力不从心，抄改稿子时，像个垂危病人半躺在桌面上，斜着身子勉强用笔在写。几乎不是用体力工作，而纯粹靠一种精神力量在苟延残喘。

稿子完成的当天，我感到身上再也没有一点劲了，只有腿、膝盖还稍微有点力量，于是，就跪在地板上把散乱的稿页和材料收拾起来。

终于完全倒下了。

身体软弱得像一摊泥。最痛苦的是每吸进一口气都特别艰难，要动员身体全部残存的力量。在任何地方，只要坐一下，就睡着了。

有时去门房取报或在院子晒太阳就鼾声如雷地睡了过去。坐在沙发上一边喝水一边打盹，脸被水杯碰开一道血口子。

我不知自己患了什么病。其实，后来我才知道，如果一个人三天不吃饭一直在火车站扛麻袋，谁都可能得这种病。这是无节制地拼命工作所导致的自然结果。

开始求医看病。中医认为是“虚”。听起来很有道理。虚症要补。于是，人参、蛤蚧、黄芪等等名贵补药都用上了。

三伏天的西安，气温常常在三十五度以上，天热得像火炉一般，但我还要在工作间插起电炉子熬中药。身上的汗水像流水一样。

工作间立刻变成了病房。几天前，这里还有一片紧张的工作气氛，现在，一个人汗流浃背默守在电炉旁为自己熬中药。病，热，时不时有失去知觉的征候。

几十服药吃下去，非但不顶事，结果喉咙肿得连水也咽不下去。胸腔里憋了无数的痰却连一丝也吐不出来。一天二十四小时痛苦得无法入睡，既吸不进去气，又吐不出来痰，有时折磨得在地上滚来滚去而无一点办法。

内心产生了某种惊慌。根据过去的经验，我对极度的身体疲劳总是掉以轻心。以前也有过类似的情况，每写完一个较长的作品，就像害了一场大病；不过，彻底休息一段时间也就恢复了。原想这次也一样，一两个月以后，我就可以投入第三部的工作。

现在看来，情况相当不妙。

把全部的希望都寄托在医生的身上。过去很少去医院看病，即使重感冒也不常吃药，主要靠自身的力量抵抗。现在不敢再要二杆子，全神贯注地熬药、吃药，就像全神贯注地写作一样。

过去不重视医药，现在却对医药产生了一种迷信，不管顶事不顶事，喝下去一碗汤药，心里就得到一种安慰；然后闭目想象吃进去的药在体内怎样开始和疾病搏斗。

但是，药越吃病越重。

一个更大的疑惑占据了心间：是否得了不治之症？

40

我第一次严肃地想到了死亡。我看见，死亡的阴影正从天边铺过来。我怀着无限惊讶凝视着这一片阴云。我从未意识到生命在这种时候就可能结束。

迄今为止，我已经有过几次死亡的体验，但那却是在十分早远的年间，基本像一个恍惚的梦境一般被蓬勃成长的生命抹去了，好好什么也没有发生。

最早的两次都在童年。第一次好像在三岁左右，我发高烧现在看来肯定到了四十度。我年轻而无知的父母亲不可能去看医生，而叫来邻村一个“著名”的巫婆。在那个年龄，我不可能对整个事件留下完整的记忆。我只记得曾有一只由光线构成的五颜六色的大公鸡，在我们家土窑洞的墙壁上跑来跑去；后来便什么也没有看见，没有听见，只感到向一种无边无际的黑暗中跌落。令人惊奇的是，当时就想到这是去死——我肯定当时这样想过，并且理解了什么是死。但是，后来我又奇迹般活了，不久就将一切忘得一干二净。这件事唯一的后果就是那个巫婆更加“著名”了，并且成了我的“保锁”人——类似西方的“教母”。

第二次是五岁或六岁的时候。那时我已经开始了农村孩子的第一堂主课——劳动。我们那地方最缺柴烧，因此我的主要作业就是上山砍柴，并且小小年纪就出手不凡（后来我成为我伯父村上砍柴的第一把好手），为母亲在院子里积累下小小一垛柴火。母亲舍不得烧掉这些柴，将它像工艺品一样细心地码在院畔的显眼处，逢人总要指着柴垛夸耀半天，当然也会得到观赏者的称赞。我在虚荣心的驱使下，竟然跟一群大孩子到离村五里路的大山里去逞了一回能。结果，由于这种年龄还不能在复杂陡峭的地形中完满地平衡身体的重心，就从山顶的一个悬崖上滑脱，向深沟里跌了下去。我记得跌落的过程相当漫长，说明很有一些高度；并且感到身体翻滚时像飞动的车轮般急速。这期间，我唯一来得及想到的就是死。结果，又奇迹般地活下来了。我恰好跌落在一个草窝里，而两面就是两个深不可测的山水窖。

后来的一次“死亡”其实不过是青春期的一次游戏罢了。那时，我曾因生活前途的一时茫然加上失恋，就准备在家乡的一个水潭中跳水自杀。结果在月光下走到水边的时候，不仅没有跳下去，反而在内心唤起了一种对生活更加深沉的爱恋。最后轻松地折转身，索性摸到一个老光棍的瓜地里，偷着吃了好几个甜瓜。

想不到几十年后的今天，我却真正地面对这件事了。

死亡！当它真正君临人头顶的时候，人才会非常逼近地思考这个问题。这时候，所有的人都可能变成哲学家和诗人——诗人在伤感地吟唱生命的恋歌，哲学家却理智地说，这是自然法则的胜利。

41

但是，我对命运的无情只有悲伤和感叹。

是的，这是命运。

在那些苟延残喘的日子里，我坐在门房老头的那把破椅子里，为吸进去每一口气而拼命挣扎，动不动就睡得不省人事，嘴角上像老年人一样吊着肮脏的涎水。有的熟人用好笑的目光打量着我，并且正确地指出，写作是绝不能拼命的。而生人听说这就是路遥，不免为这副不雅相大惑不解：作家就是这个样子？

作家往往就是这个样子。这是一种并不潇洒的职业。它煞费人的心血，使人累得东倒西歪，甚至像个白痴。

痛苦。不仅是肉体上的，主要是精神上的。

产生了一种宿命的感觉——我说过，我绝非圣人。

这种宿命的感觉也不是凭空而生——这是有一定“依据”的。

我曾悲哀地想过，在中国，企图完成长卷作品的作家，往往都死不瞑目。伟大的曹雪芹不用说，我的前辈和导师柳青也是如此。记得临终之前，这位坚强的人曾央求医生延缓他的生命，让他完成《创业史》。

造成中国作家的这种不幸的命运，有属于自身的，更多的是由种种环境和社会的原因所致。试想，如果没有十年的“文化大革命”的耽搁，柳青肯定能完成《创业史》的全部创作。在一个没有成熟和稳定的社会环境中，无论是文学艺术家还是科学家，在最富创造力的黄金年华必须争分夺秒地完成自己一生中最重要的工作，因为随时都可能风云骤起，把你冲击得连自己也找不见自己。等这阵风云平息，你已经丧失了人生良机，只能抱恨终生或饮恨九泉了。此话难道是危言耸听？我们的历史可以无数次作证。老实说，我之所以如此急切而紧迫地投身于这个工作，心里正是担心某种突如其来的变异，常常有一种不可预测的惊恐，生怕重蹈先辈们的覆辙。因此，在奔向目标的途中不敢有任何怠懈，整个心态似乎是要赶在某种风暴到来之前将船驶向彼岸。

没有想到，因为身体的原因却不得不停止前进。本来，我对自己的身体一直是很自信的，好像身体并不存在。现在，它却像大山一样压得我抬不起头来。

心越急，病越重。心想这的确是命运。人是强大的，也是脆弱的。说行，什么都行；说不行，立刻就不行了。人是无法抗拒命运裁决的——也可以解释为无法抗拒自然规律的制约。

但是，多么不甘心！我甚至已经望见了我要到达的那个目的地。

出于使命感，也出于本能，在内心升腾起一种与之抗争的渴望。一年中，我曾有过多少危机，从未想到要束手就擒，为什么现在坐在这把破椅子里毫无反抗就准备缴械投降？

不能迷信大城市的医院。据说故乡榆林地区的中医很有名，为什么不去那里？这里三伏天热就能把人热死，到陕北最起码要凉爽一些。到那里病治好了，万幸；治不好，也可就地埋在故乡的黄土里——这是最好的归宿。

42

带着绝望的心情离开西安，向故乡沙漠里的榆林城走去。

几年来，第一次赤手空拳旅行。那些材料、资料、稿件、书籍和各种写作用具都从身上卸掉了。

但是，心理上的负担却无比沉重。

故乡，又回到了你的怀抱！每次走近你，就是走近母亲。你的一切都让人感到亲切和踏实。内心不由得泛起一缕希望的光芒。踏上故乡的土地，就不会感到走投无路。故乡，多么好。对一个人来说，没有故乡是不可思议的；即使流浪的吉卜赛人，也总是把他们的营地视为故乡。在这个创造了你生命的地方，会包容你的一切不幸与苦难。就是生命消失，能和故乡的土地融为一体，也是人最后一个夙愿。

黄沙包围的榆林城令人温暖地接纳了奄奄一息的我。无数关怀的乡音围拢过来，无数热心肠的人在为我的病而四处奔跑。当时的地委书记霍世仁和行署专员李焕政亲自出面为我作了周到安排。

我立刻被带到著名老中医张鹏举先生面前。

张老当时已七十高龄，是省政协委员，在本省中医界很有名气。

老人开始细心地询问我的感觉和先前的治疗情况，然后号脉，观舌。

他笑了笑，指着对面的镜子说：“你去看看你的舌头。”

我面对镜子张开嘴巴，不由得大惊失色，我看见自己的舌头像焦炭一般成了黑的。

“这是恶热所致。”张老说，“先解决这问题，然后再调理整个身体。你身体体质很好，不宜大补，再说，天又这么热。不能迷信补药。俗话说，人参吃死人无罪，黄连治好病无功。”

学问精深，佩服至极。又一次体会，任何行业都有水平线以上的大师。眼前这位老人历经一生磨炼，在他的行道无疑已达到了出神入化的境界。

我从张老的神态上判断他有能力诊治我的病，于是，希望大增。

张老很自信地开了药方子。我拿过来一看，又是一惊。药方上只有两味药：生地五十克，硼砂零点五克，总共才两毛几分钱药费。但是，光这个不同凡响的药方就使我相信终于找到了高手。

果然，第一服药下肚，带绿的黑痰就一堆又一堆吐出来了。我兴奋得不知如何是好，甚至非常粗俗不堪地将一口痰吐在马路边一根水泥电线杆上，三天以后还专门去视察了那堆脏物，后来，我竟然把这个如此不雅观的细节用在了小说中原西县倒霉的县委书记张有智的身上，实在有点对不起他。

第一个问题解决后，张老开始调理我的整个身体。我像牲口吃草料一般吞咽了他的一百多服汤药和一百多服丸药，身体开始渐渐有所复元。

《平凡的世界》完稿前后，我突然听说张鹏举先生去世了。我在工作室里停下笔久久为他默哀。我要用我的不懈的工作来感谢他在关键的时刻挽救了我。

现在，我再次祝愿他在天之灵安息。

43

身体稍有复元的时候，我的心潮又开始澎湃起来。

问题极自然地出现在面前：是继续休息还是接着再写？

按我当时的情况，起码还应该休息一年。所有的人都劝我养好身体再说。我知道，朋友们和亲人们都出于真诚地关怀我，才这样劝我的。

但是，我难以接受这么漫长的平静生活。

我的整个用血汗构造的建筑物在等待最后的“封顶”。

我已经做了三分之二的工作，现在只留三分之一了。而这三分之一意味着整个工作的完全一体。我付出如此的代价为了什么？还不是为了能全部完成这个作品吗？

我也知道，我目前的身体状况仍然很差，它不能胜任接下来的工作。第三部无疑是全书的高潮，并且所有的一切都是结局性的；它要求作者必须以最饱满最激昂的精神状态完全投入，而我现在稍一激动，气就又吸不进去了。

是否应该听从劝阻，休息一年再说？

不行。这种情绪上的大割裂对长卷作品来说，可能是致命的。

那么，还是应该接着拼命？

自我分裂。这种情况时常会出现，不过眼下更为突出罢了。

坚持要干的我开始说服犹豫不决的我——不是说服，实际上是“教导”。在这种独立性很强的工作中，你会遇到许多软弱动摇甚至企图“背叛”自己的时刻。没有人给你做“思想工作”，你干与不干干好干坏都与别人毫不相干。这时候,就得需要分裂出另一个“我”来教导这一个“我”。

我当时是这样“教导”我的：你应该看到，这也许真正才是命运的安排，让你有机会完成这部书。本来，你想你已经完蛋了。但是，你现在终于又缓过来了一口气。如果不抓住命运所赐予的这个机遇，你可能真的要重蹈柳青的覆辙。这就是真正的悲剧，永远的悲剧。是的，身体确实不好；但只要能工作，就先不应顾及这一点。说穿了，这是在死亡与完成这部作品之间到底选择什么的问题——这才是实质所在。当然，两全其美最好，也不是完全没有这种可能性——可能性甚至很大。

但在当前，只能在这二者之间选择。

面对那个如此雄辩的“我”，犹豫不决的“我”显得理屈词穷。

“哈姆雷特现象”开始退出思想的舞台。

两个分裂的自我渐渐趋向于统一，开始重新面对唯一的问题了，那就是必须接着干。

蓬勃的雄心再一次鼓动起来。

这将是一次戴着脚镣的奔跑。

但是，只要上苍赐福于我，让我能最后冲过终点，那么永远倒下不再起来，也可以安然闭目了。

这样决定之后，心情反而变得异常宁静。这也许是一种心理上成熟的表现。对此感到满意。是的，这个举动其实又是很自然的，尽管这是一次近距离的生命冒险。

接下来便开始考虑有关第三部写作的种种细节问题，尤其是对工作方式和生活方式给予了认真的注意——第一次怀着十分温柔的心情想到要体贴自己。

44

在榆林地方行政长官的关怀下，我开始在新落成不久的榆林宾馆写第三部的初稿。就当时的身体状况，没有这个条件，要顺利地完成最后一部初稿是不可能的。这里每天能洗个热水澡，吃的也不错。行署专员李焕政亲自到厨房去为我安排了伙食，后来结算房费时,他也让外事办给了很大的照顾。更重要的是,我在这里一边写作，一边还可以看病吃药。

我自己也开始增加了一点室内锻炼，让朋友找了一副哑铃，又买了一副扩胸器，在凌晨睡觉前，先做一套自编的哑铃操，再拉几十下扩胸器。这一切很快又成了一项雷打不动的机械性活动——在写作过程中，极容易建立起来一种日耳曼式的生活。

由于前两部的创作，写第三部时，已经感到有了某种“经验”，而且到了全书的高潮部分，也到了接近最后目标的时刻，因此情绪格外高昂，进行似乎也很顺利。

只是一旦过分激动，就会感到呼吸困难。

不时告诫自己：要沉住气。

每天傍晚抬起头来，总会如期地看见窗外又红又大的落日在远方沙漠中下沉。这是一天中最后的辉煌，给人留下了特别美好的印象。

时令已进入初冬，广阔的鄂尔多斯高原一片莽莽苍苍。残破的古长城像一条冬眠的蛇蜿蜒伏卧在无边的黄沙之中。

大自然雄伟壮丽的景象往往会在无形中化作某种胸臆，使人能以更广阔的视角来审阅自己所构建的艺术天地。在有些时候，环境会给写作带来重大影响。

再一次充满了对沙漠的感激之情。这部书的写作当初就是在此间的沙漠里下的决心，没想到最后的部分竟然又是在它博大的胸怀中来完成。

晚饭后，有时去城外的榆溪河边散步。

沿着河边树林间的小道慢慢行走，心情平静而舒坦。四周围静悄悄没有一个人。只有小鸟的啁啾，只有纯净的流水发出朗朗的声响。想到自己现在仍然能投入心爱的工作，并且已越来越接近最后的目标，眼里忍不住旋转起泪水。这是谁也不可能理解的幸福。回想起来，从一开始投入这部书到现在，基本是一往如故地保持着真诚而纯净的心灵，就像在初恋一样。尤其是经历身体危机后重新开始工作，根本不再考虑这部书将会给我带来什么，只是全心全意全力去完成它。完成！这就是一切。在很大的意义上，这已经不纯粹是在完成一部书，而是在完成自己的人生。

在日复一日的激烈工作中，我曾有过的最大渴望就是能到外面的院子里晒晒太阳。

几年来久居室内，很少接触阳光，看到阳光就抑制不住激动，经常想象沐浴在它温暖光芒中的快乐。

但是，这简直是一种奢望。阳光最好的时候，也常常是工作最紧张最关键的时候，根本不敢去实现这个梦想。连半个小时也不敢——阳光会烤化意志，使精神上的那种必要的绷紧顷刻间冰消雪化。

只好带着可亲而不可近的深深遗憾，无限眷恋地瞥一眼外面金黄灿烂的阳光，然后在心灵中抹掉它，继续埋下头来，全神贯注投入这苦役般的工作。

直到今天，每当我踏进阳光之中，总有一种难以言语的快乐。啊，阳光！我愿意经常在你的照耀下生活。

45

一九八八年元旦如期地来临了。

此时，我仍然蛰居在榆林宾馆的房间里天昏地暗地写作。对于工作来说，这一天和任何其他一天没有两样。

但这毕竟是元旦。

这是新的一年的第一天。这是一个重要的节日。

整个宾馆楼空寂如古刹，再没有任何一个客人了。服务员们也回家去过节，只在厨房和门厅留了几个值班人员。

一种无言的难受涌上心间。这不是为自己，而是为了亲爱的女儿。在这应该是亲人们团聚的日子里，作为父亲而不能在孩子的身边，感到深深的内疚。

在一片寂静中，呆呆地望着桌面材料堆里立着的两张女儿的照片，泪水不由得在眼眶里旋转，嘴里在喃喃地对她说着话，乞求她的谅解。

是的，孩子，我深深地爱你，这肯定胜过爱我自己。我之所以如此拼命，在很大的程度上也是为了你。我要让你为自己的父亲而自豪。我分不出更多的时间和你在一起。即使我在家里，也很少能有机会和你交谈或游戏。你醒着的时间，我睡着了；而我夜晚工作的时候，你又睡着了。不过，你也许并不知道，我在深夜里，常常会久久立在你床前，借窗外的月光看着你的小脸，并无数次轻轻地吻过你的脚丫子。现在，对你来说是无比欢欣的节日里，我却远离你，感到非常伤心。不过，你长大后或许会明白爸爸为什么要这样。没有办法，爸爸不得不承担起某种不能逃避的责任，这也的确是为了给你更深沉的爱……

对于孩子的想念是经常性的，而不仅仅因为今天是元旦。在这些漫长的外出奔波的年月里，我随身经常带着两张女儿的照片。每到一地，在摆布工作间的各种材料之前，先要把这两张照片拿出来，放在最显眼的地方，以便我一抬头就能看见她。即使停笔间隙的一两分钟内，我也会把目光落在这两张照片上。这是她所有照片中我最喜欢的两张。一张她站在椅子上快乐而腼腆地笑着，怀里抱着她的洋娃娃。一张是在乾陵的地摊上拍摄的，我抱着她，骑在一峰打扮得花花绿绿的大骆驼上。

远处传来模糊的爆竹声。我用手掌揩去满脸泪水，开始像往常一样拿起了笔。我感到血在全身涌动，感到了一种人生的悲壮。我要用最严肃的态度进行这一天的工作，用自己血汗凝结的乐章，献给远方亲爱的女儿。

46

按照预先的计划，我无论如何要在春节前完成第三部的初稿。这样，我才能以较完满的心情回去过节——春节是一定要在家里过的。

因此，整个工作不能有任何中断，必须完成每天确定的工作量。有时候，某一天会出现严重的不能解决的困难，只好拉长工作时间，睡眠就要少几个小时。睡眠一少，就意味着抽烟要增多，口腔胸腔难受异常。由于这是实质上的最后冲刺，精神高度紧张，完全处于燃烧状态，大有“毕其功于一役”之感。

随着初稿的临近尾声，内心在不断祷告上苍不要让身体猝然间倒下。只要多写一章，就会少一分遗憾。

春节前一个星期，身体几乎在虚脱的状况下，终于完成了第三部的初稿。其兴奋是无法用语言表达的。这意味着，即使现在倒下不再起来，这部书也基本算全部有了眉目。人们所关心的书中的每一个人物的命运，我都用我的理解做了回答。也许有人还会像《人生》一样认为我“没有完成”，但对我来说，也正如《人生》一样，作品从大的方面说已经是完整的。如果有人要像《人生》那样去写“续集”，那已经完全与我的作品无关了。

带着这关键性的收获，匆匆离开冰天雪地的陕北，向西安返归。万分庆幸的是，我能赶上和女儿一块过春节了。这将会是一个充实的春节。

一路上，我贪婪地浏览着隆冬中的陕北大地。我对冬天的陕北有一种特别的喜爱。视野中看不见一点绿色。无边的山峦全都赤身裸体，如巨大无比的黄铜雕像。所有的河流都被坚冰封冻，背阴的坡地上积着白皑皑的雪。博大、苍凉，一个说不清道不尽的世界。身处其间，你的世界观就决然不会像大城市沙龙里那样狭小或抽象；你觉得你能和整个宇宙对话。

在返回西安的路上，我就决定，过完春节，稍加休整，趁身体还能撑架住某种重负，赶快趁热打铁，立刻投入第二稿的工作——这是真正的最后的工作。

春节过后不久，机关院子那间夏天的病房很快又恢复为工作间。

这次的抄改更加认真，竭尽全力以使自己在一切方面感到满意。感觉不是在稿纸上写字，而是用刀子在木块上搞雕刻。

现在，实现了一个渴望已久的心愿，每天可以挤出半小时在外面晒晒太阳了。每当我坐在门外面那根废弃的旧木料上，简直就像要升天一般快活。静静地抽一支烟，想一想有关这本书的某些技术性问题，或者反复推敲书前面的那句献词。

春天已经渐渐地来临了，树上又一次缀满了绿色的叶片；墙角那边，开了几朵不知名的小花。

我心中的春天也将来临。在接近六年的时光中，我一直处在漫长而无期的苦役中。就像一个判了徒刑的囚犯，我在激动地走向刑满释放的那一天。

47

其间，中央人民广播电台已经开始连播《平凡的世界》。这是一次打破常规的播出——因为全书还没有最后完成，他们只是看了第三部的初稿，就决定开始播出全书。

这种非同寻常的信任，使我不能有任何一点怠懈。每天中午，当我从桌面的那台破收音机上听到中央台李野墨用厚重自然的语调播送我的作品时，在激动中会猛然感到脊背上被狠狠抽了一鞭。我会赶紧鼓足力气投入工作。我意识到，千百万听众并不知道这部书的第三部分还在我的手中没有最后完成，如果稍有差错，不能接上茬而被迫中断播出，这将是整个国家的笑话。

当作品的抄改工作进入最后部分时，我突然想将这最后的工作放在陕北甘泉县去完成。这也是一种命运的暗示。在那里，我曾写出过自己初期的重要作品《人生》，那是我的一块“风水宝地”。而更多的是出于一种人生的纪念，此刻我要回到那个亲切的小县城去。

一旦产生这种热望，机关院子里就一天也待不下去，似乎有一股神秘的力量在召唤我远行。

于是，一天之内就赶到了甘泉。

一下车，就在房间摆布好了工作所必需的一切。接着就投入工作——从工作的角度看，似乎中间没有这几百里路的迁徙，只是从一张桌子挪在了另一张桌子上。

一切如同想象的那么顺利。每天晚饭后，就像当年写《人生》时那样，抓紧时间到洛河边散一回步。那是城外的一块开阔的平川地，洛河顺着对面山根蜿蜒东去。我沿着河边地畔上的小路，像巡礼似的匆匆绕行而过。地里的玉米苗初来时还很小，我一天天在看着它们长大。从《人生》的写作到现在，我已经记不清有多少次走过了这条小路。这是一块永远不会忘记的土地，一条永远留在心间的小路。以后我每次北上路过甘泉，总要透过车窗深情地瞭望这个地方，胸口不由得一阵阵发热。一九九一年秋天我路过此地时，发现新修的铁路线正好从这块川地上通过，原来的景象已不复存在。在无限的惆怅中，我也感到了另一种欣慰。是的，生活在飞速地前进，然而我们仍像先前所说，对于过去曾给过我们强烈而美好印象的一切，只有惋惜地告别，而不会无情地斩断。

根据要求，我必须最晚在六月一日将第三部完成稿送到中央人民广播电台，这样，他们才能来得及接上前面的部分而不至于中断。另外，准备发表第三部的大型杂志《黄河》也已推迟发稿二十天在等这部稿子，主编珊泉先生已给甘泉接连发来两封催稿的电报。时间已进入读秒阶段。精神的高度紧张使得腿不断抽筋。晚上的几小时睡眠常常会被惊醒几次。

通过六年不间断地奔跑，现在我已真切地看到了终点的那条横线。接下来虽然只有几步，但每一步都是生死攸关。

撞线的时刻终于来临了。

48

在我的一生中，需要记住的许多日子都没能记住，其中也包括我的生日。但是，一九八八年五月二十五日这个日子我却一直没能忘记——我正是在这一天最后完成了《平凡的世界》的全部创作。

尽管我想平静地结束这一天这一切，但是不可能也不由自主。

这真是一个快乐的日子。五月的阳光已经有了热力，大地早已解冻，天高远而碧蓝，空气中弥漫着青草和鲜花的气息。

延安的几位朋友通过我弟弟天乐知道我今天要完成最后的工作，一大早就都赶到了甘泉县招待所。不过，他们还不准备打扰我，要等待我从那间工作室走出来才和我分享快乐。甘泉县的几位领导也是我的朋友，人们已张罗着在招待所搞了一桌酒席，等我完稿后晚上一块聚一聚，因为按计划，我当天晚上就要赶到延安，然后从吴堡过黄河，先在太原将复印稿交《黄河》，再直接去北京给中央广播电台交稿。只有这样，我才能赶上六月一日这个期限——如果返回西安再起程就可能赶不上了。

当我弟弟和朋友们已经张罗这些事的时候，我还按“惯例”在睡觉。因为是最后一天，必须尽可能精神饱满。

起床后，我一边喝咖啡、抽烟，一边坐在写字台旁静静地看着桌面上的最后十来页初稿。一切所经历的有关这部书的往事历历在目，但似乎又相当遥远。时至今日，我也不知道我是怎样走过来的。在紧张无比的进取中，当我们专心致志往前赶路的时候，往往不会过多留心身后及两旁的一切，我们只是盯着前面那个唯一的目标。而当我们要接近或到达这个目标时，我们才不由得回头看一眼自己所走过的旅程。

这是一次漫长的人生孤旅。因此，曾丧失和牺牲了多少应该拥有的生活，最宝贵的青春已经一去不返。当然，可以为收获的某些果实而自慰，但也会为不再盛开的花朵而深深地悲伤。生活就是如此，有得必有失。为某种选定的目标而献身，就应该是永远不悔的牺牲。

无论如何，能走到这一天就是幸福。

再一次想起了父亲，想起了父亲和庄稼人的劳动。从早到晚，从春到冬，从生到死，每一次将种子播入土地，一直到把每一颗粮食收回，都是一丝不苟，无怨无悔，兢兢业业，全力以赴，直至完成——用充实的劳动完成自己的生命过程。

我在稿纸上的劳动和父亲在土地上的劳动本质上是一致的。

由此，这劳动就是平凡的劳动，而不应该有什么了不起的感觉。

由此，你写平凡的世界，你也就是这平凡的世界中的一员，而不是高人一等。

由此，一九八八年五月二十五日就是一个平平常常的日子，而不是一个特殊的日子。

由此，像往常的任何一天一样，开始你今天的工作吧！

49

一开始写字手就抖得像筛糠一般。竭力想控制自己的感情。但实际上是徒劳的。为了不让泪水打湿稿纸，将脸迈向桌面的空处。

百感交集。

想起几年前那个艰难的开头。

想不到今天竟然就要结束。

毫无疑问，这是一生中的一个重大时刻。

心脏在剧烈搏动，有一种随时昏过去的感觉。圆珠笔捏在手中像一根铁棍一般沉重，而身体却像要飘浮起来。

时间在飞速地滑过，纸上的字却越写越慢，越写越吃力。这十多页稿纸简直成了不可逾越的雄关险隘。

过分的激动终于使写字的右手整个痉挛了，五个手指头像鸡爪子一样张开而握不拢。笔掉在了稿纸上。

焦急万分，满头大汗，浑身大汗。我知道，此刻朋友们正围坐在酒桌前等待着我。这是从未体验过的危机——由快乐而产生的危机。

智力还没有全部丧失。我把暖水瓶的水倒进脸盆。随即从床上拉了两条枕巾放进去，然后用“鸡爪子”手抓住热毛巾在烫水里整整泡了一刻钟，这该死的手才渐渐恢复了常态。

立刻抓住笔，飞快地往下写。

在接近通常吃晚饭的那个时分，终于为全书画上了最后一个句号。

几乎不是思想的支配，而是不知出于一种什么原因，我从桌前站起来所做的第一件事，就是把手中的那支圆珠笔从窗户里扔了出去。

我来到卫生间用热水洗了洗脸。几年来，我第一次认真地在镜子里看了看自己。我看见了一张陌生的脸。两鬓竟然有了那么多的白发，整个脸苍老得像个老人，皱纹横七竖八，而且憔悴不堪。

我看见自己泪流满面。

索性用脚把卫生间的门踢住，出声地哭起来。我向另一个我表达无限的伤心、委屈和儿童一样的软弱。而那个父亲一样的我制止了哭泣的我并引导我走出卫生间。

我细心彻底地收拾了桌面。一切都装进了远行的箱子里，唯独留下那十本抄写得工工整整的手稿放在桌面的中央。

我坐下来点燃一支烟，沉默了片刻，以使自己的心情平静到能出席宴会的程度。

在这一刻里，我什么也没有想，只记起了杰出的德国作家托马斯·曼的几句话："……终于完成了。它可能不好，但是完成了。只要能完成，它也就是好的。"

这也正是此刻我想说的话。

50

从最早萌发写《平凡的世界》到现在已经快接近十年。而写完这部书到现在已快接近四年了。现在重新回到那些岁月，仍然使人感到一种心灵的震颤。正是怀着一种对往事祭奠的心情，我才写了上面的一些文字。

无疑，这里所记录的一切和《平凡的世界》一样，对我来说，都已经成了历史。一切都是当时的经历和认识。随着时间的流逝和社会生活以及艺术的变化发展，我的认识也在变化和发展。许多过去我所倚重的东西现在也许已不在我思考的主流之中；而一些我曾轻视或者未触及的问题却上升到重要的位置。

一个人要是停留在自己的历史中而不再前行，那是极为可悲的。

但是，自己的历史同样应该总结——只有严肃地总结过去，才有可能更好地走向未来。

正因为如此，我才觉得有必要把这一段经历大约地记录下来。

促使我写这篇文章的另一个原因是，许多报刊根据道听途说的材料为我的这段经历编排了一些不真实的“故事”，我不得不亲自出面说一说自己。

可以说，这些文字肯定未能全部记录我在写作这部书时的生活经历、思想经历和感情经历，和书中内容平行漫流的曾是无数的洪流。我不可能把所有的那一切都储蓄在记忆里；尤其是一些稍纵即逝的思想火花和许多无名的感情溪流更是无法留存——而那些东西才可能是真正有光彩的。不过，我总算把这段经历的一个大的流程用这散漫的笔调写在了这里。我不企望别人对这些文字产生兴趣，只是完成了我的一个小小的心愿而已。

一九九一年三月，当《平凡的世界》获中国第三届茅盾文学奖时，我简直不敢相信这是真的，因为在以往漫长而艰难的年月里，我的全部心思都是考虑怎样写完这部书，而不敢奢望它会受到什么宠爱。我已进入“不惑”之年；我深知任何荣誉并不能完全证明真正的成功。这一切只不过促使我再一次严肃地审视自己的过去、现在和未来。

是的，我刚跨过四十岁，从人生的历程来看，生命还可以说处在“正午”时光，完全应该重新唤起青春的激情，再一次投入到这庄严的劳动之中。

那么，早晨依然从中午开始。

一九九一年初冬至一九九二年初春

《路遥文集》后记

这五卷文集可以说是我四十岁之前文学活动的一个基本总结。其间包含着青春的激情、痛苦和失误，包含着劳动的汗水、人生的辛酸和对这个冷暖世界的复杂体验。更重要的是，它也包含了我对生活从未淡薄的挚爱与深情。至此，我也就可以对我的青年时代投去最后一瞥，从而和它永远告别了。

这五卷文集的出版，得益于陕西人民出版社和本书编选者陈泽顺、邢良俊同志，没有他们的热情相助，这件事是不可能做成的。

我庆幸降生于这个伟大而值得自豪的国度。它深厚的历史文化、辽阔的疆土和占地球五分之一的人口，使得其间任何人的劳动都能得到广大的支持，同时也发生广大的影响。无论我们曾经历了多少痛苦和磨难，并且还将要面对多少严酷考验；也不论我们处于何种位置何种境地，我们都会为能服务于伟大祖国和如此众多的同胞而心甘情愿地献出自己毕生的精力和才智。

我感谢我所生活的这个充满戏剧性的时代，也感谢与我生活在这同一时代的人们。所有这一切历史构成，都给我提供了一种人生契机，使我意外地有可能如愿从事自己钟爱的文学事业，将自己的心灵和人世间无数的心灵沟通。正是千千万万我的同时代读者，一次又一次促使我投入也许并不是我完全能胜任的艰巨工作。现在，我总算能将自己的一点微不足道的收获献给我的读者朋友。

那么，对于一个原本一无所有的农民的儿子，还有什么不满足呢？

是的，不满足。我应该把一切进行得比现在更好。历史，社会环境，尤其是个人的素养，都在局限人——不仅局限一书作品中的人，首先局限它的创造者。所有人的生命历程在人类历史的长河中都是一个小小的段落，因此，每一代人都有自己命中注定的遗憾。遗憾，深深的遗憾。

唯一能自慰的是，我们曾真诚而充满激情地在这个世界上生活过，竭尽全力地劳动过，并不计代价地将自己的血汗献给了不死的人类之树。

在我们的世界发生骤烈演变的大潮中，人类社会将以全然不同于以往的面貌进入另一个世纪。我们生而逢时，不仅可以目睹一幕紧接一幕的大剧，也将不可避免地要在其间扮演某种属于自己的角色。现实生活中的任何人都不可能逃避自己历史性的责任。无疑，在未来的年月里，生活和艺术都会向作家提出更为繁难而严厉的要求。如果沉醉满足于自己以往的历史就无异于生命大限的终临。人生旅程时刻处于“零公里”处。那么，要旨依然应该是首先战胜自己，并将精神提升到不断发展着的生活所要求的那种高度，才有可能使自己重新走出洼地，亦步亦趋跟着生活进入新的境界。

不管实际结果如何，这个起码的觉悟应当具备。

结论一目了然：只能永远把艰辛的劳动看做是生命的必要，即使没有收获的指望，也心平气静地继续耕种。

一九九二年春天于西安

序言一篇

陕北是一块古老的土地。

古老的土地上曾有过古老的生活古老的歌。

陕北的编年史几乎就是用歌谣编撰的。

陕北之北，在漫漫黄土与漫漫黄沙接壤的地方，就是榆林——历史上，这里曾无数次成为“国界”，成为屯兵御敌之重镇。历代多少将士曾在这里高唱大风歌，血谱塞上曲。

代代都唱塞上曲，代代歌不同。这里有过喋血的歌，苦难的歌，流浪的歌，殉情的歌；有过翻身的歌，战斗的歌，饥饿的歌，憧憬的歌……当历史走进本世纪八十年代以后，伟大而勤劳的陕北人民借改革开放的东风开始谱写一首首豪迈的塞上新曲。这是充满创造活力和希望的大音。而谱写这些生活新曲的人并不是什么名震九州的英雄豪杰，却是一些平凡岗位上的普通人。他们用双手，用智慧，用并不被多少人所了解的辛苦辛酸为新生活的宏伟大厦默默地添砖添瓦。从本书对这些凡人琐事的充满激情的生动描绘中，我们看到了一些大写的人，看到了一种至为宝贵的崇高的精神品格。这些人所做的这一切都使人过目难忘，心潮起伏。

在生活中，吸引我们的常常是地面上那些雄伟壮观的高楼大厦、装饰这些建筑物的五颜六色的图案以及各种描金画银的招牌，而很少想到这一切是建立在什么之上的？

是的，我们应该时刻想到支撑这些大厦而深藏不露的基础；想到那些开挖土方的人，夯实坑基的人，浇铸水泥钢筋的人——没有他们，就绝不会有这宏伟壮观的一切。而本书悉心记录的这样一些人物，正是我们应该致敬的新生活大厦的奠基者。

通过这本笔触粗放的报告文学集，我们又欣喜地熟识了一批榆林地区改革开放中的闯将。闯王的后代们正在开创新的业绩。他们和他们的事业在陕北新时代灿烂的群星谱上占有一个耀眼的位置。

陕北，这歌谣延绵不绝的土地，一代又一代的人们从古老的歌声中走来，终于唱着新翻的“杨柳枝”跨入这新的时代。代代都唱塞上曲，代代歌不同。陕北人民将唱着新生活的大风歌走向未来。

愿陕北群星更加灿烂。

愿塞上新曲越唱越新。

一九九二年六月五日

* 原载《路遥在最后的日子》(陕西师范大学出版社，1993 年 2 月)。

图书在版编目（CIP）数据

早晨从中午开始 / 路遥著. -- 北京 : 北京十月文艺出版社, 2019.12
（路遥全集 : 典藏版. 散文卷）
ISBN 978-7-5302-2009-2

Ⅰ. ①早… Ⅱ. ①路… Ⅲ. ①散文集－中国－当代 Ⅳ. ①I267

中国版本图书馆CIP 数据核字（2019）第222990 号